Zaufaj procesowi

Amazonki z Ridgewater
Tom 1

CAITLYN LYNCH

shenaniganspress.com/PL

Spis treści

Podziękowania

Ta seria nie mogłaby powstać bez hojności specjalistów od koni ze wszystkich obszarów tej branży, którzy dzielili się ze mną swoją wiedzą, najczęściej nie mając najmniejszego pojęcia, dlaczego zadaję te, na pierwszy rzut oka, szalone pytania. Wszelkie błędy, zapewniam, są wyłącznie moje.

Szczególne podziękowania dla:

Charlotte, znakomitej lekarki weterynarii koni

Caleb, utalentowanego podkuwacza, który łączy rozsądne ceny z niezawodnością (na wagę złota!)

Emma, terapeutki metody Mastersona o naprawdę magicznych dłoniach

Tamara, specjalistki od reedukacji folblutów po torach i znakomitej trenerki

I ludzi społeczności jeździeckiej w Elimbah, Bellmere i Upper Caboolture, którzy obecnie walczą o swoje domy z walcem Main Roads, których zmagania stały się inspiracją do opisania walki McKenzie'ów o obwodnicę.

Rozdział
pierwszy

BUDZIK SARY ZADZWONIŁ o piątej, choć już nie spała. Styczniowy żar przebijał się przez cienkie zasłony jej sypialni, queenslandzkie lato nie odpuszczało nawet przed świtem. Usiadła i sięgnęła po okulary, każdy ruch miała odmierzony i spokojny. Poranek miał przebiegać według rutyny dopracowanej przez ostatnie osiemnaście miesięcy, krok po kroku, tak by odnaleźć się w świecie zdradliwie nieprzewidywalnym od czasu wypadku, który uszkodził część jej mózgu odpowiedzialną za przetwarzanie bodźców wzrokowych.

Ubrania przygotowała poprzedniego wieczoru, jak zawsze: solidne robocze dżinsy, przewiewną bawełnianą koszulę i kapelusz z szerokim rondem, który nosiła przez cały rok. Nie dla mody, lecz z konieczności. Oślepiające światło potrafiło uczynić jej resztkowy wzrok niemal bezużytecznym, zamieniając cienie w przeszkody, a krótki spacer — w tor przeszkód.

— Kolejny skwar — mruknęła, sprawdzając wskazanie cyfrowego termometru podłączonego do czujnika za oknem. Już 28 stopni, a słońce ledwie wstało. Związała włosy w odcieniu truskawkowego blondu w praktyczny warkocz, spinając go gumką wyjętą z miseczki na komodzie. Wszystko na swoim miejscu. Bez niespodzianek.

Na zewnątrz posiadłość już tętniła życiem: ptaki śpiewały w drzewach, koniki polne cykały w trawie, a konie pasły się na soczyście zielonych pastwiskach we wszystkich kierunkach, gdzie tylko spojrzała. Sarah szła pewnym, wydeptanym krokiem po żwirowej ścieżce, a jej buty rytmicznie chrzęściły. Do nozdrzy docierał zapach koni, siana i wilgotnej, ciemnej ziemi po wczorajszej krótkiej wieczornej mżawce — zapachy, którym ufała bardziej niż swoim zawodnym oczom.

Duchess była priorytetem. Kasztanowata klacz miała się źrebić za kilka dni, niosąc źrebaka, który — jeśli wszystko pójdzie dobrze — mógł być najcenniejszym, jakiego Ridgewater wydało od lat. Połączenie ich własnej Duchess, byłej gwiazdy Grand Prix w ujeżdżeniu, z importowanym nasieniem europejskiego ogiera, dwukrotnego medalisty olimpijskiego, oznaczało nie tylko znaczącą inwestycję finansową, lecz także kamień węgielny przyszłości ich programu hodowlanego.

— Dzień dobry, Wasza Księżna Mość — powiedziała łagodnie, podchodząc do boksu. Klacz nastawiła uszy, rozpoznając jej głos. — Zobaczmy, jak się dziś miewamy.

Sarah ostrożnie otworzyła drzwi boksu, cały czas mówiąc cicho i spokojnie. Duchess zwykle była łagodna — wbrew temu, co niektórzy mówią o charakterach rudych klaczy — ale ciąża uczyniła ją bardziej humorzastą i nieprzewidywalną niż zwykle. Brzuch miała już ogromny, napięty od rosnącego źrebięcia.

— Stój, dziewczyno — uspokajała, przesuwając wprawnymi dłońmi po nogach klaczy i sprawdzając, czy nie ma ciepła albo opuchlizny. Potem oceniła rozwój wymienia; z satysfakcją zauważyła, że choć się napełnia, to wciąż bez „świeczek", a krople mleka, które udało się wycisnąć, były przejrzyste, nie mętne ani białe. Sprawdziła srom, czy nie widać rozluźnienia lub wydzieliny zapowiadających poród — bez zmian względem wczoraj.

— Jeszcze nie zamierzasz przedstawić nam swojego księcia albo księżniczki, co? — mruknęła, podając Duchess ułamek marchewki z kieszeni. — Dobra dziewczynka. Jeszcze kilka dni, niech ten skarb się dopiecze.

Zanotowawszy obserwacje w dzienniku wiszącym na haczyku przed boksem, Sarah ruszyła do padoku Legenda. Zacny gniady ogier czekał już przy wysokim ogrodzeniu, a jego imponująca sylwetka o wzroście 17,2 hh odcinała się na tle jasnobłękitnego nieba.

— Dzień dobry, stary druhu — zawołała, uśmiechając się, gdy odpowiedział cichym rżeniem. W wieku dwudziestu czterech lat Legend był sercem Ridgewater — i to dosłownie, i w przenośni. Jego krew płynęła w żyłach ich najbardziej udanych koni, a łagodny charakter, mimo że był ogierem, czynił go bezdyskusyjnym patriarchą stada. Choć dawno skończył starty, w swoim szczycie był najwyżej notowanym koniem skokowym w Australii, a jego usługi jako reproduktora wciąż cieszyły się powodzeniem, bo potomstwo znakomicie radziło sobie w różnych dyscyplinach sportowych w kraju i za granicą. Duchess była tylko jedną z jego córek, które dotarły na sam szczyt.

Sarah sprawdziła poidło; zauważyła, że choć automatyczny dopływ działa, koryto przydałoby się opróżnić i wyszorować. Potem krytycznym okiem oceniła kondycję ogiera. Legend trzymał wagę dobrze jak na swój wiek, choć ostatnio poruszał się nieco sztywniej. Coś, co warto mieć na oku — może trzeba będzie zmienić suplement na stawy albo rozważyć zastrzyki przeciwzapalne na zwyrodnienia. Może przyda się RTG stawów skokowych. Dodała to do swojej mentalnej listy.

— Tata przesyła pozdrowienia — powiedziała, drapiąc go pod żuchwą, dokładnie tam, gdzie lubił. — Wczoraj dzwonili z Broome. Myślę, że tęsknią za tobą prawie tak bardzo jak za nami. — Legend parsknął jej ciepłym powietrzem w twarz, po czym pochylił łeb i szturchnął kieszeń. Uśmiechnięta wyjęła drugą połowę marchewki.

— Nie zapomniałam o tobie. Nie martw się.

Sarah bynajmniej nie była jedyną, która o tej porze krzątała się po Ridgewater. Plecakowicze mieszkający w starym domku na farmie, pieszczotliwie nazywanym The Barracks, zaczynali poranne obowiązki. Sarah skierowała się do paszarni, gdzie Nicolas i Hana odmierzali już ziarno do podpisanych wiader.

— Dzień dobry — przywitała się Sarah. — Jak to dziś wygląda?

— C'est bien — odparł Nicolas, a gdy przeszedł na angielski, jego francuski akcent brzmiał wyjątkowo wyraźnie. — Najpierw przygotowałem konia startującego Kate, zgodnie z prośbą.

— A ja zrobiłam mieszanki dla uratowanych koni Emmy z dodatkowymi suplementami — dodała Hana; jej angielski był lepszy niż Nicolasa, ale akcent równie słyszalny. — Eunji poszła podać pastę na wrzody dwóm koniom, które muszą ją dostać pół godziny przed karmieniem, a potem zacznie sprzątać boksy.

— Idealnie. — Sarah sprawdziła każde wiadro z tabelą żywieniową na ścianie, wprowadzając drobne korekty, gdzie trzeba. Dodała jeszcze jedną miarkę suplementu na stawy do porcji Legenda, a ponieważ Duchess w ostatnich dniach ciąży grymasiła przy jedzeniu, wlała odrobinę melasy, by pasza była bardziej smakowita.

Sarah niedawno przeprojektowała system karmienia tak, by był idiotoodporny: pojemniki oznaczone kolorami, wiadra pomalowane imionami koni i zalaminowane tabele z precyzyjnie odmierzonymi porcjami, gdzie tylko się da — obrazki zamiast tekstu. Nie chodziło tylko o jej własny wzrok; przy rotacji zagranicznych pomocników na wizie wakacyjno-pracowniczej przejrzystość była kluczowa. Nicolas, Eunji i Hana byli w Ridgewater od nieco ponad miesiąca i mieli wszystko w małym palcu; Sarah z satysfakcją patrzyła, jak Hana starannie odmierza do każdej porcji sól, niezbędną w upałach, by zachęcać konie do picia.

Niebo jaśniało, malując wschodni horyzont odcieniami różu i złota. Codzienna symfonia Ridgewater narastała: rżenie koni w oczekiwaniu na śniadanie, metaliczny pisk kół taczek, miarowe szuranie mioteł po betonowych korytarzach. Słodkawy zapach paszy mieszał się z ziemistą wonią świeżego obornika i eukaliptusową nutą drzew otaczających posiadłość.

— Czy z Duchess dziś wszystko w porządku, Pani Sarah? — zapytał Nicolas, ładując stos wiader z paszą do taczki.

— Na razie tak — odparła Sarah. — Nadal nie ma oznak bliskiego źrebienia, co dobrze wróży. Potrzebujemy jeszcze kilku dni, żeby weszła w bezpieczną strefę. Kiedy już rozdasz pasze, czy mógłby Pan spuścić wodę z poidła Legenda i je wyszorować? Pojawiło się trochę glonów.

— Oczywiście — zgodził się skwapliwie młody Francuz.

Gdy pasze zostały rozdane, Sarah ruszyła do kwarantannowych padoków na końcu posiadłości. Tu trafiały najnowsze ocalone przez Emmę nabytki i nowe kucyki Pip, dopóki weterynarz ich nie przebadał i nie dopuścił do reszty stada.

W jednym rogu nieporadnie stał wysoki, chudy folblut z łaciatą sierścią, a nieopodal skubały trawę trzy potargane kucyki bliżej nieokreślonej rasy. Folblut, czteroletni wałach, którego Emma uratowała na ostatniej aukcji w Laidley, wciąż miał to przygaszone spojrzenie konia, który po ludziach spodziewa się najgorszego. Kuce, najnowsze projekty Pip kupione za grosze jako nieoswojone roczniaki, wykazywały za to naturalną ciekawość młodych, nieskażonych doświadczeniem zwierząt.

Sarah podeszła do ogrodzenia powoli, uważając, by nie spłoszyć folbluta. — Dzień dobry, nowa ferajno — powiedziała lekko i równym tonem. Metodycznie oceniła każdego zwierzaka, sprawdzając, czy przez noc nie pojawiły się jakieś oznaki choroby lub urazu.

Folblut miał niewielkie otarcie na stawie skokowym, którego wczoraj nie było — pewnie po kopnięciu albo zahaczeniu o ogrodzenie. Nic poważnego, ale warto oczyścić. Kucyki wyglądały zdrowo, choć były zapuszczone; wszystkim przydałyby się kąpiele, ale trzeba poczekać, aż Pip nauczy je dać się prowadzić i stać przywiązane.

Sarah zanotowała w telefonie, żeby powiedzieć Emmie o otarciu folbluta i zapytać Pip, czy chce, by szczepienia kucyków zrobić w tym tygodniu czy w następnym, oraz kiedy najlepiej je wykastrować, bo trzech młodych ogierków w okolicy klaczy to ostatnia rzecz, jakiej im trzeba. Organizacja była mocną stroną Sary — fundamentem, który pozwalał Ridgewater działać jak w zegarku, podczas gdy jej rodzice korzystali z zasłużonej emerytury, podróżując po Australii.

Wracając w stronę głównego kompleksu, Sarah przystanęła, by objąć wzrokiem posiadłość budzącą się do nowego dnia. Kryta ujeżdżalnia, gdzie Kate zaraz będzie pracować z Misty; parkur do skoków, na którym Emma nadawała swoim „uratowańcom" ostatnie szlify przed sprzedażą do dobrych domów; okrągłe lonżowniki, w których Pip uczyła młode kucyki podstaw dobrego wychowania. Dalej soczyste pastwiska falowały aż po jezioro na zachodniej granicy, szmaragdowo zielone mimo letnich upałów dzięki systemowi nawadniania.

To był świat Sary — wymierzony i zarządzany z precyzją. Wypadek odebrał jej karierę sportową i poczucie głębi, ale nie uszczuplił ani jej wiedzy, ani miejsca w Ridgewater. Metody mogły się zmienić, lecz jej wartość pozostała ta sama.

Świadomie omijała wzrokiem przeszkody krosowe, pieczołowicie zbudowane przez ojca, a teraz po cichu obniżane przez młodsze siostry. Myślały, że Sara tego nie zauważa, ale nie umykało jej nic — mimo problemów ze wzrokiem. Przeszkody o wysokości olimpijskiej były ponad to, czego potrzebowały do treningu Emmy i uczniowie; były areną Sary, jej miejscem do treningu, ale już nigdy nie miała przez nie skakać. Skoro nie potrafiła już „widzieć odskoku", skakanie czegokolwiek było wykluczone — teraz i na zawsze.

Gdy poranna ocena dobiegła końca, Sarah skierowała się z powrotem do Big House. Zaraz miał zacząć się pierwszy posiłek i, znając swoje siostry, zanim dzień tak naprawdę ruszy, będzie do rozwiązania co najmniej trzy drobne kryzysy. Uśmiechnęła się pod nosem na tę myśl. Pewne rzeczy były równie przewidywalne jak jej rutyna — rodzinny chaos na przykład.

Kuchnia w Big House tętniła życiem, gdy Sarah popchnęła drzwi z moskitierą. Poranne słońce lało się przez okna od wschodu, zalewając dużą wiejską kuchnię gorącym światłem, choć na szczęście ktoś już włączył klimatyzację. W powietrzu unosił się zapach kawy, tostów i delikatna słodycz ananasa, który Pip kroiła przy blacie. Mimo wczesnej pory dom McKenzie'ów działał jak dobrze naoliwiona maszyna, każdy odgrywał swoją rolę w porannej choreografii.

— Świeża kawa w dzbanku — zawołała Pip, nie odrywając wzroku od noża. Nawet w środku przygotowań do śniadania Pip Rodriguez-McKenzie emanowała spokojną elegancją nieprzystającą do jej drobnej postury. Przy ledwie 147 cm wzrostu potrzebowała stołka, by sięgać do górnych szafek, ale poruszała się z pewnością, gracją i siłą byłej dżokejki.

— Jesteś wybawieniem — odparła Sarah, podchodząc do dzbanka. Nalała ciemnego płynu do ulubionego kubka, tego z napisem Boss Mare, prezentu świątecznego od Emmy sprzed roku.

— Ciociu Saro! Ciociu Saro! — Jemima podskakiwała na stołku przy kuchennej wyspie, a jej blond włosy wciąż były potargane po spaniu. — Wczoraj skakałam na Sparky!

Sarah uśmiechnęła się na widok entuzjazmu siostrzenicy. — Świetnie, Jem. Niedługo będziesz skakać całe parkury.

— Będę skakać wyżej niż wszyscy — oznajmiła Jemima z absolutną pewnością ośmiolatki. — Nawet ty, zanim przestałaś.

Na moment zapadła cisza, szybko przykryta przez Pip, która wsunęła przed Jemimę talerz z plasterkami ananasa. — Jedz owoce, kruszynko. Musisz mieć energię, żeby pomóc mi przy nowych kucykach.

Sarah doceniła szybkie wejście Pip. Rodzina nabrała wprawy w omijaniu wzmianek o wypadku Sary i o czempionie, którego straciła. Osiemnaście miesięcy, a rana wciąż była świeża.

— Dalej aktualne, że o jedenastej przypilnujesz mojej klientki? — zapytała Emma, wpadając do kuchni z typową dla siebie wirującą energią. Długie brązowe włosy już miała związane w praktyczny koński ogon, a na sobie miękki, znoszony T-shirt — jej standard przy pracy z płochliwymi końmi. — Przyjedzie właściciel Thundera, zobaczyć, jak idzie mu z wchodzeniem do przyczepy.

— Żaden problem — potwierdziła Sarah, siadając przy dużym, wyszorowanym sosnowym stole, który od zawsze był sercem rodzinnych spotkań McKenzie'ów. — Papierologię zaplanowałam na popołudnie, kiedy i tak będzie za gorąco, żeby siedzieć na zewnątrz.

Emma wdzięcznie się uśmiechnęła. — Jesteś najlepsza. Wczoraj wstawił obie przednie nogi bez zastygania.

— To postęp — przyznała Sarah. Jak na konia, który sześć miesięcy temu wywrócił się do tyłu w przyczepie, raniąc siebie i właściciela, samo podejście do przyczepy było znaczącym krokiem naprzód.

— Powiedzieć „postęp" to mało — stwierdziła Emma, nalewając sobie kawy. — Dwa tygodnie temu nie podchodził na dwadzieścia metrów. Jeśli uda nam się go nauczyć pewnego załadunku, właściciel naprawdę może go zatrzymać zamiast wysłać na sprzedaż.

— Gdzie i tak byś go kupiła — skwitowała sucho Kate, wpadając do kuchni jak burza. W przeciwieństwie do pozostałych, które stawiały na praktyczne, znoszone dżinsy i bawełniane koszule, Kate miała na sobie nienaganne, markowe ciuchy jeździeckie, a blond włosy upięte w idealny kok na karku. — Ktoś widział wędzidło oliwkowe z łącznikiem francuskim, 5 cali? Chcę je wypróbować na Misty, mam wrażenie, że bardziej jej podejdzie niż zwykły łącznik.

— Sprawdź szafkę w siodlarni — zasugerowała Sarah. — Wczoraj, gdy szukałam odżywki do skóry, chyba ją widziałam.

Kate skinęła głową, chwytając kromkę tosta i smarując ją masłem szybkimi, sprawnymi ruchami. — Nicolas już czyści Misty. Chłopak jest wart swojej wagi w złocie, i powiem ci, że naprawdę świetnie jeździ. Myślę, że może mieć prawdziwą przyszłość w ujeżdżeniu, jeśli po powrocie do Francji znajdzie odpowiedniego konia.

— A propos Nicolasa — odezwała się Pip — wspominał, że chce w weekend pojechać pociągiem do Brisbane z Eunji i Haną i zostać tam na sobotnią noc. Czy to nam pasuje do grafiku?

Sarah w myślach przejrzała weekendowe zobowiązania. — Jeśli pomogą mi dziś wywieźć świeże okrągłe bele, to czemu nie. W sobotę przyjeżdża klient, żeby wypróbować Bondi, ale z Emmą damy sobie radę. Poza tym nic wielkiego, tylko nasi zwykli kursanci.

— To znaczy, że ktoś musi łapać i czyścić konie na lekcje — zauważyła Kate.

— Mogę się tym zająć — zaproponowała Pip. — Jemima jest już na tyle duża, żeby pomóc, prawda, skarbie?

— Jestem bardzo dobra w czyszczeniu — potwierdziła śmiertelnie poważnie Jemima. — Mama mówi, że jestem dokładna.

— I to jeszcze jak, kruszynko — powiedziała czule Emma, tarmosząc włosy córki. — A skoro mowa o dokładności, skończyłaś już lekturę na wakacje? Szkoła rusza z końcem przyszłego tygodnia.

Twarz Jemimy na moment posmutniała. — Prawie. Nie podoba mi się ta książka, którą zadali. Jest nudna.

— Życie jest pełne nudnych książek — powiedziała Kate, zerkając na zegarek. — Poczekaj, aż pójdziesz na uniwersytet. Przeczytasz ich setki.

— Nie, jeśli zostanę dżokejką jak ciocia Pip — odparła Jemima. — Dżokejki nie muszą czytać nudnych książek.

Pip roześmiała się, ciepłym, melodyjnym śmiechem, który rozjaśnił kuchnię. — Och, zdziwiłabyś się, krasnalku. Programy wyścigowe, stan toru, rodowody. W wyścigach jest mnóstwo nudnej lektury. Szczerze mówiąc, całkiem się cieszę, że to wszystko porzuciłam.

— Poza tym — dodała Sarah — jak na swój wiek jesteś wysoka. Możesz wyrosnąć ponad wzrost dżokejki, zanim skończysz piętnaście lat.

— To będę skoczkinią jak dziadek — zdecydowała Jemima, nie zrażając się.

— Niech nas wszystkich Bóg ma w opiece — mruknęła Emma, ale w oczach miała czułość. — Kolejna McKenzie z żyłką do rywalizacji.

Kate skończyła tosta w trzech sprawnych kęsach. — Lepiej już pójdę. Chcę popracować nad zmianami co jeden u Misty, zanim upał stanie się nie do wytrzymania. Regionalne za sześć tygodni, a my wciąż nie jesteśmy dość równe.

— Potrzebujesz czegoś z miasteczka? — zapytała Sarah. — Rano podskoczę po preparaty odrobaczające do sklepu rolniczego dla nowych koni; Caroline ma być po południu, więc chcę to mieć z głowy.

— Tylko standard — powiedziała Emma, nasypując sobie płatków. — Nate kompletuje zamówienie suplementów, powinno już czekać do odbioru. Może sprawdź, czy mają te lizawki solne z dodatkowymi minerałami? Myślę, że przydadzą się do padoków kwarantannowych.

Sarah skinęła głową, dopisując kolejną notatkę w telefonie. Taka była jej rola w rodzinnym ekosystemie: pilnować potrzeb i harmonogramów, dopilnować, by nic nie wypadło z obiegu. Po wypadku, kiedy starty przestały być możliwe, całą energię przelała w to, by Ridgewater działało jak w zegarku. Skoro nie mogła być w siodle, dbała, by wszystko inne było idealne dla tych, którzy mogą.

— Wprowadziłam do systemu dwie nowe rezerwacje na lekcje na kucyku w przyszłym tygodniu — wspomniała Pip, siadając obok Jemimy ze swoją miseczką owoców i jogurtu. — Obydwie początkujące, obie sześciolatki. Ustawiłam je jedna po drugiej w środę po południu.

— Brzmi dobrze — powiedziała Sarah. — A tak przy okazji, w Barracks znowu ciekne umywalka i nie doszłam, o co chodzi. Zostawiłam wiadomość hydraulikowi.

— Byle nie Terry — jęknęła Emma. — Ostatnio zdarł jak za zboże.

— Nie, znalazłam kogoś nowego. Polecony przez Nate'a ze sklepu rolniczego.

Na tym polegało serce ich działalności, pomyślała Sarah: te swobodne poranne narady, podczas których wymieniały informacje i koordynowały plany. Mimo różnych charakterów i podejść, działały razem z tą synchronicznością, która rodzi się ze wspólnego celu i z dożywotniego zrozumienia nawzajem swoich mocnych i słabych stron.

Kiedy śniadanie dobiegało końca, rozeszły się do swoich obowiązków. Kate pierwsza pognała na zewnątrz, spragniona zacząć trening. Emma poszła wkrótce za nią, wspominając coś o kolejnym nieudanym folblucie wyścigowym, który miał przyjechać, i o tym, że musi przygotować jeszcze jeden padok kwarantannowy. Pip pomogła Jemimie sprzątnąć naczynia, potem przypomniała małej o kremie z filtrem, zanim ruszyły na zewnątrz, by zacząć dzień lekcji i stajennych obowiązków.

Sarah zasiedziała się chwilę przy drugiej kawie, przeglądając plan dnia na tablecie. Rytm Ridgewater pulsował wokół niej, tętno rodzinnego biznesu, w który wszystkie się urodziły. Choć były różne, to właśnie to je łączyło: wspólne dziedzictwo i pasja do koni. Nawet kiedy się sprzeczały czy różniły metodami, ta podstawa pozostawała nienaruszona.

Dopiła kawę i wstała, w myślach przełączając się na zadania dnia. Sprawdzić jeszcze raz Duchess, skoczyć do miasteczka po zaopatrzenie, rozwieźć siano, uaktualnić księgi rachunkowe i podjąć milion drobnych decyzji. Wypadek mógł zmienić jej drogę, ale nie zmienił jej miejsca w świecie, który rodzina McKenzie zbudowała razem.

Po powrocie z miasteczka z pick-upem pełnym zapasów, który sezonowi pomagierzy od razu zaczęli rozładowywać, Sarah wróciła do stajni klaczy na zaplanowaną, przedpołudniową kontrolę u Duchess. Styczniowe słońce prażyło już bezlitośnie, a temperatura wspinała się w stronę zapowiadanych trzydziestu ośmiu stopni. Niekorzystne warunki do wyźrebienia, dlatego właśnie Sarah zwiększyła częstotliwość kontroli cennej klaczy do co trzech godzin. Gdy zbliżała się do boksu, coś w postawie Duchess natychmiast uruchomiło wewnętrzny alarm Sarah. Kasztanka nieustannie przenosiła ciężar z jednej tylnej nogi na drugą, a ogonem machała z większym zdecydowaniem niż przy zwykłym odganianiu much.

— Spokojnie, dziewczyno — powiedziała łagodnie Sarah, starając się zachować spokój mimo narastającej troski. — Co tam u ciebie?

Duchess odwróciła się na dźwięk jej głosu, lekko rozszerzając chrapy. Boki dużej klaczy poruszały się w głębszych niż zwykle oddechach, a w oczach miała czujny, niemal nieufny wyraz.

Sarah wsunęła się do boksu, przemawiając kojąco i zachowując spokojną fasadę, podczas gdy w głowie przelatywała przez możliwe scenariusze. Znała normalne zachowania Duchess jak własną kieszeń — pomagała wychować klacz od źrebięcia, a potem asystowała Kate w treningu aż do poziomu Grand Prix w ujeżdżeniu. Ten niepokój był zdecydowanie nienormalny; z drugiej strony to była pierwsza ciąża Duchess.

— Spokojnie, moja pani — mruknęła Sarah, przesuwając dłońmi po rozdętym brzuchu klaczy. Poczuła, jak źrebak porusza się pod jej dłonią — wciąż był aktywny. To przynajmniej było dobre.

Sprawdziła wymię klaczy, zauważając, że wydawało się pełniejsze niż podczas porannej inspekcji, choć wciąż bez czopów woskowych. Srom był lekko wydłużony, ale bez istotnego rozluźnienia czy wydzieliny. To wczesne sygnały, ale jednak niepokojące. Bezpieczny termin Duchess był dopiero za tydzień, a to konkretne źrebię stanowiło poważną inwestycję. Duchess została pokryta w Europie podczas rekonwalescencji po kontuzji ścięgna, która zakończyła jej karierę, a potem sprowadzona do Australii sporym kosztem. Dlatego miała źrebić teraz, zdecydowanie poza zwyczajowym australijskim sezonem.

— Myślisz o tym, prawda? — powiedziała do klaczy, która odpowiedziała miękkim parsknięciem. — Byłabym wdzięczna, gdybyś wstrzymała się jeszcze kilka dni. To dzieciątko musi się jeszcze trochę „podpiec".

Sarah zrobiła szczegółowe notatki w telefonie, łącznie z godziną i wszystkimi objawami. Jeśli to faktycznie początek przedwczesnej akcji porodowej, trzeba będzie nad Duchess czuwać bez przerwy. Może powinna znowu podjechać do miasteczka, do sklepu elektrycznego, i zobaczyć, czy mają jakieś bezprzewodowe kamery; od jakiegoś czasu myślała o zainstalowaniu takiej w boksie porodowym. Właściwie postanowiła, że tak zrobi, i wysłała szybką wiadomość grupową, żeby dać innym znać.

Kiedy jednak jechała z powrotem podjazdem w teraz już rozładowanym pick-upie, zauważyła coś niepokojącego w padoku kwarantannowym. Smukły folblut, którego wcześniej doglądała, stał niezręcznie w rogu, prawą tylną nogę trzymał lekko w górze. Coś było nie tak.

Sarah wysiadła z pick-upa i weszła do padoku, poruszając się powoli, żeby nie spłoszyć nerwowego wałacha. Gdy podeszła bliżej, dostrzegła problem. Małe zadrapanie na stawie skokowym, które zauważyła rano, znacznie się pogorszyło — teraz była to wściekła, obrzęknięta rana z wyraźnym, cuchnącym wysiękiem. Jak to mogło się tak szybko rozwinąć?

— Oj, kolego — westchnęła. — To wygląda paskudnie. Folblut drgnął, kiedy podeszła, ale nie uciekł — świadectwo cierpliwej pracy Emmy w minionym tygodniu. Sarah chwyciła z pick-upa kantar i uwiąz i zbliżyła się, trzymając je luźno w dłoni, cały czas mówiąc niskim, uspokajającym tonem.

— No to obejrzymy cię porządnie, dobrze? Tą nogą trzeba się zająć, zanim zrobi się gorzej.

Zajęło to kilka minut delikatnego namawiania, ale w końcu udało jej się zabezpieczyć konia i podejść na tyle blisko, by obejrzeć ranę. Obrzęk był gorący w dotyku, a wyciek żółtawy i nieprzyjemnie pachnący. Zdecydowanie zakażenie. Folblut potrzebował antybiotyków, oczyszczenia rany i być może drenażu, jeśli w tkance tkwiło ciało obce.

Dwa konie wymagające pilnej pomocy, a jeszcze nie było południa. Sarah powoli wypuściła powietrze, ustalając priorytety. Zaprowadziła folbluta do pustego boksu w stajni, upewniając się, że ma świeżą wodę i siano, po czym go zamknęła. Ta rana wymagała szybkiej interwencji specjalisty, a przy tym, że u Duchess mogła zaczynać się akcja porodowa, nie mogły ryzykować zwłoki.

W siodlarni Sarah wyjęła telefon i wybrała numer Ridgemont Vet Clinic. Po dwóch sygnałach odezwał się pogodny głos.

— Ridgemont Vet Clinic, mówi Tiana. W czym mogę pomóc?

— Tiano, z tej strony Sarah McKenzie z Ridgewater — powiedziała Sarah, przechodząc od razu do sedna. — Potrzebujemy, żeby Caroline przyjechała jak najszybciej. Duchess wykazuje wczesne objawy porodu, a u jednego z uratowanych przez Emmę koni rozwinęło się paskudne zakażenie rany na stawie skokowym.

— Rozumiem — odparła Tiana, stukając w klawiaturę w tle. — I tak ma Pani wizytę wpisaną na dziś po południu, ale czy uważa Pani, że to nagły przypadek?

Sarah zawahała się tylko chwilę. — Najbardziej niepokoi mnie Duchess. — Wiedziała, że Caroline, jej najlepsza przyjaciółka, doskonale zrozumie, dlaczego Sarah tak się martwi, i z pewnością wiedziała, że Sarah nie bije na alarm bez powodu.

— Jasne. Przełożę niepilny zabieg dentystyczny na jutro i wyślę do Pani lekarza jako następnego — potwierdziła Tiana ze swoją zwyczajową skutecznością, po czym zakończyła rozmowę.

Sarah schowała telefon, w myślach korygując plan dnia. Do miasteczka teraz nie pojedzie; zamiast tego poszuka zamówienia kamery online. Nawet jeśli przyjdzie za późno, by przydać się przy Duchess, będzie potrzebna, gdy zacznie się właściwy sezon wyźrebień.

Wróciła, by jeszcze raz sprawdzić Duchess, zastając klacz nieco spokojniejszą, choć wciąż niespokojną. Dobry znak — może to tylko fałszywy alarm, a ciężarnej klaczy doskwierał upał. Mimo to przy źrebięciu takiej wartości nie mogły ryzykować.

— Sarah, Emma mówiła coś o sianie? — usłyszała za sobą i odwróciła się z wymuszonym uśmiechem do Hany i Eunji.

— Tak. Do rozwiezienia są cztery okrągłe bele. Zróbmy to, zanim przyjedzie weterynarz, a pick-up zostawiłam na środku podjazdu, kiedy odprowadzałam tamtego konia — trzeba go sprowadzić z powrotem tutaj. Eunji potrafiła prowadzić, więc Sarah wysłała ją po samochód, a sama uruchomiła traktor i nabiła na widły pierwszą belę siana; Hana jechała na stopniu, by otwierać jej bramy i przeganiać natrętne konie. Słońce Queensland prażyło nad głową, zamieniając kabinę traktora w ruchomą saunę mimo otwartych okien.

Sarah właśnie kończyła zrzut ostatniej beli, gdy usłyszała charakterystyczny warkot ciężarówki Caroline, wjeżdżającej podjazdem. Ogarnęła ją ulga. Caroline wyciągała je z niezliczonych nagłych przypadków. Co więcej, była najbliższą przyjaciółką Sarah poza rodziną, osobą, która rozumiała wyjątkowe wyzwania, z jakimi Sarah mierzyła się od wypadku. Chodziły razem do podstawówki, obie końsko zakręcone, i zostały przyjaciółkami na całe życie. Mąż Caroline, Nate, prowadził sklep rolniczy współdzielący lokal z miejscową kliniką weterynaryjną, a para spodziewała się pierwszego dziecka za kilka tygodni.

Ciężarówka zatrzymała się przy stajni, a kurz osiadł wokół opon. Sarah wyłączyła traktor i zeskoczyła na ziemię, ocierając pot z czoła, gdy szła w stronę pojazdu. Na znajomym niebieskim Fordzie widniało logo Ridgemont Vet Clinic, ale kiedy otworzyły się drzwi kierowcy, krok Sarah się zachwiał.

Zamiast zaokrąglonej ciążą sylwetki Caroline z kabiny wysunął się wysoki mężczyzna. Miał co najmniej metr osiemdziesiąt wzrostu, szerokie ramiona i ciemne, krótko przycięte włosy. Oczy skrywały okulary przeciwsłoneczne, a na sobie miał dżinsy i standardową, khaki koszulę kliniki, z podwiniętymi rękawami odsłaniającymi opalone przedramiona.

Serce Sarah zatonęło, gdy dotarło do niej, co to znaczy. To musiał być lekarz weterynarii na zastępstwie, o którym Caroline wspominała podczas ostatniej wizyty — ten, który miał przejąć część jej obowiązków w ciąży i zastępować ją na urlopie macierzyńskim. Caroline zapewniała, że ma doświadczenie z końmi sportowymi, ale Sarah miała nadzieję, może naiwną, że zacznie pracę dopiero po bezpiecznym wyźrebieniu cennej klaczy.

Mężczyzna ją dostrzegł i uniósł rękę na powitanie. Sarah zmusiła twarz do uprzejmej neutralności, mimo że w żołądku kotłowała się jej rozpacz. Obcy weterynarz, nieznający ich koni ani codziennych zwyczajów, przyjeżdżał akurat wtedy, gdy miały nie jedno, lecz dwa potencjalnie poważne przypadki.

Jej starannie ułożony dzień właśnie został wywrócony do góry nogami, a Sarah McKenzie nie lubiła niespodzianek. Zwłaszcza takich, które dotyczyły zdrowia najcenniejszych koni w Ridgewater.

Rozdział drugi

Marcus Webb zmrużył oczy, chroniąc je przed ostrym słońcem Queensland, gdy wysiadł z weterynaryjnego samochodu Caroline. Upał uderzył w niego jak fizyczna siła, w jaskrawym kontraście do klimatyzowanej kabiny, którą właśnie opuścił. Na szczęście Ridgewater Equestrian Centre leżało zaledwie piętnaście minut od miasta i nie sposób było go przegapić, gdy już dotarł w odpowiednie okolice. Rozciągająca się przed nim posiadłość robiła wrażenie: wypielęgnowane padoki, kilka ujeżdżalni i okazałe stajnie świadczyły o poważnych inwestycjach. Profesjonalna działalność.

Gdy wysoka kobieta o truskawkowym blondzie ruszyła w jego stronę zdecydowanym krokiem, Marcus wyprostował ramiona i przygotował swój najbardziej profesjonalny uśmiech. Pierwsze wrażenie miało znaczenie, zwłaszcza kiedy zastępował uwielbianą miejscową weterynarz.

Był w klinice Ridgemont dokładnie cztery dni — ledwie tyle, by dowiedzieć się, gdzie trzymają zapasy — kiedy Caroline wcisnęła mu to nagłe wezwanie. — Fatalnie się czuję i muszę się położyć, ale nie możemy odwołać tej wizyty. McKenzie to nasi najważniejsi klienci — wyjaśniła, kładąc dłoń ochronnie na ciężarnym brzuchu. — A Sarah to moja najlepsza przyjaciółka. Polubi Pan ją; jest zorganizowana i praktyczna.

Kobieta, która szła w jego stronę, z pewnością wyglądała na zorganizowaną — od równego warkocza po pewny krok. Jej wyraz twarzy był jednak znacznie mniej serdeczny, niż sugerowała Caroline.

— Dzień dobry — powiedział Marcus, wyciągając dłoń. — Doktor Marcus Webb. Zastępuję doktor Burnett, która ogranicza teraz liczbę wizyt.

— Sarah McKenzie. — Uścisk była stanowczy i krótki, a jej ocena — szybka i wnikliwa. Z bliska Marcus dostrzegł jej oczy za szkłami solidnych okularów — niezwykłą mieszaninę szarości i zieleni, przypominającą ocean podczas sztormu. — Caroline wspominała, że zatrudniła lekarza na zastępstwo. Skąd Pan pochodzi?

— Z Sydney — odparł, odwracając się, by wyjąć sprzęt z samochodu. — Wcześniej pracowałem w klinice koni na uniwersytecie, zanim przyjąłem to stanowisko. — Rozmyślnie pominął fakt, że był to dział jego teścia, a właściwie już byłego teścia. Pewne szczegóły nie były istotne dla budowania zawodowej wiarygodności.

— Uniwersytet w Sydney? — W jej spojrzeniu pojawił się cień niechętnego szacunku. — To znacząca placówka.

— Rzeczywiście. — Marcus zarzucił na ramię przygotowaną torbę. — Caroline wspomniała, że macie klacz potencjalnie we wczesnej fazie porodu i konia z zakażoną raną?

— Tak — przytaknęła Sarah, mierząc go oceniającym wzrokiem. — Najpierw Duchess, myślę. To nasza najcenniejsza klacz-matka, a źrebak, którego nosi, jest dla naszego programu bardzo ważny.

Sposób, w jaki zaakcentowała słowo ważny, mówił Marcusowi wszystko, co trzeba było wiedzieć o finansowym i emocjonalnym zaangażowaniu. W takim miejscu cenna klacz mogła być warta grubo sześć cyfr, a jej źrebak tyle samo w chwili narodzin. Skinął głową, włączając tryb profesjonalny.

— Proszę prowadzić.

Sarah odwróciła się i ruszyła żwawym krokiem, a Marcus podążył za nią. Poprawił torbę na ramieniu, ogarniając wzrokiem imponujący układ posiadłości. Stajnie zaprojektowano najwyraźniej przez kogoś, kto rozumiał konie i efektywność: szerokie korytarze i świetna wentylacja. Nawet w styczniowym, bezlitosnym upale w środku było względnie komfortowo. Wszystko lśniło czystością i było doskonale zorganizowane — od pojemników na paszę oznaczonych kolorami po skrupulatne tabele, które dojrzał w pomieszczeniu po lewej.

— Ma Pani tu wszystko pod linijkę — zauważył szczerze pod wrażeniem.

Sarah zerknęła na niego, a jej wyraz twarzy odrobinę złagodniał. — Musimy. Mamy ponad sześćdziesiąt koni na terenie — pensjonariusze, konie w treningu, kucyki do jazd i nasza własna hodowla. Organizacja jest kluczowa.

— Zwłaszcza przy rotacji personelu, jak sądzę — powiedział Marcus, spoglądając na dwie młode kobiety usuwające obornik ze stanowisk. Wyglądały na Azjatki, Koreanki, o ile się nie mylił.

— Pracujący backpackerzy — potwierdziła Sarah. — Zostają od sześciu tygodni do sześciu miesięcy, a agencja, która nam ich przysyła, dba o to, żeby mieli obycie z końmi i chociaż podstawy angielskiego, ale system musi być idiotoodporny.

Dotarli do osobnej, cichszej stajni, którą Marcus od razu rozpoznał jako wyspecjalizowany dział hodowlany. Boksy były większe, podłogi wyłożone grubą gumą, a każdy detal świadczył o starannym planowaniu z myślą o klaczach źrebnych i nowo narodzonych źrebiętach.

— To Duchess — powiedziała Sarah, zatrzymując się przed przestronnym boksem, w którym kasztanowata klacz spoglądała na nich z nieufnością. — Piętnastoletnia ciepłokrwista, wcześniej startowała w ujeżdżeniu na poziomie Grand Prix. Niesie źrebię po Chiaroscuro, francuskim, dwukrotnym olimpijskim medaliście w skokach przez przeszkody.

Marcus cicho gwizdnął. — Drogi dobór.

— Bardzo — odparła krótko Sarah. — I nie do powtórzenia, bo nie wysyłają mrożonego nasienia po Chiaroscuro. Moja siostra Kate zabrała Duchess do Europy na zawody. Gdy doznała kontuzji, zdecydowali się pokryć ją najlepszym dostępnym ogierem przed odesłaniem do domu, dlatego termin ma właśnie teraz — była pokryta w europejską wiosnę. Jej bezpieczny termin wypada dopiero w przyszłym tygodniu, a już pokazuje niepokojące objawy.

Marcus podszedł do boksu ostrożnie, obserwując mowę ciała klaczy. Rzeczywiście była niespokojna, często przenosząc ciężar z jednej tylnej nogi na drugą. Gdy Sarah weszła pierwsza, mówiąc do niej łagodnie, Marcus zauważył, jak się porusza — celowo powoli, cały czas utrzymując kontakt z koniem, kiedy obchodziła ją dookoła.

— Czy mogę? — zapytał, zanim sam wszedł do boksu.

Sarah skinęła, trzymając uspokajająco dłoń na szyi Duchess, gdy Marcus prowadził badanie. Parametry życiowe klaczy były prawidłowe, a choć wymię było rozwinięte, nie pojawiły się jeszcze czopy woskowe. Srom był lekko rozluźniony, ale bez wypływu.

— Myślę, że widzimy objawy przedporodowe — podsumował Marcus, cofając się. — To nie poród tu i teraz, raczej przygotowanie. Zalecałbym nocny monitoring przez najbliższe kilka dni, zwłaszcza biorąc pod uwagę jej wartość i wartość źrebięcia. Czy ma Pani tutaj zainstalowane kamery?

— Jeszcze nie — przyznała Sarah. — Właśnie miałam jechać do miasta, żeby to sprawdzić, gdy zauważyłam uraz u drugiego konia.

— Mam w samochodzie przenośny system — zaproponował Marcus. — Caroline używa go przy wyźrebieniach o wysokiej wartości. Mogę wszystko zainstalować, zanim dziś wyjadę, i upewnić się, że przesyła obraz na Pani telefon, jeśli Wi-Fi ma tu zasięg.

Zaskoczenie przemknęło po twarzy Sarah, ustępując miejsca ostrożnemu uznaniu. — Ma i to byłoby... pomocne. Dziękuję.

Gdy ruszyli dalej, Sarah dała krótkie, ale wyczerpujące wprowadzenie do funkcjonowania Ridgewater. Program hodowlany koncentrował się wokół ich ogiera, Legenda, którego rodowód uchodził za złoto w australijskich kręgach jeździeckich.

— Tam jest — wskazała Sarah ogrodzony wysoki padok, gdzie majestatyczny gniady ogier spokojnie się pasł. — Ma już dwadzieścia cztery lata, ale wciąż jest naszą ostoją. Jim, mój ojciec, doprowadził go do najwyższego poziomu krajowych skoków. Wciąż pobieramy nasienie raz w tygodniu w sezonie hodowlanym, choć ostatnio ograniczyliśmy tempo ze względu na wiek.

Marcus skinął głową, doceniając imponującą budowę konia, nawet z tej odległości. — Piękne zwierzę. Klasyczny rys irlandzkiego konia sportowego w partii zadu.

Sarah uniosła lekko brwi. — Dobre oko. To krzyżówka ciepłokrwista z irlandzkim koniem sportowym. Dla wielu dyscyplin sportowych — połączenie idealne, jak zauważyliśmy. Duchess to oczywiście jedna z jego córek; po klaczy ciepłokrwisto-pełnej krwi angielskiej.

Minęli krytą ujeżdżalnię, gdzie szczupła, jasnowłosa kobieta pracowała z siwą klaczą nad zaawansowanymi elementami ujeżdżenia.

— Moja siostra Kate na Ridgewater Mystery, czyli Misty — wyjaśniła Sarah. — Kolejna po Legendzie. W tym roku celuje w poziom Grand Prix.

Marcus przez chwilę przyglądał się parze, zauważając harmonię między koniem a jeźdźcem, precyzyjne ustawienie i równowagę, które wyróżniają pracę na najwyższym poziomie ujeżdżenia. Leczył wiele koni sportowych tego formatu, ale było w tym miejscu coś szczególnie imponującego — jakość treningu aż biła w oczy.

Idąc obok Sarah, Marcus coraz dotkliwiej uświadamiał sobie jej obecność. We wszystkim, co robiła, była cicha kompetencja — od zapinania zasuw w przejściach po sposób, w jaki ustawiła kapelusz pod słońce. Mimo chłodnego usposobienia, nie mógł nie dostrzec smukłej linii szyi, siły w ramionach, pewności w postawie.

Zawsze pociągały go kompetentne kobiety, kobiety, które wiedzą, czego chcą. Jego była żona kiedyś taka się wydawała. Zanim okazała się manipulatorką, która używała ich małżeństwa jako karty przetargowej w uczelnianej polityce. Rozwód sprawił, że stał się ostrożny, ale nie ślepy. A Sarah McKenzie była, obiektywnie rzecz biorąc, bardzo atrakcyjną kobietą.

Przyłapała go na tym, że się przygląda, i pytająco uniosła brew. Marcus chrząknął, skupiając wzrok znów na ścieżce przed sobą.

— Caroline bardzo chwali Państwa ośrodek — powiedział, profesjonalnie zmieniając temat. — Wspominała, że była Pani kiedyś aktywna w sporcie?

Cień przemknął po twarzy Sarah. — Tak. W WKKW — wszechstronnym konkursie konia wierzchowego. To było przed... — Urwała, po czym wyprostowała ramiona. — Zobaczmy konia pełnej krwi Emmy. Rano rana wyglądała dość paskudnie. Dałam go do małej stajni, bo wciąż jest w kwarantannie — jest tu dopiero od tygodnia.

Marcus skinął głową, przyjmując do wiadomości nagłą zmianę tematu i ją respektując. Poszedł za nią w stronę kolejnej stajni, porządkując w myślach dotychczasowe obserwacje. Ridgewater niewątpliwie robiło wrażenie, ale wyczuwał tu coś jeszcze. Podskórne poczucie... oczekiwań. Standardów, do których wyraźnie był przykładany.

A po minie Sarah McKenzie nie był pewien, czy im dorównuje. Jeszcze.

Koń pełnej krwi stał w kącie boksu, wychudzony i napięty ze strachu, gdy Marcus i Sarah podeszli bliżej. Już zza drzwi Marcus dostrzegł obrzęk na prawym stawie skokowym i sączący się z rany wysięk — ohydnie żółty na tle ciemnokasztanowatej sierści. Oczy wałacha były szeroko otwarte, chrapy rozdęte w tym uniwersalnym końskim wyrazie niepokoju. Marcus widywał to już niezliczoną ilość razy — charakterystyczny lęk po końcu wyścigowym, który nauczył się oczekiwać bólu, a nie ulgi ze strony człowieka. Ostrożnie postawił torbę, poruszając się powoli i metodycznie, podczas gdy Sarah cicho przemawiała do nerwowego zwierzęcia.

— To Champ — powiedziała, choć imię brzmiało okrutnie ironicznie w jego obecnym stanie. — Jeden z uratowanych przez Emmę na targowisku w Laidley w zeszłym tygodniu. Rano zauważyłam małe otarcie, ale bardzo szybko się to pogorszyło.

Marcus skinął głową, obserwując mowę ciała konia. — Jak wiele pracy z człowiekiem miał od przyjazdu?

— Niewiele. Emma pracuje z nim codziennie, ale wciąż jest dość reaktywny. Zdecydowanie za chudy, jak Pan widzi, i pewnie stale cierpi z powodu wrzodów żołądka. Potrzebuje czasu. — Sarah weszła do boksu powoli, trzymając dłonie nisko i nienachalnie przed sobą, a jej głos był nieprzerwanym, łagodnym szeptem. Uszy pełnej krwi poruszały się, śledząc jej ruchy, ale nie kładły się płasko — co Marcus uznał za dobry znak.

— Dobrze na Panią reaguje — zauważył, szczerze pod wrażeniem jej cichej pewności.

Kąciki ust Sarah drgnęły w czymś na kształt cienia uśmiechu. — Całe życie mam do czynienia z nerwowymi końmi pełnej krwi. — Wpięła uwiąz do kantara i zapytała: — Woli Pan zbadać go tutaj czy w boksie zabiegowym? Jest na końcu stajni.

— Zdecydowanie w boksie zabiegowym — odparł Marcus. — Będę potrzebował dobrego oświetlenia, żeby właściwie ocenić ranę.

Sarah skinęła i wyprowadziła wałacha, a Marcus poszedł za nimi ze sprzętem. Pełnej krwi poruszał się z typową dla konia odciążającego bolesną kończynę niezgrabnością, z wyraźnym zacięciem kroku przy każdym postawieniu nogi. W zadaszonym przejściu Marcus zauważył, jak uważnie Sarah się ustawia — zawsze utrzymując tę samą odległość od konia, poruszając się uspokajająco równo, bez gwałtowności i niespodzianek.

Boks zabiegowy okazał się zadaszoną częścią na końcu stajni z betonową posadzką, solidnym metalowym poskromem i, najwyraźniej, przyzwoitym zapleczem do płukania ran. Brakowało jednak właściwego światła. Jedyne górne źródło dawało więcej cieni niż blasku, a choć otwarte boki wpuszczały światło dzienne, tworzyły raczej łaty i smugi niż równomierne, jasne oświetlenie niezbędne do pracy zabiegowej.

Marcus zmarszczył brwi, gdy Sarah unieruchomiła wałacha w poskromie. — Czy ma Pani jakieś dodatkowe oświetlenie? — zapytał, już zresztą znając odpowiedź, patrząc na to ustawienie.

— To wszystko, czym dysponujemy — odparła Sarah, wskazując na przenośny halogen podłączony do przedłużacza. — Caroline nigdy nie wspominała, że potrzeba czegoś więcej.

Marcus położył torbę na pobliskim stoliku i zaczął rozpakowywać jałowe materiały. — Rozumiem. — Utrzymał neutralny ton, ale w myślach odhaczał już mankamenty. Niewystarczające oświetlenie, przestrzeń na zewnątrz, wątpliwa sterylność. Warunki dalekie od optymalnych do tego, co podejrzewał, że będzie konieczne.

Podeszedł do konia ostrożnie, mówiąc cicho, gdy ułożył dłoń na zadu i pochylił się, by obejrzeć nogę. Rana okazała się gorsza, niż się spodziewał. Staw skokowy był gorący i obrzęknięty, a z tego, co wyglądało raczej na ranę kłutą niż zwykłe otarcie, sączył się ropny wysięk. Gdy delikatnie obmacał okolicę, wałach wzdrygnął się i próbował odciągnąć nogę.

— Jak długo mówiła Pani, że to się rozwija? — zapytał Marcus, prostując się.

— Wczoraj wieczorem podczas obchodów nic nie odnotowano. Rano to było tylko małe otarcie. Teraz... — Sarah wskazała na zmienione miejsce.

— To nie jest otarcie — zmarszczył brwi Marcus. — To rana kłuta i coś w niej siedzi. Widać to po rozmieszczeniu obrzęku. A charakter wydzieliny sugeruje ciało obce.

Przysunął przenośną lampę bliżej, ale nawet kilkukrotne jej przestawianie nie dawało potrzebnej, wyraźnej widoczności. Cień wypełniał jamę rany bez względu na to, jak ustawiał światło.

— Potrzebny jest chirurgiczny debridement — stwierdził Marcus, cofając się o krok. — Najpewniej w tkance tkwi drzazga albo metalowy odłamek. Przy tak szybkim pogorszeniu musimy działać natychmiast, żeby zapobiec dalszemu zakażeniu.

Sarah skinęła głową, wyraźnie zaniepokojona losem konia. — Dobrze, czego pan od nas potrzebuje?

Marcus zawahał się, rozważając opcje. Profesjonalnym, ostrożnym rozwiązaniem byłby transport konia do kliniki, gdzie miał odpowiednie zaplecze. Ale wałach był wyraźnie zestresowany i przenosiny przyniosłyby mu dodatkowy ból i niepokój.

— Szczerze mówiąc — rzucił w końcu, patrząc prosto w oczy Sarah — wolałbym zabrać go do kliniki. Oświetlenie tutaj nie jest wystarczające do precyzyjnej pracy, a w tak otwartym miejscu istnieje ryzyko zanieczyszczeń środowiskowych.

Postawa Sarah wyraźnie się usztywniła. — Caroline rutynowo przeprowadza tego typu zabiegi właśnie tutaj — odparła, a w jej głosie pojawiła się nowa, twardsza nuta. — Nigdy nie mieliśmy problemów z tym stanowiskiem.

Marcus przeczesał dłonią włosy, próbując wytłumaczyć, nie brzmiąc przy tym krytycznie. — Wierzę, że tak jest i że z sukcesem. Ale kluczowa jest dobra widoczność, żeby usunąć ciało obce bez dodatkowego uszkadzania tkanek. W kontrolowanych warunkach mogę mieć pewność, że nic nie zostanie w środku i nie będzie podtrzymywać infekcji.

— Czyli uważa pan, że nasze warunki są niewystarczające? — Sarah skrzyżowała ramiona, a szczęka jej się napięła.

Profesjonalna nić porozumienia, którą zaczęli budować, zdawała się znikać z każdą sekundą.

— Mówię, że nie są optymalne do tego konkretnego zabiegu — doprecyzował Marcus, starając się zachować równy ton. — To nie kwestia tego, czy jest wystarczająco dobrze, tylko zapewnienia koniowi najlepszego możliwego wyniku.

— Caroline wykonywała tu przez lata dziesiątki podobnych zabiegów — odparła Sarah. — W tym znacznie bardziej skomplikowane operacje niż zwykły debridement. Nigdy nie zasugerowała, że nasze zaplecze jest nieodpowiednie.

Marcus poczuł przypływ frustracji. Tu nie chodziło o Caroline ani o ogólne warunki w Ridgewater. Chodziło o tę konkretną sytuację, tego konkretnego konia i jego własną ocenę zawodową. Ale po wyrazie twarzy Sarah widział, że przyjmuje jego wahanie jako krytykę prowadzonego przez nią miejsca, a co za tym idzie — jej kompetencji.

— Różni lekarze mają różne podejścia — powiedział ostrożnie. — Jestem pewien, że Caroline czuje się całkowicie swobodnie, pracując w takich warunkach, ale ja zazwyczaj wykonuję tego typu procedury przy kontrolowanym oświetleniu i z odpowiednim oprzyrządowaniem chirurgicznym.

Spojrzenie Sarah było chłodne. — A my zazwyczaj nie transportujemy już zestresowanych koni po przejściach bez potrzeby, skoro na miejscu można zapewnić zupełnie adekwatną opiekę. Nie jestem nawet pewna, czy wprowadzilibyśmy go do przyczepy bez sedacji, a to niosłoby własne ryzyka.

Folblut nerwowo przestępował między nimi, wyczuwając napięcie. Marcus wziął głęboki oddech, uświadamiając sobie, że ten klincz nikomu nie pomaga — a już najmniej koniowi.

— Spróbuję czegoś — powiedział, sięgając do torby. Wyjął mocną czołówkę, której zwykle używał przy nocnych wezwaniach. — Jeśli użyję tego, plus waszej przenośnej lampy, być może uzyskamy wystarczające oświetlenie.

Nie umknęło mu, że ramiona Sarah odrobinę się rozluźniły, choć wyraz twarzy pozostał czujny. — A kwestia zanieczyszczeń z otoczenia?

— Stworzymy możliwie sterylne pole — odparł Marcus, już w myślach korygując plan działania. — Zdarzało mi się pracować w mniej idealnych warunkach podczas wezwań w trybie nagłym.

Nie dodał, że tamte sytuacje były właśnie tym — nagłe, gdzie kompromisy były konieczne. To było co innego: mieli wybór. Ale zaczynał rozumieć, że w Ridgewater rzeczy robi się po ridgewaterowemu, a każda sugestia innego podejścia odbierana jest jako krytyka, a nie zawodowa ostrożność.

Kiedy zaczynał rozkładać sprzęt, Marcus przyłapał Sarah na uważnym, trudnym do odczytania spojrzeniu. Duma, być może? Na pewno ocena. Złapał się na tym, że chce udowodnić, iż potrafi poradzić sobie z tą sytuacją sprawnie i z wyczuciem, że nie jest tylko „lekarzem z kliniki", który do pracy potrzebuje sterylnie idealnych warunków.

— Macie czystą plandekę? — zagadnął, starając się brzmieć pewniej, niż się czuł. — I kogoś, kto pomoże utrzymać nogę stabilnie, kiedy będę pracował.

Sarah skinęła raz, energicznie. — Emma byłaby idealna, bo to jej koń, ale jest zajęta z klientem. Poproszę Eujin, żeby trzymała Champowi głowę; dobrze radzi sobie z nerwowymi. Ja będę asystować, wiem, czego panu potrzeba. Proszę dać mi dziesięć minut.

Oczywiście, że wie, pomyślał Marcus. Podejrzewał, że Sarah McKenzie potrafi zrobić niemal wszystko, co trzeba na tej posesji — i to według wyśrubowanych standardów.

Dziesięć minut później, gdy naciągał sterylne rękawiczki i układał narzędzia na czystym polu zrobionym ze sterylnej serwety, poczuł, że jest zdeterminowany jak nigdy, by tym standardom sprostać — mimo niedostatków oświetlenia.

— Dostaniesz porządne znieczulenie, biedaku — mruknął, odpakowując strzykawkę i nabierając do niej lidokainę z fiolki. Miał tylko nadzieję, że Champ nie spróbuje go kopnąć, kiedy igła wejdzie w tkankę, ale

Sarah już przekazywała głowę konia jednej z Koreánek i sprawnie nakłaniała Champa, by uniósł kopyto, spoglądając wyczekująco na Marcusa.

Im szybciej poda środek przeciwbólowy, tym szybciej będzie mógł zacząć, więc wziął głęboki oddech, przetarł czyste miejsce i delikatnie wsunął igłę w mięsień uda.

Marcus pochylił się nad stawem skokowym Champa, a czołówka zapewniała akurat tyle światła, by wyraźnie widzieć ranę. Pot perlił mu czoło, gdy ostrożnie wydobywał z zapalnie zmienionej tkanki drzazgę drewna, mniej więcej dwóch centymetrów długości. Wniknęła zaskakująco głęboko, co tłumaczyło szybkie zakażenie.

— No proszę — mruknął, upuszczając winowajczynię do miski nerkowatej, którą Sarah trzymała stabilnie. — Pewnie złapana na padoku, może z kołka ogrodzeniowego. — Miał ostrą świadomość, że Sarah śledzi każdy jego ruch; jej obecność jednocześnie rozpraszała i mobilizowała, gdy dokładnie przepłukiwał ranę płynem antyseptycznym.

— Dobre oko — przyznała Sarah tonem zawodowo neutralnym, ale lekkie rozluźnienie wokół oczu sugerowało z trudem przyznaną aprobatę. — Emmie ulży. Włożyła w tego konia już mnóstwo pracy.

Folblut stał zadziwiająco spokojnie, jakby rozumiał, że mu pomagają, a nie szkodzą. Marcus dopiero zaczynał szyć głębsze tkanki, gdy stukot butów o beton oznajmił czyjeś szybkie nadejście.

— Sarah! Nie wiedziałam, że Caro już tu jest... o, dzień dobry — dobiegł jasny, energiczny głos.

Marcus uniósł wzrok tylko na moment i zobaczył filigranową kobietę o okrągłej twarzy, jasnobrązowej skórze i długim czarnym warkoczu, który podskakiwał, gdy wpadała na stanowisko zabiegowe; jej buty były oblepione kurzem, a na policzku miała smugę brudu. Mimo drobnej postury niosła się z niepodważalną pewnością siebie, a jej oczy szybko ogarnęły sytuację.

— Musi pan być nowym weterynarzem — powiedziała, podchodząc bliżej, by przyjrzeć się jego pracy, nie wchodząc mu jednak w drogę. — Jestem Pip Rodriguez-McKenzie. Ta niska. — Uśmiechnęła się, wyraźnie swobodnie żartując ze swojego wzrostu.

— Doktor Marcus Webb — odparł, zawiązując szew, nie podnosząc już wzroku. — Miło poznać.

— Pip jest naszą specjalistką od kuców — wyjaśniła Sarah, wciąż trzymając pewnie miskę i światło. — Wdowa po naszym bracie, Kicie, ale traktujemy ją jak siostrę. — Kątem oka Marcus dostrzegł ciepły uśmiech Sarah posłany drugiej kobiecie.

— I ogólną koordynatorką chaosu — dodała radośnie Pip. Spojrzała z zaciekawieniem to na Marcusa, to na Sarah, a jej wzrok zatrzymał się na ich wzajemnie napiętej postawie. — Przeszkadzam w czymś? Powietrze robi się tu jakieś... najeżone.

— Tylko drobna różnica zdań co do właściwych warunków chirurgicznych — odrzekł łagodnie Marcus, skupiając się na pracy. Champ lekko się poruszył, a Sarah natychmiast skorygowała pozycję, by ustabilizować nogę.

— Wszystko w porządku — powiedziała Sarah tonem, który wyraźnie sugerował coś przeciwnego. — Doktor Webb miał pewne zastrzeżenia do naszych warunków.

— Chodziło tylko o oświetlenie — doprecyzował Marcus, nie chcąc wracać do tej dyskusji. — Do pracy wymagającej precyzji.

Oczy Pip rozbłysły rozbawieniem. — Z tego, co widzę, radzi sobie pan z tym świetnie. — Popatrzyła jeszcze przez chwilę na jego ręce, po czym nagle się ożywiła. — Ale dobrze, że pana złapałam! Mam trzech ogierków do wykastrowania po ostatnich zakupach na aukcjach.

Marcus poczuł, jak odrobinę się rozluźnia na dźwięk rutynowych kastracji. Standardowe procedury to dokładnie to, czego potrzebował, by zbudować relację i pokazać kompetencje. — Z przyjemnością się tym zajmę. Kiedy skończę tutaj, możemy omówić terminy w klinice.

— Och, nie trzeba — odparła beztrosko Pip. — Caroline zawsze robi to na miejscu. Znacznie mniej stresu niż transport. — Oparła się o framugę drzwi, jakby nieświadoma, że jej słowa właśnie odnowiły napięcie. — Chociaż jeden to wnęter, niezstąpione jądro. Trochę trudniej, ale Caroline też robiła mi tu już kilka takich.

Marcus o mało nie zagubił kolejnego szwu. Kastracja wnętrza to zupełnie inny poziom zabiegu, wymagający bardziej rozległej operacji, by zlokalizować i usunąć niezstąpione jądro z jamy brzusznej. W porządnym bloku operacyjnym to dość proste. W warunkach polowych, przy niedostatecznym oświetleniu...

Odchrząknął, zyskując czas, gdy kończył obecny szew. — Wnęter, tak? Ile ma lat?

— Cztery, po zębach — odparła Pip. — Przepiękny kuc, ale jako ogier do niczego, nie ma papierów. Caroline mówiła, że lepiej zrobić go prędzej niż później.

Marcus wyregulował czołówkę, w myślach przeglądając zabrany sprzęt. Miał dość zaopatrzenia na rutynowe kastracje, ale zabieg u wnętra jest bardziej inwazyjny. Potrzebowałby dodatkowych materiałów, lepszego oświetlenia, może więcej rąk do pomocy.

— Zazwyczaj — zaczął ostrożnie — wolę wykonywać kastracje wnętrów w warunkach klinicznych. Ryzyko skażenia jamy otrzewnej jest większe, a procedura jest bardziej inwazyjna niż standardowa kastracja.

Bardziej wyczuł, niż zobaczył reakcję Sarah — subtelne zesztywnienie obok niego. Gdy uniósł wzrok, ujrzał na jej twarzy ledwo skrywane rozczarowanie, może nawet dystans. Zabolało to bardziej, niż chciałby przyznać.

Pip znów spojrzała to na jednego, to na drugą, a jej bystre oczy wychwyciły podskórne napięcia. — Zawsze mogę przełożyć, jeśli dziś to nie na rękę — zaproponowała dyplomatycznie. — Albo poczekać, aż Caroline wróci na dyżur.

Ta sugestia coś w nim uruchomiła. Duma, owszem, ale i coś więcej: niechęć, by w oczach Sarah wypadł gorzej od Caroline. W pamięci zabrzmiał głos byłej żony: — *Jesteś zbyt ostrożny, Marcus. Czasem musisz się dostosować, zamiast upierać się przy idealnych warunkach.*

W myślach raz jeszcze sprawdził wyposażenie, myśli pędziły. Czy był nadmiernie ostrożny? Być może. Warunki nie były idealne, ale też nie prymitywne, a leki i narzędzia miał wszystkie. Podczas rezydentury wykonywał bardziej złożone zabiegi w gorszych warunkach — w tym nagłą operację kolkową na zabłoconym padoku podczas burzy.

Marcus znów uchwycił ten wyraz Sarah — spojrzenie oceniające, które jakimś cudem znajdowało w nim braki. Nie powinno go obchodzić, co ta kobieta myśli o nim zawodowo. Dopiero co się poznali. A jednak...

Było w niej coś — praktyczna pewność siebie i subtelna kruchość pod opanowaniem. Złapał się na tym, że chce zrobić na niej wrażenie, zetrzeć z jej oczu cień wątpliwości. To nieprofesjonalne i nieracjonalne, ale niezaprzeczalne.

— Dam sobie radę — powiedział, podejmując decyzję. Spojrzał prosto na Pip i odezwał się z pewnością, której nie czuł w pełni. — Skończę leczenie tej rany, a potem zajmę się pani ogierkami. Wszystkimi, włącznie z wnętrem.

Twarz Pip od razu się rozjaśniła. — Świetnie! Pójdę ich przygotować i poproszę Nicolasa o pomoc. — Odbiła z powrotem w tę samą stronę, co przyszła, a energia ciągnęła się za nią niemal jak widoczna smuga.

Sarah przyglądała mu się z nieodgadnionym wyrazem twarzy. — Jest pan pewien? Odniosłam wrażenie, że uważa pan nasze stanowisko za... nieadekwatne.

— Potrafię się dostosować — odparł Marcus, wracając do finalnych szwów na nodze folbluta. — To nie jest idealne, ale przewożenie młodych, nieoswojonych ogierków bez potrzeby też nie jest.

Skinęła krótko głową, w geście lekkiego uznania. — Dopilnuję, żeby miał pan wszystko, czego potrzeba.

Gdy Marcus bandażował leczoną nogę, przygotowywał się w myślach na trudniejsze procedury. Ręce poruszały się niemal automatycznie, ich spokojna skuteczność maskowała narastającą w nim nerwową energię. Musiał być w absolutnym topie formy, zwłaszcza przy wnętrze. Jeden błąd mógł oznaczać poważne powikłania, nawet zagrozić życiu ogierka.

Ale gdy odkładał zużyte materiały i szykował świeże, poczuł, jak twardnieje w nim postanowienie. Marcus Webb nie ucieka przed zawodowymi wyzwaniami i z pewnością nie cofa się przed trudnymi zabiegami. Skoro Caroline Burnett potrafi wykonać takie operacje tutaj, on też potrafi. Może nawet lepiej. Prawdopodobnie zrobił ich więcej niż ona — w klinice uniwersyteckiej były chlebem powszednim.

A jeśli udowodnienie tego oznacza zdobycie odrobiny szacunku u stojącej obok, powściągliwej i kompetentnej kobiety, cóż, to po prostu znaczy, że musi pokazać, iż potrafi sprostać każdej potrzebie ważnego klienta. Nic ponadto.

Nawet to sobie myśląc, Marcus wiedział, że oszukuje samego siebie. Było w Sarah McKenzie coś, co go intrygowało, co sprawiało, że jej dobra opinia liczyła się dla niego bardziej, niż powinna. Gdy przygotowywał zestaw chirurgiczny, próbował skupić się wyłącznie na czekających procedurach, ale świadomość jej obecności nie znikała — była rozpraszającym podtekstem jego zawodowej koncentracji.

Rozdział trzeci

Pierwsze dwie kastracje przebiegły gładko, aż zaskakująco bezproblemowo. Ręce Marcusa wykonywały znajome ruchy, podczas gdy jego umysł pozostawał nadmiernie wyczulony na czujną obecność Sarah McKenzie. Ogierki dobrze zareagowały na sedację, a same zabiegi były tak rutynowe, jak to tylko możliwe. Marcus wiedział jednak, że prawdziwy test dopiero przed nim.

— Będzie z nimi w porządku — powiedział, odsuwając się od drugiego kuca, zrywając rękawiczki i sięgając po kolejną parę świeżych. — Proszę tylko utrzymywać rany w czystości i obserwować, czy nie ma nadmiernego obrzęku. Zostawię antybiotyki i leki przeciwbólowe wraz z instrukcjami.

Sarah skinęła głową, robiąc notatki w tym, co wyglądało na wzorowo prowadzony dziennik medyczny, podczas gdy Eunji odprowadzała otumanionego drugiego kuca. Truskawkowo-blond warkocz Sarah zaczął się puszyć w wilgoci, kosmyki włosów okalały jej twarz. Praktyczne okulary nie potrafiły ukryć bystrości jej spojrzenia w szaro-zielonych oczach. Niewiele mówiła podczas zabiegów, ale jej uwaga ani na moment nie osłabła.

— Pip właśnie poszła po wnętrza — powiedziała, zamykając dziennik. — Zaraz powinna wrócić.

Marcus wykorzystał chwilę, by przejrzeć narzędzia i upewnić się, że ma świeżo wysterylizowane przyrządy przygotowane do bardziej złożonego zabiegu. Kastracje wnętrów były z natury ryzykowniejsze, wymagały bowiem nacięcia jamy brzusznej, by zlokalizować i usunąć jądro, które nie zstąpiło. W porządnym bloku operacyjnym byłoby to proste. Tutaj, przy ograniczonych warunkach i improwizowanym oświetleniu...

Odepchnął tę myśl. Zobowiązał się i odwrotu już nie było. Nie, jeśli chciał zyskać jakąkolwiek wiarygodność w Ridgewater.

Dźwięk kopyt na betonie oznajmił powrót Pip. Pojawiła się, prowadząc małego, złotego kuca bułanka, który nie mógł mieć więcej niż dziesięć dłoni w kłębie, zerkającego na Marcusa spod gęstej czarnej grzywki opadającej na czoło. Za nimi szedł wysoki, szczupły młody mężczyzna o ciemnych włosach i oliwkowej cerze, z dłonią opartą o zad kuca, by utrzymać go w ruchu.

— Oto nasz mały rozrabiaka — oznajmiła radośnie Pip. — Marcusie, to Nicolas, jeden z naszych backpackerów. Jest Francuzem, ale jego angielski jest świetny, a z młodymi zwierzakami radzi sobie rewelacyjnie.

Nicolas skinął głową na powitanie, jego wyraz twarzy pozostał poważny mimo lekkiego tonu Pip. — On jest bardzo... eee... drażliwy? Nieprzywykły do obchodzenia się z nim.

Marcus podszedł powoli, oceniając zwierzę. Kuc był wyraźnie mniejszy, niż się spodziewał, o drobnych nogach i wąskiej klatce piersiowej. Serce mu nieco zmarkotniało. Im mniejsze zwierzę, tym mniej miejsca do pracy, co czyniło i tak delikatny zabieg jeszcze trudniejszym. I tak musiał go położyć, by przeprowadzić operację; wejście pod niego byłoby niemożliwe ze względu na mikre rozmiary. Rozejrzał się.

— Zróbmy to tutaj — powiedział, wskazując miejsce, gdzie światło wydawało się odrobinę lepsze. — I tak jest za mały na stelaż.

— Jasne — odparła Sarah.

Uświadomił sobie, że pracowała w najlepsze, gdy on zajmował się pozostałymi ogierkami. Rozwinęła duży matę do jogi, którą przyniosła, i rozłożyła na niej świeżą plandekę, uśmiechając się, gdy zauważyła jego aprobujące spojrzenie. — Caroline nauczyła nas wielu sztuczek, wiesz. I jeszcze to. — Z tylnej kieszeni wyjęła akumulatorową lampę warsztatową, włączając ją, by zaprezentować mocny strumień LED. — Pomyślałam, że może się przydać.

— Doceniam to — powiedział Marcus, szczerze zaskoczony tym wysiłkiem. — Dziękuję.

Sarah wzruszyła ramionami, ale dostrzegł lekkie zmiękczenie w okolicach jej oczu. — Pip wspomniała, że ten wnęter jest mniejszy. Pomyślałam, że lepsze oświetlenie pomoże przy precyzyjnej pracy.

Ta niespodziewana troska wytrąciła go z równowagi. Przygotowywał się, by udowodnić swoją wartość mimo warunków, a ona właśnie je poprawiała, żeby ułatwić mu zadanie.

— Dobrze — powiedział, z wysiłkiem odzyskując zawodowy fokus. — Znieczulmy go i ułóżmy.

Kilkanaście kolejnych minut było ostrożnym tańcem przygotowań. Kuc, zgodnie z ostrzeżeniem Nicolasa, był płochliwy i potrzeba było ich trojga, by nakłonić go do podejścia na tyle blisko maty, żeby można go było na nią bezpiecznie złożyć po zadziałaniu sedacji; Nicolas mruczał coś po francusku, a Marcus starał się nie kląć na uparte stworzenie. W końcu Marcus podał sedację i cierpliwie czekał, aż lek zacznie działać, podczas gdy Nicolas i Sarah delikatnie popychali kuca coraz bliżej maty, gdy ten zaczął zataczać się na swoich malutkich kopytach.

— Jest jeszcze młody — wyjaśniła Pip, gdy czekali. — Po zębach ma raptem nieco ponad cztery lata. Ktoś powinien był zrobić to wcześniej, ale operacja u wnętrów jest droga. Większość ludzi nie sądzi, że da się na nim zarobić.

Marcus skinął głową, obserwując, jak oczy kuca ciężkną, a głowa zaczyna opadać. — Im młodszy, tym zwykle łatwiejsza rekonwalescencja. Choć u wnętrów to i tak bardziej skomplikowane, niezależnie od wieku.

Gdy sedacja w pełni zadziałała, kuc powoli się osunął, a cała czwórka poprowadziła go tak, by ułożyć go na macie przykrytej plandeką. Nicolas trzymał stabilizująco dłoń na jego głowie, podczas gdy Marcus przykucnął, by ocenić pole operacyjne. Sarah wsunęła świeżą parę rękawiczek i podała mu butelkę płynu dezynfekującego do sterylizacji miejsca cięcia.

— Wyzwaniem — objaśniał Marcus, wykonując pierwsze nacięcie — jest to, że niezstąpione jądro może znajdować się w dowolnym miejscu jamy brzusznej. Czasem tuż przy pierścieniu pachwinowym, czasem znacznie głębiej.

Był przyzwyczajony do komentowania swoich działań podczas zabiegów, bo nierzadko za jego plecami stała gromadka studentów weterynarii. Zdarzało mu się nawet łapać na tym, że opowiadał do pustego pokoju. Rzut oka na Sarah pokazał jednak zainteresowanie na jej twarzy, więc nie próbował się powstrzymywać.

Dodatkowa lampa, którą Sarah oparła na odwróconym wiadrze, rzucała jasne, równe światło dokładnie tam, gdzie było mu potrzebne, eliminując cienie, które wcześniej go niepokoiły. Pierwsza część zabiegu przebiegła gładko — usunął zstąpione jądro z wprawną skutecznością.

Teraz zaczynała się trudniejsza część. Marcus wykonał drugie, bardziej precyzyjne nacięcie, ostrożnie palpował, by zlokalizować pierścień pachwinowy. Jego palce poruszały się delikatnie, wyczuwając charakterystyczną twardość niezstąpionego narządu.

— Jest — mruknął bardziej do siebie niż do pozostałych. — Czuję je. Jest tuż przy pierścieniu, na szczęście nie głęboko w jamie brzusznej.

Rozpoczął ostrożną ekstrakcję, w pełni świadomy delikatnych naczyń krwionośnych i otaczających tkanek. Jeden zły ruch mógł spowodować poważne krwawienie albo zanieczyszczenie jamy otrzewnej. Niewielkie rozmiary kuca utrudniały pracę — przestrzeń była ciaśniejsza, niż zwykle. Nigdy wcześniej nie wykonywał tego zabiegu na tak maleńkim kucu.

Nagle, mimo sedacji, kuc poruszył się, a jego ciało napięło się w reakcji na jakiś niewidoczny bodziec.

— Spokojnie — ucięła Sarah, opierając się o bok kuca, by go unieruchomić.

Marcus nie drgnął. Jego dłonie pozostały idealnie stabilne, palce utrzymały uchwyt na częściowo wyłonionym jądrze. W czasie specjalizacji bywał w gorszych sytuacjach, łącznie z operacją na kolkę, kiedy olbrzymi koń rasy Shire zaczął się przedwcześnie wybudzać z narkozy. To było do opanowania.

— Dobra reakcja — powiedział cicho, nie podnosząc wzroku. — Nicolas, czy mógłby Pan sprawdzić poziom sedacji? Może trzeba będzie dołożyć dawkę.

Młody Francuz skinął głową i podszedł, by sprawdzić oczy i odruchy kuca. — Chyba wciąż jest w porządku. To tylko odruch.

Marcus kontynuował, całkowicie skupiony na delikatnej ekstrakcji. Pot perlił się na jego czole, ale nie mógł poświęcić dłoni, by go otrzeć. Kropla spłynęła mu po skroni, gdy starannie podwiązywał naczynia i dokończył usuwanie niezstąpionego jądra, śliskiej, wielkości winogrona grudki.

— Gotowe — powiedział w końcu, odkładając usunięty narząd do miski nerkowatej. — Teraz zamkniemy.

Przez cały zabieg miał nadmierną świadomość, że Sarah śledzi każdy jego ruch, oceniając technikę, podejmowanie decyzji i opanowanie pod presją. Jej opinia nie powinna była tak bardzo się liczyć, to wiedział. A jednak się liczyła.

Zawiązując ostatni szew, Marcus poczuł satysfakcję po dobrze wykonanej, trudnej pracy. Nacięcia były czyste, z minimalnym urazem tkanek wokół, a krwawienie — nieznaczne.

— Przez najbliższe dwadzieścia cztery godziny będzie wymagał ścisłej obserwacji — powiedział w końcu, zdejmując rękawiczki i siadając na piętach, rozprostowując zesztywniałe palce. — Nacięcie do jamy brzusznej niesie większe ryzyko powikłań niż standardowa kastracja.

Sarah pochyliła się, by obejrzeć efekty jego pracy, z wyrazem twarzy starannie neutralnym. Po chwili skinęła krótko głową, a kąciki jej ust musnęła ledwie widoczna iskierka uśmiechu.

— Dobra robota — powiedziała po prostu, lecz nuty niechętnego szacunku w jej tonie nie sposób było przeoczyć.

Te dwa słowa nie powinny smakować jak zwycięstwo. Marcus był doświadczonym chirurgiem weterynarii, w swojej karierze wykonywał znacznie bardziej złożone procedury. A jednak, z ust Sarah McKenzie, ta krótka aprobata brzmiała zaskakująco znacząco.

Pozwolił sobie na mały uśmiech w odpowiedzi. — Dziękuję. Lepsze oświetlenie zrobiło ogromną różnicę.

To był rodzaj oferty pokoju, uznanie jej wkładu w powodzenie zabiegu. Delikatne rozluźnienie jej ramion powiedziało mu, że tak właśnie to odebrała.

Marcus nakładał ostatni antybiotykowy spray na miejsce nacięcia, gdy Pip w podskokach wróciła do strefy zabiegowej, jakby upał Queensland w ogóle jej nie dotyczył. Sprawdziła pozostałe dwa kuce i zdążyła zmienić zakurzony T-shirt na czysty, z haftem „Pip's Perfect Ponies" na kieszeni. Jej czarny warkocz zakołysał się, gdy od razu podeszła do znieczulonego kuca.

— Kapitalna robota przy moim małym rozrabiace! — zawołała, delikatnie poklepując wciąż otumanionego kuca po szyi. Jej dłonie, małe, ale wyraźnie silne, poruszały się po zwierzęciu fachowo, sprawdzając parametry życiowe. — Popatrz na te szwy. Wzorcowo równe!

Marcus nie mógł się nie uśmiechnąć na widok jej entuzjazmu. Po intensywnym skupieniu, jakiego wymagał zabieg, jasna energia Pip była miłą odmianą atmosfery.

— Dobrze to zniósł — odparł, zsuwając rękawiczki. — Choć przez kilka najbliższych dni będzie wymagał uważnego monitorowania. Nacięcie do jamy brzusznej wymaga szczególnej troski.

— Oczywiście, oczywiście — Pip szybko przytaknęła, nie spuszczając oczu z kuca. — Mam dla niego przygotowany specjalny boks na rekonwalescencję. Miękkie ściółki po same uszy, a ja dziś śpię w siodlarni, żeby sprawdzać go co godzinę. — Zerknęła na Marcusa z szerokim uśmiechem. — To nie pierwszyzna, jeśli chodzi o wyprowadzanie pacjenta po zabiegu, obiecuję.

Nicolas cofnął się, zwijając zakrwawione plandeki, by je wynieść, podczas gdy Sarah robiła notatki w swoim rejestrze. W strefie zabiegowej zapanowała bardziej swobodna atmosfera, odkąd najważniejsza część pracy dobiegła końca.

— On ma taki potencjał — ciągnęła Pip, przesuwając dłonią po jego bułanej sierści. — Zgarnęłam go za grosze na sprzedaży w Laidley trzy miesiące temu. Biedaczyna był na wpół wygłodzony i kompletnie nieoswojony, ale spójrz na tę budowę. — Odstąpiła krok, gestem dumnej prezenterki wskazując kuca, jakby ten stał w pełnej gotowości na ringu, a nie wciąż leżał oszołomiony narkozą. — Będzie z niego pierwszorzędny kuc pokazowy, jak tylko przejdzie trening.

Marcus wyprostował się, dyskretnie rozciągając plecy. — Specjalizuje się Pani w przypadkach rehabilitacji? — zapytał, szczerze ciekawy jej działalności.

Twarz Pip rozjaśniła się na to pytanie, najwyraźniej uradowana możliwością opowiedzenia o swoim biznesie. — Ratunek i reedukacja, to moja nisza. Szukam nieoszlifowanych diamentów, konkretnie kucy do dwunastu dłoni, które poważni koniarze pomijają, bo nie mają dorosłego jeźdźca dość drobnego, by je wyszkolić. — Poklepała kuca po zadzie z czułością. — Ten maluch przeszedł przez trzy aukcje w tylu miesiącach. Nikt nie chciał wnętrza, zwłaszcza zupełnie nieoswojonego. Ale zobaczyłam te czyste nogi i bystre oko i wiedziałam, że będzie idealny, jak tylko się nim zajmę.

Gdy Marcus odkładał narzędzia do pojemnika „Do mycia", skąd miały trafić do czyszczenia i sterylizacji w klinice, Pip przeszła do szczegółowego wyjaśniania swojego modelu biznesowego; słowa płynęły kaskadą entuzjazmu, która ledwie potrzebowała powietrza, nie mówiąc o odpowiedziach.

— Wyrobiłam sobie niezłą reputację producentki niezawodnych kucy dla dzieci. Kupuję je tanio, surowe, odsyłam na jakiś czas na łąkę, jeśli są zbyt młode, by je siodłać, i pracuję z ziemi. A kiedy są gotowe, daję im pół roku solidnej roboty pod siodłem.

Zrobiła krótką pauzę na oddech, po czym wróciła do tego samego wartkiego tempa. — Marża jest świetna, jeśli wiesz, czego szukać. Ten jegomość tutaj — znów poklepała kuca — kosztował mnie 140 dolarów na aukcji w Laidley. Jak już dojdzie do siebie i przejdzie kilka miesięcy porządnego treningu, pójdzie za świetne pieniądze, zwłaszcza gdy zaliczymy parę pokazów. Wystarczająco uroczy, by każda mama zobaczyła w nim idealnego kuca do klasy prowadzonej na uwiązie albo w ręku.

Marcusa szczerze zafascynowała ta fachowość ukryta pod radosną otoczką. — A popyt jest dobry? — zapytał, myjąc ręce w pobliskim zlewie.

— Nienasycony — potwierdziła Pip z znawczym skinieniem głowy. — Zwłaszcza na typy „nie do wystraszenia", dla lękliwych dzieci albo początkujących właścicieli. Każda mama chce idealnego kuca dla swojego skarbu i jest gotowa zapłacić za spokój ducha naprawdę słono. — Puściła oko. — Ja ten spokój dostarczam, a do tego kucyki, które są szczerze szczęśliwe w swojej pracy, i ceny nawet moich najtańszych, niezbyt urodziwych zaczynają się od 10 000 dolarów.

Marcusowi opadła szczęka. Nic dziwnego, że była gotowa wydać 3 000 na zabieg kastracji wnętra! Ten mały bułanek na pewno nie był z „dolnej półki"; miała rację co do jego urody. Na samym tym kucu mogła mieć pięciocyfrowy zysk, a dziś wykastrował dla niej już *trzy*.

Sarah zamknęła rejestr z miękkim stukiem. — Pip ma listę oczekujących — wtrąciła, po raz pierwszy od chwili, gdy pochwaliła pracę Marcusa. — Mogłaby sprzedać dwa razy tyle, gdyby miała czas, by je wszystkie wyszkolić.

— Najtrudniej znaleźć te właściwe — wyjaśniła Pip, niespodziewanie zmieniając temat. — No dobrze, o jego protokole rekonwalescencji. Kiedy mogę zacząć prowadzać go w ręku? Musi uczyć się manier nawet w trakcie gojenia.

Nagłe przejście do serii szybkich pytań nieco zaskoczyło Marcusa, ale płynnie się dostosował. — Co najmniej dwadzieścia cztery godziny odpoczynku w boksie —

odpowiedział, wpadając w komfortowy rytm udzielania zaleceń. — Potem krótkie spacery w ręku przez kolejne trzy dni, o ile nie będzie komplikacji. Ruch kontrolowany, bez gwałtownych skrętów i cofania.

Pip kiwała głową, chłonąc każde zalecenie ze zaskakującą koncentracją jak na wcześniejszy słowotok. — A kiedy mogę wrócić do porządnej pracy z ziemi? Lonżowanie? Praca na wolności?

— Lonżowania unikałbym przez co najmniej dziesięć dni — uprzedził Marcus. — Ruch po okręgu obciąża miejsce nacięcia. Praca na wolności zależy od tego, jak się nakręca. Spokojne prowadzenie, podstawowe zatrzymania i przejścia do stępa powinny być w porządku po trzech dniach.

— Żywienie? Jest wystarczająco puchaty, więc nie daję twardej paszy, tylko lizawkę mineralną. Poleciłby Pan coś z suplementów na gojenie? — Pytania płynęły dalej, każde przemyślane mimo szybkiego tempa.

Marcus docenił w Pip tę skrupulatność pod energetycznym temperamentem. Zbyt wielu właścicieli ledwie słucha zaleceń pooperacyjnych, zakładając, że wszystko będzie dobrze bez odpowiedniej uwagi. Pip, mimo energii i gadatliwości, wyraźnie traktowała swoje obowiązki poważnie.

— Probiotyk nie zaszkodzi, biorąc pod uwagę antybiotyk, który Pani dam. Raczej nie dodawałbym twardej paszy — może wywołać nadmiar energii, której nie chcecie. Wystarczy garść sieczki, żeby wymieszać suplement.

Gdy rozmawiali o dawkowaniu antybiotyku, Marcus zauważył, że Sarah przygląda się ich rozmowie z nieczytelnym wyrazem twarzy. Jej wcześniejsza aprobata była krótka, ale znacząca — małe pęknięcie w profesjonalnym pancerzu, który utrzymywała od jego przyjazdu. Zastanawiał się, co myśli teraz, gdy odpowiadał na entuzjastyczne pytania Pip.

Kontrast między obiema kobietami był uderzający, pomyślał. Pip — ekspresyjna i żywiołowa; Sarah — wyważona i powściągliwa. A jednak pod różnymi zewnętrznymi warstwami kryła się podobna kompetencja, wspólne oddanie pracy, które budziło w nim ogromny szacunek.

— I jeszcze jedna rzecz — powiedziała Pip, wreszcie zwalniając tempo. — Kiedy mogę zacząć przedstawiać go dzieciom? Mam kilkoro zaufanych maluchów, które pomagają socjalizować młode.

— Dajcie mu co najmniej dwa tygodnie, zanim poznajdzie nowe osoby — poradził Marcus. — I dopilnujcie, by nacięcia były w pełni zagojone, zanim pozwolicie dzieciom go dotykać. Ostatnie, czego potrzebujecie, to podekscytowane dziecko, które przypadkiem uderzy w miejsce operowane.

Pip rozpromieniła się, wyraźnie usatysfakcjonowana odpowiedziami. — Idealnie. Wiedziałam, że będzie Pan drobiazgowy. — Spojrzała na Sarah ze znaczącym uśmiechem. — Jim zawsze powtarzał, że potrzebujemy weterynarza, który odpowie na wszystkie moje pytania, zamiast próbować zmykać.

Marcus nie był do końca pewien, jak to przyjąć, ale zdecydował się potraktować to jak komplement. — Chętnie pomogę — powiedział krótko. — Po to tu jestem.

I ze zdziwieniem uświadomił sobie, że naprawdę tak czuł. Mimo trudnych warunków i początkowych wątpliwości było w tym coś satysfakcjonującego — praca z ludźmi, którym tak wyraźnie zależało na zwierzętach. Nawet jeśli czasem oczekiwali od niego wykonywania skomplikowanych operacji w dalekich od idealnych okolicznościach.

Sarah obserwowała, jak Marcus odpowiada na serię pytań Pip z niespodziewaną cierpliwością. Widziała już bardziej doświadczonych weterynarzy, którzy gubili się pod naporem entuzjastycznych dociekań Pip, a on na każde odpowiadał wyczerpująco, nie poganiając jej i nie mówiąc protekcjonalnie. To było... kompetentne. Profesjonalne. Sarah, choć nie dawała tego po sobie poznać, była niechętnie pod wrażeniem.

Sam zabieg poszedł lepiej, niż przewidywała. Mimo oczywistych początkowych zastrzeżeń co do ich zaplecza, dr Webb przeprowadził kastrację wnętra z umiejętnością i spokojem, nawet gdy kuc niespodziewanie się poruszył. Jego dłonie były nieruchome, koncentracja — niewzruszona.

Kiedy organizowała dodatkowe oświetlenie, częściowo był to test, przyznała przed sobą. Czy zauważy poprawę? Dostosuje się? A może uparcie będzie trzymał się wyłącznie wytykania rzekomych niedostatków? Odpowiedzią było jego proste dziękuję.

— Ma sympatyczny temperament pod tą całą hecą — mówiła Pip, gładząc bułaną sierść, gdy świeżo upieczony wałach wreszcie zatoczył się na nogi. — Jak tylko się zagoi i nauczy manier, uszczęśliwi jakąś małą dziewczynkę.

— Tylko upewnij się, że rodzice tej dziewczynki będą w stanie zapłacić twoją cenę — odparła sucho Sarah.

Pip uśmiechnęła się bez cienia skrępowania. — Biznes to biznes, siostro kochana. Tresura kucy to nie działalność charytatywna; od tego jest Emma. — Odwróciła się do Marcusa. — No dobrze, lepiej odprowadzę tego chwiejnego jegomościa do boksu rekonwalescencyjnego. Nicolas, czy mógłby mi Pan pomóc?

Francuski backpacker przytaknął, podchodząc, by chwycić uwiąz. — Oczywiście. Idziemy powoli, tak?

— Tempem ślimaka — potwierdziła Pip. — I będę chciała przejrzeć Pana notatki, zanim Pan wyjedzie, panie doktorze. Znajomość każdej możliwej komplikacji pozwala mi spokojniej spać.

— Przygotuję je dla Pani — obiecał Marcus, tym samym spokojnym tonem, jaki utrzymywał przez cały zabieg.

Sarah patrzyła, jak Pip i Nicolas ostrożnie wyprowadzają wciąż znieczulonego kuca, jego kroki były chwiejne, ale do opanowania między nimi. Żywiołowy szczebiot Pip stopniowo cichł, gdy przesuwali się wzdłuż korytarza stajni, pozostawiając w strefie zabiegowej niemal zaskakującą ciszę.

Milczenie między nią a Marcusem nie było może niewygodne, ale niosło w sobie ciężar niewypowiedzianej oceny. Sarah chwyciła wąż i zaczęła spłukiwać powierzchnie, podczas gdy Marcus pakował sprzęt. Poruszali się wokół siebie z uważną choreografią profesjonalistów współdzielących przestrzeń — nikt nikomu nie wchodził w drogę.

Sarah złapała się na tym, że ukradkiem obserwuje go przy pracy. Jego ruchy były oszczędne, bez zbędnych gestów, każdy miał cel. To była ta sama precyzja, którą zauważyła podczas zabiegu, metodyczne podejście sugerujące lata praktyki. Caroline zapewniała ją, że zastępca to doświadczony lekarz koni, ale co innego usłyszeć, a co innego zobaczyć tę doświadczoność w działaniu.

— Macie tu naprawdę porządne zaplecze — skomentował Marcus, zatrzaskując walizkę z instrumentami. — Zwłaszcza program hodowlany. Na terenie jest ponad sześćdziesiąt koni?

— Sześćdziesiąt cztery przy ostatnim liczeniu — potwierdziła Sarah. — Choć to się waha przy ratunkach Emmy i biznesie tresury kucy Pip.

Zawahała się, po czym dodała: — Moi rodzice zbudowali Ridgewater od zera; zanim kupili posiadłość, była tu farma bydła. To, co widzisz, to ponad trzydzieści lat rozważnej hodowli i inwestycji.

Coś w jej tonie musiało zdradzić dumę, bo Marcus skinął głową ze szczerym zrozumieniem. — To widać. Wszystko tutaj mówi o profesjonalizmie i dbałości o szczegóły.

Komplement zaskoczył ją nieprzygotowaną. Nie był przesadny ani szczególnie osobisty, ale jego prosta szczerość sprawiła, że zabrzmiał zaskakująco mocno. Sarah złapała się na tym, że na nowo ocenia pierwsze wrażenie dr. Marcusa Webba. Może nie był tylko kolejnym miejskim weterynarzem, który uważa, że wiejskie warunki są poniżej jego standardów.

— Dajemy radę — odparła krótko. — Choć niezawodna opieka weterynaryjna jest kluczowa, zwłaszcza w sezonie wyźrebień.

Marcus zamknął walizkę miękkim kliknięciem. — A propos, powinienem jeszcze raz sprawdzić Duchess, zanim wyjadę. I zainstalować ten system monitoringu, o którym wspominałem.

Sarah skinęła głową, ku własnemu zdziwieniu z lekkim uśmiechem. — Byłabym wdzięczna. Jest dla nas ważna.

Pip wsunęła głowę z powrotem do strefy zabiegowej, jak zwykle w idealnym momencie. — Kuc osadzony — oznajmiła, po czym zamilkła, a jej spojrzenie śmignęło między Sarah a Marcusem z nagłym zainteresowaniem. Uśmiech pełen domyślności rozlał się po jej twarzy, ale na szczęście zatrzymała dla siebie to, co miała na końcu języka.

— Będę w biurze, gdybyście mnie potrzebowali — dodała zamiast tego. — Dopinam właśnie papiery sprzedażowe. — Pomachała wesoło i zniknęła, zostawiając Sarah z zastanawianiem się, co dokładnie jej szwagierka myślała, że widzi.

Sarah zakręciła wodę, podczas gdy Marcus niósł sprzęt do pick-upa. Dzisiejszy występ Marcusa był... uspokajający. Sprawny weterynarz był dla Ridgewater kluczowy, zwłaszcza że Duchess była tak blisko wyźrebienia. Jeśli dziś był wyznacznikiem, dr Webb powinien podołać każdemu medycznemu wyzwaniu, jakie postawią przed nim ich konie.

Nie znaczyło to oczywiście, że w pełni mu zaufała. Jeden udany zabieg nie wymazywał jej naturalnej ostrożności. Ale był to początek, sygnał, że być może wiara Caroline w zastępstwo nie była nieuzasadniona.

— Tutaj rozpisałem zalecenia pooperacyjne — powiedział Marcus, kiedy wyszła, by się z nim spotkać, podając jej starannie wypisaną kartkę. — Dla wszystkich trzech ogierków, ale ze szczególnym naciskiem na wnętrza. Jeśli zauważy Pani którykolwiek z tych objawów — wskazał wypunktowaną listę — proszę natychmiast dzwonić, o każdej porze.

Sarah przyjęła kartkę, zauważając wyraźne, czytelne pismo. Kolejny punkt na jego korzyść, właściwie. Zapiski Caroline bywały niemal nie do odszyfrowania, co przez lata doprowadziło do niejednej pomyłki w lekach.

— Będziemy — zapewniła go. — Pip bardzo poważnie traktuje swoje obowiązki, mimo gadulstwa.

— Zauważyłem — odparł Marcus z lekkim uśmiechem. — Pod tą energią ewidentnie kryje się doświadczona koniara.

— Jedna z najlepszych — potwierdziła Sarah, czując znajomą dumę z rodzinnych kompetencji. — Każde z nas w swoim obszarze.

Proste stwierdzenie zawisło między nimi — nie tyle wyzwanie, co potwierdzenie standardów, jakie Ridgewater utrzymywało. Ku jej zaskoczeniu Marcus skinął bez cienia defensywy.

— Widzę to — powiedział cicho. — To widać we wszystkim, co tu robicie.

Gdy Marcus wyjął z ciężarówki proponowaną wcześniej kamerę i zaproponował, żeby zainstalowali ją razem, Sarah nie mogła zaprzeczyć, że coś się zmieniło względem jej początkowego sceptycyzmu i jego pozornego lekceważenia ich wiejskich warunków i metod. Zaczęło się rodzić ostrożne zawodowe zaufanie i dla dobra wszystkich koni w Ridgewater mogło to być tylko dobre.

Rozdział czwarty

Sarah zaprowadziła Marcusa z powrotem do boksu Duchess, a bezprzewodowy zestaw kamer spoczywał pod jego ramieniem. Popołudniowe światło zaczęło mięknąć, rzucając długie cienie przez otwarte boki stajni. Zerknęła przez jedno z wysokich okien na niebo, zauważając, jak od zachodu szybko zbierają się chmury. Styczeń w Queensland często przynosił popołudniowe burze. Powietrze było ciężkie, naelektryzowane, to znajome ciśnienie, które zwykle poprzedzało ulewę. Duchess obserwowała ich z zaciekawieniem, gdy wchodzili do jej przestronnego boksu, z uszami nastawionymi do przodu.

— Gdzie twoim zdaniem będzie najlepsze miejsce? — zapytała Sarah, ogarniając wzrokiem obwód boksu. — Musimy mieć czyste linie widoczności na wszystkie kąty, zwłaszcza tam, gdzie najpewniej będzie się źrebić.

Marcus ocenił przestrzeń klinicznym okiem. — Najlepiej wysoko, w rogu, z nachyleniem w dół. Większość klaczy woli się źrebić przy ścianie niż na środku. — Wskazał na północno-wschodni róg. — Tamta belka poprzeczna, powiedziałbym.

Sarah skinęła głową. — Dobry wybór. Duchess zwykle układa się w tamtym dalekim rogu, kiedy odpoczywa. — Sięgnęła po drabinkę opartą o ścianę na zewnątrz boksu. — Przytrzymam ją, a ty na nią wejdź. — Po drodze chwyciła małą skrzynkę z narzędziami; wiertarka oraz śruby i śrubokręty różnej wielkości powinny im w zupełności wystarczyć.

Marcus wszedł na drabinkę z kamerą w ręku, a Sarah podała mu wiertarkę, a potem odpowiednie śruby.

— Informacje o aplikacji są na pudełku, jeśli chcesz zeskanować kod i zainstalować ją w telefonie — wyjaśnił Marcus, pewnie łącząc przewody. — Muszę tylko sparować to urządzenie i upewnić się, że sygnał Wi-Fi dociera jak należy.

Sarah postępowała według jego wskazówek, jednocześnie czujnie obserwując Duchess, która zdawała się niewzruszona zamieszaniem. Przez otwarte drzwi stajni zauważyła, że niebo gwałtownie ciemnieje, ciężkie, ciemnoszare chmury nasuwają się z zaskakującą prędkością. Wilgotne powietrze jeszcze bardziej zgęstniało, stając się niemal przytłaczające.

— Zapowiada się porządna burza — rzuciła. — Lepiej się sprężyć.

Marcus zerknął przez ramię na nadciągający mrok. — Te słynne, popołudniowe burze w Queensland? Słyszałem o nich, ale jestem tu dopiero od kilku dni i jeszcze żadnej nie widziałem. W Sydney mamy sporo piorunów, owszem.

— Tutaj dostaniesz coś więcej niż same pioruny. Potrafią być widowiskowe — odparła Sarah. — Zwłaszcza latem. Blaszany dach wszystko potęguje.

Jak na komendę, pierwsze ciężkie krople deszczu zaczęły uderzać w blaszany dach nad nimi, tworząc głuchy, metaliczny stukot, który błyskawicznie narastał. W kilka sekund łagodny stukot przeobraził się w ogłuszające bębnienie, gdy deszcz siekł w taflach. Ten nagły przeskok z suszy do oberwania chmury był kwintesencją tropików.

— Szybciutko poszło — skomentował Marcus, mówiąc nieco głośniej, by dało się go usłyszeć ponad narastającą ulewą. Dokończył mocowanie kamery i zaczął schodzić z drabinki. — Jeszcze tylko sprawdzę siłę sygnału, zanim...

Przerwał mu ostry trzask błyskawicy, a niemal natychmiast potem ogłuszający grzmot, który zdawał się wprawiać w wibracje całą konstrukcję stajni. Sarah odruchowo drgnęła, zaciskając dłonie na drabince. Lampy nad ich głowami zamigotały raz, drugi, po czym się ustabilizowały.

— Wszystko w porządku? — zapytał Marcus, już bezpiecznie stojąc obok niej na ziemi.

— W porządku — odparła automatycznie, zmuszając ramiona do rozluźnienia. — Po prostu się wystraszyłam. Było blisko.

Kolejny błysk rozświetlił stajnię przez okna, ostrym białym światłem malując ich twarze, po czym znów zapadł półmrok elektrycznego oświetlenia. Grzmot, który nastąpił, zdawał się przetaczać przez ziemię pod ich stopami.

Intensywność deszczu jeszcze jakoś wzrosła, a potem Sarah usłyszała charakterystyczne ostre dzwonienie, które zwiastowało coś gorszego.

— Grad — powiedziała ponuro, gdy pierwsze lodowe kulki dołączyły do deszczu, uderzając w metalowy dach jak tysiące jednocześnie upuszczonych szklanych kulek. Hałas szybko stał się przytłaczający, ciągłe bombardowanie, które niemal uniemożliwiało normalną rozmowę.

— To normalne? — krzyknął Marcus ponad jazgotem, z miną na pograniczu zachwytu i niepokoju.

Sarah skinęła głową, krzywiąc się, gdy szczególnie głośny grzmot odbił się echem po budynku. — Styczniowe burze bywają mocne. Ale zwykle szybko przechodzą!

Duchess poruszyła się w boksie, ale nie okazała paniki, której niektórzy mogliby się spodziewać. Po prostu przeszła do ulubionego kąta i skubała siano z rezygnacją konia, który przetrwał już niejedną taką nawałnicę. Inne konie w pobliskich boksach wydawały się równie niewzruszone — jedne zerkały z zaciekawieniem w stronę źródła hałasu, inne dalej jadły siano, jakby nic szczególnego się nie działo.

Sarah zazdrościła im tego spokoju. Nigdy by się do tego nie przyznała na głos, ale burze budziły w niej niepokój od czasu wypadku. Nagłe błyski światła dokuczały jej upośledzonemu wzrokowi, zostawiając dezorientujące powidoki, które utrudniały śledzenie ruchu. Nieprzewidywalne grzmoty posyłały przez ciało niechciane zastrzyki adrenaliny — ciało pamiętało traumę, którą umysł próbował wyprzeć.

Kolejny błysk, niebieskobiały i oślepiający, rozświetlił całą stajnię. Sarah szybko zamrugała, próbując pozbyć się mroczków przed oczami. Kiedy tuż potem huknął grzmot, nie zdołała powstrzymać lekkiego podskoku.

Marcus to zauważył; ich spojrzenia spotkały się, a w jego oczach było zrozumienie, nie ocena. — Chodźmy sprawdzić podgląd z kamery w siodlarni — zaproponował mimochodem, jakby jej reakcja była czymś całkiem zwyczajnym. — Powinno być tam trochę ciszej i upewnimy się, że sygnał przechodzi jak trzeba.

Sarah skinęła z wdzięcznością, doceniając jego takt. — Dobry pomysł. Wątpię, żeby szybko odpuściło, a zasięg i tak powinniśmy przetestować.

Wyszli z boksu Duchess, a Sarah starannie zamknęła za sobą drzwi. Grad nadal obijał dach, dźwięk miał niemal fizyczną intensywność. Idąc główną alejką w stronę siodlarni, zobaczyli, jak kolejny duet błysku i grzmotu rozświetla przestrzeń, cienie skaczą i umykają z nienaturalną prędkością.

Sarah poczuła lekkie dotknięcie w łokieć — bardziej podtrzymujące niż kontrolujące. Zerknęła na Marcusa, zaskoczona gestem.

— Przepraszam — powiedział natychmiast, cofając dłoń. — Nawyk z przeprowadzania pacjentów przez klinikę. Nie chciałem się narzucać.

— Nic się nie stało — odparła, sama zaskoczona, że naprawdę tak czuje. Normalnie mogłaby zjeżyć się na sugestię, że potrzebuje pomocy, ale w tym przelotnym kontakcie było coś kojącego. — Siodlarnia jest tuż przed nami. To jedyne miejsce w tej stajni bez okien i z podwieszanym sufitem, dzięki czemu podczas gradobicia jest tu wyraźnie ciszej.

Gdy dotarli do drzwi siodlarni, największy jak dotąd grzmot zdawał się zatrząść samymi fundamentami budynku. Mimo starań Sarah wyraźnie drgnęła, zaciskając palce na klamce aż do bieli knykci.

— Blacha wszystko wzmacnia — powiedziała tonem możliwie rzeczowym mimo galopującego tętna. — Przez to brzmi, jakby było gorzej, niż jest w rzeczywistości.

Marcus skinął, nie okazując ani litości, ani zdumienia jej reakcją. — Domyślam się. To co, wchodzimy? — Wskazał na drzwi z lekkim, rozumiejącym uśmiechem, który sprawił, że Sarah nie czuła się oceniana w swojej chwilowej słabości.

Popchnęła drzwi, wdzięczna za względne schronienie bezokiennego pomieszczenia — i jeszcze bardziej wdzięczna, że jej chwilowy dyskomfort nie przerodził się między nimi w niezręczność.

Siodlarnia otuliła ich względną ciszą, furia burzy została stłumiona przez masywne, murowane ściany, podwieszany sufit i brak okien. To była przestrzeń czysto użytkowa, każdy centymetr wykorzystany: siodła rozmieszczone na wieszakach według rozmiaru i typu, ogłowia wiszące na mosiężnych hakach, każde z tabliczką z imieniem przypisanego konia. Sarah podeszła do małej ławki w rogu, gdzie na małej lodówce stały czajnik, kilka kubków i puszka kawy rozpuszczalnej.

— Kawa? — zaproponowała, nalewając wody do czajnika. — Niestety tylko rozpuszczalna.

— Poproszę — odparł Marcus, odkładając telefon na plastikowy składany stół stojący pośrodku pomieszczenia. — Nauczyłem się nigdy nie odmawiać kofeiny, niezależnie od jakości.

Sarah lekko się uśmiechnęła, włączając czajnik. — Rozsądna zasada dla weterynarza. — Wyjęła z półki dwa kubki z logo Ridgewater: stylizowaną końską głową nad skrzyżowanymi drągami do skoków. — Mleko? Cukier?

— Czarna wystarczy, dzięki.

Gdy woda się gotowała, Marcus sprawdził aplikację kamery na jej telefonie. — Sygnał dochodzi idealnie — zameldował, odwracając ekran w jej stronę. — Wyraźny obraz całego boksu.

Sarah pochyliła się bliżej, kiwając z aprobatą na widok wysokiej jakości obrazu Duchess spokojnie jedzącej siano. — Świetna jakość. Lepsza, niż się spodziewałam po przenośnym zestawie.

— Technologia w ostatnich latach poszła niesamowicie do przodu. Ten model ma nawet tryb nocny i alerty ruchu. — Zademonstrował funkcje kilkoma wprawnymi stuknięciami palców po ekranie. — Możesz ustawić powiadomienia, jeśli zacznie wykazywać ruchy charakterystyczne dla zbliżającego się wyźrebienia.

Czajnik kliknął, a Sarah przygotowała kawy, doceniając praktyczność urządzenia. Podała Marcusowi kubek i usiadła na jednym ze składanych krzeseł przy stole. Burza na zewnątrz wciąż szalała, ale tutaj, w otoczeniu solidnych ścian, robiło się prawie przytulnie.

Wzrok Marcusa powędrował na ścianę za jej plecami, gdzie nad wieszakami na siodła wisiały dziesiątki oprawionych fotografii, opowiadających historię Ridgewater. — Macie tu całkiem pokaźne dziedzictwo — zauważył, studiując zdjęcia.

Sarah podążyła spojrzeniem do fotografii — wizualnej kroniki jeździeckich dokonań rodziny McKenzie. — Rodzice zbudowali wszystko od zera — odparła z naturalną dumą w głosie. — Tata był chłopakiem z robotniczej rodziny z Ipswich, miał dar do trudnych koni i miał szczęście, że dostał do jazdy kilka świetnych. Mama miała nieco bardziej uprzywilejowane pochodzenie, ale porzuciła wszystko w Szwecji, żeby poślubić tatę.

Wstała i podeszła do ściany, wskazując wyblakłą fotografię młodego Jima McKenziego na potężnym gniadoszu, który czyścił ogromną przeszkodę. — To tata na igrzyskach w Los Angeles w 1984 roku. Zajął dziewiąte miejsce indywidualnie.

— Imponujące — powiedział Marcus, podnosząc się, by do niej dołączyć. — A to twoja mama? — Wskazał kolejne zdjęcie: uderzająco piękna blondynka w granatowej marynarce z błękitnym kołnierzem, na siwym koniu, także na olimpijskiej fotografii.

Sarah skinęła. — Tak. Startowała w ujeżdżeniu dla Szwecji. Poznali się w LA, zakochali, a potem postanowili zbudować program hodowlany łączący linie krwi ich koni. — Odwróciła się do niego z zaskakująco łobuzerskim uśmiechem. — Albo to oficjalna wersja. Prawda jest taka, że mieli romans podczas igrzysk, a mama kilka tygodni później odkryła, że jest w ciąży. Przez chwilę było skomplikowanie, ale zdecydowała się przeprowadzić tutaj i wzięli ślub.

Marcus parsknął niewierzącym śmiechem. — To byłaś ty? Nie, zaraz... jesteś na to za młoda.

Sarah uśmiechnęła się, mile połechtana. — Nie, to był mój brat, Kit... mąż Pip. Ja pojawiłam się kilka lat później, a potem moje siostry Kate i Emma. — Wskazała zdjęcie Jima i Ingrid obok siebie na koniach, każde z dzieckiem przed sobą w siodle. — Jeździmy odkąd pamiętamy. Tu Kit z tatą, a tu ja z mamą.

— To Legend, prawda? — Marcus wskazał młodszą wersję ogiera, którego widzieli wcześniej — Jim McKenzie na grzbiecie, czyści potężny okser.

— Tak, jako sześciolatek. Jego babka od strony ojca była koniem olimpijskim taty, a dziadek od strony matki — mamy. — Twarz Sarah złagodniała. — Ich arcydzieło, idealne połączenie obu linii.

Marcus oglądał zdjęcia z autentycznym zainteresowaniem, zatrzymując wzrok na nowszych ujęciach. — I wszyscy poszliście ich śladem?

Sarah zawahała się, odruchowo unosząc dłoń do okularów. — Tak, każdy na swój sposób. Kate odziedziczyła ujeżdżeniowy dosiad mamy, Emma ma tatowy dar do problematycznych koni, a ja... — Urwała, a słowa utknęły jej w gardle.

— Byłaś zawodniczką WKKW — dokończył łagodnie Marcus. — Caroline o tym wspomniała.

Sarah skinęła, odwracając się od konkretnego zdjęcia, na które nie umiała spojrzeć — jest na nim na kasztanie, lecą nad potężną przeszkodą terenową. — Wszechstronny konkurs. Miałam kwalifikację na igrzyska w Paryżu. — Słowa zabrzmiały sztywniej, niż zamierzała.

Wrócili do krzeseł, a kawa dała chwilowe zajęcie. Sarah objęła kubek dłońmi, zastanawiając się, ile powiedzieć.

Rzadko mówiła o wypadku; rana była wciąż zbyt świeża mimo upływu czasu.

— Co się stało? — zapytał cicho Marcus. — Jeśli mogę spytać.

Sarah wpatrzyła się w kawę. Pomruk burzy stanowił odpowiednie tło dla trudnych wspomnień. — Byliśmy na Badminton w Wielkiej Brytanii, dosłownie dwa miesiące przed wyjazdem do Paryża. Mój koń, Ridgewater Fire, potknął się przy wyskoku z wody. Mocno się przewróciliśmy... Straciłam przytomność i prawie się utopiłam, steward przeszkodowy wyciągnął mnie i zrobił mi RKO. — Zawahała się, przełykając. — Fire złamała nogę i trzeba ją było uśpić na trasie. Ja miałam pękniętą czaszkę i uszkodziłam ośrodek wzroku w mózgu.

— Przykro mi — powiedział Marcus z autentyczną empatią, bez cienia litości.

— Fizyczne urazy się wygoiły — podjęła Sarah, wreszcie podnosząc wzrok, by spotkać jego spojrzenie. — Ale neurologiczne uszkodzenia zostały. W dużej mierze straciłam widzenie głębi. Nie widzę odległości do przeszkód, co wyklucza starty, zwłaszcza w krosie. Dopiero kilka miesięcy temu znów dostałam zgodę na prowadzenie samochodu i nie prowadzę ciężarówki, nie ciągnę przyczepy dla koni ani nie jeżdżę po autostradach. Zbyt ryzykowne. Mogę jeździć, ale... nie skaczę. Nie widzę odskoku — to po prostu za niebezpieczne, a ujeżdżenie... to działka Kate, nie moja.

— Więc przerzuciłaś się na zarządzanie ośrodkiem i programem hodowlanym — podsumował Marcus.

— Albo to, albo kompletnie się rozpaść — przyznała. — Skupienie się na liniach krwi i stronie biznesowej dało mi cel, kiedy jazda już nie mogła.

Zapadła między nimi wygodna cisza, przerywana tylko stopniowo słabnącymi odgłosami burzy. Sarah zdziwiło, jak łatwo przyszły jej te słowa i jak podzielenie się bolesną prawdą z Marcusem nie było tą kruchością, której zwykle unikała.

— Rozumiem więcej, niż myślisz — odezwał się po chwili Marcus. Jego spojrzenie gdzieś odpłynęło, a palce lekko postukiwały w kubek. — To uczucie, kiedy twoja zawodowa tożsamość się rozpada i musisz ją zbudować od nowa.

Sarah czekała, dając mu taką samą przestrzeń, jaką on dał jej.

— Mój rozwód — zaczął powoli. — To nie była tylko osobista porażka. Zawodowo też był druzgocący. Ojciec mojej byłej żony był szefem katedry hipiatrii na uniwersytecie. Dostałem tam etat dzięki temu powiązaniu i latami starałem się udowodnić, że zasługuję na niego z własnych osiągnięć.

Upił łyk kawy, porządkując myśli. — Pracowałem dwa razy ciężej niż inni, brałem trudne przypadki, publikowałem. Ale dla nich nigdy nie było dość. Zawsze byłem najpierw mężem Elise, a dopiero potem doktorem Webbem.

— Brzmi wyczerpująco — stwierdziła cicho Sarah.

— Było. A kiedy Elise uznała, że nasze małżeństwo przeszkadza jej w karierze, i zaczęła romans z zastępcą kierownika katedry, z dnia na dzień stałem się persona non grata. — Jego śmiech był pozbawiony wesołości. — Dwa dni po podpisaniu papierów rozwodowych poinformowano mnie, że moja umowa nie zostanie przedłużona. Dziesięć lat pracy skreślone, bo przestałem być rodziną.

Sarah poczuła przypływ oburzenia w jego imieniu. — To oburzające.

— Upokarzające — przyznał Marcus. — Każdy sukces nagle wydał się pusty, jakby był przyznany po znajomości, a nie wypracowany. — Spojrzał jej prosto w oczy. — Więc kiedy dziś zobaczyłem twoją minę, gdy zasugerowałem, że wasze zaplecze nie nadaje się do operacji, od razu to rozpoznałem.

— Co rozpoznałeś? — zapytała Sarah, choć coś w niej już znało odpowiedź.

— Spojrzenie kogoś, kto przywykł, że inni go oceniają i uznają za niewystarczającego — powiedział miękko. — Widziałem je w lustrze aż nazbyt często.

Prosta obserwacja uderzyła z nieoczekiwaną siłą. Sarah poczuła osobliwe wrażenie w piersi, rozpoznanie tak głębokie, że niemal fizyczne. Oboje mierzyli się z niemożliwymi standardami; oboje znali gorzki smak porażki mimo wszelkich starań.

— Wygląda na to, że łączy nas coś więcej niż tylko zawodowe zainteresowania końmi — powiedziała w końcu.

Marcus uśmiechnął się, a szczery uśmiech odmienił jego poważne rysy. — Na to wygląda.

Na zewnątrz deszcz osłabł do łagodnego postukiwania, furia burzy wygasła. Ale w siodlarni między nimi coś się zmieniło — nad przepaścią zawodowego dystansu przerzucił się nieśmiały most. Sarah nie była do końca pewna, co zrobić z tym nowym porozumieniem, tym nieoczekiwanym zbliżeniem z mężczyzną, który jeszcze kilka godzin temu był obcy. Jednak kończąc kawę w towarzyskiej ciszy, poczuła wdzięczność za burzę, która zmusiła ich do tej wspólnej chwili szczerości.

Kiedy wyszli z siodlarni, Sarah wciągnęła głęboki haust powietrza przemytego deszczem i poczuła się dziwnie lżejsza po ich rozmowie. Wyznanie prawdy o wypadku okazało się zaskakująco oczyszczające, a jego szczerość o rozwodzie stworzyła między nimi osobliwą więź. Profesjonalne obowiązki szybko jednak wróciły na pierwszy plan, gdy szli wzdłuż rzędu boksów, sprawdzając, czy konie nie przeżyły burzy zbyt mocno. Większość była niewzruszona — jedne drzemały, inne skubały siano z typową końską obojętnością na pogodowe dramaty. Dopiero przy boksie Duchess Sarah poczuła ukłucie niepokoju.

Gniada klacz była niespokojna — krążyła w małych kółkach i od czasu do czasu rozgrzebywała grubą ściółkę. Jej ogon smagnął powietrze z irytacją.

— Coś jest nie tak — mruknęła Sarah, odryglowując drzwi boksu. — Była spokojna nawet w apogeum burzy.

Marcus wszedł za nią do przestronnego boksu, a jego profesjonalna postawa natychmiast wróciła. — Ile dni do bezpiecznego terminu?

— Dziewięć — odparła Sarah, podchodząc do Duchess powoli, bez pośpiechu. Przejechała dłonią po szyi klaczy, czując lekki pot na skórze mimo chłodnego powietrza po burzy. — Jej zachowanie w ciągu ostatniej godziny wyraźnie się zmieniło.

Marcus obserwował klacz, zauważając, jak niespokojnie przerzuca ciężar z jednej tylnej nogi na drugą. — Pozwól, że sprawdzę ją jeszcze raz — zaproponował.

Sarah patrzyła, jak porusza się przy Duchess z tym samym spokojem, który okazał podczas operacji. Jego dotyk był delikatny, ale pewny, gdy uniósł ogon, by zmierzyć temperaturę i ocenić okolice sromu.

— Temperatura prawidłowa — zameldował. — Z tyłu lekkie rozluźnienie, ale nic znaczącego. Brak widocznej wydzieliny.

Sarah zmarszczyła brwi, obserwując, jak Duchess znów rozgrzebuje ściółkę. — Ale jej zachowanie zmieniło się dramatycznie. Zobacz, jak kopie.

Marcus skinął ze skupieniem, przeszedłszy do badania palpacyjnego brzucha klaczy. — Źrebię jest wciąż aktywne i w dobrej pozycji. Moja ocena: widać wczesne oznaki, ale poród nie jest bezpośrednio nieuchronny. Stawiałbym raczej na dni niż godziny.

— Ale nie możesz mieć pewności — nacisnęła Sarah, nie potrafiąc ukryć napięcia. — Klacze potrafią przejść od pierwszych sygnałów do akcji porodowej zaskakująco szybko.

— Prawda — przyznał Marcus. — Ale wszystkie wskaźniki fizyczne sugerują, że mamy jeszcze trochę czasu. Kamera powiadomi cię o istotnych zmianach w zachowaniu.

Sarah skrzyżowała ramiona, nieprzekonana. — Wolałabym też założyć alarm wyźrebieniowy. Na wszelki wypadek — i pasek, i szelki.

Marcus uniósł wzrok, lekko marszcząc brwi. — Na tym etapie alarm może niepotrzebnie ją stresować. Już jest niespokojna, a zakładanie szwu z nadajnikiem mogłoby ją dodatkowo drażnić.

— To standardowa procedura u naszych cennych klaczy — odparła Sarah. — Nigdy nie mieliśmy problemów, żeby alarmy powodowały stres.

— Działają skutecznie mniej więcej przez tydzień, zanim padną baterie albo poluzują się szwy — zauważył spokojnie Marcus. — Jeśli założymy go teraz, a ona nie oźrebi się dłużej niż przez tydzień, trzeba będzie go wymienić, dokładając stresu.

Sarah poczuła, jak odzywa się znajomy upór — ten sam, który pomógł jej poskładać życie po wypadku. — To źrebię to poważna inwestycja — i finansowa, i dla naszego programu hodowlanego. Wolę dmuchać na zimne.

Marcus wyprostował się i spojrzał jej prosto w oczy. — Rozumiem, Sarah. Ale jako jej lekarz muszę brać pod uwagę to, co uzasadnione medycznie, a nie tylko to, co może ukoić twoje nerwy.

— Moje nerwy? — powtórzyła Sarah, słysząc w swoim głosie lekki ostry ton. — Tu nie chodzi o emocje. Chodzi o ochronę cennego dobra.

Słowa zabrzmiały ostrzej, niż chciała, i dostrzegła cień zranienia na twarzy Marcusa, zanim znów przybrał profesjonalny wyraz. Duchess poruszyła się między nimi, lekko napierając na Sarah, jakby wyczuwając napięcie.

— Przepraszam — powiedział po chwili Marcus, starannie dobierając ton. — Źle to ująłem. Chodziło mi o to, że system kamer daje świetny nadzór bez inwazyjnych działań. Ustawienia alertów są naprawdę zaawansowane.

Sarah przeciągnęła dłonią po szyi Duchess, próbując uspokoić i klacz, i siebie. Wiedziała, że mówi rozsądnie. A jednak myśl, że mogłaby coś przeoczyć, że nie zrobi wszystkiego, by zabezpieczyć akurat to źrebię, ścisnęła jej żołądek niepokojem.

— Zróbmy tak — podjął Marcus łagodniej. — Przez najbliższe dwadzieścia cztery godziny monitorujemy ją uważnie kamerą. Jeśli objawy wyraźnie się nasilą, wrócę i założę alarm. Ale jeśli zostaną na tym poziomie, poczekamy jeszcze kilka dni.

To był rozsądny kompromis i Sarah o tym wiedziała. Wypuściła powietrze, zmuszając się do chłodnej oceny propozycji. — To... rozsądne — przyznała w końcu. — Ale chcę twojego słowa, że przyjedziesz natychmiast, jeśli zobaczę istotne zmiany.

— Dzień i noc — obiecał Marcus, z poważnym wyrazem twarzy. — Tak wygląda życie lekarza koni. Nocne telefony mamy w pakiecie.

Mimo siebie Sarah poczuła, jak kąciki ust drgają jej w uśmiechu. — Caroline wspominała o tej zawodowej „atrakcji" nie raz.

Coś w atmosferze między nimi się zmieniło; zawodowe napięcie ustąpiło miejsca innej, bardziej osobistej świadomości. Stojąc razem w ciasnym boksie, Sarah nagle wyłapała szczegóły, których wcześniej nie zauważyła: jak ciemne włosy Marcusa lekko się podkręcają, gdy wysychają po deszczu, ciepły odcień brązu jego oczu, którymi patrzył na nią z wyrazem nie całkiem klinicznym.

Duchess znów się poruszyła, trącając tym razem Marcusa i niemal popychając ich bliżej siebie w ograniczonej przestrzeni. Sarah podniosła wzrok na jego twarz, nagle świadoma ich bliskości i lekkiego zapachu kawy oraz deszczu, który go otulał. Ich spojrzenia się spotkały i coś niewypowiedzianego przemknęło między nimi — świadomość wykraczająca poza zawodową relację.

Sarah pierwsza odwróciła wzrok, niespodziewanie z przyspieszonym biciem serca. Odchrząknęła, znów skupiając się na Duchess. — Jeszcze tylko sprawdzę, czy aplikacja działa, zanim wyjedziesz — powiedziała, starając się brzmieć swobodnie mimo ciepła na policzkach.

— Jasne — odparł Marcus, a jeśli jego głos zabrzmiał odrobinę niżej, Sarah postanowiła to zignorować.

Na zewnątrz burza całkiem przeszła, zostało tylko delikatne kapanie z okapów. Ale gdy stali razem w boksie Duchess, Sarah nie mogła pozbyć się wrażenia, że między nimi zaszła istotna zmiana — taka, która nie miała nic wspólnego ani z pogodą, ani z weterynaryjnymi procedurami, a wszystko z zaskakującym porozumieniem, jakie odkryli pośród wyzwań dnia.

Rozdział piąty

PIĘĆ DNI PO BURZY Sarah siedziała przy kuchennym stole z siostrami, a styczniowy upał napierał na okna mimo dzielnych wysiłków klimatyzatora. Po poranku ciężkiej pracy znów wpadły w swój zwyczajowy rytm lunchu: Kate prosto z treningu z Misty, Emma wciąż w zakurzonych ubraniach po pracy przy uratowanych koniach, a Pip z włosami wymykającymi się z równego warkocza po porannych lekcjach na kucykach. Ta wygodna, znajoma codzienność południowego spotkania była jak krótka wyspa spokoju w ich zabieganych dniach, chwila, by złapać oddech przed popołudniowymi zadaniami.

— Duchess doprowadza mnie do szału — oznajmiła Sarah, smarując domową konfiturą z ananasa serową kanapkę, po czym przekroiła ją na pół i z uśmiechem podała talerz Jemimie. — Wciąż wykazuje wszystkie oznaki rychłego oźrebinia, ale uparcie nie chce wreszcie tego zrobić.

Kate podniosła wzrok znad sałatki, jej blond włosy były jak zwykle idealnie upięte w kok mimo parnego gorąca. — Marcus sądzi, że wytrzyma do bezpiecznego terminu?

— To jego aktualna prognoza — potwierdziła Sarah, próbując zignorować lekkie łaskotanie w żołądku na dźwięk jego imienia. Od ich rozmowy podczas burzy ich zawodowe kontakty miały podskórny... coś. Nie była gotowa temu się przyglądać zbyt uważnie. — Przyjedzie po południu, żeby założyć czujnik wyźrebienia.

— A skoro już o Marcusie mowa — wtrąciła Pip z psotnym uśmiechem — wygląda na to, że dobrze się wpasowuje.

— Jest kompetentny — odparła Sarah neutralnie, choć nie potrafiła do końca spotkać się z figlarnym spojrzeniem Pip.

— Tylko kompetentny? — droczyła się Pip. — Przystojny też jest, wiesz. Te ramiona...

— Całkowicie bez znaczenia dla jego umiejętności weterynaryjnych — ucięła ostro Sarah, czując, jak policzki jej płoną. — Podaj wodę, proszę.

Emma parsknęła śmiechem, podsuwając jej dzbanek. — Rumienisz się, Saruś.

— Na zewnątrz są trzydzieści siedem stopni — zaprotestowała Sarah. — Każdy jest zaczerwieniony.

Kate na szczęście zawróciła rozmowę na właściwe tory. — O drugiej przychodzi ta młoda para, żeby porozmawiać o współdzierżawie Bartleby'ego. Zapowiadają się dobrze, ale chcę, żebyś też na nich zerknęła, Sarah.

Sarah skinęła głową, wdzięczna za zmianę tematu. — Posiedzę przy tym. Emma, jak się aklimatyzuje ten nowy folblut? Ten ze zgrubiałym (naderwanym) ścięgnem?

— Lepiej, niż się spodziewałam — odparła Emma z ustami pełnymi kanapki. — Poprzedni właściciele byli w porządku, po prostu nie było ich stać na rehabilitację. Przy właściwej opiece i czasie może się z niego zrobić cudowny koń do jazdy rekreacyjnej.

Rozmowa toczyła się gładko, w tym rytmie rodziny i wspólnego celu, który nieraz już je niósł przez trudne chwile. Sarah złapała się na tym, że patrzy na siostry z cichą czułością — każda inna, a wszystkie tak samo niezbędne dla sukcesu Ridgewater. Kate z perfekcjonistycznym zacięciem, Emma z miękkim sercem dla poranionych stworzeń i Pip z niespożytą energią oraz smykałką do interesów. Razem sprawiały, że to miejsce działało, a Jemima w samym jego sercu była kolejnym pokoleniem — jej młody umysł chłonął ich wiedzę jak gąbka.

Hana wsunęła głowę przez drzwi, gdy kończyły jeść. — Poczta dostarczona — oznajmiła radośnie. — Jest specjalny rządowy list, Sarah. Bardzo oficjalnie wygląda.

— Dzięki, Hano — powiedziała Sarah, biorąc stos. Szybko go przebrała — katalogi pasz, magazyn jeździecki, rachunki — aż dotarła do białej koperty z emblematem Departament Transportu i Dróg Głównych stanu Queensland. Coś w jej urzędowym wyglądzie ścisnęło jej żołądek niepokojem. Żadne z pojazdów nie miało teraz kończącej się rejestracji. O co mogło chodzić? List był adresowany do jej rodziców, prawnych właścicieli Ridgewater, ale miała ich upoważnienie, by otwierać i prowadzić całą korespondencję podczas ich nieobecności.

— Co to jest? — zapytała Kate, zauważając wyraz twarzy Sarah.

— Nie wiem — mruknęła Sarah, wsuwając palec pod lak.

Na górze listu widniał stanowy herb. Sarah przebiegła wzrokiem pierwszy akapit i poczuła, jak krew odpływa jej z twarzy. Dłonie zaczęły jej lekko drżeć, gdy czytała dalej, umysł odmawiał pełnego przetworzenia słów, które miała przed sobą. Przewróciła na drugą stronę i spojrzała na wydrukowaną tam mapę — czarne i czerwone linie zlewały się, gdy próbowała pojąć przerażający obraz.

— Sarah? — głos Emmy brzmiał, jakby dochodził z bardzo daleka. — Co się stało?

Sarah uniosła wzrok i zobaczyła trzy zatroskane twarze. Odchrząknęła, usiłując się opanować mimo szoku, który przetaczał się przez jej ciało.

— To z Departament Transportu i Dróg Głównych — powiedziała, a papier zaszeleścił w jej zbyt mocnym uścisku. — Planują nową obwodnicę, część projektu podwojenia autostrady. — Urwała, biorąc uspokajający oddech. — I proponowany wariant biegnie prosto przez Ridgewater. Przez nasz dom, areny, główny kompleks stajenny... wszystko.

Po tym zapadła absolutna cisza. Sarah słyszała ciche buczenie lodówki, dalekie rżenie konia na jednym z padoków. Twarz Kate pobladła, jej niebieskie oczy rozszerzyły się z przerażenia. Palce Emmy tak mocno ściskały krawędź stołu, że aż pobielały kostki. Pip zastygła w bezruchu, szklanka wody zatrzymała się w połowie drogi do ust.

— To chyba jakaś pomyłka — odezwała się wreszcie Kate nienaturalnie spokojnym tonem. — Przecież nie mogą tak po prostu... zabrać naszej własności.

— Mogą — odparła ponuro Sarah. — To się nazywa przymusowe wywłaszczenie. Oferują tak zwaną odpowiednią kompensatę według wartości rynkowej. — Wydobył się z niej pusty śmiech, pozbawiony cienia wesołości. — Jakby jakakolwiek kwota mogła zrekompensować to, co tu zbudowałyśmy.

Emma sięgnęła po list, a jej dłonie wyraźnie drżały. — Jak szybko? — wyszeptała.

— Faza planowania już trwa — powiedziała Sarah, pozwalając Emmie wziąć papiery. — Konsultacje społeczne zaczynają się w przyszłym miesiącu. Jeśli projekt zatwierdzą, budowa może ruszyć w ciągu osiemnastu miesięcy.

— Osiemnaście miesięcy? — powtórzyła Kate, a jej opanowanie wreszcie pękło. — Misty i ja potrzebujemy lat niezakłóconego treningu w znajomym otoczeniu, a nie chaosu i przeprowadzki!

— A co z moimi końmi po przejściach? — Emma wyglądała na kompletnie zdruzgotaną. — Niektóre ledwo zaczynają znów ufać ludziom. Przenosiny mogą zniweczyć miesiące rehabilitacji.

Pip ostrożnie odstawiła szklankę, jakby bała się, że gwałtowniejszy ruch potłucze coś więcej niż szkło. — Moje kucyki — powiedziała cicho. — Cały biznes opiera się na naszych tutejszych obiektach. Małe kwatery, okrągły lonżownik, padoki na wzgórzach, gdzie młodziaki idą na odchów. Tego się nie da tak po prostu... przeszczepić gdzie indziej. Dokąd w ogóle byśmy poszły?

Sarah potarła skronie, próbując myśleć ponad szokiem. — W liście jest mowa o odszkodowaniu według wartości rynkowej za grunt i uznane obiekty. — Nie potrafiła zdusić w sobie wściekłości i goryczy. — Jakby nasze wyspecjalizowane zaplecze można było wycenić jak dom na przedmieściach albo magazyn.

— Czy oni mają pojęcie, ile kosztuje budowa aren o standardzie sportowym? — żądała odpowiedzi Kate. — Albo specjalistycznej infrastruktury hodowlanej? Albo wartość ugruntowanych padoków po dziesięcioleciach pracy z glebą?

— Nie mówiąc już o rzeczach niemierzalnych — dodała Emma. — Lokalizacja, renoma, miejscowi klienci, którzy przyjeżdżają specjalnie do Ridgewater. Tego nie da się wycenić.

Sarah znów wbiła wzrok w list, a rzeczywistość opadła na nią z miażdżącym ciężarem. — Załączyli informacje, jak strony objęte inwestycją mogą składać uwagi albo sprzeciw w trakcie konsultacji. — Jej analityczny umysł już układał listę potrzeb — mapy i opracowania, wyceny obiektów, oceny oddziaływania — ale ogrom zagrożenia groził, że ją przytłoczy.

— Naprawdę mogą nam to zrobić? — spytała Pip cichym głosem. — Po prostu... wymazać Ridgewater?

— Nie bez walki — powiedziała stanowczo Sarah, choć serce waliło jej jak młotem. — Zawsze rozpatrują kilka wariantów trasy. Musimy przedstawić przekonujące argumenty, że ten jest nie do przyjęcia.

Drzwi kuchenne gwałtownie się otworzyły i do środka wpadła Jemima, która myła ręce w łazience, kiedy list dotarł. — Mamo! Mogę po południu wrócić i pojeździć na Sparky? Myślę, że mogłybyśmy skoczyć wyżej tym razem... — Jej podekscytowana paplanina zgasła, gdy wyczuła ciężką atmosferę i dostrzegła przerażony wyraz twarzy mamy. — Co się stało? Coś jest z którymś z koni?

Niewinne pytania zawisły w powietrzu, jeszcze dobitniej uwypuklając realność sytuacji. Jak wytłumaczyć ośmiolatce, że jedyny dom, jaki zna, może zostać zrównany z ziemią pod obwodnicę?

Emma przyciągnęła córkę do siebie i pocałowała ją w czoło. — Właśnie dostałyśmy trudną wiadomość, kochanie. Na razie nie musisz się tym martwić.

Ale Jemima, jak zawsze spostrzegawcza, nie dała się zbyć. — Mamy kłopoty? — zapytała, a jej niebieskie oczy rozszerzyły się.

Sarah wymieniła spojrzenia z siostrami, w milczeniu rozważając, ile powiedzieć. Dzieci zasługują na szczerość, ale nie na niepotrzebny lęk. — Rząd rozważa budowę nowej drogi — powiedziała w końcu, dobierając słowa z największą ostrożnością. — I jednym z miejsc, które biorą pod uwagę, jest teren Ridgewater.

Brwi Jemimy zmarszczyły się, gdy próbowała to poukładać. — Przez nasz dom? I stajnie? — Kiedy Sarah skinęła głową, twarz bratanicy lekko się zapadła. — Ale gdzie pójdą wszystkie konie? Gdzie my pójdziemy?

Te proste pytania trafiały w samo sedno ich położenia, nazywając emocjonalną stawkę, którą urzędowy list ukrywał za biurokratycznym językiem.

— To właśnie musimy ustalić — odparła łagodnie Sarah. — Ale na razie za bardzo się nie martw. To tylko propozycja, nie ostateczna decyzja. Zrobimy wszystko, żeby zmienić im zdanie.

— A jeśli nie damy rady ich zatrzymać? — drążyła Jemima. — Co ze Sparky? I z Legendem? I ze wszystkimi końmi? — Jej głos zadrżał. — A co z moim pokojem? I z domkiem na drzewie, który zbudował Dziadek?

Emma przytuliła córkę mocniej. — Och, kochanie. Zawsze zadbamy o konie, bez względu na wszystko. A ty zawsze będziesz miała swój pokój, nawet jeśli będzie w innym domu.

— Ale to nie będzie to samo — powiedziała Jemima z rozbrajającą dziecięcą prostotą. — Ja chcę tu zostać na zawsze.

Kate odchrząknęła, wyraźnie walcząc o zachowanie panowania nad sobą. — My wszystkie, Jem.

Sarah wyprostowała się, odpychając na bok własną burzę emocji. To nie był czas na rozpacz, tylko na działanie. — Jemima, idź, proszę, zapytaj Nicolasa, czy pomoże ci osiodłać Sparky i popilnuje cię podczas jazdy. Musimy odbyć dorosłą rozmowę na ten temat.

Kiedy Jemima niechętnie wyszła, niosąc ciężar zmartwienia, którego ośmiolatka nie powinna dźwigać, Sarah rozłożyła list na stole, zmuszając się, by podejść do sprawy analitycznie.

— Musimy dokładnie zrozumieć, z czym mamy do czynienia — zaczęła, z początku niepewnie, ale nabierała pewności, gdy zmuszała się do myślenia, do planowania. — Według tego rozważają różne możliwe warianty obwodnicy. Nasz jest preferowany, bo jest najprostszą trasą. — Przesunęła palcem po czerwonych liniach na mapie, a mdłości wezbrały jej w żołądku.

— Ile faktycznie wyniosłoby odszkodowanie? — zapytała Pip, tym razem bez zwykłej werwy.

Sarah skrzywiła się. — Wartość rynkowa gruntu i zabudowań plus niewielka kwota za zakłócenia w prowadzeniu działalności. Dla zwykłego gospodarstwa pewnie by to wystarczyło. Ale nasze wyspecjalizowane obiekty? Same areny sportowe kosztowałyby ponad milion do odtworzenia gdzie indziej, nie licząc kompleksu stajennego, specjalistycznej infrastruktury hodowlanej, krosu...

— I to tylko fizyczne obiekty — dodała Kate. — A koszty przeniesienia ponad sześćdziesięciu koni? Stracony czas treningowy?

— Klienci, których stracimy — wtrąciła cicho Pip. — Bo jeśli będziemy musiały przenieść się poza okolicę, żeby znaleźć odpowiednią istniejącą nieruchomość, tracimy całą lokalną bazę klientów, którą budowałyśmy latami. A jeśli uda się znaleźć coś w pobliżu, ale odbudowa naszego zaplecza potrwa lata... i tak stracimy klientów, bo w międzyczasie pójdą gdzie indziej.

Emma skinęła ponuro. — Nie wspominając o stresie dla samych koni. Niektóre z moich uratowanych mogą się cofnąć o lata w rehabilitacji. A Legend! W jego wieku przeprowadzka może być druzgocąca. I na pewno będziemy mieć klacze źrebne, może nawet bardzo młode źrebięta — ich transportu lepiej unikać, jeśli naprawdę nie ma konieczności.

Sarah poczuła, jak na jej barkach osiada odpowiedzialność. Rodzice wciąż byli w odległej Kimberley, ledwie osiągalni przez telefon satelitarny. Zanim wrócą, stracą cenne tygodnie konsultacji. To był jej kryzys do poprowadzenia.

— Musimy walczyć na kilku frontach — powiedziała, sięgając po notes i długopis. — Po pierwsze, musimy zrozumieć prawne aspekty wywłaszczenia i nasze prawa w tym procesie.

— Znam prawnika w miasteczku — zaproponowała Pip. — Konsultowałam się z nim, kiedy zakładałam moją firmę.

Sarah skinęła głową, robiąc notatkę. — Świetnie. Będziemy potrzebować jego namiarów. Po drugie, musimy zrobić kompleksową wycenę Ridgewater: nie tylko wartość rynkową gruntu, ale też koszt odtworzeniowy naszych obiektów, wpływ na działalność — wszystko.

— Tym się zajmę — powiedziała twardo Kate. — Mam w tym największe doświadczenie finansowe.

— Idealnie — podjęła Sarah, czując, jak plan nabiera kształtów. — Po trzecie, musimy zbadać inne proponowane warianty i zrozumieć, dlaczego nasz wybrano jako preferowany. Jeśli wykażemy, że alternatywa miałaby mniejszy wpływ, możemy skłonić ich do zmiany priorytetu.

— Mam kontakt w wydziale planowania rady — zgłosiła się Emma. — Stara szkolna znajoma. Może podrzucić trochę informacji zza kulis.

Sarah to zanotowała, a myśli pędziły już do kolejnych kroków. — Po czwarte, musimy zebrać poparcie. Ridgewater jest ważne nie tylko dla nas — to istotne miejsce dla lokalnej społeczności jeździeckiej, sektora rolnego, nawet turystyki. Im więcej głosów przeciwko temu wariantowi, tym większe nasze szanse.

— Rodzice dzieci z Pony Clubu nas poprą — powiedziała Pip, a energia wracała, gdy znalazła cel. — I lokalne stowarzyszenie organizujące wystawę. Jestem w komitecie, mogę poruszyć to na najbliższym zebraniu.

Przez następne dwadzieścia minut pracowały razem, szkicując strategię, przydzielając zadania i budując plan działania. Sarah czuła, jak spływa na nią znajomy spokój — ta sama skupiona determinacja, która niosła ją przez rehabilitację po wypadku. Krok po kroku, problem po problemie.

Lecz pod zewnętrznym opanowaniem buzował niepokój. Tu nie chodziło tylko o budynki i ziemię — chodziło o tożsamość, dziedzictwo, wszystko, co rodzina McKenzie budowała przez dekady. Odpowiedzialność za poprowadzenie tej walki, gdy rodzice byli nieosiągalni, przytłaczała. Jeśli zawiedzie, jeśli stracą Ridgewater...

Sarah odepchnęła tę myśl. Porażka nie wchodziła w grę. Nie wtedy, gdy na szali wisiał ich dom i źródło utrzymania.

— Dziś wieczorem naszkicuję oficjalne pismo z odpowiedzią — oznajmiła siostrom. — Mamy trzydzieści dni na złożenie wstępnego sprzeciwu. Potem będzie okres konsultacji społecznych, podczas którego możemy przedstawić bardziej szczegółowe argumenty.

— A co z mamą i tatą? — zapytała Emma, głośno wyrażając to, o czym wszystkie myślały. — Powinniśmy spróbować się z nimi skontaktować?

Sarah rozważyła to. — Najpierw zbierzmy więcej informacji. Nie ma sensu ich straszyć, skoro są na kompletnym odludziu, jeśli nie mamy pełnego obrazu. Kiedy porozmawiamy z prawnikiem i będziemy mieć jaśniejszy obraz naszych możliwości, zdecydujemy, czy skracać im wyjazd.

Kate skinęła głową na znak zgody. — To ma sens. Tata i tak wparowałby na oślep. Potrzebujemy strategii, nie tylko świętego oburzenia.

— A propos — odezwała się Pip, zerkając na zegarek — jak ogarniamy dzisiejsze popołudniowe wizyty? Mam dwie pierwsze oceny nowych klientów, a Kate ma to spotkanie w sprawie półdzierżawy.

— Trzymamy się grafiku — zdecydowała Sarah. — Ostatnie, czego nam trzeba, to zachwiać dochodami, kiedy z tym walczymy. Biznes jak zwykle, przynajmniej na pokaz.

Dźwięk opon na żwirze przykuł jej uwagę; znajomy ton silnika, do którego przywykła w ciągu ostatniego tygodnia. Ciężarówka Marcusa podjeżdżała pod kompleks stajni.

— To pewnie Marcus — powiedziała, wstając z krzesła. — Ma sprawdzić Duchess i założyć alarm porodowy.

— I wykastrowane kucyki — dodała Pip, a na jej twarzy mignął cień zwyczajowego droczenia się. — Nie zapominaj o małych rozrabiakach.

Sarah zebrała list i notatki, starając się skupić na zadaniu tu i teraz, a nie na wiszącym nad nimi zagrożeniu. — Spotkam się z nim w stajni. Emma, możesz dziś naszkicować mail do tego kontaktu w radzie? Kate, zacznij od finansów. Pip, zdobądź nam namiary na prawnika. Zbierzmy się znowu po kolacji.

Gdy wyszła w oślepiające popołudniowe słońce, Sarah wzięła głęboki oddech, uspokajając się. List wydawał się ciężki, kiedy złożyła go i wsunęła do kieszeni — namacalny symbol zagrożenia wszystkiego, co było im drogie. Ale nie były bezsilne. Miały zasoby, kontakty, determinację i siebie nawzajem. To musiało wystarczyć.

Wysoka sylwetka Marcusa nadchodziła, z torbą weterynaryjną w dłoni, nieświadomy, że wchodzi prosto w rodzinny kryzys. Przez chwilę Sarah rozważała, czy nie zachować tej wiadomości dla siebie, trzymając się twardo zawodowego dystansu. Jednak coś w ich rozmowie podczas burzy, niespodziewana nić porozumienia, która się wtedy zawiązała, kazało jej zawahać się. Może zewnętrzna perspektywa okaże się cenna. A jeśli miała być ze sobą całkiem szczera, sama myśl, że mogłaby choć na chwilę podzielić ten ciężar, miała nieodparty urok.

Marcus zatrzymał się przy kompleksie stajni Ridgewater, a gdy zbierał sprzęt, wzbierało w nim znajome poczucie oczekiwania. Zaledwie tydzień regularnych wizyt wystarczył, by to miejsce nabrało dla niego nieoczekiwanego znaczenia. Może to ta uporządkowana precyzja całego przedsięwzięcia, tak bliska jego metodycznej naturze, a może coś bardziej osobistego — rosnące zainteresowanie wysoką, truskawkoworudą kobietą, która wszystkim zarządzała z cichą kompetencją. Tak czy inaczej, łapał się na tym, że cieszy się na te wizyty bardziej, niż wypadałoby z czysto zawodowego punktu widzenia.

Gdy wysiadł z klimatyzowanej kabiny, uderzył go styczniowy żar, a znajome zapachy koni i siana przywitały jak starych przyjaciół. Odwiedził w swojej karierze setki ośrodków jeździeckich, ale w Ridgewater brzmiało coś inaczej. Przemyślany projekt, który priorytetowo traktował funkcjonalność i dobrostan zwierząt. Nienaganna dbałość, świadcząca o prawdziwej dumie, a nie jedynie komercyjnej konieczności. Poczucie dziedzictwa widoczne w każdym kącie, od historycznych zdjęć w siodlarni po olimpijskie linie krwi na wybiegach.

Popołudniowy grafik miał napięty: kontrola wykastrowanych kucyków, prace stomatologiczne u nowych folblutów Emmy oraz założenie alarmu porodowego dla Duchess. Między wizytami sprawdzał cenną klacz przez aplikację do kamer, zauważając jej rosnący niepokój. Czas na dodatkowe środki ostrożności bez wątpienia nadszedł.

Kiedy brał torbę i zestaw do alarmu porodowego, dostrzegł, że od strony domu idzie Sarah. Nawet z daleka coś w jej postawie nie grało — napięcie w ramionach, ciężkość kroku, kontrastująca z jej zwykłą, wyważoną pewnością. Ta obserwacja wywołała w nim natychmiastowy niepokój, którego intensywność go zaskoczyła.

— Dzień dobry — zawołał, starając się utrzymać profesjonalnie neutralny ton, mimo że coraz wyraźniej zdawał sobie sprawę, iż jego zainteresowanie Sarah McKenzie dawno wyszło poza zakres czysto kliniczny. — Jak się dziś miewa nasza przyszła mama?

Uśmiech Sarah nie sięgnął oczu. — Wciąż trzyma nas w niepewności. O drugiej w nocy byłam pewna, że zaczyna, a potem znowu się uspokoiła. Dziękuję, że Pan przyjechał.

— Oczywiście — odparł Marcus, przyglądając się jej twarzy uważniej. Cienie pod oczami sugerowały, że większość nocy spędziła, obserwując kamerę przy klaczy, ale było w niej też coś jeszcze — napięcie, którego nie widział podczas poprzednich wizyt. — Wszystko w porządku? Wydaje się Pani... czymś pochłonięta.

Przez moment wyglądało na to, że zbyje jego troskę zawodową wymówką. Potem jednak coś w jej wyrazie twarzy się zmieniło — zapadła decyzja.

— Właściwie nie — przyznała. — Właśnie dostaliśmy dość druzgocące wieści. — Wyjęła z kieszeni złożony plik papierów. — Przyszło dziś pocztą.

Marcus odłożył sprzęt i wziął dokumenty, rozkładając je. Na wierzchu widniał oficjalny list z godłem Queensland Department of Transport and Main Roads. Gdy przeglądał treść, poczuł, jak w żołądku osiada zimny ciężar. Proponowana obwodnica miała przeciąć Ridgewater wprost przez środek — nie po obrzeżach, lecz przez serce posiadłości.

— To jest... — zaczął, po czym urwał, szukając słów adekwatnych do sytuacji. — To jest nie do przyjęcia. Czy oni w ogóle mają pojęcie, co zniszczą?

— Najwyraźniej nie — odparła Sarah, z trudem powstrzymując gorycz. — Mówią o adekwatnym odszkodowaniu, jakby dało się ot tak wycenić pokolenia pracy i wyspecjalizowane zaplecze.

Marcus studiował załączoną mapę, a jego analityczny umysł już przetwarzał konsekwencje. — Trasa biegnie prosto przez wasz kompleks parkurów i główne stajnie — zauważył, wodząc palcem po grubej czerwonej linii. — I wygląda na to, że przetnie też wasze pastwiska hodowlane.

— To praktycznie wymazałoby Ridgewater z mapy — potwierdziła Sarah. — Wywłaszczą cały majątek. Nie mielibyśmy wyboru, musielibyśmy się wynieść.

Patrząc na jej twarz, Marcus poczuł niespodziewaną falę opiekuńczości. Na własne oczy widział wyjątkową troskę i fachowość, które definiowały Ridgewater. Myśl, że biurokraci ot tak zrównają to z ziemią w imię modernizacji infrastruktury, wydała mu się głęboko niesprawiedliwa.

— Jaki ma Pani plan działania? — zapytał, wiedząc z ich wcześniejszych rozmów, że Sarah już układa plan odpowiedzi, mimo że dopiero co dostała druzgocące wieści.

— Zbieramy informacje, szykujemy się do walki z projektem na etapie konsultacji — wyjaśniła. — Właśnie dzieliłyśmy się z siostrami zadaniami badawczymi, kiedy Pan przyjechał.

Marcus skinął głową, już katalogując sposoby, w jakie mógłby pomóc. W czasie pracy na uniwersytecie występował jako biegły w kilku sprawach dotyczących dobrostanu koni. Tutaj potrzebna była podobna ekspertyza.

— Mogę pomóc — powiedział stanowczo. — Mogę przygotować profesjonalną ocenę wyspecjalizowanego zaplecza wymaganego przez wasz program hodowlany oraz skutków dla dobrostanu zwierząt w razie przenosin.

Oczy Sarah nieco się rozszerzyły, zaskoczenie było wyraźne. — Zrobiłby Pan to? Przecież ledwo nas Pan zna.

— Wystarczająco — odparł po prostu Marcus. — Widziałem, co tu stworzyliście, standard opieki, którą zapewniacie, znaczenie waszego programu hodowlanego. Już z samej perspektywy weterynaryjnej taki rozgardiasz byłby nie do obrony.

Coś w wyrazie twarzy Sarah złagodniało, odsłaniając rzadko okazywaną kruchość. — To... byłoby naprawdę ogromną pomocą. Potrzebujemy każdego eksperta, jakiego uda się nam pozyskać.

— Proszę uważać mnie za do dyspozycji — powiedział twardo Marcus. — Występowałem już jako biegły, choć przyznaję, nigdy w sprawie dokładnie tego typu; zwykle chodzi o kwestie dobrostanu zwierząt, a nie o nieruchomości. Ale z przyjemnością zrobię wszystko, co w mojej mocy, żeby pomóc. — Oddał jej teczkę, a ich palce na ułamek sekundy musnęły się przy wymianie. Ten lekki kontakt rozlał mu się po dłoni niespodziewanym ciepłem, cielesną świadomością, która na moment odciągnęła uwagę od poważnej rozmowy.

Sarah chyba też to poczuła; jej spojrzenie zatrzymało się na jego oczach odrobinę dłużej, niż było to konieczne, zanim odwróciła wzrok. — Dziękuję — powiedziała cicho. — To znaczy więcej, niż Pan myśli.

Ruszyli w kierunku stajni, zgrywając krok naturalnym rytmem, który wypracowali przez ostatnie dni. Marcus zyskał ostrzejszą świadomość jej obecności obok — delikatnego zapachu szamponu pod znanymi aromatami stajni, sporadycznego muśnięcia ramieniem, kiedy mijali nierówności żwirowej ścieżki.

— Myślę, że powinniśmy zacząć od kompleksowej oceny waszego zaplecza hodowlanego — zasugerował, starając się skupić na sprawach zawodowych. — Specjalistyczne wymagania przy hodowli wartościowych koni sportowych nie są czymś, co można łatwo odtworzyć czy przenieść.

Sarah skinęła głową. — Zwłaszcza jeśli chodzi o nasz system zarządzania ogierami. Legend wymaga szczególnych stanowisk i urządzeń do obsługi, które dopracowywaliśmy latami.

Kiedy weszli do stajni, znajoma robocza rutyna dała upragnioną strukturę. Marcus najpierw obejrzał wykastrowane kucyki, z zadowoleniem stwierdzając, że goją się dobrze. Na chwilę dołączyła do nich Pip; jej zwyczajowa paplanina przycichła, ale zawodowa uwaga poświęcona kucykom ani na moment nie osłabła.

— Sarah wspomniała o sprawie obwodnicy — powiedział Marcus, sprawdzając miejsca po szwach u bułanego kucyka. — Zaproponowałem, że przygotuję profesjonalną opinię na poparcie waszej sprawy.

Twarz Pip na moment rozjaśniła się. — Świetnie. Potrzebujemy jak najwięcej eksperckiej wiedzy. — Rzuciła spojrzenie między Marcusem a Sarah z czymś, co mogło być porozumiewającą aprobatą, po czym wymówiła się spotkaniem z klientem.

Kiedy przeszli do pół tuzina koni przeznaczonych na zabiegi stomatologiczne, Marcus przyłapał się na tym, że obserwuje Sarah uważniej niż zwykle. Mimo druzgocącej wiadomości, którą otrzymała, pozostawała skupiona i skuteczna, prowadząc każdego lekko uspokojonego konia do poskromu, podczas gdy on wykonywał równanie zębów. Jej cicha kompetencja w kryzysie tylko wzmagała jego podziw.

— Ten siekacz środkowy wykazuje nieprawidłowe ścieranie — skomentował, przesuwając dłonią po żuchwie młodego wałacha. — Wiem, że wolicie robić jak najwięcej na miejscu, ale zalecałbym, żeby przywieźć go do kliniki, żebyśmy mogli zrobić zdjęcia RTG i sprawdzić, czy nie ma głębszego problemu.

Sarah pochyliła się, by spojrzeć tam, gdzie wskazywał; była tak blisko, że widział delikatne piegi na jej nosie i złożony szarozielony odcień jej oczu zza okularów. Na moment kontekst zawodowy rozmył się, zostawiając jedynie świadomość tej bliskości.

— Czy to mogłoby wpływać na jego zdolność utrzymania wagi? — zapytała, najwyraźniej nieświadoma jego chwilowego rozproszenia.

Marcus chrząknął. — Mogłoby, tak. Choć większym problemem byłby potencjalny ból przy jedzeniu, co może prowadzić do innych kłopotów — folbluty mają skłonność do rozwijania wrzodów, gdy doświadczają przewlekłego bólu, jak zapewne Pani wie.

Sarah skinęła głową. — Porozmawiam z Emmą. Nie prowadzę koni z powodu swojej wady wzroku, ale ona może przywieźć go do kliniki do Pana.

Kontynuowali pracę przy kolejnym koniu, a rutynę opieki weterynaryjnej przerywały krótkie rozmowy o zagrożeniu obwodnicą. Gdy dotarli do boksu Duchess, by założyć alarm porodowy, Marcus nakreślił kompleksowe podejście do oceny, które udokumentuje unikalne potrzeby weterynaryjne działalności Ridgewater.

— Będę musiał szczegółowo przejrzeć Pani dokumentację — wyjaśnił, przygotowując materiały do założenia szwu z nadajnikiem dla Duchess. — Historie rozrodu, specyfikacje obiektu, protokoły zarządzania zdrowiem. Razem zbudujemy przekonującą argumentację, dlaczego tego miejsca nie można po prostu wycenić po cenach rynkowych ani bezrefleksyjnie przenieść.

Sarah trzymała Duchess spokojnie, podczas gdy on starannie zakładał szwy z nadajnikiem przy sromie klaczy — delikatny zabieg, który uruchamiał alarm, gdy wychodzące źrebię zaczynało rozciągać tkanki. Ich dłonie chwilami się muskały, a każde dotknięcie posyłało między nimi subtelny prąd, którego oboje otwarcie nie komentowali.

— Mogę mieć te akta gotowe, kiedy tylko będzie Pan miał czas — odparła Sarah, brzmiąc znacznie spokojniej niż wcześniej. — I... dziękuję, Marcus. Pana natychmiastowa oferta pomocy znaczy dla mnie więcej, niż potrafię wyrazić.

Podniósł wzrok, patrząc jej prosto w oczy. — Ridgewater jest ważne — powiedział po prostu. — Nie tylko dla Pani i Pani rodziny, ale dla całej społeczności jeździeckiej. Mogę być tu stosunkowo krótko, ale rozpoznaję coś, o co warto walczyć, kiedy to widzę.

Słowa zawisły między nimi, niosąc ciężar większy niż ich dosłowne znaczenie. Przez chwilę żadne nie odwróciło wzroku. Potem Duchess poruszyła się niespokojnie, przerywając moment.

— Przepraszam, dziewczyno. Już — powiedział Marcus, niechętnie odrywając spojrzenie od Sarah i zabezpieczając ostatni szew. — Gotowe. Alarm powinien wysyłać sygnał bezpośrednio na Pani telefon, kiedy przyjdzie pora. — Zaczął pakować sprzęt, już układając w głowie listę zadań. — Mogę zacząć ocenę obiektu jutro, jeśli to Pani odpowiada. Im szybciej zaczniemy wszystko dokumentować, tym silniejsza będzie Państwa sprawa.

Sarah skinęła głową, a na jej twarzy po raz pierwszy od chwili pokazania mu listu pojawiła się ulga. — Jutro byłoby idealnie. Do tego czasu wszystko zorganizuję.

Kiedy wracali do jego ciężarówki, późnopopołudniowe słońce rzucało długie cienie na posiadłość, a w Marcusie narastała determinacja. W niecały tydzień Ridgewater stało się dla niego ważne w sposób, którego nigdy by nie przewidział. Myśl, że zniszczą je dla obwodnicy, była osobistą zniewagą, niezależnie od zawodowej oceny szkód.

A jeśli motywacja, by pomóc, obejmowała również pragnienie spędzania większej ilości czasu z niezwykłą kobietą u jego boku — cóż, to była złożoność, której nie był jeszcze gotów zbyt wnikliwie analizować. Na razie wystarczała świadomość, że może zaoferować realną ekspertyzę w ich walce — i że wdzięczny uśmiech Sarah McKenzie sprawiał, iż coś w jego piersi przyjemnie się ściskało z powodów, które nie miały nic wspólnego z medycyną weterynaryjną.

Rozdział szósty

SARAH POTARŁA ZMĘCZONE OCZY, wpatrując się w dokumenty dotyczące obwodnicy rozłożone na biurku. Popołudnie rozciągnęło się w wieczór, a jej równiutki stosik notatek z zarzutami urósł do rozproszonego chaosu badań, spraw precedensowych i wycen nieruchomości. Zerknęła na telefon po raz setny z rzędu, sprawdzając aplikację do wyźrebień, która wyświetlała boks Duchess. Od założenia alarmu wyźrebieniowego minęło już sześć dni, co wreszcie oznaczało, że Duchess przekroczyła bezpieczny termin; klacz była niespokojna, ale nie wykazywała jednoznacznych oznak porodu. Mimo to Sarah nie mogła się pozbyć przeczucia, że to może być właśnie ta noc, a ostatnią rzeczą, jakiej potrzebowała, było przegapić narodziny ich najcenniejszego od lat, a może i w ogóle, źrebięcia.

Alarm w nadajniku, który założył Marcus, milczał, ale Sarah wiedziała z doświadczenia, że wszystko może zmienić się w mgnieniu oka. Zanotowała, by przed snem jeszcze raz osobiście sprawdzić Duchess, po czym wróciła do zakreślania fragmentów dokumentu prawnego, które mogłyby dać im dźwignię przeciwko projektowi obwodnicy.

Zadzwonił telefon, wyrywając ją z koncentracji. Na ekranie mignęło nazwisko Marcusa Webba i zanim odebrała, poczuła niespodziewane trzepotanie w piersi.

— Halo, Panie Marcusie. Czy wszystko w porządku?

— Wszystko w porządku — odezwał się jego głos, ciepły i nieco niepewny. — Myślałem o tym, jak ciężko Pani pracuje nad sprawą obwodnicy, na dodatek do wszystkiego, co dzieje się w Ridgewater.

Sarah odchyliła się na krześle, świadoma drobnego uśmiechu, który pojawił się jej na ustach. — To był pracowity tydzień — przyznała.

— Właśnie dlatego dzwonię — podjął Marcus. — Zastanawiałem się, czy miałaby Pani ochotę zrobić sobie krótką przerwę i zjeść dziś ze mną kolację. Restauracja w Ridgemont Country Club podobno jest znakomita i pomyślałem, że doceni Pani kilka godzin oddechu.

To zaproszenie zbiło ją z tropu. Spędzili razem sporo czasu w ostatnim tygodniu, dokumentując wyspecjalizowane zaplecze Ridgewater i opracowując ekspertyzy, ale zawsze w ściśle profesjonalnym kontekście. Kolacja w klubie golfowym sugerowała coś... innego.

— To bardzo miłe — odparła ostrożnie —, ale Duchess daje sygnały, że może się wkrótce wyźrebić. Naprawdę nie powinnam dziś opuszczać posiadłości.

— Oczywiście, w pełni rozumiem — odpowiedział Marcus, choć wychwyciła w jego głosie nutę rozczarowania. — Może innym...

— Czy ja słyszałam, że ktoś wspomniał o kolacji? — wtrąciła Kate, pojawiając się w progu z uniesionymi brwiami. Za nią jak na zawołanie wyłoniły się Emma i Pip, jakby przywołał je siostrzany szósty zmysł.

Sarah zasłoniła dłonią mikrofon w telefonie. — Nic takiego. Marcus zaproponował kolację, ale muszę zostać przy Duchess.

Twarz Pip rozjaśniła się zachwytem. — Kolacja? Randka? Z tym przystojnym weterynarzem?

— On jest tylko uprzejmy — syknęła Sarah, ale rumieniec zdradził ją bezlitośnie. — A Duchess trzeba pilnować.

— My możemy pilnować Duchess — oznajmiła stanowczo Emma. — W trzy damy ta klacz będzie miała więcej nadzoru niż podczas ceremonii otwarcia igrzysk.

Kate przytaknęła. — Zamartwiasz się tymi dokumentami w sprawie obwodnicy od kilku dni bez przerwy. Kilka godzin poza domem dobrze ci zrobi.

— Ja wciąż tu jestem — zabrzmiał w telefonie rozbawiony głos Marcusa i Sarah uświadomiła sobie, że nie wyciszyła rozmowy.

Skonana ze wstydu przyłożyła telefon do ucha. — Przepraszam. Moje siostry właśnie wychodziły. — Posłała im wymowne spojrzenie, które kompletnie zignorowały.

— Powiedz mu: tak! — wyszeptała teatralnie Pip, na tyle głośno, że Marcus z pewnością to usłyszał.

Sarah na moment przymknęła oczy, życząc sobie, by podłoga ją pochłonęła. — Panie Marcusie, czy mógłby Pan zaczekać chwilkę?

Gdy się zgodził, stuknęła w przycisk wyciszenia i obrzuciła siostry spojrzeniem, które niejednego stajennego potrafiło przepłoszyć. — To jest kompletnie nie na miejscu. Mam tu obowiązki.

— Sarah McKenzie — powiedziała Pip z niecodzienną stanowczością —, od dwóch tygodni każdą wolną chwilę spędzasz albo martwiąc się obwodnicą, albo zaglądając do Duchess. Potrzebujesz przerwy, zanim się wykończysz.

— A my doskonale potrafimy pilnować klaczy z alarmem wyźrebieniowym — dodała Emma. — Odźrebiłam dziesiątki klaczy bez żadnego problemu.

— Ale Duchess jest wyjątkowa — zaprotestowała Sarah. — Źrebię...

— Jest warte fortunę, wiemy — przerwała Kate, machnięciem ręki odpędzając jej obawy. — Przypomnę, że to ja w ogóle zawiozłam Duchess do Chiaroscuro. Spędziłam z tą klaczą lata, znam ją lepiej niż ty. I *wszystkie* znamy procedury. Sprawdzić, czy srom się wydłuża albo czy nie ma wydzieliny, wypatrywać miejscowego pocenia, monitorować wzorce niepokoju, zadzwonić do ciebie i do weterynarza przy pierwszych oznakach rzeczywistego porodu.

Sarah zawahała się, rozdarta między poczuciem odpowiedzialności a niezaprzeczalnym urokiem kilku godzin z dala od stresu. Sama myśl o siedzeniu naprzeciwko Marcusa w eleganckiej restauracji zamiast w zakurzonej stajennej kancelarii była bardziej kusząca, niż chciała to przed sobą przyznać.

— Alarm powiadomi telefony nas wszystkich — zauważyła rozsądnie Kate. — Jeśli cokolwiek się zmieni, od razu do ciebie zadzwonimy. Klub golfowy to dosłownie sąsiednia posesja, możesz być z powrotem w pięć minut.

Sarah poczuła, jak słabnie jej opór. — Musiałabym się przebrać...

— Owszem, choć przynajmniej już wzięłaś prysznic — przytaknęła z niepokojącym entuzjazmem Pip, już ciągnąc ją w stronę korytarza.

Zanim Sarah zdążyła sformułować kolejny sprzeciw, znalazła się popychana w stronę sypialni przez trzy zdeterminowane siostry.

— Ja nawet jeszcze nie powiedziałam, że się zgadzam — zaprotestowała, sięgając po telefon, który trzymała już Kate.

— Tak, z przyjemnością — powiedziała Kate do słuchawki z doprowadzającym do szału spokojem. — Będzie gotowa za pół godziny. Do zobaczenia. — Rozłączyła się i oddała telefon Sarah z usatysfakcjonowanym uśmiechem.

— Nie wierzę, że to właśnie zrobiłyście — wykrztusiła Sarah.

— Potraktuj to jako interwencję — odparła Emma, już grzebiąc w szafie Sarah. — Kiedy ostatnio wyszłaś na porządną kolację, która nie była służbowa?

Odpowiedź — niemal dwa lata temu, przed wypadkiem — zawisła w powietrzu niewypowiedziana.

— Proszę bardzo — oznajmiła triumfalnie Pip, wyciągając prostą sukienkę w kolorze szmaragdu, o której istnieniu Sarah niemal zapomniała. — Podkreśli twoje oczy.

Mimo irytacji Sarah uległa siostrzanej, niezbyt subtelnej presji. Pół godziny później stała przed lustrem, ledwo siebie rozpoznając. Sukienka leżała idealnie, sięgając tuż za kolano; kolor rzeczywiście wydobywał barwę jej oczu i ocieplał cerę. Kate uparła się na odrobinę makijażu, a Emma rozczesała jej włosy w kolorze truskawkowego blondu tak, by spływały miękkimi falami na ramiona.

— Wyglądasz przepięknie — powiedziała cicho Pip, bez cienia wcześniejszych docinków.

Sarah wygładziła obcy materiał na biodrach, czując się dziwnie bezbronna. — To tylko służbowa kolacja — oznajmiła, choć nie była pewna, kogo właściwie próbuje przekonać.

— Oczywiście, że tak — przytaknęła Kate z wymownym spojrzeniem sugerującym dokładnie odwrotne zdanie.

— A jeśli odejdą wody Duchess... — zaczęła Sarah po raz trzeci.

— Dzwoń do ciebie i do Marcusa natychmiast — zaśpiewały chórem wszystkie trzy.

— Wiemy, Sarah — dodała łagodnie Emma. — Poradzimy sobie. A ty idź i wreszcie się trochę zabaw.

Odgłos opon na żwirze obwieścił przyjazd Marcusa. Sarah wzięła głęboki oddech, nagle zdenerwowana z powodu, który nie miał nic wspólnego z zostawieniem Duchess pod opieką sióstr.

Gdy otworzyła drzwi, Marcus stał na werandzie, wyglądając znacznie bardziej elegancko, niż była przyzwyczajona go widzieć. Zamiast stroju z kliniki miał na sobie grafitowe spodnie i świeżo wyprasowaną błękitną koszulę, która podkreślała szerokie ramiona. Włosy, zwykle potargane od wiecznego przeczesywania dłońmi, były starannie zaczesane.

Przez moment po prostu na siebie patrzyli, a ich milczenie mówiło o wzajemnym uznaniu.

— Wygląda Pani... — zaczął Marcus, jakby szukając odpowiednich słów. — Absolutnie zjawiskowo.

— Dziękuję — odparła Sarah, nieprzyzwyczajona do takiej nieśmiałości. — Pan również prezentuje się znakomicie.

Za jej plecami dało się słyszeć stłumione chichoty, które mogły należeć tylko do Pip. Powstrzymując odruch, by się odwrócić i posłać jej mordercze spojrzenie, Sarah wyszła na zewnątrz i stanowczo zamknęła za sobą drzwi.

Otuliło ich ciepłe wieczorne powietrze, a upał dnia ledwo osłabł mimo zachodzącego słońca. CyKady brzęczały nieustanną symfonią, przerywaną od czasu do czasu śmiechem kookaburry szykującej się na noc. Kiedy szli do pickupa Marcusa, Sarah poczuła zapach jaśminu pnącego się po słupach werandy.

— Pani siostry wydają się bardzo zdeterminowane, żeby wyciągnąć Panią z domu — zauważył z nutą rozbawienia, otwierając jej drzwi od strony pasażera.

— Potrafią być dość stanowcze, kiedy coś sobie postanowią — przyznała Sarah, zapinając pas. — Mam nadzieję, że nie ma Pan im za złe tego wtrącania się.

Marcus uśmiechnął się, gdy wsiadł za kierownicę. — Ani trochę. Choć byłem przygotowany, by z klasą przyjąć Pani odmowę.

Kiedy zjeżdżali długim podjazdem, Sarah patrzyła w boczne lusterko, jak Ridgewater się oddala: znajome stajnie i padoki skąpane w złotym świetle wieczoru. Nie pamiętała, kiedy ostatnio opuściła posiadłość z innego powodu niż konieczność — to odkrycie było jednocześnie wyzwalające i trochę dezorientujące.

Może siostry miały rację. Kilka godzin poza domem mogło być dokładnie tym, czego potrzebowała.

Marcus podążał za maître d'hôtel przez salę restauracyjną Ridgemont Country Club, aż nadto świadomy Sarah idącej u jego boku. Restauracja była bardziej imponująca, niż się spodziewał: z wysokimi jak katedra sufitami i szklanymi ścianami, za którymi rozciągało się w półmroku pole golfowe. Przestrzeń wypełniały stoły nakryte białymi obrusami, każdy oświetlony dyskretnym światłem, tworzącym wyspy intymności w rozległej sali. Gdy dotarli do stolika przy oknie z idealnym widokiem na osiemnasty green, Marcus odsunął Sarah krzesło, wychwytując delikatną, kwiatową nutę jej perfum, kiedy siadała.

— Jest tu uroczo — zauważyła z autentycznym uznaniem, rozglądając się. — Nie byłam tu, odkąd zbudowali nowy klub... och, to już trzy lata temu.

Marcus usiadł naprzeciwko, zadowolony z jej reakcji. — Popytałem o rekomendacje i wszyscy wymieniali to miejsce. — Chciał czegoś wyjątkowego, miejsca, które naprawdę dałoby jej wytchnienie od stresu ostatnich dni.

Nad głowami migotały delikatne światełka, zawieszone na suficie w elegancki wzór przypominający gwiazdy.

Mocna klimatyzacja przynosiła upragnioną ulgę od uporczywego, wieczornego upału Queensland, a z pobliskich stolików dobiegały kuszące aromaty, przypominając Marcusowi, że poza pospieszną kanapką w porze lunchu nic dziś nie jadł.

— Podobno mają świetne owoce morza — zaproponował, otwierając kartę. — Choć słyszałem z zaufanego źródła, że ich steki są warte przyjazdu aż z Brisbane. — Był niemal pewien, że co najmniej połowa gości przyjechała z miasta, pewnie zostali na kolację po rundzie golfa. Zbyt elegancko ubrani i zbyt nowymi, lśniącymi europejskimi samochodami, by byli miejscowymi z Ridgemont.

Pojawił się kelner z kartą win i po krótkich naradach wybrali lokalnego Shiraza. Gdy kelner odszedł, Marcus przyłapał się na tym, że studiuje Sarah w łagodnym świetle. Szmaragdowa sukienka przemieniała ją z praktycznej kierowniczki ośrodka, jaką dotąd poznawał, w kogoś miększego — choć wcale nie mniej stanowczego. Jej włosy łapały światło przy każdym ruchu, a fale w truskawkowym blondzie okalały twarz tak, że trudno było oderwać wzrok.

— Więc... — odezwała się, wyrywając go z zamyślenia — myślałam o naszym podejściu do Departamentu Transportu. Powinniśmy podkreślić dziedzictwo kulturowe równolegle z dokumentacją wyspecjalizowanego zaplecza.

Marcus skinął głową, wdzięczny za znajomy, zawodowy grunt. — Zgadzam się. Opracowałem wstępną ocenę zaplecza hodowlanego, w której uwypukliłem jego unikatowy projekt.

Rozmowa potoczyła się gładko, od strategii wobec obwodnicy po potencjalne ulepszenia posiadłości, które mogłyby wzmocnić ich argumentację. Marcus łapał się na tym, jak bardzo ceni jej analityczny umysł, sposób, w jaki rozpatruje problem pod różnymi kątami, zanim zaproponuje rozwiązanie.

— Powinniśmy też udokumentować systemy nawadniania padoków — zasugerowała Sarah, gdy dotarło wino i kelner im nalał. — Przez dekady je dopracowywano, żeby stworzyć optymalne warunki pastwiskowe, podobnie jak naszą specyficzną mieszankę traw. Tego nie da się po prostu odtworzyć za pieniądze z odszkodowania. To wymaga lat nieustannej pielęgnacji.

— Zwłaszcza biorąc pod uwagę różnice w składzie gleb na terenie posiadłości — zgodził się Marcus, upijając łyk esencjonalnego Shiraza. — Zauważyłem co najmniej trzy odmienne typy, gdy oglądałem rejon trasy WKKW.

Oczy Sarah rozbłysły uznaniem dla jego spostrzeżenia. — Dokładnie! Tata latami modyfikował różne części, by służyły innym celom. Tor do galopu potrzebuje zupełnie innego podłoża niż padoki dla klaczy stadnych.

Kiedy podano przystawki, rozmowa lekko zmieniła bieg, stając się mniej o strategii, bardziej o wspólnych doświadczeniach. Marcus opowiadał o katastrofalnym pierwszym tygodniu pracy na prowincji, a Sarah śmiała się szczerze rozbawiona.

— Gorzej niż tamtej burzowej nocy? — spytała, oczy jej błyszczały rozbawieniem. — Pamięta Pan, jak Pan wyglądał, gdy zaczęło padać z gradem? Myślałam, że rzuci się Pan do ucieczki prosto do samochodu.

— Ja? — obruszył się Marcus z udawaną godnością. — To Pani podskakiwała na metr przy każdym błysku.

— Wcale nie podskakiwałam — odparła Sarah, choć uśmiech podważał jej zaprzeczenie. — Byłam tylko... zaskoczona.

— Jeśli to było „zaskoczona", to nie chciałbym widzieć „przerażona" — droczył się, ciesząc się widokiem rumieńca, który oblał jej policzki.

Ich śmiech zmieszał się, tworząc małą bańkę porozumienia, która wydawała się zaskakująco właściwa. Marcus nie pamiętał, kiedy ostatnio czuł się tak swobodnie przy kimś, zwłaszcza przy kimś, kogo znał tak krótko.

Było w Sarah McKenzie coś, co obchodziło jego zwykłą ostrożną rezerwę, wydobywając wersję samego siebie, o której prawie już zapomniał.

Gdy zaczynali dania główne, Marcus zauważył przy pobliskim stoliku parę w średnim wieku zerkającą w ich stronę. Wydawali się niepokojąco znajomi i po chwili zaskoczyło. Państwo Hendersonowie, właściciele kilku koni sportowych, którzy niedawno przywieźli konia do kliniki na operację. Skinął im z przyjaznym uśmiechem, co najwyraźniej odczytali jako zachętę, by podejść i się przywitać.

— Dobry wieczór, panie doktorze Webb — zawołał pan Henderson, gdy z żoną podeszli do ich stolika. — Myślałem, że to Pan. Miło Pana widzieć poza kliniką.

Marcus wstał uprzejmie, wyciągając dłoń. — Panie Henderson, Pani Henderson. Jak goi się ścięgno Copperfielda?

— Całkiem dobrze — odparła pani Henderson, a jej wzrok z ciekawością powędrował ku Sarah. — Dobry wieczór, Sarah. Nie widziałam cię, hm, od Warwick Show, zdaje się.

Sarah uśmiechnęła się profesjonalnie. — Miło znów państwa widzieć.

Pani Henderson skinęła głową, po czym zwróciła się z powrotem do Marcusa. — Zawsze korzystamy z usług dr Burnett. Opiekuje się Copperfieldem od początku. — Komentarz brzmiał niewinnie, ale Marcus wychwycił subtelne porównanie.

— Caroline jest znakomita — zgodził się pogodnie. — To zaszczyt z nią pracować.

— Od jak dawna Pan praktykuje, panie doktorze Webb? — zapytał pan Henderson tonem niby swobodnym, ale spojrzeniem oceniającym. — Jesteśmy dość wymagający, rozumie Pan. Czempionaty w rodowodach wymagają doświadczonej opieki.

Marcus poczuł znajomy ciężar bycia ważonym i uznawanym za niewystarczającego, to samo wrażenie, które nawiedzało go przez całe małżeństwo i rozwód. — Przez dziesięć lat pracowałem w klinice koni Uniwersytetu w Sydney, zanim przyjechałem do Ridgemont — odparł równym tonem, choć czuł, jak jego ramiona zaczynają się napinać.

— Sydney? — brwi pani Henderson powędrowały w górę. — To spora zmiana, przyjazd do naszego miasteczka. Był jakiś szczególny powód przeprowadzki?

Niewinne pytanie uderzyło boleśnie blisko osobistych ran. Zanim zdołał ułożyć odpowiedź, która nie zdradziłaby zbyt wiele, wtrąciła się Sarah.

— To dr Burnett osobiście ściągnęła dr Webba właśnie ze względu na jego ekspertyzę w pracy z końmi sportowymi — oznajmiła, prostując się wyraźnie. — Jego umiejętności chirurgiczne są wyjątkowe, co widziałam na własne oczy. Strata dla Uniwersytetu w Sydney to nasz ogromny zysk.

Marcus zerknął na nią zaskoczony, zauważając, jak ściska kartę dań tak mocno, że pobielały jej knykcie, a szczęka zarysowała się twardą linią.

— Właściwie — ciągnęła, zanim Hendersonowie zdołali odpowiedzieć — niedawno przeprowadził kastrację kryptorchida u jednego z naszych kucy, zabieg, który postawiłby w trudnym położeniu wielu doświadczonych chirurgów końskich. Jego technika była bez zarzutu.

Hendersonowie wymienili spojrzenia, wyraźnie zaskoczeni tak żarliwą obroną, jakiej podjęła się Sarah.

— Cóż — powiedział po niezręcznej pauzie pan Henderson —, to rzeczywiście uspokajające. Powinniśmy wracać do stolika. Miłego wieczoru.

Kiedy się oddalili, Marcus poczuł, jak jego ramiona nieco opadają. Mimo pełnej pasji obrony Sarah spłynęło na niego znajome poczucie nieadekwatności, wrażenie bycia nieustannie ocenianym według niewidzialnych standardów. Właśnie przed tym chciał uciec, wyjeżdżając z Sydney, a jednak dopadło go tu znowu, w małym miasteczku, w którym miał nadzieję zacząć od nowa.

— Przykro mi z powodu tego zachowania — powiedziała cicho Sarah, gdy Hendersonowie znaleźli się poza zasięgiem słuchu. — To było kompletnie nie na miejscu.

— Nie ma Pani za co przepraszać — odparł Marcus, choć lekka atmosfera sprzed chwili wyparowała jak poranna mgła. — Ich obawy są zrozumiałe. Nowy weterynarz, cenne konie — ja też byłbym ostrożny.

Twarz Sarah pociemniała. — Co innego ostrożność, a co innego niegrzeczność. Kwestionowanie Pana kwalifikacji przy kolacji to to drugie.

Marcus spróbował się uśmiechnąć, spróbował odczarować lekkość, którą przed chwilą dzielili, ale nie do końca mu się to udało. Wieczór się odmienił — jakby słońce przykryła chmura — i nie miał pewności, jak ją przegnać.

Reszta posiłku upłynęła w niekomfortowych zrywanych wymianach zdań, a swobodna więź, którą zbudowali wcześniej, gdzieś zniknęła. Marcus przesuwał stek po talerzu, apetyt zgaszony przez wiszącą niezręczność. Sarah wyglądała na równie dotkniętą; wcześniejszą żywiołowość zastąpiła ostrożna grzeczność, gorsza niż otwarte napięcie. Szukał sposobu, by odnaleźć poprzednie porozumienie, ale każda próba rozmowy rozbijała się o mur wymuszonej uprzejmości.

— Stek jest wyśmienity — zaproponował kulawo po szczególnie długiej ciszy.

— Tak, bardzo dobry — odparła Sarah, choć ledwie go tknęła od chwili, gdy Hendersonowie odeszli. Upijając mały łyk wina, utkwiła wzrok gdzieś za jego ramieniem. — Szef kuchni uczył się w Melbourne, o ile pamiętam.

— Doprawdy? — podchwycił Marcus, chwytając się wątku. — Byłem na kilku wymianach w szpitalach końskich w Melbourne. Piękne miasto.

— Byłam tylko przelotem — odparła Sarah, uprzejma, lecz odległa. — Zawody WKKW zwykle są zbyt daleko od centrum, żeby spędzać czas w mieście.

Znów zapadło milczenie. Marcus łapał się na liczeniu minut, tęskniąc za tą łatwością, którą mieli wcześniej. Chciał, by ten wieczór był dla Sarah oddechem od stresu i niepewnej przyszłości Ridgewater. Zamiast tego stał się kolejnym źródłem napięcia.

Kelner pojawił się z kartami deserów, ale oboje odmówili i z ulgą wymienili spojrzenia, gdy zaproponował przyniesienie rachunku. Czekając, Marcus spróbował jeszcze jednej rozmowy o nowym protokole leczenia zwyrodnień stawów u koni, sugerując, że mógłby się przydać Legendowi, lecz nawet ten bezpieczny, zawodowy temat nie potrafił rozwiać niezręczności, która osiadła między nimi.

Gdy rachunek dotarł, Marcus sięgnął po niego natychmiast, odsuwając gestem próbę Sarah, by się dołożyć. — Proszę, zaprosiłem Panią. To dla mnie przyjemność.

— Dziękuję — powiedziała oficjalnie, jakby kończyli służbowy lunch, a nie to, co miał nadzieję, że będzie początkiem czegoś bardziej osobistego.

Droga przez restaurację do wyjścia zdawała się nie mieć końca. Na zewnątrz nocne powietrze nieco się schłodziło, choć styczniowa wilgotność wciąż ciężko wisiała wokół. Parking oświetlały gustowne latarnie, kładąc miękkie światło na drogich autach.

— To było z Pana strony bardzo miłe, że zaproponował Pan kolację — powiedziała Sarah, gdy doszli do jego samochodu, tonem starannie neutralnym. — Miła odmiana scenerii.

— Cieszę się, że mogła Pani przyjść — odparł Marcus równie oficjalnie. — Mam nadzieję, że Pani siostry nie są przytłoczone monitorowaniem Duchess.

Sarah sprawdziła telefon, który przez całą kolację milczał. — Brak alertów, więc wygląda na to, że wszystko w porządku.

Przez moment stali niezręcznie, nie do końca patrząc sobie w oczy. Marcus pomyślał, by ująć ją za rękę albo zaproponować, żeby spróbowali jeszcze raz innym razem, ale coś w jej opanowanym wyrazie twarzy kazało mu się zawahać.

— W takim razie ruszamy? — powiedział, wskazując drzwi pasażera.

Krótka droga z powrotem do Ridgewater minęła w dużej mierze w milczeniu. Raz jeszcze spróbował ożywić wcześniejszą rozmowę o strategii względem obwodnicy, ale odpowiedzi Sarah były uprzejme i krótkie, pozbawione entuzjazmu i błyskotliwości, które wykazywała wcześniej. Skupił się więc intensywnie na drodze, wdzięczny za pretekst, by nie próbować kolejnych rozmów.

Gdy dojechali do Ridgewater, światła Big House świeciły ciepło na tle nocnego nieba, a słabsze światła The Barracks majaczyły za nimi. Nawet w ciemności posiadłość miała solidność, poczucie trwałości, którego Marcus jej zazdrościł. To było miejsce z korzeniami, z historią i znaczeniem. Wszystko, co zostawił w Sydney i czego jeszcze nie odnalazł w swoim nowym życiu.

— Dziękuję za kolację — powiedziała Sarah, gdy zatrzymał się przed domem. — I za dalszą pomoc w sprawie obwodnicy.

— Oczywiście — odparł Marcus, starając się nie skrzywić na to, że ubrała to w ramy zawodowe.

— Będziemy kontynuować dokumentację w przyszłym tygodniu?

— Tak, będzie w porządku. — Otworzyła drzwi, po czym zawahała się. — Dobranoc, Marcus.

— Dobranoc, Sarah.

Patrzył, jak idzie ścieżką na werandę, a szmaragdowa sukienka łapie światło na ganku przy każdym kroku. Nie obejrzała się, nim zniknęła w środku, a Marcus siedział chwilę, czując niepojęty żal po czymś, co ledwie zaczęło się rodzić.

Droga do jego kwatery zajęła mniej niż piętnaście minut, ale wydawała się dużo dłuższa. Reflektory omiatały znajome punkty, które wciąż nie do końca brzmiały jak „dom": małe centrum handlowe, szkołę podstawową, pub będący towarzyskim sercem miasteczka. Kiedy skręcił w cichą uliczkę mieszkalną, gdzie teraz mieszkał, kontrast z imponującym wjazdem do Ridgewater nie mógł być bardziej wyraźny.

Zaparkował obok schludnego ceglanego domku państwa Pattersonów, starszego małżeństwa, które przerobiło stojący w ogrodzie mały domek gościnny na wynajem. Czujnik ruchu zapalił światło, gdy poszedł wąską ścieżką wzdłuż domu prowadzącą do jego tymczasowego lokum.

Mieszkanko było dokładnie takie, jak je zostawił: czyste, funkcjonalne i całkowicie pozbawione osobowości. Aneks kuchenny wzdłuż jednej ściany maleńkiego pokoju dziennego, mała łazienka en suite i sypialnia ledwo mieszcząca dwuosobowe łóżko. Z Sydney przywiózł niewiele, tłumacząc sobie, że to praktyczne przy krótkoterminowym układzie, ale prawda była taka, że chciał zostawić za sobą jak najwięcej przypomnień o poprzednim życiu.

Teraz to skromne otoczenie mniej przypominało świeży start, a bardziej zawieszenie. Na małym biurku leżało kilka podręczników, obok zamknięty laptop. Na blacie aneksu stał jeden kubek, talerz i ekspres Nespresso — jedyny ukłon w stronę komfortu. Brak zdjęć, brak obrazów na ścianach, nic, co sugerowałoby trwałość.

Nie mogło to bardziej różnić się od Big House w Ridgewater, z pokoleniami rodzinnych fotografii, wytartymi meblami i nieomylnym poczuciem, że naprawdę się tu mieszka. Jego mieszkanko było miejscem do spania, nie domem.

Marcus przemierzał ograniczoną przestrzeń, cztery kroki w jedną, cztery w drugą, czując, jak krąży w nim niespokojna energia. Wieczór zaczął się z taką obietnicą, by w końcu rozpaść się w niewygodną oficjalność. Chciał pokazać Sarah inną stronę siebie, kogoś więcej niż ostrożnego weterynarza, którego poznała na początku. Zamiast tego przypomniano mu dokładnie, dlaczego wyjechał z Sydney: nieustanne poczucie bycia ocenianym i uznawanym za niewystarczającego.

Czy praca na prowincji naprawdę aż tak się różni? Pytania Hendersonów niosły tę samą ukrytą wątpliwość, z którą mierzył się na uniwersytecie. Inne otoczenie, ta sama kontrola. Może naiwnie sądził, że zmiana miejsca oznacza zmianę tego, jak widzą go inni.

Usiadł na skraju łóżka, z irytacją poluzowując kołnierzyk. Przyjazd do Queensland był skokiem wiary, szansą, by odbudować zawodową reputację na własnych zasadach. Ale takie chwile jak ta kazały mu pytać, czy dobrze wybrał. W Sydney przynajmniej znał reguły gry. Tu wciąż szukał gruntu pod nogami.

No i była jeszcze Sarah. Ich porozumienie wydawało się prawdziwe — nieoczekiwane, ale mile widziane. To, jak go broniła przed Hendersonami, było i zaskakujące, i poruszające. A jednak potem schowała się za murem grzeczności, którego nie potrafił przebić.

Marcus podszedł do małego okna wychodzącego na ogród państwa Pattersonów. Noc była czysta, gwiazdy widoczne tak, jak nigdy nie były w Sydney. Gdzieś tam był Ridgewater, z imponującym zapleczem i pokoleniami historii — i Sarah McKenzie, która na chwilę pozwoliła mu zajrzeć pod powierzchnię swojej kompetentnej fasady i dojrzeć kruchość, by zaraz znowu ją ukryć.

Zastanawiał się, o czym teraz myśli — czy żałuje, że przyjęła zaproszenie na kolację, czy da się naprawić niezręczność, która między nimi zapadła. A może to on sobie w ogóle wymyślił to, co uważał za łączącą ich nić.

Rozdział siódmy

SARAH WSUNĘŁA BUTY I ruszyła prosto do stajni w chwili, gdy ciężarówka Marcusa zniknęła na podjeździe, ledwie odnotowując zaciekawione spojrzenia sióstr przez moskitierę w drzwiach, bo nawet nie weszła do kuchni. Musiała zobaczyć Duchess, zakotwiczyć się w znajomej rutynie sprawdzania cennej klaczy po tym niepokojącym wieczorze. Nocne powietrze kleiło się do skóry po klimatyzowanej restauracji, a zapach siana i koni zastąpił utrzymującą się woń drogiego jedzenia i wina. Już czuła, jak ramiona jej się rozluźniają, kiedy weszła do cichej stajni, a rytmiczne odgłosy wiercących się w boksach koni stały się mile widzianym kontrapunktem do napiętej ciszy, która panowała podczas drogi do domu.

Duchess cicho zarżała, gdy Sarah podeszła do jej boksu, a uszy kasztanowatej klaczy drgnęły do przodu, rozpoznając ją. Sarah sprawdziła telefon, upewniając się, że aplikacja alarmu wyźrebieniowego działa prawidłowo, po czym weszła do boksu, by obejrzeć klacz bezpośrednio.

— Witaj, ślicznotko — wyszeptała, przesuwając dłońmi po bokach Duchess, czując, jak źrebię porusza się pod jej dłonią. — Nadal każesz nam czekać, co?

Stan klaczy wydawał się niezmieniony. Niespokojna, ale jeszcze nie w aktywnej fazie porodu. Sarah sprawdziła szwy alarmu wyźrebieniowego, czy na pewno trzymają się na miejscu, a potem poświęciła jeszcze kilka minut, by po prostu głaskać szyję klaczy, znajdując ukojenie w tym prostym kontakcie.

— Wiedziałam, że cię tu znajdę — odezwała się za jej plecami Pip. — Jak kolacja?

Sarah odwróciła się i zobaczyła wszystkie trzy siostry stojące w drzwiach boksu, o wyrazie twarzy od bezwstydnej ciekawości Pip, przez bardziej powściągliwą ocenę Kate, po łagodną troskę Emmy.

— W porządku — odparła Sarah, a to jedno słowo zabrzmiało bardziej ostatecznie, niż zamierzała. — Z Duchess wszystko stabilnie. Nic istotnego się nie zmieniło, odkąd wyszłam.

— Sprawdzałyśmy co pół godziny — zapewniła ją Emma. — Jest spokojna, ale czujna. Obstawiam, że poczeka jeszcze dzień albo dwa.

Sarah skinęła głową, wdzięczna za zejście na zawodowe tory. — Przynajmniej alarm działa, jak trzeba. Lepiej dmuchać na zimne.

— Skoro mowa o ostrożności — powiedziała ostrożnie Kate —, wróciłaś wcześniej, niż się spodziewałyśmy.

— W restauracji nie było szczególnie tłoczno — wymówiła się Sarah, przeciskając się obok nich z boksu. — Muszę się przebrać. Ta sukienka nie nadaje się do obchodu stajni.

Udało jej się uciec do domu, zanim zdążyły docisnąć, wdzięczna za chwilową ulgę od ich ciekawości. W pokoju szybko zrzuciła szmaragdową sukienkę, starannie ją odwiesiła, po czym wciągnęła wygodne szorty i luźny t-shirt. Twarz, która patrzyła na nią z lustra, wydawała się nieco obca; włosy wciąż ułożone, cień tuszu podkreślający oczy, które wyglądały na zmartwione nawet w jej własnej ocenie.

Wiedząc, że siostry w końcu zapędzą ją w kozi róg po szczegóły wieczoru, Sarah wybrała strategiczny odwrót na szeroką werandę okalającą zachodnią stronę domu. Nalała sobie porządny kieliszek wina z butelki w kuchni, po czym wymknęła się na zewnątrz i usiadła w jednym z głębokich wiklinowych foteli, które stały tu od zawsze, odkąd sięga pamięcią. Na stole dymiła spiralna świeca przeciw komarom, a wentylator nad głową powoli miele powietrze, poruszając gęstą, gorącą noc.

Noc osiadła już na dobre, odległe padoki zniknęły w ciemności poza kręgiem światła roztaczanego przez dom. Świerszcze cykały falami, a od czasu do czasu rozlegało się charakterystyczne zawołanie sowy mopoke z pobliskich eukaliptusów. Zwykle te dźwięki nocy ją koiły, lecz dziś stanowiły tylko tło dla kłębiących się myśli.

Wieczór zaczął się tak obiecująco. Marcus naprawdę ucieszył się na jej widok, a to, jak wyraźnie docenił jej wystrojony wygląd, ogrzało w niej coś, co od dawna było zimne. Rozmowa początkowo płynęła bez wysiłku, tematy zawodowe ustąpiły miejsca bardziej osobistym wymianom. Po raz pierwszy od miesięcy śmiała się szczerze.

Potem podeszli państwo Hendersonowie i wszystko się przesunęło. Ich uprzejme pytania o przeszłość Marcusa niosły ze sobą ledwie skrywane wątpliwości, ten sam sceptycyzm, który Sarah początkowo sama żywiła. Ale usłyszawszy to od innych, poczuła w sobie coś gwałtownego i protekcjonalnego, odruch, który zaskoczył ją swoją intensywnością.

Wspomnienie wyrazu twarzy Marcusa po tym wszystkim sprawiło, że skrzywiła się z niesmakiem. Wypiła duży łyk wina, życząc, by mogła cofnąć wieczór do chwili sprzed pojawienia się Hendersonów.

— Przyjmujesz towarzystwo? — przerwała jej zamyślenie Kate.

Sarah podniosła wzrok i zobaczyła środkową siostrę stojącą w progu z dwiema filiżankami herbaty. Mimo potrzeby samotności skinęła głową, wskazując sąsiednie krzesło.

Kate usiadła obok, stawiając jedną filiżankę na małym stoliku między nimi. — Pomyślałam, że to ci się przyda, ale widzę, że wybrałaś coś mocniejszego.

— Wydało mi się stosowne — odparła Sarah, lekko unosząc kieliszek.

Przez chwilę siedziały w zgodnym milczeniu, a sama obecność Kate stopniowo rozpraszała część napięcia Sarah. Spośród wszystkich sióstr Kate była do niej najbardziej podobna — powściągliwa, analityczna, zdeterminowana — choć Kate przekuwała te cechy w bezbłędną rywalizację, podczas gdy Sarah teraz kierowała je w stronę organizacji i zarządzania. Teraz, przynajmniej. Sarah po raz setny odepchnęła wspomnienia. Ta część jej życia już się skończyła.

— No więc... — odezwała się w końcu Kate. — Jak randka z doktorem Webbem?

— To nie była randka — warknęła Sarah, ostrzej, niż chciała. — To była służbowa kolacja, żeby omówić strategie w sprawie obwodnicy.

Brwi Kate lekko powędrowały w górę na dźwięk jej tonu, a Sarah od razu poczuła napływ wstydu. Siostra nie zasłużyła, by przyjmować na siebie ciężar jej mętnych emocji.

— Przepraszam — westchnęła. — To było nie na miejscu.

— Było — zgodziła się łagodnie Kate, upijając łyk herbaty. — Co mi mówi, że wieczór nie poszedł po twojej myśli.

Sarah zakręciła winem w kieliszku, obserwując, jak rubinowy płyn chwyta miękkie światło sączące się na werandę przez drzwi kuchenne. — Na początku było dobrze — przyznała. — Może nawet aż za dobrze.

— To znaczy?

— To znaczy, że jego towarzystwo podobało mi się bardziej, niż powinno, biorąc pod uwagę naszą zawodową relację. — Zawahała się, po czym dodała: — A potem... wszystko się zmieniło.

Kate czekała cierpliwie, a Sarah streściła podejście Hendersonów i ich ledwie skrywane podważanie kwalifikacji Marcusa. Kiedy Sarah opisała swoją obronną reakcję, wyraz Kate zmienił się na rozumiejący.

— Aha — powiedziała, jakby brakujący element wskoczył na miejsce. — Włączył ci się tryb obronny.

— Chyba tak — przyznała Sarah. — Ale dlaczego? Marcus świetnie potrafi zadbać o siebie. Nie potrzebuje, żebym broniła jego zawodowej reputacji.

Kate zastanowiła się nad tym, zamyślona. — Może nie chodziło tylko o jego reputację. Może to chodziło o twoją ocenę — że mu ufasz w sprawie Duchess, w sprawie Legenda, całego naszego cennego stada w Ridgewater.

To spostrzeżenie trafiło bliżej sedna, niż Sarah miała ochotę przyznać. Szybko zaczęła szanować umiejętności Marcusa, ufać jego fachowości przy ich najcenniejszych skarbach. Słysząc, jak inni kwestionują jego kompetencje, odebrała to jak podważenie jej własnego osądu.

— Może — przyznała. — Ale moja reakcja była nieadekwatna. A potem wszystko zrobiło się... niezręczne. Napięte. Ledwo byliśmy w stanie utrzymać rozmowę.

— Bo pokazałaś mu, że ci zależy — stwierdziła po prostu Kate.

Sarah gwałtownie uniosła wzrok. — Słucham?

— Zależy ci na nim, nie tylko jako na naszym wecie — doprecyzowała Kate. — A to cię przeraża, bo troska oznacza podatność na ciosy. Ryzyko.

— To niedorzeczne — zaprotestowała słabo, choć słowa zabrzmiały niepokojąco znajomo. — Znam go ledwie od dwóch tygodni.

— Czasem tyle wystarczy — odparła wyjątkowo łagodnie Kate. — Nie każdy potrzebuje lat, żeby rozpoznać więź.

Sarah zamilkła, rozważając słowa siostry. Czy to właśnie się wydarzyło? Czy rozpoznała w Marcusie Webbie coś, co odezwało się w jej starannie strzeżonym sercu, coś, co sprawiło, że porzuciła zwykłą, wyważoną rezerwę na rzecz gwałtownej obrony?

— Nawet jeśli to prawda — odezwała się w końcu —, skomplikowałam relację zawodową, kluczową dla Ridgewater. To było głupie.

Kate wzruszyła ramionami. — Albo ludzkie.

Przez chwilę siedziały w ciszy, a dźwięki nocy wypełniały przestrzeń między nimi. Sarah pomyślała o wyrazie twarzy Marcusa, gdy stanęła w jego obronie, o mieszance zaskoczenia i czegoś głębszego, czegoś, co przyspieszyło jej tętno mimo usilnych starań o zawodowy dystans.

— Nie wiem, jak to naprawić — przyznała cicho.

Zapadła długa pauza, po czym Kate zapytała: — A chcesz?

Pytanie było proste, ale doniosłe. Czy chciała zlikwidować niezręczność, która wdarła się między nich? Wrócić do czysto zawodowej relacji? A może pragnęła czegoś zupełnie innego, czegoś, co przerażało ją o wiele bardziej, niż miała odwagę przyznać?

— Nie wiem — odparła szczerze Sarah. — W Ridgewater wszystko wisi teraz na włosku przez groźbę obwodnicy. Wydaje się samolubne myśleć o uczuciach.

Kate sięgnęła i lekko ścisnęła jej dłoń. — Wiem. Ale pomyśl. Jeśli stracimy Ridgewater, co jeszcze zbudujesz w swoim życiu? Jakie więzi zostaną, kiedy majątku już nie będzie?

To pytanie spadło z nieprzyjemnym ciężarem. Od wypadku Sarah wlała wszystko w zarządzanie Ridgewater, pozwalając, by jego wymagania wypełniły pustkę po utraconej karierze sportowej. Wmawiała sobie, że to poświęcenie, ale może to było także ukrywanie się.

— Pewnie powinnam go przeprosić — powiedziała, zbaczając nieco zbyt celnego pytania Kate. — Za to, że zrobiło się niezręcznie.

— Może — zgodziła się Kate, podnosząc się z fotela. — Albo po prostu bądź szczera, dlaczego zareagowałaś tak mocno. To może wiele wyjaśnić wam obojgu.

Z tą radą na odchodne Kate wycofała się do środka, zostawiając Sarah samą z myślami i chórem nocnych owadów. Sączyła wino, odtwarzając w głowie wieczór, zwłaszcza moment, gdy przerwała przesłuchujące pytania Hendersonów. Natychmiastowy skok w obronę Marcusa był instynktowny, nieplanowany — i wymowny, jeśli ocena Kate była trafna.

Kiedy doktor Marcus Webb stał się kimś więcej niż tylko naszym weterynarzem na zastępstwie? Kiedy zaczęła aż tak osobiście ważyć jego dobrą opinię? Czy to było podczas burzy, kiedy zwierzali się sobie w siodlarni? Albo kiedy patrzyła, jak tak uważnie pracuje z ich końmi, z dłońmi delikatnymi i pewnymi? A może po prostu chodziło o to, jak na nią patrzył, jakby naprawdę widział *ją*, a nie tylko kompetentną zarządczynię Ridgewater.

Cokolwiek było powodem, Sarah stanęła teraz wobec niewygodnej prawdy, że pozwoliła, by osobiste uczucia skomplikowały to, co powinno pozostać czysto zawodowe. I robiąc to, mogła narazić zarówno zawodową relację, której Ridgewater potrzebuje, jak i osobiste połączenie, którego dotąd nie uświadamiała sobie, że pragnie.

Przenikliwy elektroniczny alarm przebił się przez jej bezsenny sen i szarpnął ją gwałtownie ku świadomości. Ręka po omacku sięgnęła w ciemności po telefon na stoliku nocnym, a umysł usiłował zidentyfikować konkretny alert. Nie czujka pożarowa, nie zwykły budzik, tylko charakterystyczny, pilny ton, który zaprogramowała dla monitoru wyźrebieniowego Duchess. Serce jej podskoczyło, gdy zerwała się do siadu, nagle zupełnie przytomna, mrużąc oczy w jasny ekran, który potwierdzał to, co już wiedziała: Duchess zaczęła się źrebić.

— Nareszcie — mruknęła, zsuwając nogi z łóżka. Cyfrowy zegar wskazywał 2:17. Oczywiście, że klacz wybierze środek nocy... a Sarah miała zaledwie godzinę snu, bo zbyt długo przewracała się z boku na bok, myśląc o katastrofalnej randce z Marcusem.

Sarah nie zapalała światła, ubierała się z pamięci mięśniowej w ciemnościach. Dżinsy naciągnięte na szorty do spania, stary t-shirt z krzesła, buty przy drzwiach. Palce automatycznie chwyciły włosy w pospieszny kucyk, podczas gdy sprawdzała aplikację wyźrebieniową. Parametry życiowe Duchess wskazywały podwyższony stres, a wzorzec ruchu — aktywny poród, a nie tylko wstępną nerwowość.

Letnia noc objęła ją, gdy wyszła na zewnątrz — ciepła i gęsta od wilgoci. Świerszcze grały bezlitośnie, kiedy truchtem ruszyła ku stajni, a snop latarki podskakiwał na znajomej ścieżce. Gwiazdy nakłuwały aksamitną ciemność nad głową, dając dość światła, by zarys stajni odcinał się na tle nocnego nieba.

Kiedy jeszcze w połowie podwórza usłyszała niespokojne rżenie Duchess, przyspieszyła. To nie były typowe odgłosy rutynowego wyźrebienia.

— Spokojnie, dziewczyno — zawołała, włączając światła w stajni i pędząc do boksu Duchess. Kasztanowata klacz była wyraźnie rozdrażniona, pot ciemnił jej sierść do głębokiej miedzi, boki falowały wysiłkiem. Na oczach Sarah Duchess opadła na kolana, na chwilę się położyła, po czym z jękiem dyskomfortu z trudem podniosła się z powrotem. Jej cierpienie było namacalne, oczy szeroko otwarte, toczące się z niepokoju.

Sarah wsunęła się do boksu, doświadczonymi dłońmi przesuwając po spuchniętych bokach klaczy i sprawdzając srom. Klacz była zdecydowanie w aktywnej fazie porodu, ale coś było nie tak. Źrebię powinno się już prezentować, biorąc pod uwagę siłę skurczów Duchess i fakt, że alarm się włączył, czyli szwy puściły. Palce Sarah zbadały delikatnie, wyczekując spodziewanych przednich kopyt i pyska. Zamiast tego wyczuła pojedyncze kopyto i coś, co zdawało się być barkiem albo kolanem.

Żołądek ścisnął jej się z niepokoju. Nieprawidłowe ułożenie stanowiło zagrożenie i dla klaczy, i dla źrebięcia — zwłaszcza tak cennego jak to. Potrzebowała pomocy, potrzebowała weta. Potrzebowała Marcusa.

Na samą myśl o telefonie do niego coś nieswojo drgnęło jej w piersi. Ich kolacja w klubie golfowym skończyła się tak niezręcznie, łatwa nić porozumienia pękła pod naporem interwencji Hendersonów i późniejszej napiętej ciszy. Od tamtej pory ledwie ze sobą rozmawiali, ograniczając się do krótkich, zawodowych ustaleń dotyczących dokumentacji obwodnicy. A teraz miała dzwonić do niego w środku nocy, w sprawie nagłego wypadku, który zmusi ich do pracy ramię w ramię.

Duchess zapiszczała z bólu, nerwowo drapiąc kopytem słomę. Cierpienie klaczy sprawiło, że Sarah natychmiast podjęła decyzję. Osobisty dyskomfort nie miał znaczenia, kiedy w grę wchodziło życie konia.

Wyciągnęła telefon i stuknęła w kontakt alarmowy, który zaprogramowała. Telefon zadzwonił trzy razy, zanim Marcus odebrał, a jego głos był jeszcze zaspany.

— Doktor Webb.

— Marcus, mówi Sarah McKenzie. Duchess się źrebi, ale jest problem. Ułożenie jest nieprawidłowe, wyczuwam tylko jedną nogę. — Starała się brzmieć spokojnie i profesjonalnie, mimo strachu.

Zapadła krótka pauza, a potem rozległ się odgłos ruchu.

— Od jak dawna jest w aktywnej fazie porodu? — Po śnie nie zostało w jego głosie ani śladu.

— Trudno powiedzieć dokładnie. Ostatni raz sprawdzałam o dziesiątej. Alarm włączył się przed chwilą, ale ona już jest wycieńczona i zestresowana.

— Już jadę. Proszę ją utrzymać jak najspokojniejszą. Proszę nie pozwalać jej długo się kłaść, jeśli się da. Będę za dwadzieścia minut.

— Dziękuję — powiedziała Sarah, ale on już się rozłączył.

Schowała telefon i wróciła całą uwagę do Duchess. — Pomoc już jedzie, piękna dziewczyno — mruknęła, głaszcząc spoconą szyję klaczy. — Wytrzymaj jeszcze chwilę.

Sarah ruszyła szybko, zbierając potrzebne rzeczy, jednocześnie nie spuszczając z Duchess czujnego oka. Podtoczyła bliżej wózek wyźrebieniowy, sprawdzając, czy jest na nim wszystko, czego mogą potrzebować: czyste ręczniki, jodyna do pępowiny, lubrykant położniczy, bandaż do owinięcia ogona.

Następnie ustawiła dodatkowe światła, rozkładając dwie jasne lampy LED tak, by oświetlały boks bez ostrych cieni. Wentylator pod sufitem mieszał ciepłe powietrze, dając odrobinę ulgi w lepkim, nocnym upale. Sarah napełniła wiadro czystą wodą, dodając łagodnego środka antyseptycznego do mycia.

Między przygotowaniami wracała do Duchess, ofiarowując delikatne dotknięcia i kojące słowa. — Spokojnie. Zaraz sobie z tym poradzimy. — Klacz zdawała się czerpać z jej obecności otuchę, lekko przywierając do jej dłoni, kiedy gładziła ją po szyi.

Sarah co chwilę zerkała na zegarek, odliczając minuty. Duchess coraz bardziej się niepokoiła, jej piękna sierść była teraz śliska od potu, oddech urywał się wysiłkiem. Klacz krążyła nerwowo, od czasu do czasu osuwała się na kolana, po czym z trudem podnosiła się z powrotem na ponaglające słowa Sarah.

Kiedy reflektory wreszcie przecięły ciemność od strony otwartej ściany stajni, Sarah poczuła falę ulgi tak silną, że omal nie ugięły się pod nią kolana. Usłyszała opony na żwirze, trzask zamykanych drzwi, a potem szybkie kroki.

Marcus stanął w progu w pospiesznie naciągniętych dżinsach i pogniecionym t-shircie. Ciemne włosy sterczały mu w przypadkowych kierunkach, ale oczy miał czujne i skupione.

— Jak ona? — zapytał, kierując się prosto do boksu, nie czekając na odpowiedź.

— Coraz bardziej zestresowana — odparła Sarah, cofając się, gdy wchodził. — Skurcze są mocne, ale nie przynoszą postępu.

Marcus skinął głową, wciągając rękawiczki do badania. — Zobaczmy.

Podszedł do Duchess spokojnie, pewnie, mrucząc do klaczy niskim, uspokajającym tonem.

— Miała pani rację — powiedział po chwili. — Źrebię jest ułożone nieprawidłowo. Jedna noga jest odrzucona do tyłu, przez co łopatki nie mogą przejść przez kanał rodny. — Wyprostował się i spojrzał Sarah prosto w oczy. — Musimy je przestawić, zanim całkiem się wyczerpie. Będzie mi pani potrzebna. To robota dla dwojga.

Sarah skinęła. Marcus sięgnął do torby, wyciągając rękawice po ramię i dużą butlę lubrykantu.

— Proszę ją utrzymać w pionie i uspokajać, gdy będę przestawiał źrebię — wyjaśnił, naciągając długie rękawice. — Jeśli się położy, będziemy pracować, jak będzie, ale łatwiej, gdy stoi.

— Rozumiem — powiedziała Sarah, wiążąc włosy mocniej z dala od twarzy. Podeszła do łba Duchess, chwytając uwiąz. — Utrzymam ją stabilnie.

Kiedy ustawili się przy zdenerwowanej klaczy, ich spojrzenia na moment się spotkały. W tej chwili napięcie po nieudanej kolacji wydało się odległe i nieistotne wobec zadania, jakie mieli przed sobą. Przebiegło między nimi nieme porozumienie, wspólne zobowiązanie, które wykraczało poza osobiste komplikacje.

— Gotowa? — zapytał Marcus.

Sarah skinęła, skupiając się na uspokajaniu Duchess. Cokolwiek między nimi zostało niewyjaśnione, musiało poczekać. Teraz liczyło się tylko to, by bezpiecznie sprowadzić to cenne źrebię na świat.

W stajni zapadła cisza, przerywana jedynie ciężkim oddechem Duchess i cichym mruczeniem Marcusa, gdy pracował. Sarah trzymała oburącz kantar klaczy, szepcząc uspokajające słowa do jej drgającego ucha i obserwując twarz Marcusa. Czoło miał ściągnięte w skupieniu, sięgał głęboko do kanału rodnego, a mięśnie ramienia wyraźnie napinały się od wysiłku. Kropla potu spłynęła mu po skroni mimo wirujących ponad głową wentylatorów — świadectwo i dusznej nocy, i intensywności pracy.

— Spokojnie, dobra dziewczyno — szeptała Sarah, gdy Duchess niespokojnie się poruszyła. — Radzisz sobie świetnie.

— Czuję nogę — zameldował Marcus, z twarzą napiętą od koncentracji. — Jest całkiem wyprostowana do tyłu, stąd kłopot. Muszę zgiąć kolano i wyprowadzić ją do przodu. — Wcisnął dłoń głębiej, przez co Duchess drgnęła i spróbowała się odsunąć.

— Spokojnie — mruknęła Sarah, utrzymując pewny chwyt i głaszcząc klacz po szyi. Dłoń miała mokrą od potu, kasztanowa sierść Duchess lśniła wilgocią w ostrym świetle lamp. Boki klaczy falowały każdym ciężkim oddechem, a w oczach przewracało się białko z niepokoju.

— Podaj mi łańcuch położniczy — poprosił Marcus, wyciągając wolną rękę, nie unosząc wzroku.

Sarah sięgnęła po czysty, stalowy łańcuch wiszący na wózku wyźrebieniowym i ostrożnie wsunęła go w jego dłoń. Ich palce musnęły się na moment, lecz oboje to zignorowali, całkowicie skupieni na zadaniu.

Koń w pobliskim boksie cicho zarżał, zaniepokojony nietypową nocną krzątaniną. Na zewnątrz świerszcze nieprzerwanie snuły letni chór, nieświadome dramatu, który rozgrywał się w środku.

Marcus pracował jednostajnie, z twarzą napiętą od skupienia. Sarah czuła ciepło bijące od jego ciała, kiedy stali blisko siebie w ciasnej przestrzeni, a zapach jego mydła mieszał się z dobrze znanymi woniami stajni: sianem, końskim potem i ostrą nutą środka dezynfekcyjnego.

— Mam — mruknął po wieczności. — Udało mi się założyć pętlę na pęcinę.

Sarah podała mu czysty ręcznik, by otarł pot z oczu, po czym natychmiast wróciła uwagą do Duchess, która robiła się coraz bardziej niespokojna. Potężne mięśnie drżały pod śliską od potu sierścią, a ogon smagał nerwowo powietrze.

— Teraz najtrudniejsze — wyjaśnił Marcus, zmieniając pozycję. — Muszę poprowadzić nogę do przodu, stabilizując źrebię. To będzie dla niej nieprzyjemne.

Sarah skinęła, spinając się wewnętrznie. — Jesteśmy gotowe, prawda, Duchess? — szepnęła do klaczy, choć pewny chwyt na kantarze zdradzał jej czujność.

Potem nastąpił misterny taniec subtelnych ruchów i wyważonego nacisku, gdy Marcus pracował nad przestawieniem źrebięcia. Sarah czytała z jego twarzy każdy drobny grymas — oznaki postępu albo niepokoju.

Duchess zawyła nisko, głęboko, jakby dźwięk dobywał się z samego rdzenia. Nogi drżały jej od wysiłku utrzymania pozycji stojącej.

— Już prawie — zachęcił Marcus, wciąż brzmiąc spokojnie mimo kropel potu, które teraz swobodnie spływały mu po twarzy. — Jeszcze jedna poprawka...

Przez ciało Duchess przebiegł dreszcz, po którym nastąpiło widoczne rozluźnienie postawy. Wyraz Marcusa przeszedł z intensywnego skupienia w ostrożną ulgę.

— Myślę, że jest dobrze — powiedział, ostrożnie wyjmując rękę, a wraz z nią łańcuch. — Noga jest na miejscu. Zobaczymy, czy skurcze zrobią resztę.

Odsunęli się nieco, dając Duchess przestrzeń, ale pozostając na tyle blisko, by w razie potrzeby zainterweniować. Klacz krążyła powoli, po czym nagle osunęła się na kolana. Sarah poruszyła się instynktownie, lecz dłoń Marcusa na jej ramieniu ją zatrzymała.

— W porządku — powiedział cicho. — Teraz to już normalne. Źrebię jest prawidłowo ułożone.

Duchess położyła się całkiem, przewracając na bok, a potężne skurcze wyraźnie falowały przez jej brzuch. Marcus uklęknął za nią, trzymając ogon z boku, ale nie ingerując dalej.

— Już gotowa — powiedział, a w jego twarzy widać było ulgę, gdy uniósł wzrok na Sarah. — Teraz natura przejmie stery.

Sarah uklękła naprzeciwko niego, wpatrzona w Duchess. Skurcze nasilały się, oddech klaczy stał się krótki, urywany.

Nagle pojawiły się dwie drobne kopytka, zamknięte w przezroczystych, białych błonach. Z każdym skurczem wysuwały się dalej, a potem ukazał się mały pysk, wciśnięty między nogi.

— Ułożenie teraz idealne — potwierdził Marcus. — Idzie.

Kolejne minuty upłynęły w zamazanej krzątaninie. Duchess dzielnie parła, potężne ciało pracowało, by wydać źrebię na świat. Z każdym skurczem ukazywało się go więcej, aż w końcu, wraz z pluskiem płynu, całe ciałko wysunęło się na świat.

Źrebię przez ułamek sekundy leżało nieruchomo, wciąż zamknięte w worku owodniowym. Oboje, Sarah i Marcus, jednocześnie pochyli się, by oczyścić błony z drobnych nozdrzy, zderzając się dłońmi w pośpiechu. Żadne nie odsunęło się, pracowali razem, by maluch mógł zaczerpnąć pierwszy oddech.

Jakby odpowiadając na ich pilne działania, źrebię prychnęło cichutko, potem mocniej, a drobna klatka piersiowa rozszerzyła się przy pierwszym wdechu. W boksie niemal słychać było zbiorowy oddech ulgi.

— Witaj, maleństwo — wyszeptała Sarah, z gardłem ściśniętym wzruszeniem, gdy pomagała oczyszczać resztki błon z mokrego, niezgrabnego ciała. Ogier był gniady, jak jego dziad Legend, z idealną białą gwiazdką między oczami i jedną białą skarpetką na prawej przedniej nodze.

Duchess szybko doszła do siebie po wysiłku, wyciągnęła długą szyję, by trącać i lizać noworodka. Instynkt macierzyński przejął dowodzenie, pobudzając źrebię i jednocześnie je czyszcząc. Sarah i Marcus krzątali się obok, sprawdzając parametry życiowe i upewniając się, że pępowina przerwała się czysto.

— Jest idealny — mruknęła Sarah, patrząc, jak maluch odpowiada na czułości matki. — Wnuk Legenda, jak nic. — Widać było wpływ wielkiego ogiera w szlachetnej głowie i silnych łopatkach źrebięcia, które już zapowiadały doskonałą budowę.

Marcus skinął, pomagając osuszać drżące ciałko czystymi ręcznikami. — Mocne tętno, dobry oddech, świetne instynkty — potwierdził. — Warte każdej kropli wysiłku.

— To nigdy się nie nudzi, prawda? — powiedział miękko Marcus. — Nieważne, ile źrebiąt już odbierzesz, ta pierwsza próba wstania zawsze jest cudem.

Sarah skinęła, nagle świadoma, jak blisko siebie siedzą, ich ramiona niemal się stykają, gdy opierali się o ścianę boksu. Poprzednie napięcie między nimi zdawało się ulotnić w wspólnym doświadczeniu sprowadzenia na świat nowego życia.

— Kiedy tu przyjechałem, nie byłem pewien, czy dam radę ogarniać takie nagłe przypadki w warunkach terenowych — przyznał Marcus. — Po Sydney, ze sprzętem i całym zespołem wsparcia... kwestionowałem, czy się do takiej samodzielnej pracy nadaję.

Sarah odwróciła się do niego, widząc w jego twarzy kruchość, której wcześniej nie dostrzegała. — Uratował Pan dziś oboje — powiedziała po prostu. — Sama bym nie dała rady bez Pana.

Ich spojrzenia spotkały się nad zmagającym się malcem, któremu udało się już podwinąć przednie nogi pod siebie, podczas gdy tylne nadal chwiały się niepewnie. W tym ułamku sekundy coś się przesunęło — wzajemne rozpoznanie, które unieważniło niezręczną kolację i późniejszy dyskomfort.

Na zewnątrz pierwsza bladość świtu rozjaśniała wschodnie niebo, wysyłając blade smugi przez otwarte boki stajni. Nocny dramat dobiegał końca, gdy zaczynał się nowy dzień i rodziło się nowe życie.

Bez słów usiedli obok siebie na kostce siana tuż przed boksem, patrząc, jak matka i syn zacieśniają więź w coraz mocniejszym świetle. Ich ramiona lekko się stykały — drobny punkt kontaktu, który wydawał się i naturalny, i znaczący.

— Jak go Pani nazwie? — zapytał Marcus.

Sarah uśmiechnęła się, patrząc, jak źrebię wreszcie stanęło, trzęsąc się z wysiłku, ale wyprostowane. —

Ridgewater Miracle — odparła. — Bo tym właśnie jest, bez względu na to, co będzie z obwodnicą.

Gdy ogierek stawiał pierwsze niepewne kroki w stronę mleka matki, Sarah poczuła, jak dłoń Marcusa na moment przykrywa jej dłoń na szorstkiej powierzchni kostki siana. Dotyk był przelotny, lecz zamierzony — uznanie czegoś nowego, co kiełkowało między nimi, świeżego i kruchego jak źrebię przed nimi.

Rozdział ósmy

MARCUS POCZUŁ SZORSTKĄ FAKTURĘ beli siana pod dłonią, gdy na moment położył ją na ręce Sarah. Po chwili ją cofnął, nie chcąc się narzucać, ale krótki kontakt zostawił na jego skórze mrowienie. Przed nimi cherlawy źrebak uparcie, na chwiejnych nogach, przedzierał się w stronę boku Duchess, instynktownie szukając pokarmu. W stajni panowała cisza, przerywana tylko cichym parskaniem klaczy i okazjonalnym stukiem kopyt z innych boksów — jakby cały świat wstrzymał oddech, by przyjrzeć się temu nowemu początkowi.

— Ridgewater Miracle — powtórzył Marcus wybrane imię, patrząc, jak poszukujące usta źrebaka odnajdują cel. — Pasuje do niego idealnie.

Pierwsze złote promienie wschodu słońca w Queensland przefiltrowały się przez otwarte drzwi stajni, malując betonową posadzkę ciepłym światłem. Na zewnątrz śpiew ptaków zaczął zastępować nocną orkiestrę świerszczy i cykad, zwiastując nowy dzień. Powietrze pozostawało ciężkie od wilgoci, lepiącej się do skóry mimo wczesnej pory, niosąc ze sobą zapach siana, koni i charakterystyczną, metaliczną nutę porodu.

Sarah skinęła głową, nie odrywając wzroku od źrebaka. — Po tym wszystkim, przez co ten maluch się przedarł, należy mu się imię o znaczeniu — powiedziała miękko, z wyczerpania ochrypła od godzin uspokajania Duchess podczas trudnego porodu.

Marcus zerknął na nią kątem oka. Zwyczajowa ogłada Sarah ustąpiła miejsca czemuś surowemu i niekrytemu, jej mury na moment obniżyło zmęczenie i emocje. Kosmyki truskawkowego blondu uciekły z pośpiesznego kucyka, tworząc wokół twarzy nieład koronki. Na ubraniu miała ślady słomy i płynów porodowych, a przez kość policzkową biegła smuga czegoś ciemnego. Jej dłonie spoczywające na kolanach lekko drżały w następstwie adrenaliny i wysiłku.

Mimo — a może właśnie przez — to roztrzepanie Marcus uderzony był tym, jaka piękna wydawała mu się w łagodnym świetle świtu. Nie była to wypolerowana uroda z ich kolacji w klubie golfowym zaledwie kilka godzin wcześniej, lecz coś nieskończenie bardziej pociągającego, bardziej autentycznego. Oto Sarah w swoim żywiole, robiąca to, do czego się urodziła, pozbawiona wszelkich pozorów.

— Nie sądzę, żebyśmy uratowali oboje bez twojego podejścia — przyznała, wyrywając go z zadumy. — Asystowałam już przy trudnych porodach, ale ta technika repozycji, której użyłeś... — Urwała, kręcąc głową z oczywistym podziwem.

Marcus poczuł, jak ciepło rozchodzi mu się po piersi na dźwięk jej pochwały — tym cenniejszej, że pochodziła od kogoś, czyje zdanie tak wysoko sobie cenił. — Nauczyłem się tej konkretnej techniki podczas rotacji z położnictwa końskiego w Wielkiej Brytanii — wyjaśnił. — Ale szczerze mówiąc, to twoja wiedza o tych koniach zrobiła różnicę. Od razu wiedziałaś, że coś jest nie tak, i zadzwoniłaś do mnie w idealnym momencie.

Sarah uśmiechnęła się zmęczona. — Czyli praca zespołowa.

— Praca zespołowa — zgodził się, patrząc, jak źrebak skutecznie przyssał się do sutka Duchess. — Spójrz, idealny instynkt. Dokładnie wie, co robić.

— Natura jest pod tym względem niezwykła — mruknęła Sarah. — Mimo całej naszej ingerencji pewne rzeczy są po prostu zaprogramowane.

Coś w jej tonie sprawiło, że Marcus odwrócił się do niej bardziej. Jej spojrzenie oderwało się od źrebaka i przylgnęło do niego; szarozielone oczy badały jego twarz z intensywnością, która przyspieszyła mu puls. Powietrze między nimi zgęstniało, naładowane niewypowiedzianymi myślami.

— Niektóre — zgodził się, głosem niższym, niż zamierzał.

Kosmyk włosów opadł jej na twarz, i zanim zdążył się rozmyślić, Marcus sięgnął, by delikatnie wsunąć go za jej ucho. Jego palce zatrzymały się przy skroni, niemal wstrzymując oddech, gdy poczuł miękkość jej skóry pod zrogowaciałymi opuszkami.

Sarah nie odsunęła się. Przeciwnie — niemal niewyczuwalnie odchyliła się w jego dotyk, nie wypuszczając go z oczu. Poranne światło wyłuskało zielone iskierki w jej tęczówkach, zmieniając je w świetlisty jadeit za szkłami praktycznych okularów.

— Marcus — wyszeptała, czyniąc z jego imienia pytanie i zaproszenie.

Dźwięk niepewnych ruchów źrebaka zniknął gdzieś w tle, gdy Marcus pochylił się bliżej, pociągnięty siłą tak naturalną i nieuniknioną jak słońce rozlewające się po wschodnim niebie. Ich twarze dzieliły centymetry, tak blisko, że czuł ciepło jej oddechu.

A potem jego usta dotknęły jej ust — delikatnie, pytająco. Jej wargi były miękkie, choć lekko spierzchnięte po godzinach mówienia do Duchess podczas porodu. Przez ułamek sekundy trwała nieruchomo i przestraszył się, że wszystko źle odczytał, że przekroczył granicę, która kosztować go będzie nie tylko rodzące się uczucia do niej, ale i ich relację zawodową.

Ale ona westchnęła w jego usta, jej dłoń powędrowała lekko na jego policzek i nieśmiały pocałunek pogłębił się w coś pewniejszego. Jej wargi rozchyliły się, zapraszając go bliżej, a Marcus odpowiedział głodem, którego intensywność go zaskoczyła. Jedną ręką obejmował tył jej szyi, palcami wplatając się w luźne pasma kucyka, drugą wciąż opierał się dla równowagi o belę siana.

Świat zwęził się do punktów styku między nimi, wszystko inne odpłynęło; poranne światło, wilgotne powietrze i miękkie odgłosy koni stały się odległe i nieistotne wobec ciepła ust Sarah na jego ustach. Jej palce zawinęły się na jego szorstkim od zarostu policzku, a lekki dreszcz w nich wywołał odpowiadający dreszcz wzdłuż jego kręgosłupa.

Był to pocałunek inny niż wszystkie pierwsze pocałunki, jakich Marcus dotąd doświadczył — bez niepewności i niezręczności nowego terytorium. Przeciwnie, czuł rozpoznanie, jak powrót do domu, którego szukał, sam o tym nie wiedząc. Jej usta poruszały się z rosnącą pewnością, a on dopasował się do jej rytmu, pogłębiając pocałunek ostrożną namiętnością.

Marcus mgliście był świadom przyspieszonego bicia serca, chropowatej faktury siana pod dłonią, lekkiej wilgoci skóry Sarah tam, gdzie jego palce dotykały karku. Ale te doznania bledły wobec przytłaczającej *oczywistości* tego, że ją całuje — jakby wszystko od przyjazdu do

Ridgemont, a może i od wyjazdu z Sydney, prowadziło do tej chwili.

Nagły odgłos kroków na żwirowej ścieżce przed stajnią przebił bańkę intymności. Sarah gwałtownie się odsunęła, a jej oczy rozszerzyły się czymś pomiędzy alarmem a żalem. Marcus cofnął dłoń z jej karku, prostując się na beli siana, jakby fizyczny dystans mógł ukryć to, co właśnie się wydarzyło.

Sarah przeczesała szybko niesforne włosy, poprawiając okulary palcami, które wciąż lekko drżały. Marcus chrząknął, próbując uspokoić galopujące serce, i z determinacją zwrócił uwagę na źrebaka, przywdziewając zawodowy profesjonalizm. Gwałtowna zmiana z intymności na oficjalność zostawiła go nieco oszołomionym, ale zbliżające się kroki nie dawały czasu, by przetrawić to, co zaszło między nimi.

W progu stajni pojawiły się Kate i Emma, zarysowane na tle jaśniejącego poranka. Kate niosła dwa parujące kubki, a Emma trzymała niewielki koszyk obiecujący śniadanie. Marcus pospiesznie wstał, strzepując siano z dżinsów i próbując ułożyć twarz w wyraz bardziej profesjonalny niż zmieszany. Nagłe przejście od intymności sprzed chwili do pojawienia się sióstr Sarah sprawiło, że poczuł się dziwnie obnażony, jakby ciepło jej pocałunku mogło być jeszcze widoczne.

— Dzień dobry, wy dwoje — zawołała wesoło Emma. — Pomyślałyśmy, że po zarwanej nocce przyda się wam coś na ząb.

Sarah podniosła się z beli siana, robiąc między sobą a Marcusem celowy dystans. — Kawa? — zapytała głosem nieco wyższym niż zwykle. — Jesteście wybawczyniami.

Spojrzenie Kate przemknęło między nimi; brew uniosła się niemal niedostrzegalnie, nim podała im po kubku. — Domyśliłam się, że wam się przyda. Jak się miewa nasz nowy przybysz?

Marcus wdzięcznie przyjął kawę, używając kubka jak tarczy, by pozbierać myśli. — Źrebak radzi sobie zaskakująco dobrze, biorąc pod uwagę nieprawidłowe ułożenie — wykrztusił. Głęboki aromat kawy stanowił miłą odskocznię od pozostającego w pamięci zapachu skóry Sarah, wciąż nawiedzającego jego zmysły.

Obie siostry od razu podeszły do boksu, oczarowane noworodkiem. Marcus patrzył, jak wyraz twarzy Kate przechodzi od zwykłego zainteresowania do zawodowej oceny; jej niebieskie oczy zwęziły się, gdy studiowała pokrój źrebaka wprawnym okiem zawodniczki.

— Piękna głowa — skomentowała, opierając się o drzwi boksu. — Spójrz na ten profil — czysty Legend. A te łopatki, Emma, widzisz ten kąt?

Emma skinęła entuzjastycznie, jej łagodniejsze podejście dopełniało techniczną ocenę Kate. — Jest przecudny. Te oczy już teraz są takie ekspresyjne, a gwiazdka idealnie pośrodku. — Uśmiechnęła się do Sarah. — Warto było zarywać noc, powiedziałabym.

— Warta każdej minuty — zgodziła się Sarah, stając obok sióstr. Te trzy kobiety stworzyły tableau, które Marcus uznał za kwintesencję rodu McKenzie: różne temperamentem i stylem, a jednak zjednoczone głęboką wiedzą i miłością do koni.

Kate zerknęła na Sarah, kąciki ust drgnęły jej, jakby z trudem tłumiła rozbawienie. — Skoro już o nocy mowa, wyglądasz, jakbyś się przez żywopłot przeczołgała, Saro-misiu.

— Do tyłu, do przodu i na boki — dodała ze śmiechem Emma. — Masz słomę we włosach, coś niewymownego na koszulce, a to... tak, to na dżinsach na pewno płyn łożyskowy.

Sarah spojrzała na siebie i skrzywiła się. — Ryzyko zawodowe. Nie wszyscy stawiamy na wygląd „prosto z wybiegu” o piątej rano, Kate.

Marcus poczuł przypływ ciepła na widok jej niechlujnego wyglądu, który wydał mu się rozczulający. Wypolerowana, kontrolująca wszystko kobieta, którą poznał, ustąpiła komuś bardziej ludzkiego, przystępnego — i nieskończenie bardziej fascynującego.

— A ty, doktorze Webb — powiedziała Kate, zwracając się do niego z błyskiem w oku, który ścisnął mu żołądek — masz szminkę na kołnierzyku.

Dłoń Marcusa poleciała do szyi, zanim zdał sobie sprawę z dwóch rzeczy naraz: nie miał na sobie koszuli z kołnierzykiem, a Sarah nie używała szminki. Gorąc uderzył mu do twarzy, gdy Emma wybuchła śmiechem, a uśmiech Kate stał się triumfujący.

— Mam cię — oznajmiła z satysfakcją Kate. — Szminki brak, ale ten rumieniec mówi sam za siebie.

— Kate, przestań pastwić się nad naszym weterynarzem — zganiła ją Sarah, choć i jej policzki spłynęły rumieńcem. — Był na nogach całą noc, ratując naszego najcenniejszego źrebaka. Odrobina zawodowej kurtuazji by nie zaszkodziła.

Emma podała Marcusowi ciepłe pieczywo z koszyka, a w jej oczach zatańczyło rozbawienie mimo współczującego wyrazu. — Nie przejmuj się Kate. Uważa, że przesłuchanie to forma gościnności.

Marcus wdzięcznie przyjął wypiek, wykorzystując chwilę, by odzyskać równowagę. — Nic się nie stało — zdołał powiedzieć i ugryzł kawałek, żeby zająć usta, nim palnie coś, co go zdradzi.

Źrebak akurat spróbował małego kłusa wokół matki; jego patykowate nogi chwiały się w wysiłku, gdy brnęły w grubej ściółce, ale jak na kilka godzin życia zadziwiająco dobrze koordynował ruchy. Ten pokaz skutecznie odwrócił uwagę wszystkich na nowo narodzonego.

— Spójrz na ten ruch — powiedziała Kate, a zawodowe zainteresowanie zwyciężyło nad droczeniem się. — Nawet w tym wieku widać potencjał. Przy odpowiednim treningu to będzie poważny koń ujeżdżeniowy.

— Albo skoczek — zasugerowała Emma, zerkając na Sarah. — Przy jego liniach krwi może błyszczeć i tu, i tu.

— Potomstwo Chiaroscuro bywa wszechstronne — przyznała Sarah. — Myślałam o ujeżdżeniu, zważywszy na to, na czym skupia się Kate, ale za wcześnie, żeby go w myślach szufladkować.

Marcus słuchał z rosnącym uznaniem, jak siostry z łatwością omawiają potencjał źrebaka, łącząc profesjonalną ocenę z pasją. Ich rozmowa płynnie przechodziła od technicznych szczegółów do żywego entuzjazmu, odsłaniając równocześnie ich zawodową wiedzę i osobiste zaangażowanie.

— Z liniami Legenda po stronie matki możesz liczyć na wyjątkową podatność na szkolenie — tłumaczyła Kate. — Tata zawsze mówił, że największym atutem Legenda nie był zasięg skokowy ani ruch, tylko głowa. I to przekazywał niemal całemu potomstwu.

— W tym Duchess — dodała Sarah. — Pamiętasz, jak szybko robiła postępy? Kate miała z nią zmiany w locie w wieku pięciu lat, kiedy większość koni wciąż zmaga się z podstawową zebraniem.

— A Chiaroscuro wnosi tę elastyczność Selle Français — dorzuciła Emma. — Spójrz na te stawy, na sposób, w jaki są zbudowane. To przełoży się na niesamowite zawieszenie w kłusie, gdy dojrzeje.

Marcus dał się wciągnąć w ich techniczną rozmowę, dorzucając od czasu do czasu weterynaryjne uwagi o rozwoju i kondycji źrebaka. Dyskusja naturalnie przeszła w filozofię hodowlaną, a Sarah tłumaczyła ostrożne podejście Ridgewater do utrzymania linii krwi.

— Byliśmy niezwykle selektywni co do ogierów dla córek Legenda — mówiła, a zawodowa pasja rozświetlała jej twarz. — Każde skojarzenie rozważamy nie tylko pod kątem cech fizycznych, ale też zgodności temperamentu i różnorodności genetycznej.

— Miracle to efekt pokoleń starannego planowania — dodała Kate. — Prababka Legenda została sprowadzona z Irlandii w czasach, gdy ściągnięcie do Australii jakościowej hodowli było niemal zaporowo drogie. Każda decyzja hodowlana od tamtej pory budowała na tym fundamencie.

Marcus skinął głową, zaczynając głębiej rozumieć, czym te konie są poza swoją niemałą wartością pieniężną. — Więc to nie tylko źrebak, to dziedzictwo — zauważył. — Ucieleśnienie wizji waszej rodziny.

Coś w jego słowach wyraźnie poruszyło wszystkie trzy siostry, które wymieniły znaczące spojrzenia. Twarz Sarah złagodniała, gdy znów na niego spojrzała — w milczeniu przyznając, że uchwycił coś fundamentalnego w Ridgewater.

— Dokładnie — powiedziała cicho. — Dlatego groźba obwodnicy jest tak druzgocąca. To nie tylko kwestia utraty ziemi czy infrastruktury. To utrata materialnego spełnienia marzeń kolejnych pokoleń.

— Czy były jakieś postępy z Main Roads? — zapytała Emma.

Sarah pokręciła głową, nieświadomie zbliżając się do Marcusa, gdy rozmowa zeszła na niepewną przyszłość Ridgewater. — Jeszcze nie. Wciąż zbieramy dokumentację do formalnego sprzeciwu. Marcus jest nieoceniony — dostarcza fachowych ocen naszych wyspecjalizowanych obiektów.

— Ledwo liznąłem to, co czyni to miejsce wyjątkowym — powiedział szczerze Marcus, w pełni świadom bliskości Sarah; lekki dotyk jej ramienia o jego własne wysłał przez niego falę świadomości mimo powagi tematu. — Ale jestem zdeterminowany pomóc, jak tylko będę mógł.

Spojrzenie Kate wyostrzyło się; badała go uważniej, z zainteresowaniem wykraczającym poza droczenie się z rumieńcami. — Naprawdę? — zapytała tonem, który sugerował, że pyta o coś więcej niż zawodową pomoc.

Marcus spokojnie odwzajemnił jej oceniające spojrzenie. — Tak — powiedział po prostu. — Jestem.

Coś w jego głosie musiało ją przekonać, bo Kate skinęła stanowczo i znów odwróciła uwagę ku źrebakowi. Krótkie spięcie zostawiło w Marcusie wyraźne wrażenie, że zdał jakiś niewypowiedziany test — choć nie był pewien, jakie były jego kryteria.

Emma przerwała moment napięcia praktycznym pytaniem o harmonogram wstępnej opieki nad źrebakiem i rozmowa wróciła do bieżących kwestii weterynaryjnych. A jednak Marcus wyczuwał subtelną zmianę w atmosferze, jakby jego miejsce w kręgu nie było już tym zewnętrznego profesjonalisty, tylko czymś, czego jeszcze nie umiał nazwać — i co zaskakująco do niego pasowało.

Pisk przy drzwiach stajni sprawił, że Marcus podskoczył i niemal rozlał kawę. Do środka wpadł mały blond tajfun w różowych, krótkich piżamowych spodenkach i na prędce narzuconym T-shircie, w nie do pary kaloszach; włosy sterczały w splątanym kołtunie snu. Ośmioletnia Jemima wyhamowała ślizgiem przed boksem Duchess, a jej niebieskie oczy rozszerzyły się z ekscytacji.

— To prawda? To prawda? Źrebak już jest? — wypaliła bez tchu, podskakując na palcach, by zajrzeć nad drzwi boksu. — Mamo, obiecałaś mnie obudzić! Nie wierzę, że to przegapiłam!

Emma roześmiała się, obejmując córkę ramieniem. — Spokojnie, Jem. To była środek nocy! Ciocia Kate i ja też to przegapiłyśmy; była tylko ciocia Sarah i weterynarz.

— Ale mówiłaś, że będę mogła patrzeć! — zaprotestowała Jemima; dolna warga na moment wysunęła się w podkówkę, po czym ciekawość zwyciężyła rozczarowanie. Wspięła się na palce, by lepiej zobaczyć źrebaka. — To chłopiec czy dziewczynka? Jaki ma maść? Ma jakieś białe znaczenia? Mogę go dotknąć? Macie już imię?

Marcus uśmiechnął się mimo woli na serię pytań wystrzelonych bez zaczerpnięcia oddechu. Entuzjazm Jemimy był zaraźliwy — czysty, nieskażony zachwyt dziecka wychowanego wśród koni, które wciąż nie straciło zdumienia cudem nowego życia.

— Hola, po jednym pytaniu — powiedziała Sarah, targając już i tak niesforne włosy siostrzenicy. — To ogierek, jest gniady jak Legend, ma idealną gwiazdkę i jedną białą skarpetkę, i tak, możesz go dotknąć, ale delikatnie i tylko z którymś z nas w środku, żeby jego mama nie zdenerwowała się, że ktoś dotyka jej dziecka.

Twarz Jemimy rozjaśniła się. — Chłopiec! Miałam nadzieję na ogierka. Mama mówi, że ogierki zwykle są więcej warte, zwłaszcza jeśli później mogą iść do hodowli.

Marcus złapał spojrzenie Emmy ponad głową dziecka; oboje stłumili uśmiechy na rzeczową recytację końskiej ekonomii w tak młodym wydaniu. Jasne było, że Jemima chłonęła wszystko wokół, dorastając w świecie zawodowej hippiki.

— Jak go nazwiecie? — zapytała Jemima, posłusznie wcierając w dłonie płyn do dezynfekcji, który Kate wyciągnęła z kieszeni.

— Ridgewater Miracle — odparła Sarah, otwierając drzwi boksu, by wpuścić siostrzenicę do środka. — Miał trudne wejście w świat i o mało co nie straciliśmy jego i Duchess. Gdyby nie doktor Webb, mogło się skończyć zupełnie inaczej.

Jemima spojrzała na Marcusa z nowym szacunkiem. — Czy uratował pan ich oboje? Jak prawdziwy bohater?

Marcus poczuł, jak ciepło wpełza mu na kark na widok szczerego podziwu dziecka. — Pracowaliśmy z twoją ciocią Sarah razem — sprostował. — To była praca zespołowa.

Jemima rozważyła to, po czym mądrze skinęła głową. — Współpraca czyni cuda — wyrecytowała, wyraźnie cytując coś, co już wielokrotnie słyszała. — Tak mówi pan Jenkins w Pony Clubie. — Jej uwaga natychmiast wróciła do źrebaka, który wdrapał się na nogi i z ostrożnym zainteresowaniem obserwował nową osobę. — Ridgewater Miracle — powtórzyła z namysłem. — Dobre imię.

Podeszła do źrebaka z zaskakującą cierpliwością, poruszając się wolno i mówiąc cicho, łagodnym tonem naśladującym ten, jaki Marcus słyszał u Emmy wobec płochliwych koni. Mimo wcześniejszego podskakiwania Jemima instynktownie rozumiała, jak zachować się przy noworodku; jej ruchy były spokojne i kontrolowane.

— Cześć, Miracle — zamruczała, wyciągając dłoń, by źrebak ją powąchał. — Jestem Jemima. Jak dorośniesz, będziesz moim koniem sportowym.

Swobodne oświadczenie, wygłoszone z absolutnym przekonaniem, sprawiło, że Marcus mrugnął ze zdziwienia. Zanim jednak zdołał ułożyć odpowiedź na to, co uznałby za dziecięcą fantazję, Jemima mówiła dalej, całkiem poważnie:

— Jedziemy na igrzyska, tak jak babcia z dziadkiem. — Gładziła źrebaka po szyi delikatnymi palcami. — Masz do tego idealne linie krwi. Wnuk Legenda i francuski olimpijczyk za tatę? Jesteś niemal zaprojektowany pod podium.

Marcus zerknął na dorosłych, spodziewając się pobłażliwych uśmiechów dla ambitnych marzeń dziecka. Zamiast tego uderzyły go poważne spojrzenia, które wymieniły Sarah i Kate — cicha komunikacja sugerująca, że wcale nie uważają olimpijskich aspiracji Jemimy za mrzonkę. Emma patrzyła na córkę z mieszaniną dumy i czegoś, co mogło być troską, ale na pewno nie niedowierzaniem.

Nagle dotarło do Marcusa z krystaliczną jasnością: w tej rodzinie start na igrzyskach nie był szaloną fantazją, tylko realną ścieżką kariery. Jim i Ingrid McKenzie startowali na tym poziomie, Sarah zmierzała w tamtą stronę przed wypadkiem, a Kate właśnie teraz była na to zogniskowana. Dla Jemimy, wychowanej w środowisku doskonałości, otoczonej końmi i jeźdźcami, którzy otarli się o międzynarodową chwałę, olimpijska przyszłość była po prostu oczekiwanym kierunkiem.

— Myślisz, że będzie gotowy, żeby zacząć pod siodłem, kiedy będę miała dwanaście lat? — zapytała Kate, a jej mała twarz spoważniała. — To za cztery lata, więc on też będzie miał cztery. Legend zaczął trening w tym wieku, prawda?

Kate skinęła głową z szacunkiem, bez cienia pobłażania.

— Tak, Legend został zajeżdżony jako czterolatek. Ale każdy koń rozwija się we własnym tempie, Jem. Zobaczymy, jak Miracle będzie dojrzewał. Może potrzebować jeszcze roku albo nawet dwóch i wiesz, że nie będziemy go popędzać.

— Wiem — odparła Jemima z zaskakującą cierpliwością. — Po prostu planowałam nasz harmonogram treningów. Będę musiała zakwalifikować się do zawodów juniorskich najpóźniej w wieku czternastu lat, jeśli mamy trzymać kurs.

Marcus nie mógł nie być pod wrażeniem wiedzy i skupienia dziecka. Gdy większość ośmiolatków marzy o kucykach i wstążkach, Jemima myślała w kategoriach harmonogramów kwalifikacji i progresji treningowej. Ustawiła się obok źrebaka w tej samej oceniającej pozie, jaką wcześniej widział u Kate; jej drobna sylwetka w zadziwiająco wierny sposób naśladowała profesjonalną postawę.

— Spójrzcie na te nogi — powiedziała autorytatywnie. — Już są takie długie. Dziadek mówi, że źrebak z długimi nogami wyrośnie na konia z dobrym wykrokiem. — Zerknęła na Sarah po potwierdzenie. — To ważne w krosie, prawda?

— Ważne — zgodziła się Sarah, uśmiechając się ciepło do siostrzenicy. — Uważnie słuchasz lekcji dziadka.

— Zawsze — odparła poważnie Jemima. — Mówi, że żeby odnieść sukces, wiedza jest równie ważna jak talent.

W tej chwili źrebak spróbował małego koziołka, sam przestraszył się własnego ruchu i pomknął z powrotem do boku Duchess.

— Patrzcie, już próbuje się bawić — zawołała z zachwytem Jemima. — Miracle, będziesz taki dzielny na krosie! Przeskoczymy wszystkie największe przeszkody, nawet wodne.

Marcus patrzył, jak rodzina gromadzi się wokół nowego życia, każdy z własnymi nadziejami i wizjami jego przyszłości. Kate już omawiała możliwe podejścia treningowe, kiedy przyjdzie pora, a Emma sugerowała techniki wczesnego obchodzenia się z nim. Sarah przyglądała się temu w milczącą dumą, dorzucając od czasu do czasu uwagi o cechach hodowlanych, które może przekazywać, jeśli okaże się wart kontynuowania linii Legenda.

Źrebak znów oddalił się od matki, stawiając chwiejne kroki po boksie, z ostrożną ciekawością badając każdego człowieka. Kiedy dotarł do Jemimy, wyciągnął pysk ku jej małej dłoni; chrapy zadrgały, gdy wciągał jej zapach. Dziewczynka pozostała idealnie nieruchoma, pozwalając źrebakowi na pierwszy kontakt; jej cierpliwość była niezwykła jak na wiek.

— Lubi mnie — wyszeptała olśniona, gdy Miracle muskał wargami jej palce. — Będziemy najlepszymi przyjaciółmi.

— Myślę, że masz rację — zgodziła się Emma, a na jej twarzy malniał się czuły wyraz, gdy patrzyła na córkę. — Już zaczynacie się zżywać.

Marcus poczuł, że wciąga go krąg rodzinnej więzi; przestał czuć się zewnętrznym obserwatorem, był częścią tej chwili wspólnej nadziei. Źrebak, miejscami wciąż wilgotny po narodzinach, był nie tylko cennym nabytkiem w programie hodowlanym Ridgewater, ale też ciągłością dziedzictwa sięgającego pokoleń — materialnym łącznikiem między przeszłymi sukcesami a przyszłymi możliwościami.

Gdy Miracle wrócił do boku Duchess, potykając się nieco, ale odzyskując równowagę z rosnącą pewnością, Marcus uchwycił spojrzenie Sarah po drugiej stronie boksu. Coś niewypowiedzianego przeszło między nimi w tym spojrzeniu — rozpoznanie wspólnej szansy, wykraczającej poza obiecującą przyszłość źrebaka. W jej zmęczonej, ale promiennej twarzy zobaczył zaproszenie, by pójść za tym, co zaczęło się wraz z tamtym nieśmiałym pocałunkiem — by sprawdzić, dokąd ta nieoczekiwana więź ich zaprowadzi.

Poranne słońce wlewało się już pełną strugą przez okna stajni, kąpiąc ich wszystkich w złotym świetle. Mimo niepewności wiszącej nad przyszłością Ridgewater, mimo wyzwań, które na pewno nadejdą, w tej chwili kryła się obietnica, którą Marcus pragnął przyjąć. Cokolwiek wydarzy się dalej, nagle był pewien, że jego przyszłość jest jakoś związana z tym miejscem, tymi końmi, a przede wszystkim z niezwykłą kobietą, która patrzyła na niego z drugiej strony boksu — jej oczy odbijały tę samą nadzieję, którą czuł w własnym sercu.

— Powinniśmy zostawić ich, żeby odpoczęli — powiedział cicho. — To była długa noc.

— Oczywiście. A ty, Sarah, marsz do łóżka — rzuciła energicznie Kate. — Rano to ja dopilnuję karmień. Nie mogłaś w ogóle spać.

— Niewiele — odparła Sarah ze zmęczonym uśmiechem. — Dobrze... Spróbuję złapać kilka godzin.

Marcus, dasz radę wrócić do miasteczka samochodem, mimo zmęczenia?

Przez szaloną chwilę jego mózg na skraju snu półpomyślał, że zaprasza go, by podzielił z nią łóżko. A może i zapraszała, ale Jemima natychmiast uczepiła się jego dłoni i pociągnęła go w stronę Big House, trajkocząc o pokoju gościnnym, z którego mógłby skorzystać. Prawdę mówiąc, był zbyt zmęczony, by skorzystać z czegokolwiek, co Sarah mogłaby oferować, i zdecydowanie za wcześnie po jednym pocałunku.

— Z największą przyjemnością spróbuję twojego dżemu ananasowego na toście — odpowiedział na pytające spojrzenie Jemimy. — Umieram z głodu.

Sarah zrównała z nim krok z drugiej strony i jakoś tak wyszło, że trzymał za rękę dwie McKenzie — bystrą, ambitną dziewczynkę po jednej stronie i kompetentną, oddaną sprawie kobietę, w której chyba zaczynał się zakochiwać, po drugiej. I gdy razem wchodzili w jasny, gorący poranek, Marcus pomyślał, że już dawno nie czuł się tak pełen nadziei.

Rozdział dziewiąty

Marcus starł pot z czoła przedramieniem, uważając, by nie dotknąć twarzy dłońmi, które przed chwilą obmacywały więzadło zawieszające folbluta. Lutowy upał napierał na skórę jak fizyczna siła, powietrze było tak gęste, że bardziej chciało się je pić niż nim oddychać. Był w Queensland już ponad miesiąc, ale to bezlitosne, wyczerpujące letnie gorąco, tak różne od łagodniejszego klimatu Sydney, jeszcze długo będzie wymagało aklimatyzacji. Poskrom zaskrzypiał lekko, gdy gniady wałach przeniósł ciężar z jednej nogi na drugą.

— Stój — mruknął do konia, przesuwając dłonią po kończynie, by wyczuć ciepło lub obrzęk. Ten pięcioletni folblut, przystojniak imieniem Firefly, ścigał się tylko sześć razy, zanim zakończył karierę z powodu braku szybkości. Teraz stał cierpliwie w poskromie, a jego sierść lśniła zdrowiem mimo przeciętnej przeszłości na torze — żywy dowód na skuteczność programu rehabilitacji prowadzonego przez Emmę.

— Dzielny chłopak — pochwalił Marcus, czując przypływ satysfakcji, gdy nie znalazł żadnych oznak stanu zapalnego ani nadwyrężenia.

— Jak się prezentuje? — odezwał się tuż za jego lewym ramieniem głos Sarah, która cicho obserwowała badanie. Stała z podkładką z klipsem w dłoni, jej włosy w kolorze truskawkowego blondu były jak zwykle związane w praktyczny warkocz, choć w wilgoci kilka kosmyków wymknęło się i zawinęło wokół twarzy.

— W pełni zdrowy — potwierdził Marcus, prostując się i spotykając jej spojrzenie z uśmiechem, który przychodził mu tak naturalnie jak oddech. — Więzadła bez zarzutu, świetna gęstość kości i umięśnienie, a częstość oddechów idealna. Twoja siostra zrobiła genialną robotę z jego rehabilitacją.

Sarah skinęła głową, robiąc notatkę. — Emma ma dar do tych po przejściach. — Zrobiła krok bliżej, zerkając na nogi konia. — Potencjalna kupująca szczególnie martwi się o lewy przód. W jego historii jest wpisane, że po ostatnim wyścigu lekko na niego kulał, chociaż Emma nie zauważyła żadnej kulawizny.

— W testach zginania nic nie wychodzi — powiedział Marcus, raz jeszcze przesuwając dłonią po wskazanej kończynie. — Ale jeśli będzie chciała dodatkowego potwierdzenia, chętnie zrobię RTG.

Sarah uśmiechnęła się, a ten uśmiech rozświetlił jej oczy tak, że przyjemnie ścisnęło go w piersi. — Już jej mówiłam, że to zaproponujesz. Zobaczymy, co powie kupująca.

— Światło jest tu dużo lepsze — zauważył Marcus, zerkając w górę na nowe panele LED, które Sarah zamontowała na suficie w części zabiegowej. — Badanie jest dzięki temu o wiele dokładniejsze.

— Twój pomysł — przypomniała mu Sarah, dopisując coś do notatek. — Chociaż zaczynam podejrzewać, że próbujesz nas puścić z torbami tymi wszystkimi usprawnieniami, zanim zrobi to obwodnica.

Jej ton był lekki, ale Marcus wychwycił ukryte napięcie. Sprawa obwodnicy wciąż pozostawała nierozwiązana, ich formalny sprzeciw został złożony i czekał na odpowiedź departamentu transportu.

— Tylko dbam, żeby wszystko było porządnie udokumentowane — odparł, dopasowując się do jej swobodnego tonu. — Każda modernizacja obiektu wzmacnia nasz argument o specjalistycznym charakterze Ridgewater.

Sarah skinęła głową, a ich spojrzenia spotkały się ze zrozumieniem wykraczającym poza słowa. Spędzili razem niezliczone godziny nad dokumentacją dotyczącą obwodnicy, a wspólny cel stworzył więź, która dla obojga stawała się coraz bardziej niezbędna.

— Wy ostatnio chodzicie jak przyklejeni do siebie, co? — zawołała radośnie Pip, wkraczając w ich moment, gdy przechodziła obok, prowadząc kudłatego kuca szetlandzkiego. — Zaczynam myśleć, że Marcus mieszka tutaj, a nie w miasteczku.

Policzki Sarah natychmiast zapłonęły rumieńcem, który rozlał się po twarzy w sposób, który Marcus uznał za rozbrajająco uroczy. — Pracujemy — powiedziała stanowczo, choć jej urwany ton tylko poszerzył uśmiech Pip.

— Oczywiście, że pracujecie — zgodziła się Pip z przesadną niewinnością. — Bardzo ważna praca zawodowa, która wymaga, żebyście stali od siebie w odległości dokładnie siedmiu centymetrów przez cały czas.

Marcus poczuł, że jemu też robi się cieplej na twarzy, ale nie mógł powstrzymać drobnego uśmiechu, który drgnął mu na ustach. — Badanie wymaga bliskiej obserwacji — zaproponował, starając się brzmieć profesjonalnie mimo porozumiewawczego spojrzenia, które posłała mu Pip.

— Jestem pewna, że tak — odparła Pip z przymrużeniem oka, po czym ruszyła dalej, a szetland posłusznie dreptał obok niej.

Zanim którekolwiek zdążyło ochłonąć po docinkach Pip, obok przeszły Kate i Emma, prowadząc swoje konie — dobraną parę folblutów. Brew Kate uniosła się znacząco, gdy odnotowała ich bliskość, podczas gdy Emma nie próbowała nawet ukrywać aprobaty w uśmiechu.

— Wyglądacie świetnie, wy dwoje — zawołała Emma, celowo pozostawiając sens niedopowiedziany. — Bardzo... profesjonalnie.

Podkładka w dłoni Sarah opadła odrobinę, a jej ramiona się napięły. — Czy wy nie macie pracy?

— Mamy po uszy — przytaknęła gładko Kate. — Ale żadna nie jest tak ciekawa jak patrzenie, jak udajesz, że nie jesteś po uszy zauroczona naszym weterynarzem.

Zanim Sarah zdołała sformułować odpowiedź, do części zabiegowej wpadł mały wicher blond włosów i energii, z kitkami fruwającymi za plecami.

— Wujku Marcusie! Wujku Marcusie! — zawołała Jemima, z piskiem hamując u jego boku. — Możesz zerknąć na kopyto Sparky'ego? Dziwnie chodzi, a mama mówi, że powinieneś to sprawdzić, zanim na nim pojadę.

Przydomek „wujek" pojawił się około tygodnia po narodzinach Miracle i choć za pierwszym razem Marcusa to zaskoczyło, teraz za każdym razem, gdy Jemima go używała, czuł ciepły przypływ akceptacji. Dziewczynka sama zadecydowała, że należy do „kategorii rodzinnej" i nikt, a już najmniej Marcus, nie sprostował tego założenia.

— Oczywiście, że mogę, Jem — powiedział, poczochrawszy jej włosy z czułością. — Tylko dokończę tutaj z Firefly i zaraz porządnie zerknę.

— Dzięki! — rozpromieniła się Jemima, podskakując lekko na palcach z typową dla siebie energią. — Powiedziałam Sparky'emu, że go raz dwa naprawisz, bo jesteś najlepszym wetem na świecie. Nawet lepszym niż ciocia Caroline, a ona jest genialna.

Marcus poczuł przypływ dumy z dziecięcej wiary w jego umiejętności — tak odmiennej od ostrożnej oceny, z jaką spotkał się po przyjeździe do Ridgewater. — To rzeczywiście wielka pochwała — powiedział szczerze poruszony. — Doktor Burnett jest świetnym weterynarzem.

— Ale ty też znasz specjalne rzeczy — nalegała Jemima. — Na przykład jak naprawiłeś Miracle, kiedy rodził się nie tak. I jak pokazałeś mi, jak sprawdzać dziąsła Sugar, żeby wiedzieć, czy jest odwodniona. — Pociągnęła go za rękaw. — Czy Sparky będzie potrzebował specjalnego lekarstwa?

— Najpierw zobaczmy, a potem zdecydujemy — zaproponował Marcus, kiwając głową w stronę Sarah, która już wypuszczała Firefly z poskromu. Ich łatwa koordynacja nie wymagała słów — każde przewidywało ruchy drugiego z wyćwiczoną swobodą.

Poszedł za Jemimą do miejsca, gdzie przy poręczy stał uwiązany krzepki kucyk, którego czarna sierść lśniła w popołudniowym słońcu. Marcus przykucnął przy lewym przodzie kuca i pewnym, łagodnym ruchem uniósł kopyto.

— No dobrze, młoda damo, pokaż mi, co zaobserwowałaś — powiedział tonem nauczyciela, który przyjął wobec Jemimy. Odkrył, że dziewczynka chłonie informacje jak gąbka i z zadziwiającą dokładnością pamięta wszystko, co jej mówi.

Jemima uklękła obok, z poważną minką. — Nie obciąża go w pełni podczas chodzenia, a jak czyściłam, to aż się wzdrygnął, kiedy dotknęłam tego miejsca. — Wskazała wewnętrzną krawędź kopyta.

— Znakomita obserwacja — pochwalił Marcus, szczerze pod wrażeniem jej dbałości o szczegóły. Zbadał wskazany obszar i znalazł małe pęknięcie, które łatwo mogłoby umknąć mniej uważnym oczom.

— Miałaś absolutną rację, że to zauważyłaś — powiedział, czując tę falę satysfakcji, która przychodzi z nauczania naturalnie uzdolnionej uczennicy. — Tu jest niewielkie pęknięcie. Może się tam rozwijać ropień.

Jemima skinęła poważnie głową. — Biedny Sparky, to musi bardzo boleć.

Marcus ostrożnie oczyścił miejsce, ocenił głębokość pęknięcia i sprawdził tętno palcowe. — Przy właściwym leczeniu będzie dobrze. Powiedz, co podpowiadają ci instynkty?

Jemima pomyślała chwilę. — Jeśli zalepimy pęknięcie, a robi mu się ropień, to pogorszymy sprawę, prawda?

— Bardzo dobrze! — pochwalił Marcus. — Zamiast tego podetnę kawałeczek kopyta i zobaczę, czy nie ma tam infekcji. Przyniesiesz mi nóż kopytowy i spray z jodem?

Marcus wyczuł obecność Sarah, zanim ją zobaczył — znajomy już zapach jej szamponu mieszał się z ziemistymi aromatami stajni. Stała niedaleko, patrząc, jak pracuje z jej siostrzenicą, z miękkim wyrazem twarzy, który sprawił, że serce mu zadrżało.

— Wygląda na to, że masz uczennicę — skomentowała, wskazując na Jemimę, która już biegła po potrzebne rzeczy.

— I to najlepszą — zgodził się, spotykając wzrok Sarah ponad głową Jemimy. — Tę, która uważa i zadaje właściwe pytania.

Niewypowiedziane, ale w pełni zrozumiałe między nimi było to, jak naturalne się to czuło — to wtopienie się w rytm Ridgewater, w życie rodziny McKenzie. Marcus nie wyobrażał już sobie dni bez tych chwil, bez cichej kompetencji Sarah i pełnego zaufania entuzjazmu Jemimy.

Gdy zaczął opracowywać kopyto Sparky'ego, z ulgą stwierdzając, że nie tworzy się ropień, dotarło do niego z krystaliczną jasnością, że tymczasowe zastępstwo Caroline przekształciło się w coś zupełnie innego — coś stałego i niezbędnego, czego nie zamierzał oddać, bez względu na to, co postanowi departament transportu w sprawie obwodnicy.

Najpierw pojawił się niski pomruk, głęboki mechaniczny warkot, który jakby wibrował w ziemi pod stopami Marcusa. Podniósł wzrok znad kopyta Sparky'ego, na moment zdezorientowany dźwiękiem, który nie pasował do zwykłej symfonii Ridgewater. Zanim zdołał zidentyfikować źródło, zauważył coś znacznie ciekawszego: natychmiastową, elektryczną zmianę w McKenzie.

Sarah gwałtownie się wyprostowała, opuszczając podkładkę na bok i zwracając głowę ku podjazdowi. Ruch był tak nagły, tak czujny, że Marcusowi przypomniała się klacz, która wyczuła coś na wietrze. Po drugiej stronie podwórza Emma porzuciła w pół szczotkowania konia, zgrzebło zwisało jej z palców, gdy wychodziła z myjki. Nawet Kate przerwała w pół zdania rozmowę z Nicolasem, przechylając lekko blond głowę, jakby chciała lepiej wychwycić dźwięk.

Najbardziej dramatyczna była reakcja Pip. Drobna kobieta właśnie poprawiała ogłowie na szetlandzie przy drzwiach siodlarni. Na pierwszy pomruk zamarła, gwałtownie unosząc głowę. Chwilę później całkiem porzuciła ogłowie, pozwalając, by upadło zapomniane na ziemię. Zanim Marcus zdążył pojąć, co się dzieje, Pip kompletnie zostawiła szetlanda, którego na prędce przejął Nicolas, i puściła się pędem przez podwórze, z twarzą przemienioną przez czystą, niepohamowaną radość.

— To Harry! — krzyknęła, a jej głos poniósł się przez całe podwórze. — Harry przyjechał!

Marcus stał zdezorientowany, patrząc, jak za stajnią wznosi się obłok kurzu, zwiastując zbliżanie się pojazdu, który wzbudził takie poruszenie. Ostrożnie odstawił kopyto Sparky'ego i wyprostował się, ciekawość przeważyła nad zawodowym skupieniem.

— Kim jest Harry? — zapytał, zerkając na Sarah po wyjaśnienie.

Ale Sarah już była w ruchu, a jej twarz rozjaśniła się niespodziewaną radością. — Harry Kittredge — rzuciła przez ramię, jakby to wszystko tłumaczyło. — Chodź!

— Harry *Kittredge*? — powtórzył Marcus z niedowierzaniem. Każdy związany z końmi w Australii znał to nazwisko, ale przecież...

Obłok kurzu rósł, aż wreszcie zza szpaleru eukaliptusów okalających podjazd wyłonił się pojazd. Marcus mrugnął, mimo zamieszania pod wrażeniem. Wyścigowozielona ciężarówka była ogromna — specjalnie zbudowany transporter do przewozu koni lśnił w popołudniowym słońcu. Chromowane elementy łapały światło, niemal oślepiając blaskiem, a boki zdobiło profesjonalne oznakowanie: „Kittredge Racing" wypisane eleganckim złotym pismem nad stylizowaną głową konia. Pojazd mówił o poważnych pieniądzach i poważnej mocy — mechanicznej i końskiej.

Gdy ciężarówka zatrzymała się na placu manewrowym przed kompleksem stajni, otworzyły się drzwi kierowcy. Zszedł mężczyzna poruszający się z rozwagą kogoś, kto nie jest już w pierwszej młodości, ale wciąż ma potężną posturę. Miał na sobie eleganckie, a zarazem praktyczne, wyprasowane khaki i niebieską koszulę. Zużyty kapelusz Akubra cieniował mu twarz, dopóki nie uniósł głowy, ukazując gęste białe brwi nad przenikliwymi błękitnymi oczami w obliczu wytartym przez dziesięciolecia pod ostrym australijskim słońcem.

Pip dopadła go dokładnie w chwili, gdy jego buty dotknęły ziemi, i mimo jej szaleńczego pędu wyglądało na to, że był na to całkowicie przygotowany. Zmarszczone od pogody rysy rozjaśnił szeroki uśmiech, gdy rozłożył ramiona i złapał drobną kobietę, kiedy rzuciła mu się na szyję. Przytulenie uniosło ją dosłownie nad ziemię; objęła go za kark, a on obrócił się z nią raz, zanim odstawił ją na nogi.

— Jest moja dziewczyna! — zagrzmiał, głęboko i chrapliwie, ale z ciepłą, szczerą czułością. — Coraz ładniejsza za każdym razem, gdy cię widzę, choć to przecież niemożliwe!

Śmiech Pip był czystą rozkoszą. — A ty za każdym razem coraz bardziej pełen bzdurek, co na pewno nie powinno być możliwe! Czemu nie zadzwoniłeś, że przyjeżdżasz?

— I przegapić tę minę? — odparł, trzymając wciąż ramię na jej barkach, gdy odwrócił się, by powitać pozostałe, które zebrały się wokół ciężarówki. — Poza tym nigdy nie wiem, kiedy uda mi się wyrwać z miasta, dopóki już nie jestem w drodze.

Marcus patrzył z fascynacją, jak Harry wita każdą z sióstr McKenzie po kolei. Z Emmą było ciepłe uściskanie i łagodne pytanie o „twoje konie po przejściach". Kate otrzymała mocny uścisk dłoni, który przeszedł w półobjęcie, a do tego szczegółowe pytanie o jej ostatnie wyniki w ujeżdżeniu. Gdy doszedł do Sarah, jego maniery złagodniały, a uścisk dłoni towarzyszył badawczy, troskliwy wzrok.

— Jak tam oczy, dziewczyno? — zapytał chrapliwym tonem, który potrafił sprawić, że osobiste pytanie brzmiało jak zwykła troska, a nie wścibstwo.

— Radzę sobie wystarczająco — odparła Sarah z łatwością, która zaskoczyła Marcusa. Rzadko tak otwarcie mówiła o swojej dysfunkcji wzroku. — Właściwie lepiej, niż się spodziewałam.

— Dobrze, dobrze — pokiwał głową Harry, jakby sam przyłożył rękę do jej poprawy. — A ten wysoki przystojniak obok ciebie? Nowa twarz od mojej ostatniej wizyty.

Dłoń Sarah lekko spoczęła na przedramieniu Marcusa — zwyczajny gest, który jednak rozlał ciepło po jego ciele. — To dr Marcus Webb, nasz nowy weterynarz. Od kiedy do nas dołączył, jest nieoceniony, zwłaszcza przy trudnym porodzie Miracle.

Przenikliwe błękitne oczy Harry'ego utkwiły się w Marcusie z intensywnością, jakby skanował go urządzeniem medycznym. Spojrzenie było oceniające, lecz nie nieprzyjazne — jakby w jednej sekundzie katalogował każdy detal wyglądu i zachowania Marcusa.

— Wnuk Legenda miał kłopoty z przyjściem na świat, co? — zapytał, wyciągając spracowaną dłoń.

Marcus uścisnął rękę, a jego uścisk idealnie dopasował się siłą — ani zbyt mocny, ani zbyt słaby. — Przez chwilę było na ostrzu noża — przyznał. — Źrebię było nieprawidłowo ułożone, ale zdołaliśmy to w porę skorygować.

Coś w tej odpowiedzi widocznie zadowoliło Harry'ego, którego wyraz twarzy odrobinę się ocieplił. — Dobra robota. Nie możemy sobie pozwolić na stratę tej linii. — Puścił dłoń Marcusa z skinieniem, które dziwnie przypominało aprobatę. — Caroline Burnett sama Pana wybrała, co?

— Tak, to ona — potwierdził Marcus, zaskoczony pytaniem.

Harry mruknął z uznaniem. — Zna się na rzeczy. Nie spotkałem weta z lepszym instynktem do koni; wolałbym, żeby przeniosła się do Gosford i popracowała u mnie. Skoro uważa, że Pan trzyma poziom, to dla mnie wystarczająca rekomendacja.

Od kogoś innego taka warunkowa aprobata mogłaby zabrzmieć protekcjonalnie, ale było w sposobie bycia

Harry'ego coś tak prostolinijnego, że brzmiało to jak szczera pochwała. Marcus poczuł, że prostuje się odrobinę, dziwnie zadowolony, że przeszedł tę niespodziewaną ocenę.

Jemima przepchnęła się przez zbierających się ludzi, nie mogąc dłużej utrzymać emocji w ryzach. — Wujku Harry! Przywiozłeś nam więcej koni? Dlatego masz tę wielką ciężarówkę?

Twarz Harry'ego całkiem się odmieniła, gdy przykucnął na wysokość dziecka, a srogie rysy złagodniały w szczerej radości. — Panno Jemimo, popatrz na siebie! Rośniesz jak na drożdżach od ostatniego razu. I owszem, przywiozłem parę wyjątkowych koni, którym przyda się magia McKenzie. — Delikatnie stuknął ją w nos. — Chodź, muszę sprowadzić te biedne stworzenia z ciężarówki. Długa droga za nami.

Jak na zawołanie otworzyły się drzwi pasażera i z kabiny zszedł młody mężczyzna po dwudziestce, skinął z szacunkiem głową Harry'emu i ruszył ku tyłowi transportera.

Marcus patrzył z zaciekawieniem, jak rodzina wchodzi w wyraźnie znany sobie rytm. Emma zawołała Nicolasa i poprosiła, by otworzył stajnię kwarantannową, a Kate przyniosła z siodlarni podkładkę z klipsem z wyglądającymi na wcześniej przygotowane formularzami przyjęcia. Sarah stanęła do nadzoru organizacji, a Pip przykleiła się do boku Harry'ego.

Scena odsłaniała przed nim warstwy powiązań, których dotąd nie był świadomy. Obecność Harry'ego odmieniła kobiety z McKenzie, wydobywając z każdej inne odcienie — ich interakcje z nim ukazywały aspekty osobowości, których Marcus wcześniej nie doceniał. Kate emanowała ciepłem, które zwykle rezerwowała dla najbliższych, podczas gdy łagodną na co dzień Emmę przenikało wyraźne zawodowe podekscytowanie. Sarah wyglądała na bardziej rozluźnioną, jakby część jej starannie utrzymywanej kontroli miękła w towarzystwie Harry'ego.

Najbardziej uderzająca była jednak przemiana Pip. Drobinka, która zawsze nosiła się z kompetentną niezależnością, teraz opierała się o bok Harry'ego z ufnością kogoś, kto wie, do szpiku kości, że jest bezpieczny i ważny. Ramię legendarnego trenera spoczywało na jej ramionach w geście mówiącym o głębokiej czułości.

Była tu historia, głęboka i znacząca, której Marcus jeszcze nie potrafił rozszyfrować. Ale gdy złapał spojrzenie Sarah po drugiej stronie podwórza i dostał jej ciepły, włączający uśmiech, poczuł przypływ przynależności, zaproszenia do tej złożonej sieci relacji składającej się na rozszerzoną rodzinę McKenzie. I w jakiś sposób Harry Kittredge, szorstki i władczy, stał dokładnie w jej centrum.

Rampa załadunkowa transportera opuściła się ze świstem hydrauliki, odsłaniając lśniące wnętrze z wyłożonymi miękkimi przegrodami i systemem klimatyzacji o wiele bardziej zaawansowanym, niż Marcus widywał w większości koniowozów. Asystent Harry'ego zniknął w środku, by po chwili wyprowadzić wysokiego gniadego wałacha z białą latarnią na pysku. Koń ostrożnie zszedł po rampie, chrapy mu się rozszerzały, gdy wciągał obce zapachy, ale zachowywał spokój, co świadczyło o doskonałej obsłudze w trakcie kariery wyścigowej.

— To Moonlight Runner — oznajmił Harry tonem człowieka przywykłego do bycia słuchanym. — Pięciolatek po Northern Meteor, od matki po Redoute's Choice. Piękny rodowód, piękny ruch, ale po trzecim starcie pojawił się problem z oddychaniem. Próbowaliśmy zabiegu tie-back, ale nigdy nie wrócił do pełnej wydolności wyścigowej.

Emma natychmiast podeszła, doświadczonym okiem omiatając wałacha od głowy po kopyta. — Chrapacz? — zapytała, wyciągając rękę ku gardłu konia.

— Lekki do umiarkowanego — potwierdził Harry. — Niewystarczający, żeby przeszkadzał w rekreacji czy nawet w niższych klasach WKKW, ale za duży na tor. W pozostałych kwestiach zdrowy, z świetnym temperamentem. Potrzebuje tylko kogoś, kto nie będzie wyciskał z niego maksimum.

Marcus patrzył z uznaniem, jak Emma przeprowadza szybkie, ale dokładne badanie, delikatnie palpacyjnie sprawdzając gardło konia, jednocześnie mrucząc do niego uspokajająco. Jej fach w rehabilitacji widać było w każdym ruchu — każdy dotyk był jednocześnie diagnostyczny i kojący.

— Myślę, że damy radę — orzekła, prowadząc wałacha kilka kroków, by ocenić ruch. — Byłby wspaniałym koniem dla dorosłego amatora. Może dla tej nowej klientki, która szuka spokojnego, ale dobrze urodzonego konia.

Sarah skinęła głową, zapisując coś na podkładce. — Boks czwarty — poleciła. — Jest przygotowany, świeża ściółka i woda czekają.

Asystent przekazał wałacha Nicolasowi, by odprowadził go do wskazanego boksu, po czym wrócił do ciężarówki i wyprowadził kompaktowego, umięśnionego gniadosza.

— To Red Thunder — powiedział Harry, trzymając pewnie dłoń na szyi konia, który na dole rampy lekko tańczył. — Właśnie skończył cztery lata, po Thunder Road. Dałem mu z pół tuzina startów, ale on jest zbyt na luzie! Chyba nigdy nie spotkałem konia z tak małym instynktem wyścigowym. Za każdym, cholera, razem kończył ostatni.

Marcus zauważył, jak każda z sióstr McKenzie podchodzi do koni inaczej, a ich indywidualna ekspertyza od razu się uwidacznia. Podczas gdy Emma skupiła się przy pierwszym koniu na potrzebach rehabilitacyjnych, teraz do przodu wysunęła się Kate z okiem trenera, oceniając pokrój i ruch Red Thundera z klinicznym dystansem.

— Dobre kości jak na jego rozmiar — zauważyła, przesuwając dłonią po nodze. — I dobrze osadzone łopatki. Może mieć potencjał do skoków. Te kompaktowe typy bywają bardziej zwrotne na technicznych parkurach, a to może zainteresować go bardziej niż wyścigi.

Harry skinął z aprobatą. — Wiedziałem, że tak powiesz. Ma sprężyny w stawach skokowych, ostatnio dla zabawy przeskakuje drzwi boksu.

Rutyna trwała przy trzecim koniu — wysokiej, eleganckiej siwej klaczy.

— Tylko trzy — mrugnął Harry do Sarah. — Nic jej nie dolega, poza tym, że jest odrobinkę wolna. Może dać wam ładne źrebię dla Legenda, bo i tak zechcecie dać jej co najmniej rok, zanim zaczniecie ją przekwalifikowywać. Przywiozłem wam wszystkie papiery, oczywiście.

Każde zwierzę było ocenione, przydzielone do boksu i włączone do systemu Ridgewater z wyćwiczoną skutecznością. Marcus podziwiał nie tylko ich fach, ale i niewerbalną komunikację między nimi. Spojrzenie Sarah posyłało Emmę po konkretny kantar; ledwo zauważalne skinienie Kate sprawiało, że Pip kierowała Nicolasa z koniem do innego boksu. To było jak taniec, w którym każdy uczestnik zna kroki na pamięć.

Przez cały czas Harry zachowywał szorstką, ale niewątpliwie czułą postawę, odpowiadając na pytania o historię każdego konia ze szczegółową znajomością kogoś, kto ceni je jako jednostki, a nie tylko aktywa sportowe. Marcus zauważył, że trener pamiętał nie tylko statystyki wyścigowe, ale i osobnicze dziwactwa, preferencje żywieniowe, a nawet które konie lubią drapanie za którym uchem. To była dbałość o detale kogoś, kto naprawdę kocha konie, a nie tylko ich potencjalne zyski.

Kiedy trzecie zwierzę było już ulokowane, Harry sam wrócił do ciężarówki zamiast posyłać asystenta. — Ostatnia jest wyjątkowa — oznajmił, znikając we wnętrzu transportera. Te słowa wywołały falę oczekiwania wśród zebranej rodziny, a Marcus zauważył, że Jemima niemal drży z podekscytowania, drobne dłonie mocno splecione.

Harry pojawił się, prowadząc drobną czarną klacz, najwyżej piętnaście dłoni w kłębie, o delikatnej głowie i inteligentnych oczach. W przeciwieństwie do wcześniejszych folblutów, które miały smuklejszą sylwetkę zwierząt hodowanych na prędkość, ta klacz była bardziej kompaktowa, z dobrze wysklepionymi żebrami i mocnym zadem. Zbiegła po rampie drobnymi, precyzyjnymi krokami, z uszami nastawionymi bardziej w zainteresowaniu niż niepokoju.

Zamiast zatrzymać się przy ocenie Emmy czy analizie Kate, Harry poprowadził klacz prosto do Jemimy, której niebieskie oczy rozszerzyły się z niedowierzania.

— To jest Peppermint Twist — oznajmił, a jego szorstki głos wyraźnie zmiękł. — Pięcioletnia, rodowód bez skazy, ale ledwie doszła do piętnastu dłoni, więc o wyścigach nie było mowy. — Zatrzymał się przed Jemimą, sprowadzając klacz do idealnego stój. — Za mała na tor, ale idealna dla pewnej młodej damy, która już wyrasta ze swoich kucyków.

Reakcja Jemimy była czystą eksplozją radości. Dłonie powędrowały jej do ust, ledwo tłumiąc pisk zachwytu, podskakiwała na palcach — cała jakby unosiła się w powietrzu z ekscytacji.

— Dla mnie? — wydyszała, zerkając na przemian na Harry'ego i klacz, jakby nie mogła uwierzyć w to, co się dzieje. — Naprawdę, naprawdę dla mnie?

Harry skinął głową, a jego poorana zmarszczkami twarz rozłożyła się w szczerym zadowoleniu z jej reakcji. — Naprawdę, naprawdę — potwierdził. — Ma już podstawowe wyszkolenie, dobre maniery i idealny temperament dla młodej amazonki z wielkimi ambicjami. Na tyle rozsądna, by się tobą opiekować, ale na tyle utalentowana, by rosnąć razem z tobą.

Marcus z fascynacją patrzył, jak legendarny trener, mężczyzna o reputacji na wyścigowych salonach niemal mitycznej, przykuca do poziomu Jemimy, a jego ogromna dłoń obejmuje maleńką rączkę dziewczynki, gdy kładzie na niej uwiąz.

— Będzie dla ciebie idealna, dopóki Miracle nie będzie gotowy — ciągnął Harry tonem poważnym, wynoszącym tę chwilę ponad zwykły prezent. — Pomyśl o niej jak o przepustce do wyższej ligi. Nauczy cię tego, co musisz umieć, żebyś była gotowa, kiedy ten ogierek dorośnie.

Oczy Jemimy napełniły się łzami; ogrom emocji na moment odebrał jej zwykłą gadatliwość. Rzuciła Harry'emu się na szyję w tak mocnym uścisku, że o mało nie strąciła mu kapelusza, a wtulona w jego ramię zadeklarowała, że to „najlepszy dzień w historii wszystkich dni, kiedykolwiek".

Klacz stała cierpliwie podczas tej demonstracji, inteligentnymi oczami ogarniając scenę ze spokojem konia, który rozumie dzieci. Kiedy Jemima w końcu puściła Harry'ego i odwróciła się do nowej partnerki, klacz łagodnie opuściła łeb, pozwalając drobnym paluszkom pogładzić miękki pysk.

— Jest doskonała — wyszeptała Jemima, a zachwyt brzmiał w każdym sylabie. — Będę się o nią troszczyć najlepiej na świecie, obiecuję.

— Wiem, że tak — powiedział Harry, podnosząc się i poprawiając kapelusz. — McKenzie zawsze dobrze traktują swoje konie. Macie to we krwi.

Marcus stał trochę z boku, obserwując to tableau z rosnącym zrozumieniem. To nie był po prostu hojny prezent od przyjaciela rodziny. To było uznanie miejsca Jemimy w jeździeckim dziedzictwie McKenzie, potwierdzenie jej potencjału, niosące ciężar pokoleń.

Harry nie dawał jej tylko konia; inwestował w jej przyszłość, zapewniając most między dziecięcymi kucykami a poważnym koniem sportowym, którym pewnego dnia stanie się Miracle.

Więzi między tymi ludźmi sięgały głęboko, tworząc gobelin wspólnej historii i wzajemnego szacunku, który wykraczał poza zwykłą przyjaźń. Marcus nadal nie rozumiał relacji Harry'ego z tą rodziną, zwłaszcza z Pip, która przez cały czas trzymała się u jego boku. Ale jasno widział, jak centralną postacią ich życia był ten szorstki, a zarazem hojny mężczyzna.

Marcus patrzył, jak Harry wyciąga z kieszeni jabłko dla Jemimy, by dała je Peppermint Twist, a jego poorana twarz przemienia się dzięki szczerej radości na widok zachwytu dziecka. W tej chwili Marcus zrozumiał coś głębokiego o świecie, do którego wszedł, przyjeżdżając do Ridgewater. To nie było po prostu prestiżowe centrum jeździeckie z olimpijskimi rodowodami i światowej klasy zapleczem. To była rodzina w najszerszym, najbogatszym znaczeniu tego słowa, rodzina, która obejmowała nie tylko tych związanych krwią, ale też ludzi połączonych wspólną pasją, wzajemnym szacunkiem i prawdziwą troską.

I jakoś, w sposób niemal cudowny, zaczęli włączać do tego kręgu także jego, witając go w sercu Ridgewater z hojnością dorównującą prezentowi Harry'ego dla Jemimy. Stojąc u boku Sarah i patrząc, jak dziewczynka i jej nowa klacz zaczynają partnerstwo pod czujnym, aprobującym wzrokiem rodziny, Marcus poczuł poczucie przynależności głębsze niż wszystko, czego doświadczył od lat.

Rozdział dziesiąty

SARAH PATRZYŁA, JAK HARRY, kiedy wszystkie konie były już odprowadzone, sięga do swojej ciężarówki i wyciąga dużą, niebiesko-białą lodówkę turystyczną, uśmiechając się jak człowiek, który skrywa tajemnicę. — Nie wypada przyjeżdżać do Ridgewater z pustymi rękami — oznajmił, stawiając ją z głuchym stukiem na żwirze. — Mam tu porządne krewetki tygrysie i pierwszorzędne steki. Pomyślałem, że odpalimy grilla i należycie uczcimy naszych nowych przybyszów.

Późnopopołudniowe słońce rzucało długie cienie na podwórze, gdy Harry odwrócił się do swojego asystenta, młodego mężczyzny, który przez cały rozładunek pozostawał cichy i skuteczny. — Jake, wracaj do motelu.

Zjedz kolację w miasteczku i porządnie się wyśpij. Odbierz mnie rano.

Sarah zerknęła na Marcusa, który stał kilka kroków dalej, wciąż obserwując scenę z tą zamyśloną miną, którą zdążyła już rozpoznać. Sama myśl, że zostanie na kolację, wywołała w jej brzuchu niespodziewane trzepotanie. Co innego wizyty służbowe, co innego nagłe źrebienia, ale rodzinna kolacja z Harrym Kittredge'em to zupełnie inna bajka. To nie była kontrolowana przestrzeń restauracji ani znajome zawodowe terytorium stajni. To było osobiste, intymne, jej rodzina w najbardziej nieprzefiltrowanej odsłonie.

— Zostaniesz, prawda, wujku Marcusie? — odezwała się Jemima, zanim Sarah zdążyła sformułować bardziej wyważone zaproszenie. — Wujek Harry opowiada najlepsze historie na świecie, ciocia Kate robi najpyszniejszą sałatkę ziemniaczaną, a ananasowy pudding cioci Sarah jest słynny!

Marcus spojrzał na Sarah, lekko unosząc brwi w pytaniu. — Nie chciałbym się narzucać podczas rodzinnego spotkania — powiedział, choć coś w jego wyrazie twarzy sugerowało, że bardzo chce zostać.

— Nie narzucasz się — odparła Sarah, zaskoczona, jak bardzo mówi to szczerze. — Bardzo się ucieszymy, jeśli do nas dołączysz. W duchu podziękowała Jemimie za uchylenie drzwi, dzięki czemu zaproszenie zabrzmiało swobodnie, a nie jak obciążone rosnącym znaczeniem obecności Marcusa w jej życiu.

Harry zdecydowanie klasnął w dłonie. — Ustalone. Marcus, pomożesz mi przy grillu. Lubię wyrobić sobie o człowieku zdanie nad rozgrzanym rusztem.

Sarah stłumiła uśmiech na widok chwilowo zaniepokojonej miny Marcusa. Szorstka maniera Harry'ego często na początku onieśmielała ludzi, ale ona znała słynnego trenera na tyle dobrze, by dostrzegać ciepło pod jego obcesową powierzchownością. Jeśli już, zaproszenie Harry'ego było znakiem akceptacji, nie przesłuchaniem.

— Ogarnę dodatki i szybko ukręcę ananasowy pudding, żeby wstawić do piekarnika — zaoferowała. — Emma, jeśli zrobisz wieczorne pasze dla nowych, jestem pewna, że Nicolas poradzi sobie z resztą. Kate, pomożesz mi? Pip, włącz może lampki na werandzie, zanim się ściemni? A ty, Jemima, masz okropnie brudne ręce, marsz umyć!

Gdy wszyscy rozeszli się do swoich zadań, Sarah znalazła się u boku Marcusa w drodze do domu. Ich ramiona lekko się otarły, mimochodem, a jednak ten drobiazg posłał po jej skórze falę świadomości.

— Harry nie gryzie, wiesz — powiedziała cicho, dostrzegając napięcie w postawie Marcusa. — Warczy tylko na pokaz.

Marcus parsknął śmiechem, niskim i ciepłym. — Słyszałem historie o Harrym Kittredge'u, który jednym spojrzeniem doprowadzał starych wyjadaczy wyścigów do łez.

— To akurat prawda — przyznała Sarah z uśmiechem. — Ale tylko kiedy sobie na to zasłużą. Harry rezerwuje swoją groźniejszą stronę dla tych, którzy źle traktują konie albo idą na skróty kosztem ich dobrostanu.

Rozmowa urwała się, gdy dotarli do domu, a tylna weranda była już zmieniona na potrzeby kolacji. Pip włączyła lampki rozwieszone między słupami; ich miękki blask ledwie przebijał w gasnącym świetle dnia, ale obiecywał ciepło i jasność, gdy wieczór zapadnie na dobre. Duży drewniany stół, zazwyczaj zasypany rozkładami treningów i rejestrami hodowlanymi, przykryto teraz spraną, ale czystą ceratą w wesołą niebiesko-żółtą kratę. Na środku stanęły świece z citronellą, a ich charakterystyczny zapach już unosił się lekko w powietrzu, kiedy Kate je zapalała.

Za werandą pastwiska ciągnęły się ku zachodzącemu słońcu, gdzie kilka koni spokojnie skubało trawę, ich sierść pozłacana złotym światłem. Duchess i Miracle zajmowały najbliższy padok; źrebak, na swoich długich, jeszcze nieporadnych nogach, krążył w zabawie, brykając wokół bardziej statecznej matki.

— Jest tu pięknie — powiedział Marcus miękko. — Jak z rozkładówki magazynu o życiu na wsi.

— To dom — odparła krótko Sarah. Słowo niosło ciężar, zwłaszcza teraz, gdy nad wszystkim wisiała groźba budowy obwodnicy. Odepchnęła jednak tę myśl, postanawiając, że nie pozwoli jej przesłonić wieczoru.

W kuchni Kate już kompletowała składniki na ogromną miskę sałatki ziemniaczanej. — Pomyślałam, że będzie prosto — powiedziała, gdy Sarah weszła. — Sałatka ziemniaczana, zielona sałata i trochę chleba na zakwasie, który wczoraj kupiłam. Harry przywiózł pół oceanu i krowę, sądząc po tej lodówce.

Sarah sięgnęła po deskę i zaczęła kroić ananasa. Przez okno widziała Harry'ego i Marcusa przy ogromnym murowanym grillu, który tata zbudował dekady temu. Harry gestykulował szeroko, a Marcus kiwał głową; z każdym słowem jego postura stopniowo się rozluźniała.

— No więc — zaczęła Kate tonem celowo niedbałym, siekając pomidory do sałaty. — Marcus zostaje na kolację.

Sarah nie odrywała wzroku od ananasa. — Zaprosiła go Jemima. Głupio byłoby jej się sprzeciwić.

— Mhm — mruknęła Kate bez zobowiązań. — I na pewno właśnie miałaś mu powiedzieć, żeby poszedł, kiedy się odezwała.

Sarah posłała siostrze spojrzenie. — Wciąż pracujemy nad dokumentacją obwodnicy. Kolacja służbowa nie jest niczym dziwnym.

— Z lampkami i odświętnymi krewetkami Harry'ego? — uśmiechnęła się Kate. — Bardzo profesjonalnie.

— Daj spokój — mruknęła Sarah, choć nie zdołała powstrzymać własnego uśmiechu. — I tak już wystarczająco skomplikowane, bez twoich komentarzy.

Wyraz twarzy Kate złagodniał. — Wcale nie musi być skomplikowane, wiesz? To dobry facet. Każdy, kto ma oczy, widzi, jak na ciebie patrzy.

— W tym problem — przyznała cicho Sarah. — Nie mogę ufać własnym oczom. Ta deklaracja kosztowała ją sporo, bo odsłaniała kruchość, którą zwykle chowała pod warstwami kompetencji i kontroli.

Kate przerwała przygotowania sałatki i spojrzała prosto. — Wzrok może masz osłabiony, ale osąd masz dobry. Wiesz, że on jest inny.

Zanim Sarah zdążyła odpowiedzieć, do kuchni wpadła Pip, trajkocząc o winie i nakryciach. Chwila siostrzanych zwierzeń minęła, ale słowa Kate zostały, odbijając się echem w głowie Sarah, gdy kończyła przygotowania i wsadzała ananasowy pudding do piekarnika.

Na zewnątrz Harry przejął dowodzenie nad grillem; bogaty aromat smażących się steków mieszał się z ostrą nutą świec z citronellą i słodkim zapachem kwiatów frangipani, ciężkim w wilgotnym wieczornym powietrzu. Jego donośny śmiech niósł się przez podwórze, gdy opowiadał Marcusowi jakąś barwną historię, ręce latały mu jak szalone, a Marcus słuchał, wyraźnie zafascynowany.

— ...a potem ten cholerny koń stanął jak wryty przy bramce startowej, zrzucił dżokeja, odwrócił się i pomaszerował z powrotem do stajni! — głos Harry'ego zabrzmiał triumfalnie. — Najdroższy koń w stawce, trzy zwycięstwa w Grupie 1 na koncie, i akurat tego dnia uznał, że wyścigi nie są w jego planach!

Śmiech Marcusa dołączył do śmiechu Harry'ego, a ten dźwięk rozgrzał coś w piersi Sarah, gdy niosła miskę sałatki do stołu. Kiedy zapadł zmrok, lampki rozświetliły się już w pełni, rzucając łagodny blask na zgromadzonych. Jemima uwijała się, rozkładając talerze i sztućce z większym zapałem niż starannością, a Kate, jak zwykle cicho i sprawnie, odkręcała butelki wina.

— Trzeba w czymś pomóc? — zapytał Marcus, gdy Sarah podeszła, a jego spojrzenie spotkało się z jej wzrokiem ciepłem, od którego oddech na moment jej zawiązł w gardle.

— Chyba mamy wszystko pod kontrolą — odparła, stawiając miskę. — Ale dzięki.

Harry zgrabnie przewrócił stek. — Dziewczyny McKenzie zawsze trzymały dyscyplinę. Ojciec was dobrze wyszkolił.

— Musiał — zawołała ze stołu Kate. — Mama w kuchni jest do niczego. Cały talent ma w siodle.

Gdy półmiski krążyły, a kieliszki się napełniały, Sarah przyłapała się na tym, że obserwuje, jak Marcus wsiąka w ich rodzinny krąg. Podawał dania, śmiał się w odpowiednich momentach i stopniowo dorzucał własne weterynaryjne anegdoty do strumienia rozmowy. Pierwotna nerwowość, którą czuła na myśl o jego udziale w ich intymnej rodzinnej kolacji, gasła wraz z biegiem wieczoru, ustępując miejsca poczuciu słuszności, jednocześnie kojącemu i nieco niepokojącemu swoją intensywnością.

Harry przeszedł do kolejnej opowieści o słynnej, kapryśnej klaczy, która wygrała Melbourne Cup, choć próbowała poturbować każdego stajennego, który się do niej zbliżył. Ręce chodziły mu jak w tańcu, twarz ożywiała radość snucia historii. Wokół stołu siostry pochyliły się z uśmiechem, wciągnięte w znaną magię opowieści Harry'ego, choć tę konkretną słyszały już wcześniej.

Sarah uderzyło najbardziej szczere zainteresowanie Marcusa, sposób, w jaki słuchał nie z uprzejmą uwagą, lecz z prawdziwym zaangażowaniem. Gdy zadawał pytania, były celne, zdradzały znajomość świata wyścigów, co najwyraźniej imponowało Harry'emu. Obaj znaleźli wspólny język, łącząc się dzięki wiedzy i wzajemnemu szacunkowi dla koni, które leżały w sercach ich profesji.

Gdy po puencie Harry'ego wybuchł śmiech, Sarah złapała spojrzenie Marcusa znad stołu. Uśmiechnął się, małym, prywatnym uśmiechem tylko dla niej. W tej chwili, pod migoczącymi lampkami, w ciepłym szumie rodzinnej rozmowy, Sarah pozwoliła sobie przyznać to, co uparcie omijała: Marcus Webb pasował tu — nie tylko do Ridgewater, ale i do jej życia. A to uświadomienie było zarazem najbardziej naturalną i najbardziej przerażającą myślą, jaką miała od lat.

Marcus nałożył sobie sporą porcję, a kuszący aromat idealnie zgrillowanych krewetek aż sprawił, że żołądek zawarczał mu z uznaniem. Harry okazał się mistrzem grilla, dopiekając każdy kawałek owoców morza do soczystej perfekcji. Wokół stołu talerze uginały się od steków, krewetek i kolorowych sałatek, a kieliszki z winem napełniały się i opróżniały, gdy rozmowa płynęła równie gładko jak Shiraz, który otworzyła Kate.

— Podasz sałatkę ziemniaczaną, Marcusie? — poprosiła Emma, sięgając przez stół.

Podał jej dużą ceramiczną miskę, wciąż do połowy pełną, mimo hojnych porcji dla wszystkich. — To jest pyszne — powiedział szczerze. — Nie jadłem takiego domowego jedzenia od... Urwał, uświadamiając sobie, że właściwie nie pamięta, kiedy ostatnio zaznał takiej swobodnej obfitości. Z pewnością nie w ostatnich napiętych latach małżeństwa, gdy kolacje były polami bitew cichej urazy.

— Stołujesz się w szpitalnej stołówce? — zaśmiał się Harry. — Sam trzy tygodnie żyłem tym jadłem, jak wymieniali mi biodro. Myślałem, że już nigdy nie poczuję smaku normalnego jedzenia.

— Nie jest aż tak źle — roześmiał się Marcus — ale różnica między mrożonką z mikrofalówki a tym jest nie z tej ziemi. — Skinął na talerz, gdzie idealnie zgrillowany stek leżał obok kopczyka sałatki ziemniaczanej Emmy.

Jemima, wyjątkowo cicha, bo zajęta pałaszowaniem kolacji, podniosła wzrok, policzki mazała jej sos. — Wujek Harry zawsze przywozi najlepsze jedzenie — oznajmiła. — Raz przywiózł całego wędzonego łososia, który był większy niż ja!

— Nic trudnego, kruszynko — odparł Harry z czułą zadziornością. — Nawet Pip jest od ciebie wyższa, a to już coś.

Pip, siedząca po turecku na krześle, żeby dodać sobie centymetrów, cisnęła w Harry'ego bułką z wprawą godną lat treningu. Złapał ją jedną ręką, nawet nie patrząc — refleks wcale nie zdradzał wieku. — Bezczelny z ciebie staruszek — wyszczerzyła się. — To, że nie urosłam, nie znaczy, że nie objeżdżę cię w kółko.

— Nigdy nie mogłaś — sprostował Harry, smarując zdobyczną bułkę masłem. — Nawet kiedy miałaś piętnaście lat i popisywałaś się, żeby mi zaimponować.

Marcus z fascynacją przyglądał się tej wymianie. Swobodna przekomarzanka między drobną kobietą a szorstkim trenerem zdradzała o wiele dłuższą historię, niż początkowo przypuszczał. — Od kiedy wy się znacie? — zapytał szczerze zaciekawiony.

Twarz Pip rozjaśniła się, a Sarah jęknęła z rozbawieniem. — No to się doigrałeś — powiedziała do Marcusa. — Opowie całą sagę.

— To świetna historia! — zaprotestowała Pip, po czym zwróciła się do Marcusa, a w jej ciemnych oczach zatańczyła iskra. — Kiedy przeprowadziłyśmy się z Filipin do Australii, moja mama sprzątała domy. Miałam osiem lat, mówiłam łamanym angielskim i już wtedy miałam fioła na punkcie koni. — Jej ręce mówiły razem z nią, malując obrazy w powietrzu. — Jednym z jej stałych klientów był taki zrzędliwy facet, a wszędzie w domu stały puchary z wyścigów.

— Nie byłem stary — wtrącił Harry, wycelowawszy w nią oskarżycielsko krewetką. — Miałem czterdzieści lat, życiowa forma!

— Staroć — upierała się Pip z mrugnięciem. — W każdym razie, kiedy mama sprzątała, ja gapiłam się na jego wyścigowe fotografie, kompletnie oczarowana.

Marcus niechcący pochylił się do przodu, dając się wciągnąć opowieści. Było coś magnetycznego w sposobie, w jaki Pip snuła historie — w jej żywej mimice i szczerym cieple wspomnień.

— To trwało miesiącami — ciągnęła. — Gapiłam się na zdjęcia, podczas gdy mama pracowała. Nie wiedziałam, że jest sławny, myślałam tylko, że bardzo kocha konie. Aż pewnego dnia przyłapał mnie, jak udaję dżokejkę, dosiadając bardzo drogiej rzeźby z brązu jak wierzchowca.

Pogodnie poorana twarz Harry'ego złagodniała na to wspomnienie. — Najmniejsze, najchudsze dziecko, jakie widziałem, wydające odgłosy z gonitwy i podskakujące, jakby właśnie wygrywało Melbourne Cup. Zamiast się zawstydzić, spojrzała mi prosto w oczy i stwierdziła, że jego koń ma za wysoko głowę i że w ten sposób szybciej się zmęczy.

Przy stole wybuchł śmiech; piskliwe chichoty Jemimy mieszały się z bardziej powściągliwym chichotem Kate i ciepłym śmiechem Emmy. Sarah uśmiechnęła się oczami, w kącikach pojawiły się zmarszczki, a blask lampek odbił się w jej okularach, gdy zerknęła na Marcusa, zapraszając go, by współdzielił rodzinne rozbawienie.

— Oglądałam wyścigi w telewizji — wyjaśniła Pip, policzki miała zarumienione winem i wspomnieniem. — Tak naprawdę nic nie wiedziałam, ale uwielbiałam patrzeć, jak siedzą i poruszają się dżokeje.

— Miała oko już wtedy — powiedział Harry, a w jego głosie zabrzmiała niekłamana duma. — Talent, którego nie da się nauczyć.

— I co było dalej? — zapytał Marcus, już całkiem pochłonięty opowieścią.

— Zapytał, czy chcę zobaczyć prawdziwe konie wyścigowe — podjęła Pip. — Moja mama o mało nie zemdlała, kiedy sam Harry Kittredge zaproponował, że zawiezie mnie do swoich stajni, podczas gdy ona sprzątała.

— Twoja mama miała prawo być podejrzliwa — wtrąciła sucho Kate. — Obcy facet proponuje, że zabierze jej dziecko do koni.

— Tyle że mama zdążyła już doskonale wiedzieć, kim on jest — odparła Pip. — W końcu wszyscy w wyścigowym świecie wiedzieli. Więc się zgodziła, a ja pierwszy raz w życiu zobaczyłam z bliska folbluty. — Na jej twarzy pojawił się marzycielski wyraz. — Nigdy nie widziałam nic piękniejszego. Te wspaniałe stworzenia o nogach jak sprężyny i oczach pełnych ognia.

Harry przejął narrację, a jego spojrzenie zmiękło od czułej pamięci. — Dziecko było naturalnym talentem. Patrzyła na wszystko tymi wielkimi oczami, zadawała mądre pytania. Pod koniec wizyty pomagała moim stajennym czyścić kopyta i napełniać wiadra z wodą, jakby robiła to od zawsze.

— Zaczęłam tam jeździć przy każdej wolnej godzinie, dojeżdżając na rowerze — powiedziała Pip. — Najpierw jako pomoc w stajni, wybierając obornik z boksów i ucząc się pracy z ziemi. Potem, w wieku czternastu lat, jako jeździec kondycyjny, a w szesnastu — jako uczennica dżokeja.

Marcus zerknął na Sarah, która patrzyła na Pip z cichą, siostrzaną dumą. Wiedział, że więź między nimi nie była biologiczna, ale w tamtej chwili wydawała się równie silna jak więzy krwi.

— Najlepsza dżokejka w niskiej wadze, jaką kiedykolwiek wyszkoliłem — oznajmił Harry, unosząc kieliszek wina w stronę Pip. — Zostałaby mistrzynią, gdyby nie zakochała się w tym swoim żołnierzyku.

Przez wyrazistą twarz Pip przemknął cień, szybko jednak zastąpiony uśmiechem, w którym mieszały się smutek i pogoda ducha. — Są rzeczy, dla których warto poświęcić karierę — powiedziała cicho, po czym znów się rozjaśniła. — Poza tym szkolenie tych zadziornych kucyków zajmuje mnie po uszy, a i ty musisz przyznać, że złamanych kości jest przy tym znacznie mniej!

Rozmowa toczyła się wokół stołu, od dżokejskich czasów Pip po ostatnie wyniki Kate w ujeżdżeniu i starty Jemimy w Pony Clubie. Marcus sam, bez wysiłku, dał się wciągnąć do dyskusji, a początkowa nerwowość dawno zniknęła. Gdy wspomniał o wymagającej operacji, którą przeprowadził w klinice uniwersyteckiej, Harry zadawał inteligentne pytania, zdradzające dogłębną znajomość końskiej fizjologii, a pozostali słuchali z autentycznym zainteresowaniem.

Gdy krążyły dokładki, Marcus uświadomił sobie, że doświadcza czegoś, czego brak odczuwał, choć wcześniej nie umiał tego nazwać: ciepła przynależności do grupy, która przyjmuje go bez zastrzeżeń. W Sydney kolacje bywały okazją do budowania kontaktów, starannie wyreżyserowanymi spotkaniami, podczas których rozmowa trzymała się bezpiecznych, zawodowych ram. Tutaj, w cieple migoczących lampek, przy odległym, łagodnym parskaniu koni, rozmowa swobodnie wędrowała między fachową wiedzą a osobistymi historiami, poważną dyskusją a wybuchami śmiechu.

Harry złapał wzrokiem Marcusa po drugiej stronie stołu; jego przenikliwe, niebieskie spojrzenie było badawcze, lecz nie nieprzyjazne. — Więc, doktorze Webb, planujesz zostać w Ridgemont, kiedy Caroline wróci z urlopu naukowego?

Pytanie trafiło bliżej niepewności Marcusa, niż by sobie życzył, ale zanim zdołał sformułować odpowiedź, odezwała się Sarah.

— Mamy nadzieję, że damy radę go przekonać — powiedziała, a kiedy jej spojrzenie spotkało się ze spojrzeniem Marcusa, było w nim takie ciepło, że serce mu zadrżało. — W okolicy zawsze było więcej pracy, niż jeden koński lekarz był w stanie udźwignąć, a Ridgewater zdecydowanie przydałby się na stałe weterynarz z jego doświadczeniem.

— Może to nie mieć znaczenia, jeśli ta obwodnica dojdzie do skutku — zauważył Harry, na moment ciemniejąc na twarzy. — Cholerni biurokraci ze swoimi mapami i zerowym pojęciem o tym, co niszczą.

— Walczymy z tym — powiedział stanowczo Marcus, sam zaskoczony gwałtowną potrzebą ochrony. — Razem z Sarah dokumentujemy wszystko, budując argumenty za specjalistycznym charakterem ośrodka.

Harry'emu nieznacznie uniosły się brwi na użycie przez Marcusa słowa my; na spękanych wargach zatańczył cień uśmiechu. — Dobrze to słyszeć — skinął z uznaniem. — McKenzie'owie nigdy nie uciekali przed walką, a sojusznicy z profesjonalnymi uprawnieniami na pewno im się przydadzą.

To swobodne włączenie go do grona, założenie, że stanie z rodziną przeciw zagrożeniu obwodnicą, uspokoiło coś w jego piersi. Nie planując tego świadomie, sprzymierzył się z przyszłością Ridgewater, czyniąc ich walkę swoją własną. Ta świadomość powinna go była zaniepokoić — tak szybkie wrośnięcie w świat, do którego wszedł ledwie niespełna dwa miesiące temu. Zamiast tego poczuł, jakby po latach niepewności znalazł stały grunt pod stopami.

Gdy posiłek dobiegał końca, Marcus łapał od czasu do czasu spojrzenia Sarah znad stołu. Każde wydawało się znaczące, niosło niewypowiedziane porozumienie. Kiedy jej siostry zaczęły sprzątać talerze, a Harry — dla Jemimy — ruszył z kolejną wyścigową anegdotą, Sarah znów złapała jego wzrok, po czym wymownie zerknęła w stronę padoków, gdzie zachodzące słońce malowało krajobraz w spektakularnych pomarańczach i różach.

Zaproszenie w jej spojrzeniu było nie do pomylenia, a w Marcusie zawirowała, ciepła i obiecująca, fala oczekiwania. Cokolwiek miało nadejść, nie czuł się już kimś z zewnątrz zaglądającym do środka. Jakoś tak, w ciągu jednego popołudnia, przeszedł próg od gościa do kogoś więcej, przyjęty do serca tej niezwykłej rodziny z tą samą hojnością, jaką Harry okazał kiedyś małej Filipince, wpatrzonej w zdjęcia z wyścigów.

Sarah patrzyła na rozgadane siostry i Harry'ego; ich śmiech ogrzewał wieczorne powietrze. Zachód pomalował niebo w spektakularne smugi złota i purpury — zbyt piękne, by marnować je pod dachem. Zwróciła się do Marcusa, który siedział obok; ich krzesła podczas kolacji niepostrzeżenie zsunęły się ku sobie. — Chciałbyś zobaczyć jeszcze kawałek Ridgewater, póki mamy trochę światła?

Oczy Marcusa natychmiast rozbłysły. — Bardzo chętnie.

Poprowadziła go z werandy, boleśnie świadoma porozumiewawczego uśmiechu Pip i uniesionej brwi Kate. Harry, niech mu Bóg wynagrodzi, wszedł głośno w kolejną wyścigową opowieść, skutecznie odciągając uwagę wszystkich od ich wyjścia. Sarah odnotowała w myślach, by mu później podziękować.

Szli w przyjaznym milczeniu przez podwórze, żwir miękko chrzęścił pod stopami. Powietrze było ciężkie od wilgoci, ale największy skwar dnia już odpuścił, zostawiając po sobie ciepło, które otulało ich jak wygodny koc. Gdy mijali główną stajnię, Sarah wskazała wąską ścieżkę.

— Tędy dochodzi się do mojego ulubionego miejsca — powiedziała, nagle nieśmiała, że dzieli się czymś tak osobistym. — Najlepsze o zachodzie słońca.

Ścieżka wiodła między padokami, gdzie konie spokojnie skubały trawę w złotym, wieczornym świetle. Duchess i Miracle stały razem pod rozłożystym eukaliptusem; chude, długie nogi źrebaka wreszcie nabierały pewności, gdy przeżuwał trawę u boku matki. Dalej, Legend zajmował swój specjalny, wysoko ogrodzony padok; niegdyś potężną kształtną sylwetkę znaczą już łagodne oznaki podeszłego wieku — lekko zapadnięty grzbiet — lecz głowę wciąż nosił z godnością czempiona.

— Twój ojciec sprowadził babkę Legenda, prawda? — zapytał Marcus, zatrzymując się, by popatrzeć na starego ogiera. — To niemałe dziedzictwo do utrzymania.

Sarah skinęła głową, czując znajomą dumę rozlewającą się w piersi. Oparła ramiona o poręcz ogrodzenia; zwietrzałe drewno było gładkie pod dłońmi. — To była jego olimpijska klacz, a mieli też słomkę z nasieniem od olimpijskiego ogiera Mamy. Urodziła się klaczka, Seraphina, która niestety jako roczniak miała fatalny wypadek na padoku, przez co nie mogła startować ani nawet donosić źrebaka.

— O rany — zdziwił się Marcus. — Jaki uraz?

— Staw kolanowy. — Sarah uśmiechnęła się, wspominając łagodną klacz, która spędziła z nimi ponad dwadzieścia lat jako ukochana ozdoba padoku. — Na szczęście w tamtym czasie można już było pobrać komórki jajowe, zapłodnić i użyć klaczy surogatki. Drogo, ale Mama i Tata byli zdeterminowani, żeby ocalić tę linię krwi. Legend jest jej synem, a teraz mamy jego wnuka w Miraclu. Pokolenia przemyślanego chowu, wszystko potencjalnie przekreślone jedną kreską na mapie.

Gorycz w jej głosie ją zaskoczyła. Nie zamierzała wspominać o obwodnicy — nie w tej rzadkiej chwili spokoju — ale zagrożenie wisiało nad wszystkim, barwiąc lękiem nawet najpiękniejsze wieczory.

Ramię Marcusa dotknęło jej ramienia, gdy dołączył do niej przy ogrodzeniu. — Powiedz, co widzisz w przyszłości Ridgewater — powiedział łagodnie. — Bez obwodnicy w tle. Jakie masz marzenie dla tego miejsca?

Pytanie ją zaskoczyło. Od chwili, gdy przyszło pismo o obwodnicy, tak koncentrowała się na walce, że ledwie pozwalała sobie myśleć dalej. — Ja... — zawahała się, zbierając myśli. — Chcę oczywiście rozwinąć program hodowlany. Ale myślę też o większej specjalizacji w jeździectwie terapeutycznym.

Ruszyli znowu, idąc wzdłuż ogrodzenia, które łukiem prowadziło ku grzbiecikowi wzgórza nad małym jeziorem, od którego Ridgewater wzięło nazwę. Sarah opowiadała plany, których nie wypowiedziała dotąd w pełni nawet siostrom.

— Wypadek zmienił moją perspektywę — przyznała, ostrożnie stawiając kroki po nierównej ścieżce. Problemy z widzeniem przestrzennym wymagały większej koncentracji na takim podłożu, zwłaszcza w gasnącym świetle. — W koniach jest coś potężnie terapeutycznego — nie tylko w rehabilitacji fizycznej, ale też w leczeniu emocji. Widziałam to u niektórych podopiecznych Emmy i Pip: jak praca z trudnymi końmi pomaga trudnym ludziom.

Marcus słuchał uważnie, zadając przemyślane pytania, które porządkowały ledwie zarysowane pomysły. Jego szczere zainteresowanie zachęcało ją, by rozwijać temat instruktorów, których można by zatrudnić, programów do stworzenia, szkoleń, które dałoby się oferować.

— Przemyślałaś to naprawdę dogłębnie — zauważył, gdy weszli na grań. — Piękna wizja.

Zatrzymali się w punkcie widokowym nad jeziorem, które teraz jak lustro odbijało spektakularne barwy zachodu. Woda migotała złotem i purpurą, zupełnie gładka w bezwietrzny wieczór. Z trzcin dobiegało kumkanie żab, co jakiś czas przerywane pluskiem wyskakującej ryby.

— To tutaj — szepnęła Sarah. — Moje ulubione miejsce na całym terenie.

Marcus stanął tuż obok, jego obecność była stała i kojąca. — Rozumiem dlaczego — mruknął. — Jest zachwycające.

Sarah lekko się do niego obróciła; ich bliskość w złotym świetle nagle zaiskrzyła. — Marcus — zaczęła, nie mając pewności, co właściwie chce powiedzieć, ale czując, że musi o tym mówić, uznać rosnącą między nimi więź. — Cieszę się, że dziś zostałeś. Nie tylko na kolację, ale... tutaj. W Ridgewater. Z nami.

Ze mną — nie powiedziała, ale słowa i tak zawisły między nimi.

Jego oczy — ciepłe, brązowe, skupione — trzymały jej spojrzenie. — Ja też — odparł. — Bardziej, niż potrafię to dobrze wyrazić.

Zawodowe granice, które dotąd utrzymywali, zaczęły się rozmywać w poświacie zachodu. Sarah przyglądała się jego twarzy z nową swobodą, zauważając delikatne zmarszczki w kącikach oczu, mocny łuk szczęki przyprószonej wieczornym zarostem, lekko kręcone ciemne włosy opadające na kołnierzyk.

— Wciąż wracam myślami do tamtego poranka — powiedział Marcus, na moment zerkając na jej usta. — Po narodzinach Miracle. Kiedy...

— Pocałowaliśmy się — dokończyła za niego, z sercem bijącym jak szalone. — Ja też.

Między nimi rozciągnęło się uderzenie ciszy, napięte możliwościami. Potem, subtelnym, a jednak nieuchronnym ruchem, zbliżyli się do siebie. Jego dłoń uniosła się do jej policzka, palce wsunęły się w jej włosy, gdy ich usta się spotkały.

Pierwszy dotyk był delikatny, pytający, ale szybko pogłębił się, gdy Sarah odpowiedziała z zaskakującą intensywnością. Tak długo się powstrzymywała, trzymała wszystko pod kontrolą, że to uwolnienie niemal ją przytłoczyło. Jej dłonie odnalazły jego ramiona; palce wczepiły się w twarde mięśnie, gdy przysunęła się bliżej.

Marcus wydał cichy dźwięk w jej usta, a wolne ramię owinął wokół jej talii, przyciągając ją do siebie. Lekko się zachwiali, cofając się, aż Sarah poczuła za plecami twardy słupek ogrodzenia — mile widziane oparcie, bo kolana jej miękły.

Pocałunek się nasilił; miesiące napięcia i przyciągania skrystalizowały się w tej chwili. Jego palce głębiej zaplątały się w jej włosy, luzując praktyczny warkocz, aż kosmyki opadły jej na twarz. Dłonie Sarah ześlizgnęły się z jego ramion na kark, czując miękki dotyk włosów pod palcami i ciepło skóry.

Wszystko inne odpłynęło: zachód słońca, jezioro, dalekie odgłosy gospodarstwa. Był tylko Marcus, jego smak, solidne ciepło ciała przy jej ciele, łagodny pośpiech jego dłoni. Zatraciła się w tym pocałunku, w dreszczu, że wreszcie przyznają to, co narastało między nimi od tamtej burzowej nocy w siodlarni.

Kiedy w końcu odsunęli się odrobinę, oboje przyspieszyli oddech; Sarah na moment zamknęła oczy, delektując się doznaniem. Marcus oparł czoło o jej czoło, jego oddech był ciepły na jej ustach.

— Chciałem to powtórzyć od chwili, gdy Miracle przyszedł na świat — przyznał. — A właściwie dużo wcześniej, jeśli mam być szczery.

Sarah uśmiechnęła się; otworzyła oczy i znalazła jego spojrzenie — ciepłe, skupione. — I ja tego chciałam — wyznała, czując, jak robi się jej lżej.

Pocałował ją znów, wolniej, ale nie mniej intensywnie; jego dłonie obejmowały jej twarz z czułością, od której serce bolało słodyczą. Sarah opleciła rękami jego szyję, przycisnęła się bliżej, czując solidne ciepło jego ciała od klatki piersiowej po uda.

— Ciociu Sarah! Wujku Marcus! Mama mówi, żebyście wrócili na pudding ananasowy, zanim ciocia Pip zje wszystko!

Głos Jemimy — wysoki i czysty w wieczornym powietrzu — przerwał chwilę. Sarah cofnęła się z niechęcią, spotykając spojrzenie Marcusa z mieszaniną żalu i rozbawienia.

— W samą porę — mruknęła, powoli zsuwając dłonie z jego ramion.

Marcus cicho się roześmiał, a dźwięk zadrżał mu w piersi, tam gdzie dotykała jej. — Twoja siostrzenica ma imponujące płuca. Myślę, że usłyszeli ją aż w Brisbane.

— Dobrze, że przynajmniej nie przyszła nas szukać — odparła Sarah, sięgając, by założyć za ucho rozluźnione pasma włosów, nagle świadoma swojego potarganego wyglądu.

Marcus pochwycił jej dłoń i uniósł do ust w geście, który nie powinien być tak intymny, a jednak był. — Chyba powinniśmy wracać — powiedział, choć w tonie brzmiało, że wolałby wszystko, tylko nie to.

— Chyba tak — zgodziła się Sarah, nie spiesząc się jednak z ruchem.

Stali jeszcze chwilę w złotym świetle, a niechęć do rozstania widać było w ich postawach. W końcu Sarah odsunęła się od słupka, wygładziła ubranie i spróbowała doprowadzić włosy do porządku.

— Chodź — powiedziała, sięgając po jego dłoń. — Mój pudding ananasowy naprawdę jest wart pośpiechu, a najlepszy jest prosto z pieca.

Wracali ścieżką, trzymając się za ręce; ich palce splatały się w swobodnej czułości nowych kochanków. Czasem ich ramiona się ocierały, a każdy taki kontakt posyłał przez Sarah ciepłą falę — upojną mieszaninę ekscytacji i ukojenia, jakiej nie czuła od lat, o ile kiedykolwiek.

Gdy zbliżali się do domu, z werandy dobiegały ich śmiechy i rozmowy, i Sarah zwolniła kroku, niechętna dołączać i rozpraszać intymność, którą właśnie dzielili. Marcus jakby zrozumiał to bez słów i zatrzymał się w gęstniejącym cieniu pod eukaliptusem.

— Sarah — zaczął, nisko i poważnie. — Chcę, żebyś wiedziała, że to, *my*, naprawdę coś dla mnie znaczy. To nie jest przypadkowe ani wygodne.

Ścisnęła jego dłoń, serce miała pełne. — Wiem — odparła po prostu. — Dla mnie też.

Pochylił się i musnął jej usta jeszcze raz — krótko, słodko, z obietnicą ciągu dalszego. Potem, z widoczną niechęcią, odsunęli się od siebie odrobinę, choć dłonie wciąż pozostawały splecione, gdy ruszyli ostatni odcinek do werandy, gdzie lampki migały jak gwiazdy przy ziemi, a ciepło rodziny czekało na nich.

Rozdział jedenasty

Marcus wyregulował dentystyczny aparat RTG, po czym odwrócił się i podszedł do biurka, by sięgnąć po czysty ręcznik, który z przyzwyczajenia zabierał do pracy, żeby wycierać pot z twarzy. Luty w Queensland był bezlitosny, poranne gorąco już wdzierało się przez okna kliniki mimo dzielnych wysiłków ledwo zipiącej klimatyzacji. Zerknął na zegarek, potem w stronę drzwi, bodaj po raz dwunasty w tylu minutach, co stawało się u niego nawykiem, gdy tylko spodziewał się pojawienia Sarah McKenzie.

Na betonie zabrzmiał stukot kopyt i Marcus podniósł głowę z zawstydzającą gorliwością, by po chwili poczuć ukłucie rozczarowania, gdy Emma McKenzie wprowadziła do lecznicy wałacha pełnej krwi angielskiej. Szybko opanował wyraz twarzy, posyłając profesjonalny uśmiech, który — miał nadzieję — nie zdradzał chwilowego zawodu.

— Dzień dobry, Pani Emmo — powiedział, podchodząc, by pomóc jej wprowadzić wysokiego gniadosza do poskromu. — Jak się dziś miewa Pennine?

— Trochę marudzi, że musiał wchodzić do przyczepy w taki upał — odparła Emma, klepiąc spoconą szyję wałacha. — Ale załadował się jak dżentelmen, co jest postępem. Miesiąc temu wrylby się w ziemię i nawet nie chciałby słyszeć o wsiadaniu do przyczepy.

Marcus skinął z uznaniem, przyglądając się, jak folblut lekko przechyla się w stronę Emmy, szukając u niej wsparcia w obcym, klinicznym otoczeniu. Mimo imponujących rozmiarów było w tym ex-wyścigowcu coś ujmująco bezbronnego; jego uszy nerwowo zadrgały, gdy lustrował salę zabiegową.

— Sarah też planowała przyjechać — powiedziała Emma, ton niby mimochodem, ale z dobrze wiedzącym spojrzeniem. — Ale dziś odstawia zeszłoroczne źrebięta od klaczy i Pan wie, jaka ona jest, jeśli chodzi o maluchy.

— Oczywiście — odparł Marcus, z przesadną uwagą ustawiając płyty RTG na właściwej wysokości, licząc, że kliniczne jarzeniówki ukryją ciepło, które wspinało mu się na kark. — Odstawianie wymaga czujnego oka, bo któremuś źrebakowi może przyjść do głowy głupota, na przykład przeforsować ogrodzenie.

Emma mruknęła z aprobatą. — Choć myślę, że Pan też doczekałby się dziś specjalnej uwagi, gdyby odstawianie nie było zaplanowane.

Marcus odrobinę niezdarnie manipulował pokrętłami, zaskoczony bezpośredniością Emmy. Od tamtego wieczoru nad jeziorem, trzy dni temu, on i Sarah wymienili jedynie krótkie, zawodowe uprzejmości; nowo narodzone porozumienie zostało uznane, ale niewykorzystane w natłoku spraw Ridgewater i jego grafiku w klinice.

— To rzućmy okiem na te zęby, dobrze? — powiedział, celowo sprowadzając rozmowę na bezpieczny grunt. — Miał jakieś problemy z przeżuwaniem paszy?

— Nie — odparła Emma, łaskawie pozwalając na zmianę tematu. — Ale i tak wolałabym wykluczyć większe problemy, zanim wystawię go na sprzedaż. I Sarah mówiła, że wczoraj przy jeździe podrzucał głowę. Może to zęby... a może po prostu nadciągała burza.

Marcus skinął, naciągając rękawiczki i w duchu złorzecząc pulsowi, który przyspieszał na samo wspomnienie Sarah w siodle. Obraz pojawił się w głowie sam: Sarah okrakiem na potężnym folblucie, sylwetka nieskazitelna mimo problemów ze wzrokiem, truskawkowoblond warkocz podskakujący na plecach, gdy prowadziła konia przez staranne przejścia. Uświadomił sobie ze ściśnięciem, że nigdy tak naprawdę nie widział jej w siodle. Może już wkrótce.

— Pennine wciąż jest wrażliwy na dotyk przy głowie — uprzedziła Emma, gdy Marcus podszedł ze specjalnym kantarem do zabiegów stomatologicznych. — W stajni wyścigowej używali twicza, kiedy tylko trzeba było coś przy głowie zrobić, co nie zbudowało mu zaufania do całego procesu.

— Zrobimy to powoli — zapewnił, celowo poruszając się spokojnie. Wyciągnął dłoń, otwartą, pozwalając wałachowi obwąchać swój zapach, po czym delikatnie pogładził długą głowę. Chrapy Pennine'a rozszerzyły się; oczy były czujne, ale nie spanikowane.

— Dobry chłopak — mruknął Marcus, stopniowo wprowadzając specjalistyczny kantar. — Nie ma się czym martwić.

Emma stała przy łopatce Pennine'a, jedną dłonią opierając się o jego szyję; jej spokojna obecność wyraźnie go koiła. — Zrobił ogromne postępy — powiedziała łagodnie. — Kiedy kupiłam go na aukcji, praktycznie cały czas wibrował z napięcia, zajęło nam dwie godziny, żeby wprowadzić go na samochód, a po powrocie do domu nie potrafił nawet ustać przy czyszczeniu. A teraz prowadzi się jak baranek; dziś rano pozwolił Jemimie wyczyścić kopyta.

Marcus delikatnie zachęcił Pennine'a, by otworzył pysk, podziwiając, że koń podporządkował się z minimalnym oporem i nawet nie zaprotestował, gdy Marcus zaskoczył zapadkę wędzidła stomatologicznego.

— Jestem zaskoczony, że udało się Pani oderwać ją na dłużej od nowego konia. Peppermint Twist, prawda? Czy już poprosiła, żeby mogła spać w jej boksie?

— Trafił Pan w punkt, jest absolutnie zauroczona — zaśmiała się Emma. — Choć mniej skupiona na samej klaczy niż na przyszłej karierze Miracle. Już planuje ich olimpijski debiut!

Marcus uśmiechnął się, ostrożnie wsuwając płytkę do zdjęcia RTG. — Widzę, że ambicja u McKenzie'ów pojawia się wcześnie.

— To genetyczne — potwierdziła Emma. — Sarah była taka sama, szkicowała karierę sportową Fire, zanim w ogóle ją zajeżdżono.

Wzmianka o dawnym koniu sportowym Sarah na moment ich spoważniała. Śmierć konia WKKW klasy międzynarodowej na zawodach to na szczęście rzadkość; Marcus sprawdził to po tym, jak Sarah powiedziała mu absolutne minimum, i był zaskoczony potokiem wsparcia dla Sarah... a także jadem ze strony konio-ignorantów, którzy zdawali się uważać, że wszystko poza puszczeniem koni samopas jest okrucieństwem wobec zwierząt.

— Sarah jeździła już na Pennine'ie kilka razy — podjęła Emma lżejszym tonem. — Mówi, że ma świetny potencjał, o ile zęby mu nie dokuczają. Płynne chody, dobra głowa.

Marcus skinął, skupiając się na ustawieniu sprzętu RTG, choć myśli uciekały mu jak spłoszone ptaki. To, że Sarah znów jeździ, choćby rekreacyjnie, wydawało się znaczące. Caroline kiedyś wspomniała, że po wypadku Sarah niemal całkiem wycofała się z jazdy, koncentrując się na zarządzaniu i programie hodowlanym.

— Ostatnio więcej jeździ — dodała Emma, jakby czytała mu w myślach. — Kate uważa, że to dobry znak, choć oczywiście nie będzie skakać. Zbyt niebezpieczne.

Marcus wyregulował ostatnie ustawienia maszyny; dłonie miał pewne mimo delikatnego trzepotu nadziei w piersi. — Brzmi bardzo pozytywnie — zgodził się, zachowując zawodowo neutralny ton, choć w głowie kołatała myśl, czy ta zmiana miała związek z tym, co ostatnio działo się między nimi. Czy jego wsparcie pomagało Sarah odzyskiwać pewność? A może to była pycha sądzić, że ma z tym cokolwiek wspólnego?

— Stój grzecznie, dobry chłopak — wymruczał do Pennine'a, który zaczął się wiercić. Koń uspokoił się przy jego łagodnym głosie, pozwalając Marcusowi dokończyć serię zdjęć. Przez cały zabieg Marcus utrzymywał pełną koncentrację, dłonie miał delikatne, ruchy płynne, by nie spłoszyć konia, ale pod tą sprawną fasadą myśli raz po raz uciekały do Sarah.

Do tego, jak czuła się w jego ramionach nad jeziorem, do obietnicy w jej oczach, gdy z niechęcią wracali do rodziny na werandę, do cichego porozumienia, które przeszło między nimi następnego ranka, kiedy zatrzymał się w Ridgewater, by sprawdzić Miracle. Coś się między nimi zmieniło, coś wciąż delikatnego i nieokreślonego, ale niezaprzeczalnie ważnego.

Marcus chwytał ostatnie ujęcia, gdy boczne drzwi kliniki otworzyły się, wpuszczając falę gorącego powietrza i nie do pomylenia sylwetkę dr Caroline Burnett. Bardziej się zataczała niż szła, jej ośmiomiesięczny brzuch szedł przodem, a zwykle żwawe ruchy zmieniły się w ostrożne manewry kogoś, komu dramatycznie przesunął się środek ciężkości.

— No proszę, Emma McKenzie we własnej osobie! — zawołała Caroline, a jej twarz rozjaśnił szczery uśmiech. — Nie wiedziałam, że dziś przywozisz konia. To Pennine? Poznaję go z twoich mediów społecznościowych; jaki przystojniak!

Emma odwróciła się od uspokajania folbluta, twarz rozjaśnił szeroki uśmiech. — Caro! Spójrz na siebie, zaraz pękniesz.

Caroline roześmiała się, kładąc obie dłonie na zaokrąglonym brzuchu. — Proszę, nie używaj tego słowa. Według mojego ginekologa-położnika zostały mi jeszcze trzy tygodnie, choć ten mały piłkarz najwyraźniej zamierza wykopać sobie drogę na świat wcześniej.

Marcus przyglądał się ich swobodnej rozmowie, dostrzegając prawdziwą czułość między nimi. Caroline wielokrotnie wspominała o bliskiej przyjaźni z Sarah, ale było jasne, że jej więź rozciągała się na całą rodzinę McKenzie.

— Jak tam wszyscy w Ridgewater? — zapytała Caroline, ostrożnie osuwając się na stołek w pobliżu stanowiska zabiegowego. — Ciągle się zbieram, żeby wpaść towarzysko, ale między dyżurami, wizytami przedporodowymi i podkradanymi drzemkami ledwie mam kiedy odetchnąć.

— Wszyscy w porządku — odparła Emma, gładząc szyję Pennine'a, gdy Marcus zdjął wędzidło stomatologiczne. — Dziś dzień odstawiania, dlatego Sarah nie mogła przyjechać. A Jemima nie przestaje mówić o klaczy, którą przyprowadził jej Harry, jeśli zastanawiasz się, czemu nie zawraca ci głowy wizytami w klinice.

— A więc dlatego moje maile są podejrzanie wolne od ośmioletnich przesłuchań o studia weterynaryjne — parsknęła Caroline. — Powiedz jej, że tęsknię za jej niekończącymi się pytaniami, dobrze? I na pewno przyjadę zobaczyć tę słynną klacz, jak tylko dzidziuś pozwoli mi znów wygodnie usiąść w samochodzie.

Marcus skończył pakować sprzęt stomatologiczny i zwrócił się do Emmy profesjonalnym tonem. — Nie widzę na zdjęciach RTG niczego niepokojącego, co jest dobrą wiadomością. Prześlę Pani pliki, żeby mogła je Pani udostępniać potencjalnym kupującym, jeśli będzie taka potrzeba.

Emma uśmiechnęła się zadowolona. — Bardzo dziękuję! Tylko muszę się jeszcze umówić na kolejne zdjęcia — potencjalny nabywca Firefly postanowił zrobić film tej nogi, a do tego chcą jeszcze sprawdzić, czy nie ma zespołu zderzających się wyrostków kolczystych (kissing spines).

— Oczywiście — skinął Marcus, odwracając się do komputera, by sprawdzić grafik. — Mógłbym wcisnąć go we wtorkowy poranek, jeśli Pani odpowiada?

Po umówieniu terminu i wymianie kilku uprzejmości z Caroline, Emma wyprowadziła Pennine'a, a stukot kopyt wałacha jeszcze przez chwilę odbijał się echem od betonowej posadzki. Klinika nagle jakby ucichła, bardziej słychać było jednostajny szum klimatyzacji.

— Rzućmy okiem na te zdjęcia porządnie — zaproponowała Caroline, skinieniem głowy wskazując biuro. — Moje kostki docenią możliwość posiedzenia.

Marcus pomógł jej pokonać krótki odcinek do wygodnego fotela biurowego, nie potrafiąc powstrzymać uśmiechu na widok jej niezdarnych ruchów. Rozmawiał z Caroline przed Bożym Narodzeniem i poznał w niej energiczną, sprawną lekarkę weterynarii, która odrobinę go onieśmielała kompetencją i bezpośredniością, mimo że była o parę lat młodsza. Obecnie mocno zaokrąglona kobieta nadal miała ten bystry intelekt, ale ciąża jakby ją złagodziła, czyniąc bardziej przystępną.

— Wyszły bardzo dobrze — skomentował, wyświetlając na ekranie komputera cyfrowe zdjęcia. — Martwiłem się po korekcji zębów, że z tym siekaczem może być problem, ale wszystko wygląda normalnie.

Caroline pochyliła się na tyle, na ile pozwalał brzuch, jedną ręką odruchowo głaszcząc miejsce, gdzie jej dziecko najwyraźniej uprawiało gimnastykę. — Dobra robota — pochwaliła. — Czyste obrazy, zwłaszcza biorąc pod uwagę jego lęk przy głowie. Emma wspominała o tym, umawiając wizytę.

— Zaskakująco dobrze współpracował — odparł Marcus. — Rehabilitacja, którą prowadzi Emma, robi wrażenie.

— McKenzie'owie zawsze mieli dobrą rękę do koni — przytaknęła Caroline. — A skoro mowa o imponującej robocie, wczoraj odezwali się Hendersonowie.

Marcus nieznacznie się spiął, mając wciąż świeże wspomnienie ich niezręcznej kolacji. — Och?

Usta Caroline wykrzywiły się w wiedzącym uśmiechu. — Teraz Pana wychwalają pod niebiosa. Coś o tym, jak poradził Pan sobie z kucykiem ich córki w zeszłym tygodniu. Podobno zdiagnozował Pan rzadkie schorzenie neurologiczne, które umknęło lekarzowi robiącemu badanie przedzakupowe?

— Wcale nie takie rzadkie — zaprzeczył Marcus, choć nie mógł powstrzymać przypływu zawodowej satysfakcji. — Kuc miał subtelne objawy zespołu przedsionkowego. Skręt głowy był ledwie zauważalny, jeśli nie wiedziało się, na co patrzeć.

— Cóż, według Reginy Henderson jest Pan teraz jedynym weterynarzem, którego wezmą pod uwagę przy swoich ukochanych zwierzętach — powiedziała Caroline z ciepłą aprobatą. — Niezły zwrot po tamtym przesłuchaniu w restauracji.

Marcus zajął się zamykaniem plików RTG, licząc, że twarz nie zdradzi zbyt wiele po jej komentarzu. Było jasne, że Sarah najwyraźniej szczegółowo omówiła z przyjaciółką ich nieudaną randkę. — Reputacja zawodowa potrzebuje czasu, by się ugruntować w nowej społeczności — odparł dyplomatycznie. — To naturalne, że klienci ostrożnie podchodzą do powierzania cennych zwierząt komuś, kogo jeszcze nie znają.

Caroline przez chwilę mu się przyglądała, bystre oczy nie przeoczyły niczego. — A skoro o zakorzenianiu w społeczności mowa — ciągnęła, przesuwając się, by znaleźć wygodniejszą pozycję — właśnie o tym chciałam dziś z Panem porozmawiać.

Marcus skupił na niej całą uwagę, wychwytując zmianę tonu z swobodnego na poważniejszy.

— Kiedy z pozostałymi wspólnikami rozmawialiśmy o moim urlopie macierzyńskim, plan był prosty: zatrudnić zastępstwo na sześć miesięcy, a potem stopniowo wracać do pracy, gdy dziecko podrośnie — zaczęła Caroline, kładąc obie dłonie na brzuchu. — Ale rzeczywistość zbliżającego się rodzicielstwa sprawiła, że parę rzeczy przemyśleliśmy.

Marcus skinął zachęcająco, czując, że ma do powiedzenia coś więcej.

— Prawda jest taka, że jeszcze przed ciążą byłam zbyt rozciągnięta — podjęła. — Nasza część końska rośnie szybciej, niż zakładaliśmy. W regionie jest pracy co najmniej dla dwóch etatowych lekarzy od koni.

Gdy Caroline spojrzała mu prosto w oczy, zrozumiał. — Oferuje mi Pani stałe stanowisko — powiedział, a ta możliwość była i zaskakująca, i dziwnie właściwa.

— Coś więcej — poprawiła. — Oferuję Panu partnerstwo. Pozostali lekarze się ze mną zgadzają; świetnie Pan pasuje i będzie Pan dla kliniki wartością. — Uśmiechnęła się. — A specjaliści od małych zwierząt i bydła nie będą musieli wychodzić ze swoich stref komfortu, kiedy będę krzyczeć o pomoc.

Marcus mrugnął, na moment oniemiały. Przyjmując posadę zastępcy, traktował ją jako tymczasowy oddech, czas na uporządkowanie życia po sydnejskiej wpadce. Perspektywa stałości, budowania czegoś trwałego tutaj, w Ridgemont, nie mieściła mu się dotąd w planach.

— Wiem, że to poważna decyzja — ciągnęła Caroline, łagodniejąc na widok jego zaskoczenia. — I z pewnością inna niż praca w klinice uniwersyteckiej. Ale wywarł Pan na mnie wrażenie, Marcusie. Co ważniejsze, wywarł je Pan na naszych klientach, nawet tych trudnych. Ma Pan świetne umiejętności chirurgiczne, doskonałe podejście i do koni, i do ludzi, a do tego zadziwiająco dobrze wtopił się Pan w lokalną społeczność.

— Jest mi bardzo miło — wydusił Marcus, a myśli pędziły. — I, szczerze, jestem zaskoczony.

Caroline uśmiechnęła się. — Nie ma czym. Dobrych lekarzy od koni ze świecą szukać. A lista klientów rośnie z miesiąca na miesiąc.

Pochyliła się nieco, poważniejąc. — Nie będę Panu ściemniać, Marcusie. Nie chcę wracać do sześćdziesięciogodzinnych tygodni i nocnych wezwań, kiedy w domu jest noworodek. Z Panem jako wspólnikiem mogłabym ułożyć sobie regularne godziny i w większości zostawiać Panu porody o drugiej w nocy i kolki. — Zawahała się, a w oku błysnęło jej rozbawienie. — Choć coś mi mówi, że nie miałby Pan nic przeciwko tym wezwaniom, gdyby dzwoniono z pewnych ośrodków.

Marcus poczuł, jak znów grzeje go kark, ale Caroline mówiła dalej, zanim zdążył odpowiedzieć. — Proszę to przemyśleć, dobrze? Nie musi Pan decydować od razu. Finanse praktyki są do Pana wglądu, jeśli zechce Pan je przejrzeć, a warunki partnerstwa omówimy, kiedy będzie Pan gotów.

Marcus skinął, wciąż oswajając niespodziewaną propozycję. — Przemyślę. Dziękuję za zaufanie.

Caroline zawahała się, patrząc na niego w sposób sugerujący, że to jeszcze nie koniec rozmowy. — Jest jeszcze coś, co powinien Pan wiedzieć — powiedziała, tonem przechodząc z zawodowego na osobisty — jeśli rozważa Pan zapuszczenie tutaj korzeni.

Marcus uniósł brew, czekając na ciąg dalszy.

— Znam Sarah McKenzie od szóstego roku życia — zaczęła Caroline. — Jej rodzice pożyczyli mi kuca w Pony Clubie na rok, kiedy mój się ochwacił. Zawsze była tą najpilniejszą, najbardziej skupioną. Lała mnie równo w każdych zawodach, nawet kiedy na papierze to ja jechałam lepszego konia. Już wtedy wstawała o świcie, sprzątała boksy, kiedy reszta z nas wciąż przecierała oczy ze snu. Nigdy nie wątpiłam, że pójdzie śladami rodziców i dojdzie na sam szczyt.

Marcus skinął, starając się zachować neutralny wyraz twarzy, choć słowa Caroline natychmiast go zelektryzowały. Z różnych źródeł zbierał okruchy historii Sarah — fragmenty, które składały się na niepełny obraz kobiety coraz mocniej zajmującej jego myśli.

— Po jej wypadku — podjęła Caroline łagodniejszym głosem — wszystko się zmieniło. Nie tylko kariera jeździecka, ale i całe podejście do życia. Stała się... zamknięta. Kontrolująca. Jakby perfekcyjnym zarządzaniem każdym detalem w Ridgewater próbowała nadrobić to, co straciła.

Marcus sięgnął po długopis, palce musiały czymś się zająć, gdy chłonął słowa Caroline. — Utrata możliwości oceny odległości to dla jeźdźca cios — powiedział ostrożnie. — Zwłaszcza na tamtym poziomie.

Caroline przytaknęła. — Ograniczenia fizyczne to jedno, ale to było coś więcej. Sarah zawsze definiowała się przez jazdę, przez rywalizację. Kiedy to jej odebrano... — pokręciła głową. — Przekierowała całą tę pasję, cały zapał na Ridgewater i swoje siostry. Została menedżerką, organizatorką, tą, która trzyma wszystko w ryzach.

Marcus obracał długopis między palcami, wspominając, jak odebrał Sarah na początku: kompetentną, nieco zdystansowaną profesjonalistkę, która prowadzi Ridgewater metodycznie, choć nieco mechanicznie. Jakże inną od kobiety, która pocałowała go nad jeziorem, pozwalając mu zajrzeć pod starannie utrzymaną maskę.

— Tak naprawdę nigdy nikogo do siebie nie dopuszczała — mówiła dalej Caroline prosto z mostu. — Najpierw zbyt skupiona na wspinaniu się na szczyt, a potem na trzymaniu rodziny w całości. Po drodze były jakieś randki, ale nic poważnego. Ridgewater stało się całym jej światem, zwłaszcza odkąd wypadek umożliwił Jimowi porządnie przejść na emeryturę.

Marcus zmarszczył lekko brwi. — Umożliwił Jimowi?

— Jim McKenzie miał prawie siedemdziesiąt lat, gdy kariera sportowa Sarah się skończyła — wyjaśniła Caroline. — On i Ingrid rozmawiali o podróżowaniu, zwiedzaniu Australii tym absurdalnym kamperem, który kupił pod wpływem impulsu. Ale nie mogli zostawić gospodarstwa bez kogoś kompetentnego u steru. Emma była za bardzo skupiona na swoich ratunkowych przypadkach, Kate sama zbyt nastawiona na rywalizację, by zajmować się zarządzaniem, a Pip... — Caroline uśmiechnęła się czule. — Cóż, talenty Pip leżą gdzie indziej.

— Więc Sarah przejęła stery — podsumował Marcus, stukając lekko długopisem o blat.

— Zrobiła więcej niż tylko przejąć stery — sprostowała Caroline. — Przekształciła się z międzynarodowej zawodniczki w menedżerkę biznesową niemal z dnia na dzień. Nauczyła się wszystkiego o programach hodowlanych, zarządzaniu obiektem, podatkowych konsekwencjach prowadzenia ośrodka jeździeckiego. Sarah nie robi nic na pół gwizdka.

Marcus przytaknął, myśląc o drobiazgowym opracowaniu sprzeciwu wobec obwodnicy, które przygotowała, i o dokładnych kartach każdego zwierzęcia w Ridgewater. — Jest z pewnością skrupulatna — zgodził się, świadom, że ton zdradził więcej, niż chciał.

Bystre oczy Caroline nie przeoczyły tego, uśmiech przemknął jej po ustach. — I tu wracam do sedna — powiedziała łagodniej. — Jeśli rozważa Pan partnerstwo w praktyce, powinien Pan rozumieć, do czego się Pan zobowiązuje. Nie tylko zawodowo, ale... jeśli chodzi o więzi ze społecznością.

Marcus odłożył długopis i spojrzał jej prosto w oczy. — Chodzi Pani o Sarah.

Caroline skinęła głową, nawet nie próbując udawać, że nie wie o rodzącym się między nimi uczuciu. — Świat Sarah kręci się wokół Ridgewater. Każdy w jej życiu musi to rozumieć i doceniać, co to miejsce znaczy dla niej i jej rodziny.

— Myślę, że zaczynam — odparł Marcus cicho.

— Dobrze — powiedziała Caroline, z widocznym wysiłkiem podnosząc się na nogi. — Bo rozwój praktyki, o którym mówiłam, obejmowałby zacieśnianie więzi z Ridgewater. Ich program hodowlany się rozrasta i, zakładając, że obwodnica nie zniszczy wszystkiego, co zbudowali, będą potrzebowali stałego wsparcia weterynaryjnego przez lata. — Zatrzymała się w drzwiach, łagodniejąc na twarzy. — Ot, coś do przemyślenia, kiedy będzie Pan rozważał partnerstwo.

Tym powiedziawszy, powlokła się do wyjścia, zostawiając Marcusa samego z myślami i wciąż świecącymi na ekranie zdjęciami stomatologicznymi.

Wpatrywał się w obrazy, znajomy układ końskich trzonowców i siekaczy, ale myślami był gdzie indziej. Propozycja Caroline oznaczała więcej niż zawodowy awans czy finansowe bezpieczeństwo. Oznaczała zapuszczenie korzeni w Ridgemont, stanie się częścią tej społeczności na stałe i na serio. Po bolesnym „wyrwaniu" z życia w Sydney perspektywa osiedlenia się tutaj niosła i kuszącą obietnicę, i niepokój.

I była jeszcze Sarah. Ich więź pogłębiła się — od zawodowej współpracy przez wzajemny szacunek po coś dużo bardziej osobistego nad jeziorem. Tamten wieczór pod światełkami, z Harrym i jej rodziną, pokazał mu obraz przynależności, za którą nie wiedział, że tęskni.

Marcus wyłączył komputer, zdjęcia zniknęły z ekranu. W ich miejsce zaczął się rysować możliwy obraz przyszłości, którego nie pozwalał sobie dotąd wyobrażać, dopóki niespodziewana propozycja Caroline nie uczyniła go namacalnym. Partnerstwo w prężnej praktyce. Społeczność, która stopniowo go przyjęła — nawet tacy klienci jak Hendersonowie, którzy na początku kwestionowali jego kwalifikacje. I co najważniejsze, rozwijająca się relacja z Sarah: z całą jej złożonością, siłą i pieczołowicie strzeżoną wrażliwością.

Przypomniał sobie mimochodem słowa Emmy, że Sarah ostatnio więcej jeździ — detal z pozoru błahy, ale, jak podejrzewał, będący głęboką zmianą u kogoś, kto po traumie wycofał się z siodła. Czy to przypadek, że ta zmiana zbiegła się z jego pojawieniem się w Ridgewater? A może Sarah, tak jak on, znajdowała niespodziewane ukojenie w rodzącym się między nimi uczuciu?

Zadzwonił telefon w gabinecie, ściągając go z powrotem do teraźniejszości. Sięgając, by odebrać, Marcus uświadomił sobie, że decyzja w sprawie propozycji Caroline już się w nim klaruje, tężejąc z każdą myślą o truskawkowoblond włosach w słońcu, rodzinnych kolacjach pod światełkami, wspólnym celu ochrony Ridgewater. Szczegóły wymagały starannego przemyślenia, ale zasadnicze pytanie — czy Queensland może stać się domem — jakby samo znalazło odpowiedź, kiedy nie patrzył.

Rozdział
dwunasty

Sarah starła pot z czoła grzbietem nadgarstka, uważając, by nie rozmazać ksiąg hodowlanych, które właśnie uzupełniała. Odsadzenie przebiegło gładziej, niż się spodziewała, zaledwie odrobina dramatu ze strony jednego szczególnie hałaśliwego ogierka, który protestował przeciw rozdzieleniu z matką teatralnymi piskami niosącymi się po całym gospodarstwie. Teraz, w względnej ciszy późnego ranka, wycofała się do biurka w siodlarni, żeby nadrobić papierkową robotę; znajome zapachy siana i końskiego potu były kojącą stałą podczas pracy.

W rogu buczał duży przemysłowy wentylator, poruszając ciężkie powietrze, ale go naprawdę nie chłodząc. Sarah związała włosy w ciaśniejszy niż zwykle warkocz, zdeterminowana, by każdy kosmyk trzymał się z daleka od karku w tym uciążliwym upale.

Przyglądała się tabeli kryć, w myślach wyliczając terminy na nadchodzący sezon. Legend rzadko krył już naturalnie, ale w sezonie rozrodczym wciąż pobierali od niego nasienie raz w tygodniu i mimo sędziwego wieku jakość pozostawała znakomita. Musieli strategicznie rozdzielić jego cenne geny między klacze w tym roku — to być może ostatni sezon ogiera w hodowli. Na szczęście mieli bezpiecznie zamrożone kilkaset słomek, choć wielu kupujących woli świeże.

Ołówek zawisł nad tabelą, kiedy myśli uciekły jej nie ku planom hodowlanym, lecz ku Marcusowi Webbowi. Minęły trzy dni od tamtego pocałunku nad jeziorem, a ona ledwie miała chwilę, by przepracować to, co się między nimi wydarzyło. Przygotowania do odsadzenia całkowicie ją pochłonęły, a potem sama separacja źrebiąt od klaczy — proces, który wymagał pełnej uwagi, by zapobiec kontuzjom i ucieczkom. A jednak nawet w najbardziej zajętych momentach wspomnienie tamtego pocałunku potrafiło wynurzyć się znienacka i wywołać w brzuchu trzepot, który nie miał nic wspólnego z zawodowymi troskami.

Dźwięk przy wejściu wyrwał ją z zamyślenia. Podniosła wzrok, mrużąc oczy, by wyostrzyć obraz wysokiej sylwetki zarysowanej na tle jaskrawego światła z zewnątrz. Puls przyspieszył, zanim umysł w pełni zarejestrował, kto to był — ciało rozpoznało Marcusa szybciej niż świadomość.

— Zajęta? — zapytał, wchodząc do zacienionego wnętrza. Miał na sobie koszulę z kliniki, rękawy podwinięte, odsłaniając opalone przedramiona, a kołnierzyk rozpięty w geście kapitulacji wobec upału. Ciemne włosy przy skroniach lekko się skręcały od potu, a w ręku trzymał małą papierową torebkę z miejscowej piekarni.

— Tylko uzupełniam księgi hodowlane — odparła Sarah, zadowolona, że brzmi normalnie mimo nagłego przyspieszenia tętna. — Odsadzenie już skończone, na szczęście. Żadnych rozwalonych ogrodzeń, żadnych kontuzji poza drobnymi otarciami.

Marcus podszedł bliżej, jego buty prawie bezgłośnie stukały o betonową posadzkę. — Emma mówiła, że masz system, który chodzi jak w zegarku — rzucił, gdy spotkał ją w klinice.

— Lata praktyki — odparła Sarah z lekkim uśmiechem. — Choć podejrzewam, że klacze równie chętnie pozbyły się pociech, jak źrebaki niechętnie się z nimi rozstawały. Sześć miesięcy karmienia daje w kość.

Zatrzymał się tuż obok biurka, tak blisko, że pod delikatnym zapachem antiseptyku, który zawsze osiadał na jego służbowym stroju, poczuła czyste, mydlane nuty. Jego bliskość boleśnie uświadomiła jej własny niechlujny stan: przepocona koszulka przyklejona do pleców, kosmyki wymykające się z warkocza i kręcące przy karku.

— Co cię tu sprowadza? — zapytała, pół na pół obawiając się odpowiedzi. — Nie spodziewałam się ciebie dziś.

— Mam wizytę na rutynowy przegląd dentystyczny dosłownie parę minut stąd. Nie mogłem się powstrzymać, żeby nie wpaść. Przyniosłem ci coś — powiedział, stawiając papierową torebkę na brzegu biurka. — Duńską drożdżówkę z morelami. Pani z piekarni mówiła, że to twoja ulubiona.

Sarah poczuła, jak po piersi rozlewa się ciepło na ten prosty gest. — Mrs. Carmichael ma dobrą pamięć — powiedziała, otwierając torebkę i znajdując w środku wciąż lekko ciepłe ciastko. — Dziękuję. To bardzo miłe.

— Właściwie — zaczął Marcus, lekko się kołysząc, co zdążyła już rozpoznać jako oznakę nerwowości — drożdżówka to tylko przynęta. Liczyłem, że rozważysz drugie podejście do kolacji. A w zasadzie... niezupełnie kolacji.

Sarah uniosła wzrok, zauważając cień rumieńca na jego policzkach, nie tylko od gorąca. — Nie kolacji? — powtórzyła, a w jej głosie zabrzmiała nuta niepewności.

— Piknik — doprecyzował. — Nad jeziorem tutaj, w Ridgewater. Dziś po południu, jeśli masz czas. Nic wyszukanego — trochę wina, ser, pieczywo. Taki posiłek, w którym nie ma Hendersonów ani polityki klubu golfowego.

Wzmianka o ich fatalnym pierwszym spotkaniu w Ridgemont Country Club sprawiła, że Sarah lekko się skrzywiła.

— Nie wiem — odezwała się powoli, gdy jej naturalna ostrożność znów doszła do głosu. — Na dzisiejsze popołudnie mam zaplanowane zajęcie z nowymi końmi pełnej krwi, które przywiózł Harry...

Marcus skinął głową, a na jego twarzy nie pojawił się cień rozczarowania jej wahaniem. — Właściwie już rozmawiałem z Kate i Emmą — powiedział. — Kate wspomniała, że chętnie pomoże Emmie przy koniach Harry'ego. I tak chce porządnie ocenić tę siwą klacz — jej pokrój i ruch — żeby zobaczyć, czy warto pokryć ją Legendem.

Sarah mrugnęła, szczerze zaskoczona. — Już z nimi rozmawiałeś?

— Mam nadzieję, że to nie było przekroczenie granic — dodał szybko. — Pomyślałem tylko, że możesz się martwić, czy robota się wykona, i chciałem usunąć tę przeszkodę, jeśli mogę.

Troska kryjąca się za jego działaniem poruszyła ją do głębi. Marcus uważał, uczył się rytmu Ridgewater i podziału obowiązków między siostry. Co ważniejsze, rozpoznał jedną z jej podstawowych obaw — stałą potrzebę, by wszystko działało jak należy — i z wyczuciem się nią zajął.

— To nie było przekroczenie — zapewniła go. — To było bardzo... trafne.

Jego ramiona odrobinę opadły, a uśmiech, który rozlał się po twarzy, sprawił, że w jej piersi rozwinęło się przyjemne ciepło. — To w takim razie tak na piknik?

Sarah skinęła głową, zanim w pełni zdecydowała, że się zgadza. — Tak. Piknik brzmi naprawdę cudownie. — Spojrzała na zakurzone dżinsy i zafarbowaną potem koszulkę. — Tylko muszę najpierw wziąć prysznic i się przebrać.

— Oczywiście — odparł szybko Marcus. — A może o czwartej? Najgorszy upał powinien już odpuścić.

— Czwarta będzie idealna. — Sarah nie zdołała powstrzymać uśmiechu cisnącego się na usta. — Mam coś przynieść?

— Tylko siebie — odpowiedział. — Resztą się zajmę.

Gdy odwrócił się, by wyjść, Sarah zawołała za nim: — Marcus? — Zatrzymał się i obejrzał przez ramię. — Dziękuję. Że pomyślałeś o dziewczynach i grafiku. To dla mnie wiele znaczy.

Jego wyraz złagodniał, zrozumienie było wyraźne w spojrzeniu. — Uczę się — powiedział po prostu. — Do zobaczenia o czwartej.

Sarah patrzyła, jak odchodzi, znów zarysowany ciemną sylwetką na tle ostrego światła z zewnątrz, zanim zniknął jej z oczu. Spojrzała na tabelę kryć, nad którą pracowała — równe rzędy imion i dat nagle stały się mniej pilne niż przed chwilą.

Z lekkim uśmiechem zamknęła księgę i sięgnęła zamiast tego po morelową drożdżówkę. Ciastko było słodkie i kruche, idealnie współgrające z oczekiwaniem, które znów trzepotało w jej brzuchu. Niech ta czwarta przyjdzie jak najszybciej.

Sarah zeszła ścieżką wijącą się w dół do jeziora, z świeżo umytymi włosami rozpuszczonymi na ramionach zamiast zwyczajowego warkocza. Dłużej, niż chciałaby przyznać, zastanawiała się nad strojem, zanim stanęła na prostej sukience w miękkim, brzoskwiniowym kolorze pożyczonej z szafy Kate, za jej entuzjastyczną zgodą.

Dziwnie było mieć na sobie sukienkę na terenie Ridgewater, gdzie dżinsy i robocze koszule stanowiły jej codzienny mundur, ale okazja zdawała się usprawiedliwiać ten mały ukłon w stronę kobiecości. Najtrudniej było z butami; obcasy czy odkryte palce odpadały, tak samo jak jej sfatygowane robocze oficerki. Z opresji wybawiła ją Emma, przynosząc piękne, odświętne kowbojki z jasnobłękitnymi przeszyciami, z miękkiej, złocistej skóry. Sarah czuła się prawie jak gwiazda, idąc w maślanie miękkich butach, gdy sukienka szeleściła delikatnie wokół ud.

Gdy minęła ostatni zakręt ścieżki, ukazało się jezioro, którego tafla lśniła złotem w popołudniowym słońcu, a wraz z nim — widok czekającego na nią Marcusa.

Wybrał idealne miejsce: trawiasta polana pod rozłożystymi konarami starego eukaliptusa, którego srebrzyste liście szeleściły lekko w chłodniejszej bryzie znad wody. Na ziemi leżał koc w czerwonobiałą kratę, a w rogach przytrzymywały go małe wiklinowe koszyki, najwyraźniej wypełnione jedzeniem. Sam Marcus stał na skraju koca, patrząc na wodę plecami do niej. Zmienił kliniczny strój na beżowe spodnie i jasnoniebieską koszulę, która podkreślała szerokie ramiona.

Wyczuwając jej obecność, odwrócił się, a uśmiech, który rozlał się po jego twarzy, wywołał przyjemny wysyp motyli w jej brzuchu. — Przyszłaś — powiedział, jakby istniała co do tego wątpliwość.

— Mówiłam, że przyjdę — odparła Sarah, podchodząc bliżej. — I rzadko się spóźniam.

— Wyglądasz pięknie — powiedział Marcus, z otwartym zachwytem ogarniając wzrokiem jej sylwetkę. — Zwykle nie nosisz rozpuszczonych włosów.

Sarah odruchowo założyła kosmyk za ucho. — Przy pracy na farmie to niepraktyczne. Latem człowiek się poci, a poza tym łatwo je w coś wplątać albo oblepić sianem.

— Pasuje ci — odparł, wskazując na koc. — Proszę, siadaj. Mam nadzieję, że jesteś głodna.

Sarah usiadła w cieniu na kocu, podwijając nogi pod siebie, a Marcus uklęknął, by rozpakować koszyki. Bryza od jeziora była zbawienna po całym dniu upału. Z tego miejsca widziała niemal całe Ridgewater, znajomy krajobraz, który w złotym świetle późnego popołudnia nabrał magicznego uroku.

— Ten widok nigdy się nie nudzi — powiedziała, przyjmując kieliszek białego wina, który podał jej Marcus. — Chociaż mieszkam tu całe życie, czasem wciąż zapiera mi dech.

Marcus podążył spojrzeniem za jej wzrokiem, obejmując wzrokiem posiadłość. — Rozumiem dlaczego. Jest spektakularna. — Ułożył na drewnianej desce sery, świeże pieczywo i pokrojone owoce. Dbałość o szczegóły była widoczna w małych akcentach: gałązkach rozmarynu i malutkich słoiczkach z różnymi dodatkami.

— Jest cudownie — oceniła Sarah szczerze. — O wiele milej niż w klubie golfowym.

Marcus zaśmiał się, swobodnie i ciepło. — Poprzeczka nie była wysoko, biorąc pod uwagę, jak to się skończyło. Ale chciałem, żeby tym razem było inaczej. Bardziej... nasze.

To proste sformułowanie, bardziej nasze, wywołało w brzuchu Sarah lekki trzepot. Pojawiło się *my* teraz —

coś, co się między nimi tworzyło i zasługiwało na własną definicję. Upijając łyk wina, ukryła reakcję; było rześkie i idealnie schłodzone.

— To opowiedz mi o dorastaniu tutaj — powiedział Marcus, przysuwając się wygodniej na kocu. — Jaka była mała Sarah McKenzie?

Pytanie było delikatne, ciekawe bez wścibstwa, i Sarah z zaskakującą dla siebie szczerością zaczęła odpowiadać. Opowiedziała o dzieciństwie spędzonym na podążaniu za ojcem od padoku do padoku, o tym, jak znała imiona i rodowody każdego konia na terenie, zanim potrafiła dobrze napisać własne. Opisała Ridgewater Sunshine, swojego pierwszego kuca — krnąbrnego szetlanda z upodobaniem do zatrzymywania się jak wryty przed przeszkodą, gdy Sarah przelatywała przez jego łeb.

— Tata zawsze powtarzał, że Sunshine nauczył mnie o jeździe więcej niż jakikolwiek grzeczny kuc — roześmiała się, przyjmując od Marcusa kolejny plasterek sera. — Na pewno nauczył mnie spadać.

— Caroline opowiadała o twojej zaciętości w Pony Club — powiedział Marcus z uśmiechem, a Sarah parsknęła śmiechem.

— Caroline kocha konie całym sercem i jest jedną z najmądrzejszych osób, jakie znam, ale jeździ fatalnie. Szczerze myślę, że ma coś z błędnikiem. Wiesz, że nie potrafi nawet jeździć na rowerze?

— Tego nie przyznała! — Marcus też się roześmiał.

— Nigdy, i to znaczy nigdy, nie widziałam, żeby ktoś spadał tak łatwo. Ale nigdy się nie zniechęciła. — Sarah uśmiechnęła się z rozrzewnieniem. — Miałyśmy chyba po dwanaście lat, kiedy tata pierwszy raz posadził mnie na jednym ze swoich koni i ustawił do prawdziwych przeszkód. W okamgnieniu skakałam 1,40, a Caroline błagała, żeby też spróbować. Był przekonany, że połamie kark, ale obie wierciłyśmy mu dziurę w brzuchu i w końcu uległ. — Znów zachichotała na to wspomnienie.

— Spadła już w najeździe! Koń — to była Serenity, jedna z tatowych koni Grand Prix — miała zwyczaj przyspieszać do pełnego galopu, gdy tylko widziała nadchodzącą przeszkodę, a Caroline zsunęła się z tyłu!

Rozmowa płynęła im lekko, niczym nie przypominając sztywnych wymian w restauracji klubu golfowego. Tutaj, pod otwartym niebem i z Ridgewater wokół, znaleźli rytm, który był naturalny i komfortowy. Marcus słuchał uważnie, dzielił z nią rozbawienie i zadawał pytania, które zdradzały prawdziwe zainteresowanie, a nie uprzejmy obowiązek.

Gdy zaczął wspominać własne dzieciństwo na angielskiej wsi, Sarah słuchała z równym zaciekawieniem. Opisał dorastanie w domu wiejskiego lekarza, towarzyszenie ojcu w wizytach domowych od najmłodszych lat, fascynację procesem diagnozowania i leczenia.

— Ale to zawsze zwierzęta przyciągały mnie najmocniej — wyjaśnił, a w jego oczach zapaliła się stara pasja. — Mieliśmy sąsiadkę, panią Crowley, która ratowała dzikie zwierzęta. Jeże, lisy, ptaki drapieżne — wszystko. Spędzałem u niej godziny, ucząc się bandażować maleńkie kończyny i podawać leki stworzeniom, które zdecydowanie ich nie chciały.

Sarah roześmiała się, wyobrażając sobie młodego Marcusa ostrożnie trzymającego niechętnego jeża. — Stąd twoja cierpliwość do trudnych pacjentów.

— Dokładnie — uśmiechnął się. — Po lisie z ropniem zęba nawet najbardziej humorzasty ogier wydaje się całkiem współpracujący.

Jedli i rozmawiali, a słońce zaczęło zniżać się ku horyzontowi, kładąc dłuższe cienie na posiadłości. Główna stajnia i ujeżdżalnia rysowały się czernią na stoku wzgórza, znajome kontury codzienności Sarah przemienione w niemal magiczne kształty w czerwono-złotym świetle. W oddali śpiew ptaków i cykanie świerszczy w trawie — kojące dźwięki domu — tworzyły idealne tło do rozmowy.

Zauważyła, że Marcus usadowił się tak, by ona siedziała tyłem do zachodzącego słońca i nie mrużyła oczu w jego ostrym blasku. Jeszcze jeden drobny gest, o którym nie wspomniał, kolejny dowód na to, że coraz lepiej rozumie jej potrzeby.

Gdy opróżnili ostatnie krople wina, rozmowa naturalnie zeszła na głębsze tematy. Sarah zaczęła mówić o rzeczach, które rzadko wypowiadała na głos — o tym, jak wypadek zmienił nie tylko jej karierę jeździecką, ale cały sposób bycia.

— Wcześniej — powiedziała cicho, patrząc, jak światło tańczy na powierzchni jeziora — żyłam chwilą. Liczył się następny start, następne wyzwanie. A po... wszystko stało się kwestią kontroli, zapobiegania niespodziewanemu. — Zerknęła na niego i zobaczyła, że jego wzrok jest skupiony na jej twarzy. — Trudno ufać, kiedy nie można polegać nawet na własnym postrzeganiu.

Marcus skinął głową, a w jego wyrazie było zrozumienie. — Zbudowałaś systemy kompensujące. Wprowadziłaś porządek tam, gdzie wzrok nie mógł go zapewnić.

— Tak — zgodziła się, zaskoczona i poruszona jego wnikliwością. — Tyle że systemy nie zostawiają wiele miejsca na spontaniczność. Ani na dopuszczenie ludzi do siebie. — Przesunęła palcem po wzorze koca. — To nie tylko mojemu wzrokowi boję się zaufać. To też mój osąd. Zdolność, by widzieć ludzi wyraźnie — w przenośni.

Marcus przez chwilę milczał, jakby starannie rozważał słowa, zanim odpowiedział. — Rozumiem ten lęk — powiedział w końcu. — Po moim rozwodzie... zakwestionowałem wszystko. Własny osąd, wartość, zdolność właściwego odczytywania sytuacji. — Spojrzał na swoje dłonie. — Kiedy rozpada się związek tak fundamentalny, zastanawiasz się, czy kiedykolwiek był tym, czym myślałeś.

Wrażliwość jego wyznania mocno w niej zarezonowała. Oto ktoś, kto rozumiał, co znaczy odbudowywać zaufanie — nie tylko do innych, ale i do siebie.

— Martwię się — ciągnął ciszej — czy dorównam. Twoim standardom, temu, czego Ridgewater potrzebuje od weterynarza, temu, na co zasługujesz w... — zawahał się — w kimś, komu na tobie zależy.

Szczerość w jego głosie dotknęła w Sarah miejsca, które przez lata skrzętnie chroniła. Spojrzała na rozciągającą się przed nimi posiadłość, na dziedzictwo, które zbudowała jej rodzina, na świat, wokół którego ukształtowała własne życie.

— Nigdy nie spotkałem nikogo takiego jak ty — powiedział Marcus, sięgając dłonią po jej dłoń. — Zbudowałaś tu coś niezwykłego, a ja mam nadzieję, że będę mógł stać się częścią tego.

Jego palce odnalazły jej palce, a dotyk zakotwiczył ją w chwili, podczas gdy słońce dalej opadało ku horyzontowi, malując jezioro w zachwycające pomarańcze i róże, które nawet jej osłabiony wzrok mógł w pełni docenić.

Sarah spojrzała na dłoń Marcusa przykrywającą jej dłoń, jego ciepły, pewny dotyk na swojej skórze. Szczerość, z jaką mówił o pragnieniu bycia częścią jej świata, zdjęła z niej zwyczajową ostrożność, pozostawiając coś surowego i pełnego nadziei. Odwróciła dłoń pod jego dłonią, ich dłonie zetknęły się wnętrzami, palce splotły w geście zarazem prostym i głębokim. Gdy wreszcie uniosła wzrok na jego twarz, czułość w jego wyrazie odebrała jej oddech.

— Marcus — zaczęła, lecz słowa okazały się niewystarczające wobec fali uczuć w piersi. Zamiast tego pochyliła się odrobinę, subtelnie zapraszając — a on natychmiast to zrozumiał.

Zbliżył się do niej z ostrożną rozwagą, wolną ręką obejmując jej policzek. Pierwszy dotyk jego ust był delikatny, pytający — tak inny od spontanicznej namiętności ich pocałunku nad jeziorem sprzed kilku dni.

Ten pocałunek miał w sobie świadomość, intencję, był świadomym wyborem, a nie wylaniem się uczuć.

Sarah przymknęła powieki, pochylając się w tę miękkość, a jej dłoń spoczęła na jego piersi — czuła miarowy rytm serca. Jego usta były ciepłe i zaskakująco miękkie, poruszały się po jej ustach z taką czułością, że aż zapragnęła więcej. Odpowiedziała, przysuwając się bliżej, a palce wczepiły się w materiał jego koszuli.

Pocałunek pogłębiał się naturalnie, jak rozmowa, która odnajduje swój rytm. Dłoń Marcusa zsunęła się z jej policzka, by otulić kark, palce zanurzyły się w jej rozpuszczonych włosach. Dreszcz przyjemności przebiegł wzdłuż kręgosłupa, kontrapunkt dla rosnącego ciepła rozlewającego się po ciele.

Świat wokół nich przemieniał się w chwale zachodu. Powierzchnia jeziora stała się płótnem jaskrawych barw, odbijając spektakularne róże i złota queenslandzkiego nieba. Ptaki nawoływały się z drzew, szykując do snu, ich pieśni mieszały się z odległym rżeniem koni, gdy Emma i Nicolas roznosili wieczorne pasze. Te znajome dźwięki Ridgewater — tło całego życia Sarah — stały się teraz ścieżką dźwiękową tego nowego początku.

Marcus odsunął się odrobinę, szukając jej wzroku z taką intensywnością, że poczuła się naprawdę dostrzeżona. Cokolwiek w jej oczach znalazł, musiało go uspokoić, bo uśmiechnął się — drobny, intymny uśmiech tylko dla niej — po czym znów pochylił się do pocałunku.

Tym razem nie było wahania. Ich usta spotkały się z rosnącą pewnością, pocałunek pogłębiał się, gdy Sarah rozchyliła wargi. Odpowiedział natychmiast, ramieniem obejmując ją mocniej w pasie, przyciągając bliżej. Resztki pikniku poszły w zapomnienie, gdy Sarah przesunęła się po kocu, by zlikwidować przestrzeń między nimi.

Marcus poprowadził ją delikatnie, aż leżeli obok siebie na kraciastym kocu, a ostatnie promienie słońca malowały rdzawe refleksy w jego ciemnych włosach. Sarah uniosła dłoń do jego twarzy, kreśląc linię mocnej szczęki; lekka szorstkość wieczornego zarostu pod opuszkami palców fascynująco kontrastowała z gładkością jego ust.

— Jesteś piękna — wymruczał przy jej ustach, nisko i lekko chropawo.

To proste wyznanie, wypowiedziane z oczywistą szczerością, dotknęło czegoś bardzo głębokiego. Od czasu wypadku Sarah wycofała się ze swojej kobiecości, chowając się za praktycznością i kompetencją. Być widzianą jako piękna — nie pomimo jej uważnej kontroli, ale w jakiś sposób właśnie dzięki niej — było darem, o którym nie wiedziała, że go potrzebuje.

Chłodniejsze, wieczorne powietrze na rozpalonej skórze tworzyło rozkoszny kontrast i wyostrzało każde doznanie. Marcus musnął pocałunkami jej żuchwę, zjeżdżając do wrażliwego miejsca tuż pod uchem, wywołując z niej miękki dźwięk, który zaskoczył ich oboje. Odsunął się na moment i spojrzał jej w oczy z pytaniem.

— Za dużo? — zapytał, a jego oddech ogrzał wilgotną skórę.

Sarah pokręciła głową, uśmiechając się na jego troskę. — Nie za dużo. Po prostu... idealnie.

Pocałowali się znowu, tym razem wolniej, delektując się więzią między nimi. Sarah miała żywą świadomość miejsca — otwartej przestrzeni wokół, faktu, że choć ta część posiadłości była prywatna, to wciąż byli na zewnątrz. Ta świadomość dodawała ich objęciom dreszczu, nie popychając ich jednak ku czemuś nieodpowiedniemu na tę chwilę.

Gdy z nieba zaczęły znikać ostatnie jaskrawe kolory zachodu, ustępując miejsca głębszym odcieniom zbliżającego się zmierzchu, w końcu odsunęli się od siebie na tyle, by zaczerpnąć tchu. Marcus nie zabrał ramienia z jej talii, bawił się bezwiednie pasmem jej włosów, gdy leżeli naprzeciw siebie na kocu.

— Myślę — powiedziała cicho Sarah — że to można uznać za dużo bardziej udaną randkę niż nasze pierwsze podejście.

Marcus się zaśmiał, a ten dźwięk przyjemnie zawibrował w miejscu, w którym ich ciała się stykały. — Zdecydowanie poprawa — przyznał. — Choć wątpię, żeby którakolwiek restauracja mogła konkurować z takim miejscem.

Sarah spojrzała na jezioro, odbijające pierwsze wieczorne gwiazdy, które wyłaniały się na ciemniejącym niebie. — Jest wyjątkowo — przyznała. — To miejsce zawsze było moim azylem.

— Dziękuję, że dzielisz je ze mną — powiedział Marcus, a jego twarz spoważniała. — Wiem, co Ridgewater dla ciebie znaczy.

Sarah przyjrzała się jego twarzy, znajdując w oczach tylko szczerość. — Myślę — powiedziała ostrożnie — że jestem gotowa, by Ridgewater było czymś więcej niż tylko azylem. Chcę, żeby stało się też miejscem nowych początków.

Dłoń Marcusa zastygła w jej włosach. — Sarah, chcesz powiedzieć, że...

— Chcę powiedzieć, że chcę zobaczyć, dokąd to zmierza — doprecyzowała, nagle zdenerwowana, ale zdeterminowana, by nazwać to, co czuje. — Porządnie, oficjalnie. Ty i ja.

Uśmiech, który rozlał mu się po twarzy, był jak wschód słońca po długiej nocy. — Ja też tego chcę — powiedział, ciepło w głosie. — Choć wiem, że nie zawsze będzie prosto. Sprawa obwodnicy, moja praca w klinice, twoje obowiązki tutaj...

— Nie szukam prostoty — przerwała łagodnie Sarah. — Długo budowałam systemy, żeby moje życie było przewidywalne, do ogarnięcia. Ale niektóre rzeczy są warte komplikacji.

Marcus pochylił się, opierając czoło o jej czoło — gest intymny i jakoś ugruntowujący. — Damy radę — obiecał. — Dzień po dniu.

— Razem — powtórzyła Sarah, a to słowo dobrze leżało jej na ustach. Przypieczętowała obietnicę kolejnym pocałunkiem, miękkim i słodkim, gdy pierwsze gwiazdy jaśniały nad nimi, a łagodne odgłosy Ridgewater o zmierzchu otulały ich jak błogosławieństwo.

W tej chwili, w ramionach Marcusa i z dobrze znanym krajobrazem domu przed sobą, Sarah poczuła coś, czego nie doświadczyła od lat — może nigdy: doskonałą równowagę między bezpieczeństwem tego, co znane, a ekscytującym potencjałem tego, co może nadejść. Cokolwiek ich czeka, zmierzą się z tym razem, a ta świadomość napawała ją cichą radością, która przyćmiewała nawet spektakularny zachód gasnący za nimi.

Rozdział
trzynasty

Marcus krzątał się po klinice z wyraźnym celem, przygotowując aparat RTG, zanim Emma przyjedzie z Fireflyem. Wtorkowy poranek wstał jasny i przejrzysty, upał narastał mimo wczesnej pory i mimo że luty dobiegał już końca. Marcus zerknął na zegarek, a w żołądku zatrzepotało mu zniecierpliwione oczekiwanie, mające niewiele wspólnego z zawodowym wyzwaniem zdiagnozowania potencjalnego przypadku kissing spines. Sarah wspominała, że może dziś towarzyszyć siostrze, a sama myśl, że ją zobaczy, sprawiła, że palce lekko mu zadrżały przy panelu sterowania. Otrząsnął się i uśmiechnął z rozbawioną rezygnacją. Wciąż czuł się jak nastolatek, ilekroć o niej myślał.

Drzwi wejściowe kliniki rozwarły się, wraz z dźwiękiem wycofującej na zewnątrz przyczepy dla koni. Marcus poprawił kołnierzyk koszuli i przeczesał włosy dłonią, po czym wyszedł do recepcji. Przez przeszklone drzwi zobaczył, jak Emma sprowadza Fireflya po trapie; kasztanowata sierść folbluta lśniła w porannym słońcu. A obok niej, z klipbordem w dłoni, w swoich praktycznych roboczych ubraniach, szła Sarah.

Na jej widok serce wykonało absurdalny skok. Truskawkowy blond włosów jak zwykle miała starannie zapleciony, a wyraz twarzy skupiony, gdy zamykała trap, by nikomu nie przeszkadzał przy wjeździe na parking. Uniosła wzrok, gdy pchnął drzwi, a uśmiech, który rozjaśnił jej twarz, rozlał po nim przyjemne ciepło.

— Dzień dobry, doktorze Webb — zawołała tonem zawodowym, który zdradzała jednak miękkość w jej spojrzeniu. — Przyniosłyśmy dziś wyzwanie.

— Dzień dobry, panie — odparł, podchodząc, by pomóc Emmie z Fireflyem. — I jak się ma nasz pacjent tego ranka?

Emma podała mu uwiąz. — Wszedł do przyczepy jak złoto, jestem z niego taka dumna!

Marcus pogładził elegancką szyję Fireflya, a koń lekko naparł na jego dłoń. — Świetnie! Dobrze, mówiłyście o zdjęciach tej jednej nogi i kręgosłupa?

— Wszystkie cztery nogi — odparła Sarah, zerkając w klipbord. — Szczególnie interesuje ich ta noga, która dokuczała mu w wyścigach, ale prosili o cztery i o kręgosłup.

Marcus skinął głową, prowadząc Fireflya w stronę stanowiska do badania. — Zaczniemy od zdjęć nóg na stojąco, a potem podamy lekkie uspokojenie do ujęć kręgosłupa. To całkiem rozbudowany pakiet badań.

— Płaci kupujący — powiedziała Emma, idąc za nimi. — A on nie jest tani, bo skaczę z nim metr dwadzieścia. Warto postawić kropki nad i przy koniu, który może startować na takim poziomie. Celują w eliminacje Magic Millions w lipcu, a potem wielki finał w styczniu przyszłego roku. W puli nagród jest pięćdziesiąt tysięcy!

W środku chłód klimatyzacji przyniósł upragnioną ulgę od narastającego upału. Firefly spokojnie wszedł do poskromu, ufając Marcusowi całkowicie, choć ten był mu prawie zupełnie obcy. Świetnie wyszkolony, pomyślał Marcus — świadectwo umiejętności Emmy.

— Potrzebuję około godziny na wszystkie te zdjęcia — powiedział, unosząc wzrok i natrafiając na uważne spojrzenie Sarah. Świadomość między nimi brzęczała jak przewód pod napięciem, a zawodowy fason ledwie skrywał coś dużo bardziej osobistego.

— Idealnie — odparła Sarah. — Wy z Emmą dacie sobie radę; Caroline napisała, czy wpadnę z nią na kawę. Podobno na urlopie macierzyńskim już dostaje bzika.

— Zdecydowanie nie jest z tych, co siedzą bezczynnie — zgodził się Marcus z uśmiechem, myśląc o swojej mocno już zaokrąglonej koleżance. — Pewnie między skurczami reorganizuje cały szpitalny system archiwizacji.

Sarah zaśmiała się, a ten dźwięk przyjemnie ścisnął mu klatkę piersiową. — Brzmi jak ona. Ma już rozpisany kompleksowy plan szkolenia dla dziecka. Sądzę, że trening snu zaczyna się w około cztery minuty po porodzie.

— Pozdrów ją ode mnie — powiedział Marcus, niechętnie wracając myślą do Fireflya. — Będę miał wstępne wyniki, gdy wrócisz.

Sarah skinęła głową, a jej spojrzenie zatrzymało się na nim odrobinę dłużej, niż to było konieczne. — W takim razie widzimy się za godzinę.

Gdy odeszła, Marcus złapał się na tym, że patrzy za znikającą sylwetką Sarah, podziwiając pewne ustawienie jej ramion i zdecydowany rytm kroków. Nawet w prostych roboczych ubraniach miała w sobie mimowolną grację, która zdradzała lata spędzone w siodle.

Odwracając się, zauważył, że Emma przygląda mu się z porozumiewawczym uśmiechem, więc pospiesznie odwrócił wzrok. Czas wziąć się do pracy.

Nawet kiedy ustawiał aparat RTG, myśli Marcusa krążyły jednak wokół Sarah, wokół ich pikniku nad jeziorem, wokół tego, jak czuła się w jego ramionach, gdy całowali się pod zachodzącym słońcem. Umawiał się po rozwodzie niezobowiązująco, ale nic nie poruszyło go tak jak ta rosnąca więź z Sarah McKenzie.

Przypomniał sobie słowa Caroline o partnerstwie w praktyce, o możliwości zapuszczenia stałych korzeni w Ridgemont. Ten pomysł dojrzewał w nim przez ostatnie dni, twardniejąc w coś, co coraz bardziej wydawało się właściwe. Nie tylko zawodowo, ale i prywatnie, zwłaszcza gdy myślał o Sarah i o tym potencjale, który dopiero zaczynali razem odkrywać.

Aparat RTG cicho brzęczał, gdy utrwalał obrazy każdej z nóg Fireflya; folblut stał cierpliwie przez cały czas. Marcus mruczał pochwały, sprawdzając każde zdjęcie na wyświetlaczu, zanim przechodził do kolejnego ujęcia. Mimo osobistych myśli zawodowa koncentracja ani na chwilę nie osłabła. Lata nauki i praktyki nauczyły go dyscypliny separowania spraw — bycia w pełni obecnym przy pacjencie bez względu na to, co jeszcze kłębi się w głowie.

Gdy skończył zdjęcia kręgosłupa — z lekkim uspokojeniem, by zapewnić całkowitą nieruchomość — miał już pełny obraz stanu folbluta. Studiował ostatnie ujęcia, gdy drzwi kliniki otworzyły się, obwieszczając powrót Sarah.

— Idealnie trafiłaś w czas — powiedział. — Właśnie skończyłem wszystko przeglądać.

Podeszła, pachnąc kawą z kawiarni. — I co w werdykcie? Firefly przejdzie ocenę u potencjalnego nowego właściciela?

Marcus wskazał ekran. — Ta noga nie różni się od drugiej i nie widzę na żadnej z nich niczego, co choćby z daleka budziłoby niepokój. — Wskazał konkretne miejsce. — Jeśli chodzi o podejrzenie kissing spines, tu też nic; ma świetne odstępy. Jest w rewelacyjnej formie.

Sarah pochyliła się bliżej, by zobaczyć ekran; jej ramię musnęło jego ramię, a świadomość tego dotyku przeszła przez niego nawet przez ubranie. — Fantastyczna wiadomość. Emma będzie zachwycona.

— A propos, gdzie jest Emma? — zapytał, uświadamiając sobie nagle, że nie wróciła po tym, jak wyprowadziła na zewnątrz wciąż lekko otumanionego Fireflya.

— Nie chciała go ładować, dopóki całkiem nie wytrzeźwieje, więc z nim chodzi — odparła Sarah. — Zaraz tu będzie.

Marcus skinął głową, nagle wyraźniej świadom ich względnej prywatności w cichej klinice. — Jak Caroline?

— Ogromna — roześmiała się Sarah. — I biedaczka już chodzi po ścianach.

— Brzmi jak ona — parsknął Marcus, odwracając się nieco, by stanąć do niej przodem. — Miło z twojej strony, że dotrzymałaś jej towarzystwa.

Twarz Sarah złagodniała. — Jest moją najstarszą przyjaciółką. Poza tym, miała parę ciekawych rzeczy do powiedzenia o tobie.

— Tak? — Marcus uniósł brew, ciekaw i odrobinę zaniepokojony. — Mam nadzieję, że same pochwały.

— Właściwie wręcz peany — odparła Sarah z lekkim uśmiechem. — Uważa, że jesteś znakomitym wzmocnieniem dla praktyki.

Coś w jej tonie sugerowało, że jest w tym więcej, ale zanim zdążył zapytać, ciągnęła dalej.

— Zastanawiałam się — powiedziała niby mimochodem, choć wzrokiem trzymała go mocno — czy nie wpadłbyś dziś na kolację. Do Big House. Nic formalnego, zwykła rodzinna kolacja, ale... — zawahała się — bardzo bym chciała, żebyś był.

Proste zaproszenie niosło w sobie ciężar większy niż słowa. Rodzinna kolacja w Big House różniła się od spontanicznego grilla z Harrym czy ich pikniku nad jeziorem. Oznaczała wejście w jej świat na nowy sposób, świadomą decyzję, by wprowadzić go głębiej w serce Ridgewater.

— Bardzo chętnie — odparł, a na widok szczerej radości, która rozbłysła w jej oczach po jego zgodzie, w piersi rozlało mu się ciepło.

— Świetnie — powiedziała po prostu. — Wpół do siódmej? Emma marynuje steki, a Pip grozi, że zrobi swoje słynne skony z dynią.

— Przyniosę wino — zaproponował Marcus. — I może wpadnę po świeże pieczywo do piekarni?

— Idealnie — zgodziła się Sarah. Ich spojrzenia zawisły na sobie jeszcze chwilę, oboje świadomi przesuwających się granic, czegoś nowego, co rodziło się między nimi i wykraczało poza skradzione pocałunki nad jeziorem.

Drzwi kliniki rozwarły się, przerywając chwilę, gdy wróciła Emma. — Wybaczcie — zawołała. — Chwilę trwało, aż Firefly przestał widzieć podwójnie, ale już jest załadowany. Jak wyglądają zdjęcia?

Marcus znów odwrócił się do ekranu, płynnie wchodząc w tryb zawodowy, choć serce nadal wybijało zadowolony rytm, już z niecierpliwością wyczekując wieczoru. — Znakomite wieści — zaczął, wskazując na obrazy. — Myślę, że kupujący będzie bardzo zadowolony...

Gdy tłumaczył wnioski, niezwykle wyraźnie czuł obecność Sarah u swego boku — jak obietnicę czegoś, na co nie śmiał liczyć, kiedy po raz pierwszy przyjechał do Ridgemont. Czegoś, co coraz bardziej brzmiało jak powrót do domu.

Marcus przytrzymał dłonią dwie butelki shiraza na siedzeniu pasażera, żeby nie obijały się o siebie, gdy pokonywał znajomy żwirowy podjazd do Big House w Ridgewater. Wieczorne słońce rzucało długie cienie na pastwiska, malując spatynowane drewniane ogrodzenia w ciepłe złoto. Sześć tygodni temu jechał tę samą trasą po raz pierwszy — zdenerwowany weterynarz na zastępstwie, w stronę, jak sądził, tymczasowego zlecenia w wiejskim Queensland. Teraz posiadłość coraz bardziej przypominała dom; jej rytmy i codzienność stawały się tak znajome jak własne tętno. Jeszcze bardziej zaskakujące było to, jak bardzo chciał, by rzeczywiście stała się domem — jak perspektywa propozycji partnerstwa od Caroline i przyszłości splecionej z Ridgewater oraz jego truskawkowowłosą menedżerką napełniała go spokojnym oczekiwaniem zamiast ostrożności, którą wpoił mu rozwód.

Zaparkował i sięgnął po swoje dary: wino, butelkę lemoniady dla Jemimy oraz jeszcze ciepły bochenek chleba na zakwasie, owinięty w brązowy papier, którego drożdżowy aromat wypełniał samochód. Zanim zdążył wejść na schodki werandy, drzwi z siatką otworzyły się z hukiem i wypadła Jemima, a jej kucyki aż fruwały.

— Wujku Marcusie! Jesteś co do minuty! Mama powiedziała, że weterynarze zawsze są punktualni, chyba że jest koński nagły wypadek, a wtedy wszystko bierze w łeb! — Złapała go za ramię, ciągnąc do środka z niepowstrzymaną energią ośmiolatki w misji. — Ciocia Pip zrobiła swoje specjalne skony z dynią i pachną bosko, ale nie pozwoli mi żadnego zjeść przed kolacją!

Marcus roześmiał się, pozwalając się wprowadzić po schodach. — Przyniosłem chleb — powiedział, unosząc bochenek w papierze. — Prosto z piekarni.

— To ten na zakwasie od pani Carmichael? — zapytała Jemima z przejęciem. — To ulubiony cioci Sarah!

— Doprawdy? — odparł Marcus, udając niewiedzę. — Cóż za szczęśliwy zbieg okoliczności.

W środku Big House tętnił aktywnością i pysznymi zapachami. Kuchnia z masywnym drewnianym stołem i wysłużonymi blatami stała się sercem całej operacji. Kate stała przy ogromnym rustykalnym stole, wyjmowała z szuflady sztućce i serwetki, po czym wynosiła je na stół na werandzie. Emma mieszała marynatę w dużej misce, a powietrze wypełniał bogaty aromat czosnku i ziół. Pip stała przy zlewie, płucząc liście sałaty i pomidory pod zimnym strumieniem wody.

A tam była Sarah, krojąca warzywa precyzyjnymi, uważnymi ruchami, które Marcus zdążył poznać jako jej sposób na kompensowanie ograniczonego widzenia. Włosy miała związane w zwykły warkocz, choć kilka kosmyków wymknęło się, okalając twarz. Podniosła wzrok, gdy wszedł, a jej uśmiech rozświetlił całą twarz tak, że jego serce zadrżało.

— Dotarłeś — powiedziała, odkładając nóż.

— Za nic bym nie odpuścił — odparł, unosząc przyniesione rzeczy. — Wino i chleb, jak obiecałem. — Zerknął przez ramię, czy Jemima wyszła już poza zasięg słuchu. — I lemoniada, ale pomyślałem, że lepiej najpierw zapytam Emmę, zanim powiem Jemimie, że to dla niej.

Uśmiech Sarah ogrzał mu serce. — Pomyślałeś o wszystkim. Dziękuję.

— Idealnie się składa — powiedziała Kate, chwytając butelki spod jego ramienia. — Kieliszki już stoją na stole. Porządny shiraz musi chwilę pooddychać.

Marcus zawiesił marynarkę na haczyku przy drzwiach. Bez pytania podwinął rękawy i podszedł do kuchenki, gdzie czekała miseczka z miękkim masłem. Odnalazł praskę do czosnku w szufladzie, na którą wskazała mu Pip, wybrał kilka ząbków z terakotowej doniczki na parapecie i zaczął przygotowywać chleb czosnkowy tak swobodnie, jakby robił to w tej kuchni od lat.

— No proszę — rzuciła Emma, bardziej do siebie niż do kogokolwiek. — Facet zna się na kuchni McKenzie jak mało kto.

— Bezcenne w życiu — przytaknęła Pip. — Prawie tak ważne, jak wiedzieć, gdzie trzymamy leki dla koni.

Marcus uśmiechał się, krojąc chleb i starannie rozsmarowując mieszankę masła z czosnkiem. — Na weterynarii uczą błyskawicznej adaptacji do nowych warunków — zauważył. — Choć muszę przyznać, że ta kuchnia jest znacznie przyjemniejsza niż większość sal operacyjnych.

— A propos weterynarii — zaczęła Kate, tonem swobodnym, ale spojrzeniem ostrym z ciekawości — Caroline wspomniała, że specjalizowałeś się w rozrodzie, zanim skupiłeś się na ogólnej praktyce końskiej. Co sprawiło, że zmieniłeś kierunek?

Marcus rozpoznał w pytaniu Kate to, czym było: nie czczą ciekawość, tylko sprawdzanie go przez ochronną siostrę. — Lubiłem badania w zakresie rozrodu — wyjaśnił, układając chleb czosnkowy na blasze. — Ale brakowało mi różnorodności ogólnej praktyki, wyzwań diagnostycznych w różnych układach. A szczerze mówiąc, polityka akademickiej medycyny z czasem stała się męcząca.

Sarah uniosła wzrok znad krojonych warzyw, a jej twarz złagodniała. — Polityka uniwersytecka to osobny koszmar — przytaknęła. — Tata zawsze powtarzał, że wolałby negocjować z narowistym ogierem niż z dziekanem.

— Mądry człowiek — zaśmiał się Marcus. — Przynajmniej u ogiera zamiary są czytelne.

— W przeciwieństwie do byłych żon — mruknęła Pip na tyle głośno, by to usłyszeli, po czym natychmiast przybrała skruszoną minę. — Przepraszam, to było nietaktowne.

Zamiast poczuć się niezręcznie, Marcus docenił bezpośredniość Pip. — Nie ma za co przepraszać — powiedział, wsuwając chleb do piekarnika. — Nie mylisz się. Jasna komunikacja nie była naszą mocną stroną pod koniec... ani, jeśli mam być ze sobą zupełnie szczery, kiedykolwiek.

— Ich strata, nasz zysk — stwierdziła stanowczo Emma, ściskając go wspierająco za ramię, gdy przechodziła obok. — U nas szczerość jest w cenie.

— I kompetentni weterynarze, którzy ogarną trudne wyźrebienia i kolki o drugiej nad ranem — dodała Kate z lekkim uśmiechem, sugerującym, że jednak zaczyna do niego mięknąć.

Jemima, która usiadła przy stole ze swoim zadaniem z matematyki, odezwała się. — I wujkowie, którzy tłumaczą, dlaczego konie nie potrafią wymiotować, nawet jeśli to obrzydliwe! Billy Matthews mi nie uwierzył, dopóki nie opowiedziałam mu wszystkiego o zwieraczu wpustu, dokładnie tak, jak mnie nauczyłeś, Wujku Marcusie!

Marcus złapał spojrzenie Sarah z drugiego końca kuchni; oboje tłumili śmiech na widok pełnej powagi deklaracji Jemimy. Coś ciepłego i nieokreślonego rozlało mu się w piersi na myśl, że tak łatwo wpasował się w rytm tej rodziny, w to, jak mimochodem wpletli go w swoje rozmowy i codzienność. Zauważył drobny uśmiech w kącikach ust Sarah, kiedy rozmawiał z jej bliskimi, odpowiadając na lawinę pytań Jemimy o trawienie koni i śmiejąc się z dramatycznej relacji Pip o katastrofie w Pony Clubie z udziałem natarczywej mamy, opornego szetlanda i niefortunnie położonej kałuży.

— Kolacja na werandzie za pięć minut — wsunęła głowę Kate, żeby oznajmić. — Steki powinny być do tego czasu idealne.

Wynieśli półmiski na rozległą werandę, gdzie stół nakryto z zaskakującą elegancją, a nad głowami połyskiwały lampki, nadając ciepły blask, gdy dzień zaczął się już chylić. Wieczór się lekko ochłodził, a łagodny podmuch niósł zapach eukaliptusów i dalekiego deszczu. Marcus pomagał rozstawiać jedzenie, a swoje miejsce zajął naturalnie między Sarah i Jemimą, nawet nie pytając.

Steki, dopieczone do perfekcji na leciwym grillu, towarzyszyły ziemniakom Emmy pieczonym z ziołami, grillowanym kolbom kukurydzy, soczyście zielonej sałacie, jego chlebowi czosnkowemu oraz słynnym dyniowym bułeczkom Pip, które w pełni zasłużyły na swoją legendarną opinię. Wino lało się szerokim strumieniem wśród dorosłych, a rozmowa szemrała wokół stołu z łatwością ludzi, którzy naprawdę lubią swoje towarzystwo.

— No więc, Marcusie — odezwała się Pip, sięgając po kolejną bułeczkę i smarując ją pastą z serka śmietankowego ze szczypiorkiem, do której Marcus już zdążył się uzależniać — jaka była najdziwniejsza rzecz, którą kiedykolwiek musiałeś wyjmować z końskiego przewodu pokarmowego? Bo ja raz widziałam, jak weterynarz wyciągnął z wałacha cały czepek pływacki, który jakoś dobrał się do pudła z rzeczami znalezionymi.

Marcus się roześmiał, upił łyk wina, zanim odpowiedział. — To robi wrażenie. U mnie najdziwniejsze były chyba lampki choinkowe. Miniaturowy kucyk w dziecięcym mini zoo zdążył połknąć blisko metr lampek, zanim ktokolwiek się zorientował.

— Czy one wciąż świeciły? — zapytała Jemima, oczy miała szeroko otwarte z fascynacji i zgrozy.

— Na szczęście nie — odparł Marcus, szczerząc się na widok jej miny. — Choć przez moment bałem się, że biedak zacznie migać jak choinka.

Przy stole wybuchł śmiech — nawet Kate nie zdołała zachować zwyczajowej rezerwy. W miarę jak posiłek się toczył, Marcus opowiadał historie z czasów studiów: o owianym złą sławą profesorze anatomii, który przez trzydzieści lat nosił tę samą muszkę, i o tym, jak przypadkowo podał sobie łagodny środek uspokajający, gdy leczył wyjątkowo kłopotliwą klacz.

— Nie gadaj! — sapnęła Emma, o mało nie krztusząc się winem.

— Absolutnie tak — potwierdził Marcus. — Resztę popołudnia byłem nadzwyczajnie wyluzowany we wszystkim, włącznie z oceną u kierownika katedry.

— Zdałeś? — zapytała Sarah, a jej oczy błyszczały rozbawieniem.

— Śpiewająco — uśmiechnął się Marcus. — Podobno byłem, jak to ujęli, zaskakująco opanowany pod presją.

Gdy wieczór pogłębiał się, rozmowa płynęła równie swobodnie co wino. W końcu Jemimę odesłano do łóżka, protestowała aż do chwili, gdy Pip obiecała jej specjalną opowieść ze swoich wyścigowych czasów. Emma i Kate zaczęły sprzątać naczynia, zbywając machnięciem ręki propozycje pomocy Marcusa.

— Jesteś gościem — upierała się Emma. — Poza tym teraz kolej Kate, żeby załadować zmywarkę.

— Wcale, że nie — odparła Kate, choć już układała talerze, żeby zanieść je do środka. — Ale i tak to zrobię, bo jestem aż tak wspaniałomyślna.

Zniknęły w domu, zostawiając Marcusa i Sarah samych na werandzie, gdzie miękki blask lampek tworzył intymną atmosferę. Z oddali dobiegało ciche parskanie koni szykujących się do snu — delikatna ścieżka dźwiękowa tej chwili.

— Dziękuję, że przyszedłeś dziś wieczorem — powiedziała cicho Sarah, odwracając się do niego na wspólnej ławce. — To dla mnie wiele znaczy, że tu jesteś.

— Dziękuję, że mnie zaprosiłaś — odparł, sięgając po jej dłoń. Jej palce naturalnie splatały się z jego, jakby robili to od lat, nie od kilku dni. — Twoja rodzina jest wspaniała.

— Wygląda na to, że bardzo cię polubili — przyznała, a w kącikach ust zatańczył uśmiech. — Zwłaszcza Jemima. Chyba oficjalnie osiągnąłeś status ulubionego wujka.

— Wysoka pochwała, biorąc pod uwagę jej Wujka Harry'ego — mruknął, pochylając się bliżej. — A ty?

Oczy Sarah spotkały się z jego spojrzeniem, a lampki odbijały się w jej okularach, tworząc maleńkie konstelacje, które współgrały z gwiazdami pojawiającymi się na niebie. — Myślę, że doskonale wiesz, jak bardzo jestem tobą zauroczona — wyszeptała.

Gdy ich usta się spotkały, miało to smak ciągu dalszego rozmowy, którą toczyli od tamtego pikniku nad jeziorem. Pocałunek sam z siebie się pogłębił, jej dłoń spoczęła na jego piersi, a jego palce podążyły wzdłuż linii jej żuchwy. Czas jakby się zawiesił, odgłosy nocnego Queensland zbladły w tle, gdy gubili się w sobie nawzajem.

Kiedy w końcu się odsunęli, Marcus oparł czoło o jej czoło, niechętny, by oddalić się choć na centymetr. — Pewnie powinienem już iść — powiedział z niechęcią. — Robi się późno.

Dłoń Sarah lekko mocniej ścisnęła jego, a jej oczy spotkały jego spojrzenie z cichą pewnością. — Albo mógłbyś zostać — zaproponowała. — Jeśli byś chciał.

To proste zaproszenie niosło w sobie warstwy znaczeń, od których serce mu zadrżało. Marcus wpatrywał się w jej twarz, znajdując jedynie jasną, spokojną pewność. — Bardzo bym chciał — odparł. — Naprawdę bardzo.

Jej uśmiech był wystarczającą odpowiedzią — ciepły i pełen obietnicy — gdy wstała, nie wypuszczając jego dłoni, by poprowadzić go z powrotem do środka, ku nowemu rozdziałowi, którego żadne z nich nie przewidziało, kiedy sześć tygodni temu wjeżdżał po żwirowej drodze.

Kuchnia była już pusta, kolacyjne naczynia uprzątnięte, zmywarka mruczała cicho, a domownicy taktownie rozeszli się do swoich kątów w Big House. Palce Sarah pozostawały splecione z jego, gdy szli cichym korytarzem, obok fotografii McKenzie'ów z kolejnych pokoleń w siodle, z medalami i wstążkami oprawionymi obok rodzinnych kadrów.

Weszli po wypolerowanych, drewnianych schodach na piętro, drewno miękko skrzypiało pod stopami. Marcus czuł dziwną mieszankę nerwowości i oczekiwania, jak prąd tuż pod skórą. Mimo wcześniejszych pocałunków i narastającej bliskości, ten krok wydawał się ważny w sposób wykraczający poza samo pragnienie.

Sarah zatrzymała się przed drzwiami na końcu korytarza, odwróciła się do niego z małym, niemal nieśmiałym uśmiechem, tak różnym od jej zwyczajowej pewności. — Mój pokój — powiedziała po prostu, po czym sięgnęła po klamkę.

Sypialnia za progiem była kwintesencją Sarah: uporządkowana, ale nie sterylna, przytulna, ale nie zagracona. Przestrzeń dominowało duże, drewniane łóżko, po bokach stały równe stoliki nocne z lampkami rzucającymi ciepły blask. Jedną ścianę zajmowały regały — pełne jeździeckich książek i od czasu do czasu jakiejś powieści kryminalnej. Oknem wykuszowym z poduszką na siedzisku rozciągał się widok na pastwiska Ridgewater, teraz posrebrzane księżycem. Obok komody wisiały oprawione zdjęcia: siostry McKenzie jako dziewczynki na kucykach, mniejsza Jemima, uśmiechnięta od ucha do ucha na maleńkim szetlandzie, portrety Jima i Ingrid z ich olimpijskimi końmi.

— Jest piękny — powiedział Marcus, szczerze. Pokój wydawał się przedłużeniem samej Sarah: praktyczny, zorganizowany, a jednak z podszytym ciepłem, które zapraszało do bliższego poznania.

Cicho zamknęła za nimi drzwi i nagle powietrze między nimi zgęstniało od możliwości. Marcus zrobił krok w jej stronę, przyciągany niewidzialną siłą, której nie zdołałby się oprzeć. Ich usta znów się spotkały, teraz głębiej, nieskrępowane ryzykiem przerwania. Jego dłonie odnalazły jej talię, przyciągnął ją bliżej, aż jej ciało przywarło do niego, a ciepło przeniknęło przez cienką tkaninę koszulki.

Palce Sarah poruszały się przy guzikach jego koszuli, a każdy kolejny odsłaniał centymetr skóry, który natychmiast badała delikatnym dotykiem. Marcus zadrżał pod jej palcami, a jego dłonie wsunęły się pod brzeg jej topu, odnajdując ciepłą skórę pleców. Poruszali się ku łóżku — powoli, w tańcu odkrywania i oczekiwania.

— Mogę? — wymruczał, zatrzymując palce przy krawędzi jej koszulki. Skinęła głową i uniosła ramiona, pomagając mu, gdy ściągał z niej ubranie, odsłaniając zwykły bawełniany stanik, który na niej był bardziej kuszący niż koronkowa bielizna na kimkolwiek innym.

Marcus z czcią obrysował palcami linię jej obojczyka, obserwując, jak oddech zatrzymuje jej się w piersi pod jego dotykiem. — Jesteś piękna — wyszeptał, z pełnym przekonaniem.

Dłonie Sarah uporały się z jego guzikami, a koszula zsunęła się z ramion, lądując obok jej ubrania na podłodze. Przycisnęła dłonie do jego klatki, ciepłe i lekko zgrubiałe od lat pracy na ranczu. — Ty też — odparła, chłonąc go wzrokiem bez cienia skrępowania.

Rozbierali się dalej bez pośpiechu, każdy odsłonięty centymetr skóry był badany dłońmi i ustami. Marcus rozpiął jej stanik delikatnymi palcami; dech mu przyspieszył na widok jej piersi, jasnych w miękkim świetle lampy. Pochylił się, by musnąć wargami krzywiznę szyi, zasnuł pocałunkami obojczyk, a potem zsunął się niżej. Ciche westchnienie Sarah, gdy jego usta odnalazły jej pierś, rozgrzało go do rdzenia; jej palce mocniej wplotły się w jego włosy, gdy pieścił wrażliwą skórę.

Jej dżinsy wkrótce dołączyły do rosnącej sterty ubrań przy łóżku, a jego spodnie zaraz potem. Stanęli naprzeciw siebie tylko w bieliźnie, w chwili zawieszonej między oczekiwaniem a spełnieniem. Marcus znów przyciągnął ją do siebie; dotyk jej skóry o jego skórę stworzył rozkoszne tarcie, od którego aż bolał z pożądania.

— Myślałam o tym — przyznała Sarah, lekko zadyszana, wtulając się w niego. — O tobie.

— Ja też — wyznał, prowadząc ją delikatnie w tył, aż łydkami dotknęła krawędzi łóżka. — Bardziej, niż powinienem się przyznawać.

Runęli na łóżko razem, splątując kończyny, kontynuując swoje odkrywanie. Marcus z uwagą śledził krągłości jej ciała, ucząc się, przy czym łapie oddech, co wywołuje te miękkie dźwięki, od których natychmiast się uzależniał. Ona była równie ciekawa — jej dłonie mapowały płaszczyzny jego pleców, siłę ramion, czuły punkt u nasady kręgosłupa, który sprawiał, że drżał.

Jej bielizna wkrótce dołączyła do reszty ubrań, jego — chwilę później. Marcus poświęcił moment, by wyjąć z portfela prezerwatywę i nałożyć ją, zanim uniósł się nad nią, opierając się na rękach i chłonąc widok jej nagiej, ufnej, tak pięknej, że aż ściskało go w piersi.

— Nie chcę cię skrzywdzić — wyszeptał, wiedząc, że zrozumie, iż chodzi mu o coś więcej niż tylko fizyczność. Stawka była wysoka, a tyle sposobów istniało, by mogli siebie zranić, jeśli coś pójdzie źle.

Sarah uniosła ręce, ujmując jego twarz, patrząc mu prosto w oczy. — Nie skrzywdzisz — powiedziała po prostu i przyciągnęła go do siebie.

Ich ciała spotkały się z taką oczywistością, że Marcusowi zabrakło tchu. Sarah oplótła nogami jego biodra, przyciągając go głębiej; jej ciche westchnienie stopiło się z jego jękiem, gdy zaczęli poruszać się razem. Świat skurczył się do tego pokoju, tego łóżka, tej kobiety w jego ramionach, której każda reakcja prowadziła go dalej. Na początku utrzymywał ruchy miarowe, delikatne i pytające, ale gdy palce Sarah wbiły się w jego ramiona, prosząc bliżej, szybciej — poddał się rytmowi, który stworzyli razem.

Czas zdawał się jednocześnie rozciągać i zapadać. Marcus ginął w jej dotyku, w sposobie, w jaki jej ciało wyginało się pod nim, w cichych odgłosach rozkoszy, które szeptała mu do ucha. Szeptał jej imię jak modlitwę, ustami wodził po linii jej gardła, po krzywiźnie ramienia, smakując sól jej skóry.

Ruchy Sarah stały się coraz pilniejsze; jej oddech rwał się krótkimi haustami, które mówiły mu, że jest blisko. Wsunął dłoń między ich ciała, odnajdując jej najczulsze miejsce, a nagrodził go ostry okrzyk, szybko stłumiony w jego ramieniu. Gdy poczuł, jak zaciska się wokół niego, a jej twarz przemienia się pod wpływem rozkoszy, Marcusa przelała fala spełnienia — powtarzał jej imię, drżąc przy niej.

Leżeli potem splątani, a oddechy stopniowo się uspokajały i serca wracały do zwykłego rytmu. Marcus przytulił ją mocno, nie chcąc się rozsuwać, nawet gdy spocona skóra zaczęła stygnąć w nocnym powietrzu. Sarah poruszyła się lekko, sięgnęła po kołdrę i naciągnęła ją na nich oboje, po czym znów ułożyła się na jego piersi z zadowolonym westchnieniem.

— Bardzo głośno myślisz — mruknęła po chwili, kreśląc opuszkiem palca leniwe wzory na jego klatce.

Marcus uśmiechnął się i musnął ustami czubek jej głowy. — Po prostu myślę, że nigdy wcześniej tak się nie czułem — przyznał cicho. — Nawet kiedy wydawało mi się, że jestem szczęśliwy, to nie było to.

Sarah podparła się na łokciu, żeby na niego spojrzeć, a w delikatnym świetle lampki jej twarz była miękka. — Jak to?

Marcus zastanowił się, chcąc dać jej szczerość, na którą zasługiwała. — Jakbym znalazł coś, czego nawet nie wiedziałem, że szukam — powiedział w końcu. — Jakby każdy zły skręt i każda pomyłka jakoś zaprowadziły mnie dokładnie tam, gdzie powinienem być.

W jej oczach pojawił się ledwie dostrzegalny połysk i pochyliła się, by pocałować go miękko. — Wiem, co masz na myśli — wyszeptała przy jego ustach. — Myślałam, że wiem, czego chcę, jaka będzie moja przyszłość. A potem wszystko się zmieniło po wypadku. Ale teraz...

— Teraz? — podsunął łagodnie, odgarniając jej kosmyk z twarzy.

— Teraz zaczynam sądzić, że czasem życie zabiera jeden scenariusz, żeby zrobić miejsce dla innego — powiedziała. — Takiego, który może być nawet lepszy, tylko inny niż to, co sobie wyobrażałeś.

Marcus przyciągnął ją z powrotem, by ułożyła głowę na jego piersi, obejmując ją ramionami. Na zewnątrz księżyc srebrzył pastwiska Ridgewater, a posiadłość spała spokojnie dookoła nich. W tej cichej chwili, z ciepłem Sarah przy nim i z echem jej słów w głowie, Marcus pozwolił sobie w pełni przyjąć przyszłość, która nabierała kształtu.

Dla mężczyzny, który przyjechał do Queensland tylko po to, by na chwilę odetchnąć, uleczyć się i zebrać siły przed powrotem do znanego — perspektywa zostania, zbudowania tutaj czegoś trwałego, przestała brzmieć jak kompromis czy wycofanie. Brzmiała jak najbardziej naturalny wybór na świecie. Gdy oddech Sarah pogłębiał się w sen, Marcus musnął jej skroń delikatnym pocałunkiem i przymknął własne oczy, zaczynając wierzyć, że cokolwiek ich czeka — groźba obwodnicy, wymagania ich zawodów, nieuchronne komplikacje łączenia dwóch osobnych żyć — poradzą sobie z tym razem.

Rozdział czternasty

Sarah oparła się o poręcz werandy, drewno było ciepłe i znajome pod jej dłońmi, gdy patrzyła, jak błyskawice rozrywają odległe niebo. Powietrze ciężkie było od zapachu deszczu, choć dzisiejsza burza przeszła nad Ridgewater kilka godzin temu, pozostawiając po sobie błogosławiony chłód po dniach nieustającego upału. Obok niej stał Marcus, tak blisko, że ich ramiona się stykały — swobodna poufałość, która wciąż wywoływała w niej dreszcz, nawet po kilku dniach skradzionych pocałunków i wspólnych nocy.

— Uwielbiam oglądać burze z daleka — powiedziała, przekrzywiając głowę w stronę horyzontu, gdzie kolejny rozbłysk rozświetlił chmury. — Całe widowisko bez żadnych niedogodności.

Marcus parsknął śmiechem, niski, ciepły dźwięk rozlał się po cichej wieczornej przestrzeni. — Bardzo praktyczna ocena — stwierdził, a jego ramię z łatwością wsunęło się wokół jej talii, gest nowy, a jednocześnie jakby nieuchronny. — Choć wyobrażam sobie, że życie na takiej posiadłości nauczyło cię dokładnie, jak bardzo burze potrafią być uciążliwe.

— Nie masz pojęcia — przyznała, lekko się do niego przytulając. — W zeszłym roku piorun uderzył w szopę z pompą wodną. Przez trzy dni nosiliśmy wodę do poideł, zanim elektryk to naprawił.

Resztki ich kolacji leżały zapomniane na stole za nimi: puste kieliszki po winie i okruszki po jabłecznej kruszonce Pip świadczyły o niespiesznym posiłku zjedzonym w komfortowej bliskości. Emma zabrała Jemimę do miasteczka na urodziny koleżanki ze szkoły, a Kate robiła nocne obchody, zostawiając im rzadką chwilę prywatności.

Minęło pięć dni od tamtej pierwszej wspólnej nocy — pięć dni odkrywania siebie na sposoby i cielesne, i emocjonalne. Sarah łapała się na tym, że w pracy zerka na zegar, wyczekując chwili, gdy Marcus przyjedzie na kolację albo gdy ona sama po wieczornym obchodziu w stajni podjedzie do wynajmowanego przez niego domku. Nowość ich relacji wciąż iskrzyła ekscytacją, ale pod spodem zapuszczał korzenie głębszy spokój.

— Od jakiegoś czasu chciałem z tobą o czymś porozmawiać — odezwał się Marcus, wyrywając ją z zamyślenia. Przekręcił się do niej przodem, choć jego ramię nadal obejmowało jej talię. — Chodzi o moją siostrę, Zoe.

— Terapeutka manualna koni? — zapytała Sarah, przypominając sobie jego krótkie wzmianki o młodszej siostrze wciąż mieszkającej w Wielkiej Brytanii.

Marcus skinął głową, a jego twarz rozjaśniła się. — Właśnie. Jest naprawdę świetna. Ma uprawnienia instruktorskie w metodzie Mastersona, a do tego ma background w pracy nad zachowaniem koni. Specjalizuje się w traumatyzowanych koniach, zwłaszcza po wyścigach i w sportowych zwierzętach z problemami lękowymi.

Zainteresowanie Sarah zapłonęło natychmiast. — To brzmi jak dokładnie to, czego Emma potrzebuje do części swoich podopiecznych. Na przykład ten nowy folblut od Harry'ego, ten z problemami z oddychaniem. Emma podejrzewa, że to bardziej lęk niż czysta fizjologia.

— Dokładnie o tym myślałem — przytaknął Marcus. — Zoe ma ostatnio w Wielkiej Brytanii pod górkę. Opublikowała artykuł podważający część tradycyjnych metod treningu i zrobiła się przez to dość niepopularna u starej gwardii. Z biznesem jest ciężko. — Palcami kreślił drobne kółka na boku Sarah, nieświadomy, familiarnego gestu. — Od dawna mówi o wyjeździe do Australii, na początek na wizę typu Working Holiday. Musi niedługo podjąć decyzję, w przyszłym roku kończy 30 lat i już się na nią nie załapie.

— I myślisz, że Ridgewater byłoby dla niej dobrym miejscem? — dokończyła za niego, już rozważając możliwości.

— Przemknęło mi to przez głowę — przyznał. — Nie byłem tylko pewien, jak to poruszyć, żeby nie wyjść na zbyt pewnego siebie. — Zerknął na nią z cieniem niepewności. — Ostatnie, czego chcę, to żebyś pomyślała, że próbuję wpychać swoją rodzinę do waszego biznesu.

Sarah obróciła się do niego całkiem, kładąc dłonie na jego piersi. — Nie brzmi to bezczelnie — zapewniła. — Brzmi, jakbyś myślał o tym, co przysłuży się Ridgewater. I z tego, co mówisz, twoja siostra brzmi jak ktoś idealny do tego, czego potrzebujemy. Nawet jeśli nie będziemy mieli dla niej pracy na pełny etat, mogłaby się u nas oprzeć... W okolicy jest mnóstwo ludzi, którzy byliby zachwyceni, mając regularnie do dyspozycji praktyczkę metody Mastersona.

Znów błysnęło, tym razem bliżej, na ułamek sekundy oświetlając twarz Marcusa olśniewającą jasnością. Ulga malująca się na jego rysach ścisnęła jej serce.

— Jest genialna przy koniach — podjął z entuzjazmem. — Ma ręce, które jakby same wiedzą, gdzie chowa się napięcie. A co ważniejsze, ma to intuicyjne rozumienie końskiej psychiki. Potrafi czytać lęk konia i znaleźć jego źródło szybciej niż ktokolwiek, kogo znam.

— Ma doświadczenie z końmi sportowymi? — zapytała Sarah, już kalkulując, jak włączyć umiejętności Zoe do ich działalności. — Często trafiają do nas konie z problemami w pracy.

— Ogromne — potwierdził Marcus. — Przez rok pracowała w Niemczech z kilkoma końmi ujeżdżeniowymi na poziomie olimpijskim. Szczególnie dobrze idzie jej z końmi, które rozwinęły lęk po urazie albo traumie.

Sarah zamyśliła się. — To byłoby dla nas nieocenione. A dla programu rehabilitacji Emmy — w punkt. — Uśmiechnęła się. — Zgodziłaby się mieszkać na miejscu? Dawny pokój mamy i taty jest teraz gościnnym; nawet kiedy wracają z podróży, zbudowali The Shack nad jeziorem jako dom na emeryturę, więc mieszkają tam. Mamy miejsce, jeśli tylko zniesie naszą całą ekipę!

— Myślę, że by to kochała — powiedział Marcus, przyciągając ją odrobinę bliżej. — Zawsze wolała być blisko koni, z którymi pracuje. Obserwowanie ich o różnych porach dnia daje jej wgląd w ich wzorce zachowań.

— Powiedziałeś jej o nas? — zapytała, zanim zdążyła ugryźć się w język. Nie rozmawiali wprost o granicach ich relacji, o tym, jak ją nazywać wobec innych, choć dla niej stawało się to coraz bardziej oczywiste.

Na twarzy Marcusa rozlał się powolny uśmiech. — Tak. Jest zachwycona. Mówi, że najwyższy czas, żebym znalazł kogoś, kto rozumie te absurdalne godziny pracy i obsesyjne oddanie zawodom lekarza weterynarii koni.

Sarah zaśmiała się, czując przy jego słowach ciepłe rumieńce przyjemności. — Wspomniałam o tobie mamie i tacie w mailach — przyznała. — Bez szczegółów, ale na tyle, że zaczęli dopytywać.

— Dobre pytania, mam nadzieję? — Pod żartobliwym tonem zabrzmiała nuta autentycznej troski.

— Bardzo dobre — zapewniła. — Chociaż mama już planuje cię porządnie przepytać, jak tylko wrócą. Tata będzie chciał wiedzieć tylko, czy umiesz jeździć.

— Ach — Marcus wykrzywił się komicznie. — Moja mroczna tajemnica wychodzi na jaw. Jak Caroline, na koniu jestem co najwyżej znośny. Zdecydowanie bardziej weterynarz niż jeździec.

— Popracujemy nad tym — powiedziała Sarah, oplatając mu szyję ramionami. — Znam kilku niezłych nauczycieli.

Pochylił się i pocałował ją miękko; jego usta były ciepłe mimo chłodniejącego wieczoru. — Chciałbym — mruknął przy jej wargach. — I chciałbym, żeby Zoe cię poznała. To właściwie jedyna rodzina, jaka mi została, odkąd rodzice odeszli.

Proste stwierdzenie, podane bez patosu, a jednak niosące ciężar zaufania, wzruszyło Sarah do głębi. — Ja też bym chciała — odparła. — A jeśli jej umiejętności są choć w połowie takie, jak mówisz, Ridgewater będzie miało szczęście, że ją ma.

Kolejny błysk rozświetlił niebo, a zaraz po nim potoczył się niski pomruk grzmotu. Zbliżała się druga fala burz; wiatr lekko przybrał na sile, niosąc obietnicę kolejnego deszczu. Oboje nie ruszyli się do środka, zadowoleni z dzielonego ciepła i rosnącej pewności, że to, co między nimi się zaczęło, staje się czymś trwałym, czymś z przyszłością, która może obejmować rodzinę, plany i wspólny cel.

— Napiszę do niej dziś wieczorem maila — powiedział Marcus po chwili komfortowego milczenia. — Zobaczę, czy naprawdę myśli o przeprowadzce.

Sarah skinęła głową, opierając skroń o jego ramię, gdy odwrócili się z powrotem ku nadciągającej burzy, a jego ręka była kojącym ciężarem na jej talii. Błyskawice wydawały się teraz mniej odległe, a przyszłość nagle bogata w możliwości, których nie śmiała rozważać, zanim Marcus Webb wjechał szutrową drogą do Ridgewater.

Sarah zasunęła ciężki rygiel w drzwiach boksu Legenda, zadowolona z ostatniego obchodu tej nocy. Stary ogier co wieczór wracał do stajni i właśnie drzemał na stojąco, z majestatycznie opuszczoną głową. Te wieczorne rundy były rytuałem, którego rzadko sobie odmawiała, niezależnie od tego, jak kuszące bywało zostanie wtuloną w Marcusa na werandzie albo — ostatnio — w jej łóżku.

Zatrzymała się dłużej niż zwykle, obserwując łagodny rytm unoszenia i opadania końskiego brzucha przy oddechu. Rozmowa z Marcusem o jego siostrze zostawiła w niej optymizm co do przyszłości Ridgewater. Wykwalifikowana terapeutka manualna koni byłaby cennym wzmocnieniem ich zespołu, zwłaszcza przy rosnącym nacisku Emmy na rehabilitację.

Gdy odwróciła się do wyjścia, coś w postawie Legenda przykuło jej uwagę. Przeniósł ciężar z nogi na nogę, uniósł głowę, po czym obejrzał się na bok i raz podrapał kopytem słomę. Gest był subtelny, niemal żaden, ale Sarah zastygła.

— Legend? — powiedziała miękko, wracając do drzwi boksu.

Ogier obrócił do niej głowę i nawet w nikłym świetle latarki, którą trzymała, dostrzegła napięcie w chrapach, którego nie było chwilę wcześniej. Znów podrapał, tym razem bardziej natarczywie, i wydał dźwięk, którego nigdy u niego nie słyszała — coś jak jęk.

Serce Sarah boleśnie szarpnęło w piersi. Całe życie spędzone przy koniach nauczyło ją rozpoznawać wczesne oznaki kolki — tej potencjalnie śmiertelnej przypadłości, która prześladuje koszmary każdego właściciela konia. Popędziła, by włączyć górne światła, po czym wróciła i weszła do boksu, szybko przesuwając się do boku Legenda. Z bliska na jego szyi błyszczał pot w mocniejszym świetle, a oddech wydawał się płytszy niż zwykle.

— Spokojnie, chłopie — wyszeptała, przykładając dłoń do jego boku. Czuła napięcie mięśni, nienaturalne ciepło promieniujące przez sierść. Gdy przyłożyła ucho do jego boku, usłyszała osłabione odgłosy perystaltyki jelit — kolejny sygnał ostrzegawczy, który ścisnął jej żołądek w supeł.

Jej dłonie zaczęły się trząść, gdy wyciągała telefon. Drżenie stało się tak silne, że musiała użyć obu kciuków, by znaleźć numer Marcusa; obraz na obrzeżach lekko się zamazał, gdy panika zacisnęła się na jej piersi. Legend miał dwadzieścia cztery lata — sędziwy wiek jak na konia dużej rasy. W jego wieku nawet łagodna kolka mogła szybko okazać się śmiertelna.

Marcus odebrał po drugim sygnale — wciąż musiał być w ciężarówce, wracając do miasteczka, bo rano miał zacząć wcześnie. — Już tęsknisz? — zabrzmiał ciepło, żartobliwie.

— Chodzi o Legenda — wydusiła, głos spięty i napięty. — Ma kolkę. Drapie, ogląda się na boki, poci się. Możesz przyjechać teraz? Zabierz wszystko.

Ledwie zarejestrowała, jak natychmiast wszedł w tryb zawodowy — zapewnienie, że zaraz będzie, pisk hamulców w tle, gdy wcielał obietnicę w czyn i rozłączył się. Już liczyła, jak szybko założy kantar, ile litrów płynów mogą potrzebować, czy powinna od razu wieźć go do kliniki.

Kiedy reflektory przecięły podwórze, Sarah miała już założony na Legenda kantar i wolnym krokiem prowadziła go w górę i w dół korytarza stajni, mocno ściskając uwiąz. Ogier poruszał się niechętnie, co jakiś czas stając, by zerknąć na brzuch, albo skrobał kopytem posadzkę. Każdy taki gest wbijał w nią kolec strachu.

Marcus wszedł szybkim krokiem, z torbą lekarską w dłoni, z twarzą zastygłą w skupieniu, które widziała przy trudnym porodzie Miracle. — Od jak dawna ma objawy? — zapytał, natychmiast przechodząc do boku Legenda.

— Dwadzieścia minut — odparła Sarah. — Przy kolacji był w porządku, i gdy przyszłam na ostatni obchód też wyglądał dobrze, a potem nagle zaczął okazywać dyskomfort. Tak się cieszę, że tu byłam! — Nie mogła przestać myśleć: gdyby przyszła pięć minut wcześniej, wróciłaby do domu i nic by nie zobaczyła.

Marcus skinął głową, wprawnymi dłońmi przesuwając po szyi Legenda, sprawdzając dziąsła, przykładając stetoskop w różnych miejscach na jego bokach. Sarah śledziła każdy ruch z bolesną intensywnością, próbując wyczytać z jego twarzy choć cień oceny ciężkości sytuacji.

— Odgłosy jelit są osłabione, ale obecne — powiedział po chwili. — Tętno podwyższone, ale bez dramatu. Błony śluzowe różowe. Na razie brak oznak silnego bólu czy poważnego niepokoju.

— Na razie — powtórzyła Sarah, a słowo uwięzło jej w gardle. — Musimy działać agresywnie, Marcus. W jego wieku nie możemy czekać, aż zrobi się krytycznie.

Marcus kontynuował badanie, ruchy miał metodyczne, spokojne. — Nie widzę wskazań do ochwatu ani innych powikłań. — Wyprostował się i spojrzał jej prosto w oczy.

— To wygląda na łagodny zator albo kolkę piaskową, Sarah. Wskazane jest leczenie zachowawcze. Spacery, płyny doustne i łagodny lek przeciwbólowy, żeby utrzymać komfort, podczas gdy organizm sam to rozwiąże.

Sarah wbiła w niego spojrzenie, a strach przesunął się ku frustracji. — Leczenie zachowawcze? On ma dwadzieścia cztery lata, Marcus! Musimy działać mocniej, wyprzedzić to, zanim się pogorszy.

— I właśnie dlatego leczenie zachowawcze jest właściwe — odparł Marcus, już przygotowując zastrzyk. — Agresywna interwencja niesie własne ryzyka, zwłaszcza u geriatrycznych koni. Legend ma dobre parametry życiowe, minimalny ból i żadnych wskazań na skręt jelit czy ciężki zator.

Sarah odsunęła się kilka kroków, po czym wróciła; lęk nie pozwalał jej ustać w miejscu. — Powinniśmy przynajmniej założyć sondę nosowo-żołądkową, podać płyny bezpośrednio do żołądka. I przygotować transport do kliniki na USG, ewentualnie operację, jeśli będzie trzeba.

Marcus pokręcił głową, a jego spokój doprowadzał ją do szału w zderzeniu z narastającą paniką. — Sondowanie samo w sobie niesie ryzyko, zwłaszcza zachłystowego zapalenia płuc. A przewożenie konia z kolką przyczepą może nasilić problem. Jego objawy nie uzasadniają tak szerokiej interwencji.

— Nie rozumiesz, ile on dla nas znaczy, dla mnie! — Słowa wyrwały się z niej głośniej, niż zamierzała, lekko niosąc się echem po cichej stajni.

Marcus zatrzymał się z igłą w dłoni i spojrzał jej prosto w oczy. — Rozumiem dokładnie, ile znaczy, i właśnie dlatego nie zaryzykuję pogorszenia jego stanu niepotrzebnymi procedurami.

To zdanie opadło między nimi jak fizyczna przeszkoda. Sarah poczuła napływające łzy — reakcji, której w sobie nie znosiła, szczególnie w sytuacjach zawodowych. Ale to był Legend — koń, którego ojciec nie sprzedał mimo ofert na miliony dolarów; ogier, którego krew płynęła w połowie ich stada, którego łagodna obecność była stałą większość jej życia.

— Nie mogę go stracić — wyszeptała, głos jej się załamał. — Jeszcze nie. Fire już straciłam...

Wyraz twarzy Marcusa złagodniał, choć profesjonalny dystans pozostał. — Ja też nie chcę go stracić. Ale musimy zaufać terapii odpowiedniej do jego stanu, a nie reagować na podstawie strachu. — Podał zastrzyk, po czym podał jej uwiąz. — Posuńmy go przez piętnaście minut, potem ocenimy na nowo. Mam płyny doustne i elektrolity — podamy, gdy lek zacznie działać.

Sarah przejęła uwiąz, palce wciąż lekko jej drżały, i znów zaczęła prowadzić Legenda wolnymi kółkami. Ogier poruszał uszami raz ku niej, raz ku Marcusowi, jakby z końską ciekawością śledził ich sprzeczkę. Gardło miała ściśnięte strachem, którego nie potrafiła okiełznać, i frustracją, że ktoś — nawet on, którego fachowość tak szanowała — kwestionuje jej osąd.

Szli w napiętej ciszy; słychać było tylko kopyta Legenda na betonie i sporadyczne niespokojne ciche rżenie innych koni, wyczuwających nietypową nocną krzątaninę. Każda minuta rozciągała się boleśnie, gdy Sarah wypatrywała oznak poprawy, potwierdzenia, że zachowawcze podejście Marcusa jest właściwe. Ale jej myśli wciąż uciekały w stronę czarnych scenariuszy — tych, które nawiedzały ją od wypadku, który zakończył jej sportową karierę i zabrał ukochaną Fire.

— Myślisz, że przesadzam — powiedziała w końcu, nagle czując się mała.

Marcus pokręcił głową, napełniając właśnie strzykawkę doustną roztworem elektrolitów. — Myślę, że śmiertelnie się boisz, że stracisz coś dla ciebie najcenniejszego — odparł łagodnie. — To nie przesada. To miłość. Ale w tym przypadku strach pcha cię ku interwencjom, które mogłyby zrobić więcej szkody niż pożytku.

Sarah przełknęła ślinę, prowadząc Legenda w kolejny ostrożny zakręt. Chciała uwierzyć Marcusowi, zaufać jego zawodowemu osądowi tak, jak zrobiła to przy porodzie Miracle. Ale stawka wydawała się niewiarygodnie wysoka, a jej potrzeba kontroli — nagląca chęć, by zrobić absolutnie wszystko — walczyła z rozumem, który rozpoznawał w jego podejściu mądrość.

Zaciskając zęby, zmusiła się, by dalej przemierzać korytarz stajni z Legendem, a jej buty stukały o beton ostro, staccato, niosąc się pod wysokim sufitem. Znajome zapachy siana, końskiej sierści i skóry, które zwykle ją koiły, teraz jakby wzmagały niepokój; każdy wdech napełniał płuca esencją wszystkiego, co mogła stracić. Cienie gromadziły się po kątach stajni, gęstniejąc z późną porą, a rząd górnych lamp rzucał na Legenda dramatyczny światłocień, kiedy Marcus podszedł ponownie, by sprawdzić parametry życiowe ogiera.

— Tętno spada — zameldował, dociskając stetoskop do boku Legenda. — Odgłosy jelit też się poprawiają.

Sarah chciała poczuć ulgę, ale supeł strachu w brzuchu wciąż pozostawał twardy i nieustępliwy. Zbyt wiele razy widziała, jak łagodna kolka przechodzi w katastrofę. Przed oczami mignął jej obraz ostatnich chwil Fire — nie kolki, tylko katastrofalnego urazu — ale uczucie bezsilności było identyczne; ta sama chora pewność, że coś drogocennego wymyka się mimo wszelkich starań. Sarah sama ledwo była przytomna — półprzytopiona, otępiała, usiłująca ogarnąć zaburzone widzenie po uderzeniu w głowę — ale nigdy nie zapomni cichych słów lekarza zawodów.

— Jej noga jest zmiażdżona. Przykro mi. Jest tylko jedno wyjście. Nie możemy przedłużać jej cierpienia.

Krzyknęła. Na oślep przeczołgała się przez błotnisty, rozorany teren, by wziąć głowę Fire na kolana, nie zważając na jej konwulsyjne szarpnięcia. Wylała niewidzące łzy w jej grzywę, gdy zastrzyk „zielonego snu" zaczął działać i Fire zastygła — na zawsze.

Jej kroki przyspieszyły, zgrywając się z tętnem. Racjonalna część umysłu rozpoznawała, że ocena Marcusa jest najpewniej trafna, że Legend ma łagodne objawy, które zareagują na leczenie zachowawcze. Ale racjonalność wydawała się odległa, przytłoczona pierwotnym lękiem przed stratą, który pchał nią od wypadku.

Legend wyraźnie się uspokoił; wciąż czasem zerkał na boki, ale przestał się zatrzymywać i drapać. Sedatyw zaczął działać — łagodził dyskomfort, nie maskując objawów. Marcus sprawnie podał elektrolity doustne; jedną ręką stabilizował głowę ogiera, drugą powoli wtłaczał zawartość wielkiej strzykawki do jego gardła.

— Dobrze ci idzie, staruszku — mruknął łagodnie do Legenda. — Jeszcze chwilka i poczujesz się dużo lepiej.

Sarah patrzyła, ramiona miała mocno skrzyżowane na piersi, palce wbijały się w bicepsy. Każdy instynkt krzyczał, by zrobić więcej, zainterweniować mocniej, przejąć kontrolę nad sytuacją. Zbudowała swoje życie na systemach i procedurach, które ograniczały ryzyko, kompensowały jej problemy ze wzrokiem, wprowadzały porządek w potencjalny chaos. Odmierzony spokój Marcusa brzmiał jak poddanie się przypadkowi — tej nieprzewidywalności, którą przez ostatni rok próbowała wyeliminować z działania Ridgewater.

— Powinniśmy przynajmniej przygotować przyczepę na wypadek pogorszenia — powiedziała, nie zdoławszy ukryć ostrej nuty. — Klinika ma lepszy monitoring, zaplecze chirurgiczne, jeśli zajdzie potrzeba.

Marcus skończył z elektrolitami, nim odpowiedział, wycierając dłonie w ręcznik. — Jeśli pojawią się jakiekolwiek oznaki pogorszenia, natychmiast przeliczymy plan — odparł równym tonem. — Ale przewożenie go teraz może zwiększyć stres i nasilić kolkę. Jego parametry idą w dobrym kierunku.

— A jeśli się odwrócą? Jeśli padnie? — Pytania posypały się, ostre od strachu. — Przy kolce liczy się każda minuta, Marcus. Nie możemy po prostu czekać i liczyć na cud.

— Nie czekamy i nie liczymy na cud — poprawił ją, cierpliwość zdawała się niewyczerpana. — Prowadzimy właściwą terapię i bacznie monitorujemy. To zasadnicza różnica.

Na moment zamigotały górne światła — przypomnienie o burzy, która przeszła wcześniej. W tym krótkim półmroku Sarah zobaczyła, jak uszy Legenda idą do przodu — drobny, ale znaczący znak poprawy. Gdy światło się ustabilizowało, dostrzegła inne subtelne zmiany: postawa bardziej rozluźniona, oddech mniej wysiłkowy, napięcie w szyi stopniowo się odpuszczało. Przestał też się pocić, sierść zaczęła schnąć.

— Spójrz na jego oczy — powiedział cicho Marcus.

Sarah zmusiła się, by naprawdę patrzeć, poza własnym lękiem. Oczy Legenda, wcześniej pobielałe na krawędziach z dyskomfortu, teraz złagodniały, napięcie znikło z pyska. Na ich oczach opuścił lekko głowę i wypuścił długie westchnienie — kolejny dobry znak.

— Odgłosy jelit coraz bardziej wracają do normy — dodał Marcus, zdejmując stetoskop. — Lek przeciwbólowy pomaga, ale ta poprawa sugeruje, że problem zaczyna się rozwiązywać naturalnie.

Supeł w brzuchu Sarah nieco się poluzował, gdy rozpoznała prawdę w jego ocenie. Legend się poprawiał — dokładnie tak, jak przewidział Marcus. Z tą świadomością przyszła mieszanka uczuć: ulga zderzona z zakłopotaniem, wdzięczność podszyta resztkowym niepokojem i, najbardziej kłopotliwa, wstyd, że tak otwarcie zwątpiła w jego zawodowy osąd.

— Przepraszam — wydusiła, słowa zacięły się w gardle. — Nie powinnam była...

Marcus pokręcił głową, ucinając przeprosiny. — Nie — powiedział łagodnie. — Nie musisz przepraszać za to, że ci zależy.

Podeszedł do niej powoli, tak jak podchodzi się do płochliwego konia — wyraźnie zapowiadając każdy ruch, aż stanął tuż przed nią. Wyciągnął rękę i dotknął jej ramienia z taką delikatnością, że gardło znów ścisnęło jej się z zupełnie innego powodu.

— Strach u każdego wygląda inaczej — mówił dalej, na tyle cicho, by słowa nie poniosły się dalej. — Jedni milkną, inni się złoszczą, jeszcze inni próbują przejąć kontrolę. To wciąż ten sam strach, tylko w innych ubraniach.

Szloch zatrzepotał jej w gardle, niespodziewany i niechciany. Próbowała go stłumić, ale napięcie wieczoru rozpruło jej zwyczajną samokontrolę. — Nie mogę go stracić — wyszeptała, wreszcie nazywając prawdę. — Jeszcze nie. On jest wszystkim, co zbudowaliśmy. Marzeniem taty, wizją mamy, naszą przyszłością w jego źrebiętach. Jest sercem Ridgewater.

Dłoń Marcusa powędrowała z jej ramienia na twarz; kciuk delikatnie starł łzę, której nie zdążyła zauważyć. — Wiem — powiedział po prostu. — I nie pozwolę na to. Nie, jeśli cokolwiek będzie w mojej mocy.

Obietnica w jego słowach, pewność na twarzy przebiły się przez jej panikę w sposób, w jaki nie potrafiły to zrobić kliniczne zapewnienia. To nie mówił tylko jej weterynarz; to był mężczyzna, który zaczął wplatać się w tkankę jej życia — ktoś, kto rozumiał, czym Legend jest poza swoją wartością rynkową czy genetycznym wkładem.

— Przepraszam, że krzyczałam — powiedziała, lekko wtulając się w jego dłoń. — To nie w moim stylu.

— Bardziej bym się martwił, gdybyś była obojętna — uśmiechnął się lekko. — To by znaczyło, że nie zależy ci dość.

Legend cicho zarżał, odciągając ich uwagę. Ogier opuścił głowę, by powąchać słomę — kolejny zachęcający znak. Oczy miał jaśniejsze, postawę bardziej naturalną, choć wciąż było widać, że odczuwa pewien dyskomfort.

— Powinniśmy go dalej prowadzać — powiedział Marcus, wracając do trybu profesjonalnego. — Delikatny ruch stymuluje pracę jelit.

Sarah skinęła i sięgnęła po uwiąz. — Zajmę się tym.

Dłoń Marcusa przykryła jej dłoń na uwiązie. — Zostajemy oboje — powiedział. — Będziemy się zmieniać i prowadzać go przez całą noc. Nie zostawię cię z tym samej. Zostawię Tianie wiadomość, żeby przełożyła porannych klientów z powodu kolki. Wszyscy zrozumieją.

Proste stwierdzenie, podane bez patosu i bez oczekiwania wdzięczności, utkwiło Sarah gdzieś głęboko w piersi.

— Dziękuję — zdołała powiedzieć; słowa nie dorastały do uczuć, które za nimi stały.

Przez kolejne godziny wypracowali rytm: na zmianę prowadzali Legenda wolnymi okrężnymi ścieżkami po korytarzu stajni, a druga osoba monitorowała jego parametry albo przygotowywała kolejne dawki elektrolitów. Ogier stopniowo wracał do siebie, a objawy cofały się w miarę, jak noc gęstniała. Około trzeciej nad ranem zainteresował się wodą — znaczący, pozytywny znak, że zator się rozwiązuje.

Sarah oparła się o drzwi boksu, patrząc, jak Marcus znów sprawdza odgłosy jelit Legenda. Zmęczenie ciągnęło ją w dół, ale pod spodem płynął strumień czegoś na kształt spokoju. Strach nie zniknął całkiem — nie zniknie, dopóki Legend nie wyzdrowieje do końca — ale cofnął się do poziomu, z którym mogła sobie poradzić, nie zalewając jej rozumu.

— Twoja kolej na odpoczynek — powiedział Marcus, stając obok niej. — Ja pochodzę z nim przez następną godzinę.

— Dam radę — zaprotestowała, ale ciało zdradziło ją źle stłumionym ziewnięciem.

— Sarah McKenzie przyznająca, że potrzebuje snu — droczył się łagodnie. — Teraz to już wiem, że świat się kończy.

Zaskoczony śmiech wyrwał się z niej, rozpraszając część napięcia nagromadzonego przez noc. — Dobrze — ustąpiła. — Obudź mnie za godzinę. Mówię serio.

Marcus skinął, choć coś w jego wyrazie twarzy sugerowało, że jeśli się uda, pozwoli jej pospać dłużej. — W siodlarni masz polową leżankę na sezon wyźrebień, prawda? Skorzystaj z niej, zamiast próbować spać na kostce siana.

— Wymagający jesteś — mruknęła, ale w sprzeciwie nie było żaru. Zawahała się, po czym wspięła się, by musnąć go krótkim pocałunkiem — niemy podarunek za wszystko, co zrobił nie tylko dla Legenda, ale i dla niej. — Jedna godzina — powtórzyła przy jego ustach.

Uśmiechnął się, ścisnął jej dłoń i przejął uwiąz Legenda. — Jedna godzina — zgodził się. — A teraz zmykaj, zanim zaśniesz na stojąco jak nasz pacjent.

Sarah rozłożyła małą leżankę w kącie siodlarni; ciało miała ciężkie od zmęczenia. Gdy się wyciągnęła, nawet nie zdejmując butów, słyszała miękki, równy stuk kopyt Legenda i cichy głos Marcusa, gdy razem przemierzali korytarz stajni. Ten rytm był dziwnie kojący — kontrapunkt dla lęków, które wcześniej nią targały.

Jej ostatnią myślą, zanim sen ją porwał, było to, że oddanie części kontroli nie zawsze jest kapitulacją. Czasem po prostu robi miejsce, by ktoś inny pomógł nieść ciężar.

Rozdział piętnasty

BŁYSKAWICA ROZDARŁA NIEBO, OŚWIETLAJĄC stodołę ostrym, białym blaskiem, po czym znów pogrążając ją w cieniu. Sarah wzdrygnęła się, bo grzmot nastąpił niemal natychmiast — burza była już prosto nad nimi. Deszcz bębnił w blaszany dach z taką furią, że musiała podnieść głos, by usłyszały ją konie, które nerwowo przestępowały w boksach. Dwa tygodnie po lekkim epizodzie kolki u Legenda wciąż sprawdzała starego ogiera częściej niż pozostałe konie, choć pod czujnym leczeniem Marcusa całkowicie doszedł do siebie.

Szła równym krokiem wzdłuż korytarza, łagodnie przemawiając po kolei do każdego konia, uspokajając je podczas gwałtownej nawałnicy. Większość znosiła to znośnie, choć Miracle krył się pod Duchess, z szeroko otwartymi ze strachu oczami. Źrebak nigdy jeszcze nie przeżył burzy takiej skali.

— Wszystko w porządku, maluszku — wyszeptała, sięgając przez kraty, by pogłaskać go po szyi. — To tylko hałasy, nie ma się czego bać.

Kolejny oślepiający rozbłysk oświetlił stodołę, a zaraz po nim rozległ się trzask, jakby świat pękł na dwoje. Sarah podparła się o drzwi boksu Miracle'a, gdy światła złowieszczo zamigotały. Jeśli prąd padnie, zostaną zdani na latarki i awaryjny generator, zaprojektowany jedynie do podtrzymania najważniejszych systemów w domu. Przyspieszyła, chcąc dokończyć obchód, zanim ciemność wszystko skomplikuje.

Gdy dotarła do boksu Legenda na końcu rzędu, serce jej zamarło. Wielki ogier nie stał. Leżał na boku w słomie, nogi odruchowo szarpały, a pot ściemnił jego gniadą sierść mimo względnego chłodu wieczoru. Z przerażeniem patrzyła, jak próbuje przewrócić się na grzbiet, stękając z wysiłku i bólu.

— Nie, nie, nie — szepnęła, szarpiąc się z zasuwą boksu.

Ostra kolka. Nie tamto lekkie zatkanie sprzed dwóch tygodni, tylko coś o wiele groźniejszego. Otworzyła drzwi na oścież i rzuciła się do Legenda, już z linowym kantarem w ręku.

— Wstawaj, chłopaku, musisz wstać — ponaglała, zapinając kantar na spoconej głowie. Tarzanie mogło spowodować skręt jelit, który bez natychmiastowej operacji byłby śmiertelny. — No dalej, Legend, do góry!

Ogier z trudem podniósł się na nogi, a gdy już stanął, niebezpiecznie się chwiał. Oddychał urywanymi sapnięciami i natychmiast oglądał się na boki, gwałtownie grzebiąc kopytem w ziemi. Klasyczne objawy silnego bólu brzucha, w skali o wiele większej niż poprzednio.

Sarah wydobyła z kieszeni telefon, modląc się, by burza nie zabiła zasięgu. Palce tak jej drżały, że dwa razy próbowała odblokować ekran. Awaryjny numer Marcusa był pierwszy na liście ulubionych. Nacisnęła, przyłożyła telefon do ucha, a drugą rękę trzymała kurczowo na kantarze Legenda.

— No dalej, no dalej — mruknęła, gdy dzwoniło. Legend znów próbował się rzucić na ziemię, więc szarpnęła ostro za kantar. — Nie! Stój, chłopaku. Musisz stać.

— Sarah? — głos Marcusa przebił się przez tło burzy. — Co się dzieje?

— Chodzi o Legenda — wydusiła, głos załamał jej się ze strachu. — Leżał, Marcus. Ostra kolka, dużo gorsza niż wtedy. Mocno się poci, grzebie, ogląda boki, próbuje się tarzać. Podniosłam go, ale ciągle chce się kłaść.

— Kiedy zaczęły się objawy? — natychmiast przeszedł w tryb zawodowy, choć w tle słyszała szelest — brzmiało, jakby zgarniał sprzęt i szykował się do wyjazdu.

— Nie wiem dokładnie. Znalazłam go teraz, podczas sprawdzania po burzy. Ale jest źle, Marcus. Naprawdę źle. Cierpi potwornie — Sarah przełknęła szloch, gdy Legend zawył przeciągle, dźwiękiem, jakiego nigdy wcześniej u niego nie słyszała. — Błagam, przyjedź szybko.

— Już jestem w drodze. Jeśli możesz, prowadź go. Za wszelką cenę utrzymuj go na nogach. Podaj Banamine z zestawu awaryjnego, dawka jest opisana na jego wagę. Będę tak szybko, jak się da.

Połączenie się zakończyło, a Sarah schowała telefon do kieszeni i pociągnęła Legenda w stronę drzwi boksu. — Chodź, chłopaku. Musimy chodzić.

Ogier ruszył niechętnie, każdy krok sprawiał mu wyraźny ból. Zdołała wyprowadzić go na szeroki środkowy korytarz stodoły, gdzie miała więcej miejsca, by utrzymać go w ruchu. Deszcz wciąż dudnił o dach, a spod dużych, przesuwnych wrót na końcu stodoły zaczęła sączyć się woda, tworząc rosnące kałuże na betonie.

— Kate! — wykręciła numer siostry i krzyknęła, gdy tylko tamta odebrała. — Przyprowadź Emmę i Pip! Potrzebuję pomocy, to Legend!

Błyskawica znów rozświetliła świat i w tym krótkim rozbłysku zobaczyła stan Legenda z przerażającą ostrością. Zwykle dumnie uniesiona głowa zwisała nisko, oczy matowe z bólu, boki unosiły się i opadały w mozolnych, ciężkich oddechach. Miała ochotę krzyknąć z przerażenia, ale zmusiła się, by wziąć oddech i zachować spokój. Stosuj się do poleceń Marcusa.

Sarah chwyciła zestaw ratunkowy z miejsca przy wejściu do stodoły, szybko odnalazła Banamine, ale nie mogła puścić Legenda, by dwiema rękami nabrać lek do strzykawki. Zaklęła na swoje trzęsące się dłonie. Nie widziała też dokładnie dawki na fiolce i musiała odłożyć ją, gdy Legend znów gwałtownie się cofnął. Za każdym razem, gdy próbował uklęknąć, mocno szarpała za kantar, zmuszając go, by pozostał w pionie. Plecy i ramiona paliły ją od wysiłku utrzymania w ryzach tak masywnego konia, którego zwykła łagodność została stłumiona desperacją wywołaną bólem.

Na zewnątrz rozchlapywały się kroki w kałużach, po czym do stodoły wpadła Kate — przemoczona i z rozszerzonymi oczami. — Co się stało?

— Legend ma ostrą kolkę. Dzwoniłam do Marcusa, ale Legend wciąż chce się kłaść i tarzać. Potrzebuję pomocy, żeby go utrzymać na nogach i chodzić z nim, i żeby odmierzyć ten zastrzyk — głos Sarah brzmiał w jej własnych uszach nienaturalnie spokojnie, choć w żołądku kipiał paniczny strach.

Kate skinęła głową, natychmiast pojmując, jak poważna jest sytuacja, i sięgnęła po zestaw awaryjny. — Podam mu Banamine.

Chwilę później przybiegły Emma i Pip, obie przemoczone od krótkiego biegu z domu. Poruszały się ze zgraną organizacją ludzi, którzy nieraz już radzili sobie z końskimi nagłymi przypadkami.

— Mam buty do prowadzenia — rzuciła Pip, już klękając, by przypiąć ogierowi ochronne ochraniacze na nogi, na wypadek gdyby, mimo ich starań, poszedł w dół.

Emma od razu przejęła od Sarah prowadzenie, pewnie kierując Legenda w szersze koła, gdy tylko Kate wbiła igłę w szyję i podała Banamine. — Jak długo to trwa?

— Znalazłam go jakieś dziesięć minut temu — odparła Sarah. — Marcus jest w drodze, ale w taką burzę...

Wszystkie rozumiały niewypowiedzianą obawę. Drogi między miasteczkiem a Ridgewater przecinały kilka nisko położonych odcinków, które łatwo zalewało. Opóźnienie mogło być znaczne.

— Jemima jest w domu — powiedziała Emma, uprzedzając następne pytanie Sarah. — Chciała tu przyjść pomóc, ale...

Sarah ponuro skinęła. Gdyby Legend nie przeżył, i tak byłoby to wystarczająco druzgocące — nie chciała, by ośmioletnia siostrzenica to widziała. — Możesz wysłać ją do Hany i Eunji? Może zrobią jej jakąś kolację?

— Dobry pomysł — zgodziła się Emma. Zerknęła na Kate, a ta natychmiast ruszyła do domu, by to zorganizować.

— Szkoda, że Nicolas wciąż z nami nie jest — mruknęła Pip. — Przydałaby się teraz jego siła.

— Musiał akurat teraz wrócić do Francji — przytaknęła Emma, wciąż spokojnie prowadząc Legenda. Młody Francuz wyjechał zaledwie kilka dni wcześniej — skończyła mu się wiza pracownicza — a one jeszcze nie znalazły zastępstwa.

Legend nagle się zachwiał, o mało nie wyrywając Emmie ramion, gdy znów próbował paść na ziemię. Sarah i Pip dopadły go, dokładkając sił, by utrzymać go w pionie. Ogier zawył, a ten dźwięk przeciął Sarah jak fizyczny ból.

— Banamine zaraz powinna zacząć działać — powiedziała, bardziej, by dodać otuchy sobie niż innym. — Tylko go prowadźmy.

Drzwi stodoły znów się otworzyły i Kate wróciła z kilkoma mocnymi latarkami. — W domu prąd miga — zameldowała, rozdając światła. — Pomyślałam, że lepiej być gotowym. Jemima poszła z Haną i Eunji do Barracks. Mają gry planszowe i przekąski, żeby ją zająć, a Hana obiecała, że położy Jemimę do jej łóżka i zostanie z nią, jeśli nie damy rady wyrwać się do dziewiątej.

Kolejny grzmot zatrząsł stodołą, światła na moment przygasły, po czym się ustabilizowały. Legend drżał pod dłońmi Sarah, sierść miał już całkiem mokrą od potu mimo chłodnego powietrza.

— Gdzie jest Marcus? — wyszeptała, nie oczekując odpowiedzi. Z każdą minutą maleją szanse Legenda na przeżycie. Jeśli doszło do skrętu, mieli bardzo mało czasu, zanim zacznie się martwica tkanek.

Marcus ściskał kierownicę tak mocno, że aż zbielały mu knykcie, pochylając się, jakby te kilka dodatkowych centymetrów miało mu pomóc zobaczyć przez ścianę wody spływającą po przedniej szybie. Wycieraczki staczały przegraną walkę z ulewą i już dwa razy musiał omijać powalone konary. Objawy Legenda, tak jak opisała je Sarah, wskazywały na potencjalnie śmiertelną kolkę, być może ze skrętem jelit. Liczyła się każda sekunda, a burza jakby z premedytacją spowalniała jego postęp — zwykle znajoma droga do Ridgewater zamieniła się w zdradliwy tor przeszkód. Był w trasie już niemal dwa razy dłużej niż normalnie trwa piętnaście minut jazdy, a do celu zostawały mu jeszcze dobre dwa kilometry.

Woda przelewała się przez nisko położoną groblę nad Wilson's Creek, tak głęboka, że Marcus poczuł, jak pick-up na moment traci przyczepność. Wstrzymał oddech, zaklinając auto, by trzymało się kursu, zamiast dać się zepchnąć do rowu. Koła znów chwyciły zatopioną jezdnię i ruszył naprzód, w myślach układając listę sprzętu, który będzie mu potrzebny, jeśli sytuacja jest tak zła, jak się obawiał.

W jego aucie był niezbędnik do zabiegów w terenie, ale pełna operacja jamy brzusznej u konia wielkości Legenda wymagała więcej. Z kliniki zabrał wszystko, co przyszło mu do głowy, ale warunki dalekie będą od idealnych. Przemknęła mu przez myśl twarz Sarah sprzed dwóch tygodni, kiedy znalazła Legenda z lekką kolką. Wtedy to był niepokój; to, co dziś słyszał w jej głosie, było czystym przerażeniem.

Gdy wjechał na długą aleję Ridgewater, błyskawica odsłoniła odmieniony krajobraz. Woda płynęła szerokimi arkuszami przez pastwiska, a żwirowy trakt stał się płytką rzeką. Pick-up ślizgał się i miotał na ostatnim odcinku, błoto bryzgało po szybach i podwoziu.

Podwórzowe lampy oświetliły scenę, gdy zatrzymał się możliwie najbliżej stodoły. Nie czekając na przerwę w ulewie, chwycił tyle sprzętu, ile zdołał unieść, i rzucił się biegiem do drzwi. Choć to raptem pięć metrów, zanim dotarł do środka, był przemoczony do suchej nitki.

Wewnątrz widok potwierdził jego najgorsze obawy. Legend stał na środku korytarza, otoczony przez kobiety z rodziny McKenzie. Głowę miał zwieszoną nisko, a zwykle lśniąca sierść była ściemniała od potu. Gdy Marcus podszedł, ogier znów próbował ugiąć kolana, powstrzymywany tylko wspólną siłą Emmy i Kate, które ciągnęły za kantar, krzycząc i ponaglając go do ruchu tonami kompletnie niepodobnymi do ich zwyczajnej, spokojnej obecności przy koniach.

Sarah odwróciła się na jego wejście, w spojrzeniu walczyły ulga i desperacja. — Dzięki Bogu, że jesteś — powiedziała, spiesząc ku niemu.

Marcus odstawił torby i natychmiast podszedł do Legenda, przesuwając doświadczonymi dłońmi po jego bokach i brzuchu. Mięśnie pod palcami miał twarde jak kamień, a Legend odskakiwał nawet od delikatnego nacisku. Przyłożył stetoskop w różnych miejscach na brzuchu Legenda, słysząc niemal nic tam, gdzie zwykle powinny bulgotać zdrowe jelita.

— Oddał kał? — zapytał, nie przerywając badania.

— Nic, odkąd go znalazłam — odparła Sarah, stojąc tak blisko, że czuł jej lekkie drżenie. — Podaliśmy Banamine jakieś pół godziny temu, ale chyba niewiele pomaga.

Marcus posępnie skinął. — Temperatura podwyższona, tętno szybkie i słabe, wyraźne wzdęcie brzucha. — Zrobił szybkie badanie rektalne, potwierdzając swoje podejrzenia. — Jest ciężkie zatkanie i wyczuwam coś, co może być początkiem skrętu. Potrzebna operacja, natychmiast.

Słowa spadły jak kamienie w cichej stodole, przerywanej tylko nieustannym bębnieniem deszczu o dach i sporadycznymi jękami Legenda.

— Musimy zawieźć go do kliniki — rzuciła Kate, już sięgając po kluczyki od samochodu wiszące przy drzwiach.

Marcus pokręcił głową. — Droga przy Wilson's Creek jest teraz niemal nieprzejezdna. Ledwo przebiłem się pick-upem i pewnie nie powinienem był ryzykować. Ciężarówka ani przyczepa z ciężarem Legenda nie mają szans. — Rozejrzał się po stodole, gorączkowo przeglądając w myślach opcje — żadna nie była dobra. — Nawet gdyby udało się go przetransportować, opóźnienie prawdopodobnie byłoby śmiertelne.

— To co robimy? — zapytała Pip, a pytanie zawisło w powietrzu niczym burzowe chmury za ścianą.

Marcus spotkał spojrzenie Sarah; widział, że dociera do niej to, co zamierza powiedzieć. — Mamy dwie opcje. Czekać, aż drogi się oczyszczą, i liczyć, że dotrwa, albo...

— Operować tutaj — dokończyła za niego Sarah szeptem.

— Tak — potwierdził Marcus. — Ale musicie rozumieć ryzyko. Operacja jamy brzusznej w warunkach polowych jest skrajnie niebezpieczna. Infekcja, powikłania po znieczuleniu, ograniczony sprzęt... szanse nie byłyby dobre nawet w idealnych okolicznościach, a te są dalekie od idealnych.

Błyskawica znów rozświetliła stodołę ostrym światłem, a grzmot nastąpił niemal od razu. Lampy zamigotały złowieszczo, ale wytrzymały.

— A jeśli poczekamy? — zapytała Emma, wciąż trzymając Legenda, który drżał z bólu.

— Jeśli to skręt, a mocno tego się obawiam, czekanie oznacza martwicę tkanek. Gdy to się zacznie... — Marcus nie dokończył. Wszystkie rozumiały konsekwencje.

Sarah zrobiła krok bliżej, wbijając w niego spojrzenie. — Proszę, Marcus. Nie możemy go stracić. On jest dla nas wszystkim.

W tej chwili Marcus zobaczył coś więcej niż praktyczną wartość ogiera, więcej niż jego znaczenie hodowlane czy miejsce w funkcjonowaniu Ridgewater. W oczach Sarah dostrzegł, czym Legend naprawdę był: spuścizną pokoleń, ucieleśnieniem rodzinnych marzeń i ciężkiej pracy. Ten ogier nie był tylko zwierzęciem; był rodziną.

— Dobrze — powiedział, decyzja zapadła. — Operujemy tutaj. Ale potrzebuję was wszystkich i musimy działać szybko.

To, co nastąpiło, było godne podziwu. Mimo kryzysu — a może właśnie dzięki niemu — McKenzie błyskawicznie przeszły w tryb działania, poruszając się z niemal wojskową precyzją. Emma natychmiast zaczęła oczyszczać środkowy korytarz, przestawiając sprzęty i zamiatając betonową posadzkę. Kate pobiegła do domu i wróciła po chwili z naręczami czystych prześcieradeł i nowymi plandekami w jeszcze zamkniętych opakowaniach.

— Musimy stworzyć możliwie sterylne warunki — instruował Marcus, podwijając rękawy. — I znaleźć każde źródło światła, jakie macie. Lampy sufitowe są zbyt słabe do operacji.

— Przyniosę przenośne latarnie LED — powiedziała Pip, już kierując się do siodlarni. — Wszystkie się ładują.

Sarah podeszła do dużej szafy, wyciągnęła butelki ze środkiem antyseptycznym i jałowe rękawiczki. — Jakiego znieczulenia użyjesz?

— Mam kombinację ketaminy, diazepamu i agonistów alfa-2 — odparł Marcus, w myślach szybko przeliczając dawki na wagę Legenda. — Ale będziemy musieli pracować szybko, gdy już zaśnie. Protokół polowy nie utrzyma go tak długo jak znieczulenie gazowe w klinice.

W ciągu kilku minut środkowy korytarz stodoły został przeobrażony. Plandeki przykryły podłogę, na krawędziach dociążone pełnymi wiadrami z suplementami. Czyste prześcieradła posłużyły za prowizoryczne ściany, ograniczając ryzyko zakażenia drogą kropelkową. Pip i Kate ustawiły mocne, ładowalne lampy, tak by eliminowały cienie nad polem operacyjnym.

Sarah przyniosła z siodlarni miskę z gorącą wodą i mydło antyseptyczne. — Do mycia — powiedziała krótko, stawiając ją na małym stoliku nakrytym czystym prześcieradłem.

Marcus z wdzięcznością skinął głową, pod wrażeniem ich sprawności i zapobiegliwości mimo okoliczności. Gdy zaczął szorować ręce i przedramiona, obserwował, jak Emma przygotowuje Legenda do znieczulenia, wprawnie zakładając wenflon do żyły szyjnej.

— Robiłaś to już wcześniej — skomentował, trzymając się zawodowego tonu mimo adrenaliny buzującej w żyłach.

— Tata kazał nam wszystkim nauczyć się podstaw weterynarii, a Caroline pozwala nam ćwiczyć za każdym razem, kiedy ma tu poważniejszą operację — odparła Emma, zabezpieczając wenflon taśmą. — Nie sądziłam jednak, że będę szykować operację jamy brzusznej w naszej stodole.

Na zewnątrz burza nie słabła, deszcz miarowo bębnił o dach. Od czasu do czasu światło błyskawic wpadało przez wysokie okna, po czym następowały uderzenia gromu, od których wszyscy mimowolnie drżeli. Legend zdawał się tego już nie zauważać — ból odbierał mu trzeźwość spojrzenia, a ogromne ciało nieustannie drżało.

— Wszystko gotowe — powiedziała Sarah, wracając do Marcusa. Miała na sobie czyste ubranie, włosy ciasno związane; w wyrazie twarzy determinacja przykrywała strach, który widział pod spodem. — Powiedz, czego potrzebujesz.

Marcus ogarnął wzrokiem prowizoryczną salę operacyjną, porównując ją w myślach z sterylną salą w klinice. Daleko od ideału, ale dzięki pracy McKenzie — być może wystarczająco. Wziął głęboki oddech, przygotowując się do najtrudniejszej operacji w swojej karierze.

— Dobrze — powiedział. — Zaczynajmy. — Podszedł, by podać mieszankę anestetyków, która miała wprowadzić Legenda w nieświadomość. Za jego plecami siostry McKenzie czekały w napięciu, ich twarze oświetlały ostre, przenośne lampy, rzucając długie cienie na przeobrażoną stodołę. Na zewnątrz burza wciąż szturmowała, ale tu, w środku, miała właśnie zacząć się inna bitwa — z niewidzialnym wrogiem zagrażającym życiu Legenda, toczona stalą chirurgiczną.

— Będę potrzebował was wszystkich, żeby pomóc mu się położyć, gdy leki zaczną działać — polecił Marcus, wstrzykując precyzyjnie wyliczoną mieszankę do wenflonu Legenda. — Musimy w pełni kontrolować jego upadek, a potem ułożyć go na grzbiecie i zabezpieczyć nogi.

Emma i Pip stanęły przy łopatkach Legenda, Kate i Sarah przerzuciły przez wielkie ciało liny i ustawiły się przy zadu, gotowe kierować zejściem. Marcus obserwował oczy ogiera, wypatrując chwili, w której leki zaczną działać. Powieki Legenda ociężały, głowa stopniowo opadała.

— Teraz — polecił cicho, pomagając prowadzić głowę ogiera. — Najpierw kierujemy go na lewy bok.

Cztery kobiety poruszały się w idealnej synchronizacji, wywierając delikatny, lecz stanowczy nacisk, by kierować masą ciała ogiera, gdy zaczęły mu się uginać nogi. Legend opadł na kolana, a potem przechylił się na bok, jak w zwolnionym tempie. Wzorowo kontrolowały zejście, nie pozwalając, by runął na posadzkę ani zrobił sobie krzywdę.

Gdy Legend leżał, wymagało to od wszystkich tytanicznego wysiłku, by przetoczyć półtonowego konia na grzbiet i unieruchomić mu nogi miękkimi linami, odsłaniając dolną część brzucha. Marcus zdążył już rozłożyć narzędzia na jałowym polu, każde ułożone idealnie, by mieć je pod ręką. Przenośne lampy rzucały ostry blask na rozdęty od gazów brzuch Legenda — efekt niedrożności.

— Sarah, będziesz mi asystować bezpośrednio — powiedział Marcus. — Emma, nieprzerwanie monitoruj parametry. Kate i Pip, światła trzymacie dokładnie tam, gdzie pracuję.

Pochylił się nad brzuchem ogiera, oczyszczając duży prostokątny obszar gazikami nasączonymi środkiem antyseptycznym. Ręce poruszały się z jego zwyczajną sprawnością, ledwie dostrzegalny dreszcz napięcia zdradzał stawkę.

— Zaczynam — oznajmił, unosząc skalpel nad linią pośrodkową brzucha. — Emma, miej oko na oddech.

Ostrze czysto przecięło skórę, odsłaniając kolejne warstwy. Marcus pracował metodycznie, świadomy każdego ruchu w sposób, jakiego nie wymagało kontrolowane środowisko kliniki. Tutaj każdy cięcie musiało być perfekcyjne za pierwszym razem, każdy naczynie rozpoznane i zabezpieczone z absolutną precyzją. Nie było drugich szans, zapasowego sprzętu ani kolegów, z którymi można by się naradzić, gdyby coś poszło źle.

Sarah stała przy nim, podając narzędzia dokładnie w odpowiednim momencie, regularnie zbierając krew z pola operacyjnego; jej spojrzenie rzadko odrywało się od jego dłoni. Jej obecność go ugruntowywała — milcząca sprawność pozwalała mu utrzymać pełne skupienie na delikatnej procedurze rozgrywającej się pod palcami.

Ostrożnie naciął otrzewną — ostatnią barierę osłaniającą jamę brzuszną. Z cięcia uderzył go nie do pomylenia zapach niedokrwionych jelit, potwierdzając najgorsze obawy. Duża okrężnica Legenda była ciężko zatkana i obróciła się wokół własnej osi, odcinając dopływ krwi do znacznego odcinka jelita.

Ledwie Marcus zaczął oceniać rozległość skrętu, ogromne ciało Legenda szarpnęło gwałtownie, o mało nie wyszarpując rozwieraczy trzymających ranę.

— Trzymajcie go! — polecił ostrym tonem, nie odrywając wzroku od pola operacyjnego. — Potrzebuję dodatkowego znieczulenia, Emmo. Dodatkowa ketamina jest w czarnej walizce, górna przegroda.

Emma ruszyła błyskawicznie, przygotowując dodatkową dawkę, podczas gdy Kate i Pip usztywniły ciało Legenda. Sarah trwała na pozycji, dłonie miała pewne mimo narastającego napięcia.

— Podaję — potwierdziła Emma, wstrzykując lek przez linię dożylną.

Marcus odczekał, w myślach odliczając sekundy, aż lek zadziała; mięśnie Legenda stopniowo znów się rozluźniły. Dopiero wtedy wrócił do skręconych jelit.

— Skręt ma około 180 stopni — wyjaśnił, ostrożnie manewrując przy masywnym odcinku. — Muszę go odprowadzić, nie uszkadzając naczyń. — Zabieg wymagał jednocześnie siły i delikatności: manipulowania ciężką, rozdętą okrężnicą, by ją odkręcić, a jednocześnie oszczędzić nadwyrężone ukrwienie. Ramiona i plecy już paliły go bólem, ale nie miał wyjścia — skoro zaczął, musiał to dokończyć.

Błyskawica walnęła wyjątkowo blisko, a po niej huknął ogłuszający grzmot. Lampy w stodole zamigotały złowieszczo, po czym zgasły całkowicie. Zostało tylko światło z ładowalnych latarek, które trzymały Kate i Pip — nawet ich jasne diody wydawały się blade wobec nagłej ciemności.

Marcus kontynuował przy świetle przenośnych lamp, dłonie ani na moment nie zawahały się mimo kryzysu. — Trzymajcie światła równo — powiedział spokojnie. — Jestem już prawie przez najgorsze. — Trzeba było jeszcze zająć się zatkaniem w odkręconej okrężnicy — normalnie wypłukuje się jelita, co tutaj było niemożliwe.

— Będę musiał ręcznie rozbić zatkanie — oznajmił, podejmując decyzję, której w prawdziwej sali operacyjnej by nie potrzebował. — To nie jest idealne, ale nie mamy wyjścia, jeśli chcemy zapobiec natychmiastowemu nawrotowi.

Pracował metodycznie, używając delikatnego nacisku z zewnątrz, by rozkruszyć stwardniałą masę w okrężnicy, jednocześnie uważnie obserwując integralność ściany jelita, nadwyrężonej przez brak dopływu krwi. W warunkach klinicznych mógłby rozważyć resekcję uszkodzonych odcinków, ale tutaj, z ograniczonymi zasobami, musiał zaufać niezwykłej zdolności organizmu do regeneracji, jeśli tylko da się mu szansę.

— Kolor jelit się poprawia — odnotował z ostrożnym optymizmem, gdy krążenie wracało do wcześniej skręconych fragmentów.

Po blisko dwóch godzinach mozolnej pracy Marcus wreszcie poczuł tyle pewności, ile można było mieć w takich okolicznościach, że niedrożność ustąpiła. Czas było zamykać i mieć nadzieję, że zrobił dość.

— Zaczynam zamykanie jamy brzusznej — oznajmił. — Sarah, potrzebuję teraz grubszego materiału szewnego.

Warstwa po warstwie odbudowywał brzuch Legenda, precyzyjnie kładąc każdy szew, choć barki i plecy paliły od wysiłku. Na zewnątrz burza zaczęła słabnąć — odstępy między błyskawicą a gromem się wydłużały, ulewa przeszła w jednostajne sapanie deszczu — ale prąd wciąż nie wrócił. Pip pochyliła się tuż za jego ramieniem, kierując światło dokładnie tam, gdzie pracował. Miał tylko nadzieję, że akumulator wytrzyma do końca.

— Tętno i oddech się stabilizują — zameldowała Emma z wyraźną ulgą. — Ciśnienie trzyma poziom.

Trzy godziny po pierwszym cięciu Marcus położył ostatnie szwy na skórze i cofnął się, by ocenić efekt. Równa linia szwów kontrastowała ostro z chaosem warunków, w których je zakładał.

— Musimy natychmiast rozpocząć potężną antybiotykoterapię dożylną — powiedział, rozluźniając barki po maratonie operacyjnym. — I przez co najmniej 48 godzin będzie wymagał całodobowego monitoringu.

Jakby wyczuwając koniec tej gehenny, oddech Legenda się pogłębił, klatka piersiowa rozszerzała się pełniej niż od początku kolki. Marcus sprawdził kolor dziąseł — wyraźnie się poprawił, kolejny obiecujący znak.

— Wciąż nie jest bezpieczny — uprzedził, nie chcąc dawać fałszywej nadziei. — Najbliższe dni będą kluczowe. Ale teraz ma realną szansę.

W tej samej chwili światła znów się zapaliły, aż wszyscy podskoczyli. Pip wydała z siebie słaby śmiech. — Idealne wyczucie czasu!

Siostry McKenzie zabrały się za sprzątanie, w tym samym cichym, sprawnym rytmie, jaki towarzyszył operacji, choć zmęczenie było widoczne w każdym ruchu. Kate i Pip rozmontowały prowizoryczną salę, a Emma szykowała wlew antybiotyków według wskazówek Marcusa.

Sarah została przy Marcusie, wpatrzona w wciąż nieprzytomnego Legenda. — Kiedy się obudzi?

— Już niedługo — odparł Marcus, oczyszczając okolice cięcia i wrzucając brudne gaziki do worka na odpady medyczne obok. — Musimy być gotowi, żeby go uspokoić i utrzymać w bezruchu, gdy zacznie się wybudzać.

Skinęła głową i nagle odwróciła się do niego całkiem. W jej oczach Marcus zobaczył coś, co wykraczało poza zawodową wdzięczność czy nawet osobistą sympatię. Była tam głębia zaufania i coś jeszcze, coś, co narastało między nimi i w kryzysach, i w cichych momentach.

— Dziękuję — wyszeptała, głos jej się załamał. — Nie wiem, jak...

— Nie musisz nic mówić — odparł cicho Marcus.

Ich spojrzenia spotkały się ponad ciałem Legenda, a więź między nimi wzmocniło to, co właśnie razem przeszli. Na zewnątrz burza wreszcie ustała, zostało tylko delikatne kapanie z okapów i pierwsze oznaki świtu rozjaśniające niebo widoczne przez wysokie okna. W tej chwili wspólnej ulgi i przeszywającego zmęczenia coś się między nimi skrystalizowało — niewypowiedziane, ale niepodważalne.

Legend poruszył się lekko, pierwszy znak powrotu świadomości. Dłoń Sarah odnalazła dłoń Marcusa ponad ciałem ogiera, ich palce spleciły się w geście, który wyrażał wszystko, czego nie oddadzą słowa. Razem stawili czoło niemożliwemu — i wygrali.

Rozdział szesnasty

Sarah zmrużyła oczy, wpatrując się w cyfrowy termometr w półmroku boksu rekonwalescencyjnego Legenda, a fala ulgi przeszła przez nią, gdy odczytała wynik. 38,1 stopnia Celsjusza. Wciąż lekko podwyższona, ale niższa niż cztery godziny temu. Zanotowała liczbę w notesie opartym na kolanie, pismo miała bardziej koślawe niż zwykle, zdradzając zmęczenie, które przez dwadzieścia cztery godziny od operacji Legenda wsiąkło w nią aż do kości.

Stajnia oddychała wokół niej w nocnej ciszy, przerywanej tylko sporadycznymi, miękkimi poruszeniami koni w innych boksach i uporczywym, rytmicznym cykaniem świerszczy na zewnątrz. Jedna lampa rzucała łagodny blask na prowizoryczną strefę pooperacyjną, którą zorganizowali, oświetlając uporządkowany chaos materiałów medycznych: worki z kroplówkami wiszące na przerobionym w tym celu wieszaku na siodło, strzykawki ułożone według rozmiaru na czystym ręczniku na odwróconym wiadrze na paszę oraz zeszyt, w którym skrupulatnie śledziła parametry życiowe, leki i nawodnienie Legenda.

Przesunęła się na swoim prowizorycznym siedzisku, kostce siana przykrytej starym końskim kocem. W powietrzu wciąż unosił się zapach środka odkażającego, mieszając się ze znajomą wonią siana, końskiej sierści i słodkawej lucerny, którą próbowali zachęcić Legenda do jedzenia.

Nachyliła się i przyłożyła stetoskop do klatki piersiowej Legenda. Jego serce biło mocno i równo — kolejny dobry znak. Trzydzieści sześć uderzeń na minutę. Spadło z czterdziestu dwóch wcześniejszym wieczorem. To też zanotowała, po czym sprawdziła częstość oddechów, licząc łagodny ruch potężnej klatki piersiowej. Czternaście oddechów na minutę. Wszystko zmierzało w dobrym kierunku, choć wciąż za wolno, by całkiem uśmierzyć jej niepokój.

Legend leżał na boku w głęboko wyścielonym boksie, ułożony ostrożnie tak, by nie obciążać rany pooperacyjnej. Rano udało się go na chwilę podnieść — podtrzymywali jego ciężar pasami zwieszonymi z łyżki od traktora, kiedy ostrożnie wprowadzali go do boksu pooperacyjnego; stał chwiejnie piętnaście minut, zanim nogi zaczęły mu drżeć ze zmęczenia. Marcus był zadowolony nawet z tego krótkiego sukcesu, tłumacząc, że wczesna mobilizacja pomoże zapobiec powikłaniom.

— Damy radę, stary — wyszeptała, przesuwając dłonią po szyi Legenda i czując ciepło jego skóry pod palcami. Oczy, teraz przymknięte snem, drgnęły lekko pod jej dotykiem. Sprawdziła linię dożylną w jego szyi, upewniając się, że kolejna dawka antybiotyku prawidłowo spływa do żyły.

Minione dwadzieścia cztery godziny były starannie zaplanowaną zmianą opieki. Marcus został z nimi przez krytyczne pierwsze dwanaście godzin po operacji, ucząc, na jakie objawy alarmowe zwracać uwagę, pokazując, jak monitorować ranę pod kątem zakażenia, i ustalając harmonogram podawania leków. Gdy wreszcie po południu wezwano go do kolejnego nagłego przypadku, siostry zorganizowały się na zmiany, a Sarah brała najdłuższe dyżury, mimo sprzeciwu pozostałych. Po prostu nie mogła znieść myśli, że miałaby odejść, przekonana, że jej czujność w jakiś sposób dokłada się do szans Legenda w tej walce.

Cichy skrzyp drzwi stajni wyrwał ją z koncentracji na oddechu Legenda. Kroki zbliżały się, ciche, ale zdecydowane, a Sarah od razu je rozpoznała. Serce przyspieszyło, a przez pierś przetoczyło się ciepłe oczekiwanie, mimo zmęczenia.

— Jakieś zmiany? — zapytał łagodnie Marcus, pojawiając się w progu boksu, zarysowany na tle jeszcze ciemniejszej stajni poza nim.

— Temperatura spadła o pół stopnia — odparła Sarah, jej głos był lekko zachrypnięty z braku używania. — Tętno i oddech też się poprawiają.

Marcus wszedł w światło i Sarah poczuła, jak coś w piersi jej się rozluźnia na jego widok. Wyglądał niemal tak zmęczony jak ona, zazwyczaj nienaganna koszula była pognieciona, ale jego oczy były czujne i skupione, gdy spotkały się z jej spojrzeniem. Na jednym ramieniu niósł płócienną torbę, w rękach dwa termosy.

— Przywiozłem prowiant — powiedział, ostrożnie stawiając torbę obok jej prowizorycznego siedziska. — Kanapki z całodobowej stacji. Żadne delikatesy, ale lepsze niż nic. I kawę. Pomyślałem, że Pani nie jadła.

Żołądek Sarah zawarczał natychmiast, uświadamiając jej, że nie pamięta, kiedy zjadła porządny posiłek. — Jest Pan wybawcą — powiedziała, mając na myśli dosłowniej, niż wynikało z potocznego zwrotu.

Odkręcił jeden termos i nalał parującej kawy do zakrętki, po czym podał jej. Gdy wyciągnęła rękę, ich palce musnęły się, ciepła skóra o ciepłą skórę, a Sarah poczuła ten kontakt jak impuls elektryczny biegnący w górę ramienia. Ich oczy spotkały się nad podanym kubkiem — to było coś więcej niż więź wynikająca ze wspólnej troski o Legenda.

— Dziękuję — powiedziała cicho, nie tylko za kawę.

Marcus skinął głową, a w jego oczach błysnęło zrozumienie, kiedy usiadł na kostce siana obok niej, tak blisko, że ich ramiona niemal się stykały. Ciężar jego obecności obok niej wydawał się absolutnie właściwy, jakby to właśnie tu było jego miejsce w tej intymnej nocnej warcie.

Sarah upiła łyk kawy, pozwalając, by ciepło rozlało się po niej. Była idealna — mocna i słodka — dokładnie taka, jaką lubiła. Oczywiście, że zapamiętał. W krótkim czasie ich znajomości Marcus zwracał uwagę na detale, które innym umykały, dostrzegał jej upodobania, zanim zdążyła je wypowiedzieć.

— Musi Pani odpocząć — powiedział łagodnie, śledząc wzrokiem cienie pod jej oczami i lekki opad ramion, nad którym nie potrafiła już zapanować. — Nie pomoże mu Pani, doprowadzając się do upadku.

Sarah westchnęła, przecierając twarz dłonią. Czuła piasek pod powiekami, ciężar w kończynach sygnalizował, że zbliża się do granic wytrzymałości. Włosy wysunęły się ze spięcia, kosmyki okalały twarz i kleiły się do szyi.

— Wiem — przyznała. — Ale po prostu... muszę tu być. Muszę mieć pewność, że jeśli cokolwiek się zmieni, zobaczę to od razu. Strach, który prowadził ją, odkąd znalazła Legenda zwalonego w boksie, wciąż był obecny, choć teraz przytłumiony ostrożną nadzieją.

Marcus sięgnął do torby i wyjął kanapkę zawiniętą w folię. — Najpierw proszę zjeść — powiedział, odpakowując ją i kładąc w jej dłoniach. — Potem przejmę wachtę na kilka godzin, a Pani zdrzemnie się na łóżku polowym w siodlarni.

— Przecież pracował Pan cały dzień — zaprotestowała Sarah, a jednak wdzięcznie ugryzła kanapkę. Jajko i sałata. Żołądek zamruczał z uznaniem.

— A Pani jest tu pewnie bez przerwy od dwudziestu czterech godzin — odparł, a jego wyraz twarzy zmiękł, gdy na nią patrzył. — Jesteśmy w tym razem, Sarah. Proszę pozwolić, że poniosę część ciężaru.

Razem. Słowo otuliło ją jak ciepły koc. Wpatrywała się w śpiącą sylwetkę Legenda, w łagodny rytm jego oddechu, widoczny pod lekką derką, którą był przykryty. Wciąż walczył, wciąż był z nimi — dzięki umiejętnościom i determinacji Marcusa. Dwadzieścia cztery godziny temu bała się, że go stracą. Teraz po raz pierwszy pozwoliła sobie naprawdę uwierzyć, że może wyzdrowieć.

— Lepiej wygląda — zauważył Marcus, pochylając się, by sprawdzić dziąsła Legenda, a potem unosząc derkę, żeby obejrzeć jego brzuch. — A rana pooperacyjna wygląda czysto. Nie ma oznak zakażenia. — Zerknął w jej notatki. — Te parametry są obiecujące. Jeśli będzie się poprawiał w takim tempie, jutro rano spróbujemy znowu go podnieść.

Sarah skinęła głową, czując, jak supeł napięcia między łopatkami zaczyna się rozplatać. — Jest twardy, nasz Legend.

— Jak jego ludzie — powiedział cicho Marcus, a jego oczy spotkały się z jej spojrzeniem w niepodrabialnym cieple.

Siedzieli przez chwilę w zgodnym milczeniu, rytmiczny oddech Legenda tworzył spokojne tło, gdy kończyli kanapki. Sarah strzepnęła okruszki z dżinsów, nagle świadoma, jak musi wyglądać po dwudziestu czterech godzinach w stajni. A jednak Marcus patrzył na nią tak, jakby była nienagannie ubrana, a jego wzrok łagodniał i nabierał zachwytu, ilekroć spoczywał na jej twarzy. W kameralności północnej stajni poczuła, jak mury, które tak starannie stawiała, zaczynają mięknąć.

Legend poruszył się lekko we śnie, jeden potężny kopyt drgnął w snach. Sarah od razu pochyliła się, sprawdzając, czy wkłucie dożylne nie zostało naruszone, a jej dłoń automatycznie powędrowała na szyję, by wyczuć puls. Równomierne dudnienie pod palcami uspokoiło ją i usiadła z powrotem na kostce siana, boleśnie świadoma ramienia Marcusa, lekko przyciśniętego do jej ramienia.

— On tylko śni — powiedział łagodnie Marcus. — Pewnie w głowie goni klacze przez padok.

Sarah uśmiechnęła się mimo wyczerpania. — Typowe. Nawet w wieku dwudziestu czterech lat wciąż ma charakter. I wciąż lubi towarzystwo dam.

Pokręciła w palcach pustą zakrętkę po kawie, po czym odstawiła ją, by znowu sięgnąć po notes. Nie mogła utrzymać rąk w bezruchu; musiały mieć zajęcie, gdy na wierzch zaczęły wypływać emocje, które zwykle trzymała ściśle pod kontrolą. Sprawdziła kartę Legenda chyba setny raz, choć znała na pamięć każdy wpis.

Marcus delikatnie wyjął notes z jej niespokojnych dłoni, zamknął go i odłożył na bok. — Jest stabilny, Sarah. Nie musi Pani sprawdzać co trzydzieści sekund.

Skinęła głową, po czym natychmiast sięgnęła po luźne źdźbło siana, zginając je w palcach i wyplatając z niego maleńki, misterny wzór. — Wiem. Ja tylko... — Słowa utknęły jej w gardle.

Marcus czekał, cierpliwy i nienaciskający obok niej. Jakość jego milczenia zachęcała, by mówiła, kiedy będzie gotowa.

— To było przerażające — przyznała w końcu. — Oddać jego życie w czyjeś ręce, nawet w Pana. Zwykle to ja naprawiam, decyduję. — Złamała źdźbło w palcach, po czym podniosła kolejne. — Nie jestem dobra w odpuszczaniu kontroli.

— Zaufała mi Pani na tyle, by pozwolić operować — zauważył Marcus.

— Nie miałam wyboru — powiedziała, po czym szybko pokręciła głową. — To zabrzmiało źle. Chodzi mi o to, że... tak, zaufałam Panu. Ufam Panu. Ale i tak przeraziło mnie to bardziej niż cokolwiek od bardzo dawna.

Oddech Legenda nieznacznie się zmienił i oboje zesztywnieli, patrząc, aż rytm wrócił do stałego, głębokiego snu. Sarah wypuściła powietrze, nie zdając sobie sprawy, że je wstrzymywała.

— To nie tylko on — podjęła, a głos jej zadrżał. — To wszystko, co on oznacza. Dziedzictwo mojej rodziny, nasza przyszłość, wszystko, co zbudowaliśmy. — Skręciła słomkę tak mocno, że pękła. — Tata odrzucał dosłownie miliony za niego, wie Pan? Nie chodziło o pieniądze, tylko o to, że Legend był spełnieniem jego marzenia, ukoronowaniem dekad planów hodowlanych i wizji.

Marcus skinął głową, nie spuszczając z niej wzroku. — Caroline wspomniała coś o tym. Mówiła, że Jim odmawiał ofert z całego świata.

— Był książę z Arabii Saudyjskiej, który zaoferował dwa miliony — powiedziała Sarah, a na jej ustach pojawił się mały uśmiech na samo wspomnienie. — Tata powiedział, że Legend nie jest na sprzedaż za żadną cenę. Ten człowiek nie mógł tego pojąć. Wciąż podbijał ofertę, aż tata w końcu powiedział — Co bym zrobił z tymi wszystkimi pieniędzmi, poza próbą wyhodowania kolejnego takiego konia? A jego już mam tutaj.

Pochyliła się, opierając łokcie na kolanach, nagle czując potrzebę, by Marcus zrozumiał. — Każde źrebię na tej ziemi nosi jego krew. Zwycięzcy zawodów i klacze-matki w całym kraju. On nie jest tylko koniem, on... on jest sercem Ridgewater. — Powtórzyła słowa, które mówiła podczas jego pierwszej kolki, ale tym razem wypełniała je cicha pewność, a nie panika.

— A jego utrata byłaby jak utrata części siebie — zasugerował cicho Marcus.

Sarah podniosła gwałtownie wzrok, zaskoczona jego przenikliwością. — Tak. Dokładnie tak. — Przełknęła ślinę, czując się niekomfortowo obnażona, ale niezdolna już przerwać, skoro zaczęła. — Po moim wypadku, po stracie Fire... — głos jej na ułamek sekundy zadrżał na tym imieniu — nie mogłam znieść myśli o stracie czegokolwiek jeszcze ważnego. Więc próbowałam kontrolować wszystko, tworzyć procedury na każdy możliwy scenariusz, eliminować tyle zmiennych, ile się dało.

Wskazała wokół stajni, na skrupulatnie uporządkowane zapasy, szczegółowe tabele, starannie ułożone rutyny, które rządziły codziennym funkcjonowaniem Ridgewater. — To wszystko... to mój sposób na zapewnianie wszystkim bezpieczeństwa. Konie, moje siostry, nasze utrzymanie.

— Ale nie da się kontrolować wszystkiego — powiedział Marcus ze zrozumieniem. Bez osądzania.

— Nie. Przekonałam się o tym dobitnie, kiedy znalazłam Legenda zwalonego w boksie. — Spróbowała się roześmiać, ale zabrzmiało to raczej jak szloch. — A potem mogłam już tylko zadzwonić do Pana i mieć nadzieję... i zaufać.

Zamilkła, zawstydzona emocją, która zgrubiała jej głos. Cisza stajni otuliła ich, przerywana tylko oddechem Legenda i od czasu do czasu stuknięciem kopyta w innych boksach. Obecność Marcusa obok była stała i kojąca, jego ciało promieniowało ciepłem w chłodnym nocnym powietrzu.

— Po śmierci Fire — powiedziała w końcu — myślałam, że już nigdy nie przeżyję takiej straty. I uznałam, że nie będę musiała, bo dopilnuję, by to się nie zdarzyło. Przewidzę każdy problem, przygotuję się na każdy nagły przypadek.

— Pokręciła głową, a na jej ustach pojawił się ironiczny uśmiech. — Okazało się, że życie tak nie działa.

Marcus poruszył się lekko obok, jego ramię musnęło jej ramię, a ten kontakt posłał przez jej ciało falę świadomości mimo zmęczenia. — Nie, nie działa — zgodził się. — Ale to nie znaczy, że musi Pani mierzyć się z nieprzewidywalnością sama.

Ta prosta deklaracja spłynęła na nią jak ukojenie. Sarah spojrzała na niego — *naprawdę* spojrzała — rejestrując zmęczenie rysujące się na jego twarzy, współczucie w oczach, niezachwianą obecność, którą ofiarował nie tylko Legendowi, ale i jej. Stał u jej boku podczas tego kryzysu, nigdy nie potępiając jej strachu ani chwilowej ostrości w słowach, rozumiejąc, co nią kieruje, jak niewielu kiedykolwiek potrafiło.

— Nie jestem w tym też dobra — przyznała. — W dopuszczaniu ludzi do pomocy. To się czuje jak... jak przyznanie się do słabości.

— Albo jak przyznanie, że jest Pani człowiekiem — odparł. — Z tymi samymi potrzebami i kruchością, co my, zwykli śmiertelnicy.

To wywołało w niej prawdziwy śmiech, który w cichej stajni zabrzmiał zaskakująco głośno. Ucho Legenda drgnęło na dźwięk, a Sarah automatycznie sięgnęła, by pogłaskać go po szyi, uspokajając z powrotem do snu.

— Chyba nawet Wonder Woman czasem potrzebuje wsparcia — przyznała, czując, jak coś ciasnego w jej piersi zaczyna się luzować.

— Właśnie — powiedział Marcus, a uśmiech ogrzał jego zmęczone oczy. — I, jeśli to coś znaczy, radzi sobie Pani z tym wszystkim z większą klasą, niż większość ludzi ogarnęłaby w kryzysie.

Prychnęła lekko. — Jeśli przez „klasę" rozumiemy „niespanie przez dwadzieścia cztery godziny i warczenie na każdego, kto sugeruje przerwę", to owszem, jestem uosobieniem elegancji.

Marcus roześmiał się cicho, a ten dźwięk otulił ją jak znajomy koc. Ich ramiona dotykały się teraz pewniej, żadne z nich nie odsuwało się od kontaktu. W ciasnocie boksu, w którym większość miejsca zajmowała masywna sylwetka Legenda, ich bliskość była i konieczna, i właściwa.

— Dziękuję — powiedziała po chwili. — Za to, że Pan słucha. Że Pan rozumie. Że Pan nie mówi, iż przesadzam.

— Pani uczucia nigdy nie są niedorzeczne — odparł szczerze. — Zwłaszcza te dotyczące Legenda. Albo Fire. Albo Ridgewater, Pani rodziny — czegokolwiek, co jest dla Pani ważne.

Ta prosta akceptacja, podana bez banałów i prób bagatelizowania strachu, poruszyła Sarah do głębi. Spojrzała na Legenda, na łagodny ruch jego kłody przy oddechu, na ranę, która goiła się czysto dzięki wprawnym rękom Marcusa. Potem spojrzała na mężczyznę obok, znajdując w jego stałym spojrzeniu coś, czego nie spodziewała się odnaleźć pośród kryzysu: pełną akceptację tego, kim jest — wraz z jej wrażliwością.

— Ufam Panu — powiedziała cicho, a słowa były większym wyznaniem, niż sugerowały to ich proste sylaby. — Z Legendem, z Ridgewater... ze wszystkim.

Marcus poruszył się na kostce siana, przysuwając się tak blisko, że ich uda zetknęły się. Ciepło jego ciała objęło ją, a ona je przyjęła, wtulając się w niego. Gdy odezwał się ponownie, jego słowa były niższe, bardziej intymne, przeznaczone tylko dla niej, choć w cichej stajni i tak nikt inny ich nie usłyszał.

— Zanim przyjechałem do Ridgewater — powiedział, wpatrzony w śpiącego Legenda — nigdy nie czułem się, jakbym naprawdę gdziekolwiek przynależał. Tak naprawdę.

Sarah spojrzała na niego, zaskoczona tym wyznaniem. Jego profil w przygaszonym świetle był mocny, a zarazem kruchy; cienie podkreślały delikatną zmarszczkę między brwiami.

— Nawet w klinice uniwersyteckiej? — spytała. — Szanują Pana tam, prawda? Zanim... wszystko się wydarzyło.

Uśmiechnął się krzywo. — Szacunek, być może. Ale nigdy pełna akceptacja. Rodzina mojej byłej żony się o to postarała. — Jego dłonie splotły się w uścisku na kolanach — gest tak podobny do jej nerwowych nawyków, że Sarah poczuła niespodziewaną czułość. — Jej ojciec był kierownikiem katedry. Matka zasiadała w radzie powierniczej uniwersytetu. Brat był moim bezpośrednim przełożonym.

— Rodzinny układ — powiedziała miękko Sarah, a zrozumienie w niej dojrzało.

— Dosłownie — zgodził się Marcus. — Małżeństwo z rodziną Colemanów oznaczało natychmiastowy dostęp do stanowisk i możliwości, na które pracowałem latami. Ale też nigdy nie miałem pewności, czy cokolwiek osiągnąłem naprawdę własną zasługą. — Spojrzał na swoje dłonie, silne i sprawne, te same, które uratowały życie Legendowi. — Sprawiali, że czułem się niewystarczający. Jakby każdy mój sukces wynikał z ich koneksji, a nie moich umiejętności.

— Kiedy małżeństwo się rozpadło, straciłem więcej niż tylko żonę. Straciłem stanowisko, pozycję zawodową, pewność siebie. — Sarah słyszała niedający się do końca zagoić ból pod tymi słowami. — Przyjechałem do Queensland szukać nowego początku, miejsca, w którym mógłbym odbudować siebie bez wiszących nade mną cieni.

Odwrócił się wtedy do niej, a ich spojrzenia spotkały się w półmroku. — Ale tutaj, z tobą, Legendem i tym miejscem... — Gestem objął wszystko dookoła, nie tylko stajnię, ale całe Ridgewater. — Po raz pierwszy czuję, że mogłem znaleźć miejsce, do którego naprawdę przynależę.

Prosta szczerość jego słów dotknęła w Sarah czegoś bardzo głębokiego. To był mężczyzna, który rozumiał, co znaczy szukać pewności w niepewnym świecie, który również zbudował ostrożne konstrukcje, by chronić się przed bólem.

— Należy Pan tutaj — powiedziała, a słowa brzmiały doniośle mimo swojej prostoty. — Jest Pan częścią Ridgewater. Częścią nas.

Marcus wyciągnął rękę i delikatnie objął jej policzek. Dotyk był leciutki, niemal nabożny, a kciuk z niezwykłą troską zatoczył łuk po kości policzkowej. Oddech Sarah uwiązł, gdy ich spojrzenia spotkały się w uczciwej więzi, a bariery między nimi rozpuszczały się w cichej intymności tej chwili.

— Sarah — wyszeptał, jakby jej imię było modlitwą na jego ustach.

Zobaczyła to wtedy, w głębi jego oczu — uczucie, którego ostrożnie nie nazywał. Nie tylko pożądanie, nie tylko czułość ani szacunek, ale coś głębszego, co zapuściło korzenie w ich wspólnych zmaganiach i cichych momentach porozumienia. Coś, co wyglądało zadziwiająco jak miłość.

Serce waliło jej o żebra, gdy wtuliła się w jego dłoń, a własna powędrowała, by przykryć jego palce na jej policzku. Marcus poruszał się powoli, dając jej czas, by się cofnęła, jeśli zechce, ale ucieczka była ostatnią rzeczą, o której Sarah myślała. Ich usta spotkały się w nieśmiałym pocałunku, miękkim i pytającym, delikatnym rozpoznaniu.

Czułość tego pocałunku niemal ją rozbroiła. Z jej gardła wyrwał się cichy dźwięk, dłoń wsunęła się na kark Marcusa, przyciągając go bliżej. Pocałunek się pogłębił, jego usta rozchyliły się pod jej ustami; smakował kawą i czymś jedynym w swoim rodzaju — czymś, co było po prostu Marcusem — a mimo zmęczenia rozsyłał po jej ciele rozgrzane spirale.

Wokół nich stajnia grała swoją nocną symfonię: szelest słomy, gdy Legend poruszał się we śnie, łagodne trzaski starych belek osiadających pod ciężarem lat. Te znajome dźwięki domu były tłem dla nieznanego, a jednak idealnego uczucia bycia w ramionach Marcusa, którego dłonie zsunęły się teraz na jej talię, przyciągając ją bliżej na ich prowizorycznym posłaniu.

— Powinniśmy zerknąć na Legenda — wymamrotała przy jego ustach, odpowiedzialna nawet teraz.

Marcus uśmiechnął się w jej usta. — Ma się dobrze — zapewnił, muskając pocałunkiem kącik jej ust, potem linię żuchwy, a potem wrażliwe miejsce tuż pod uchem, od którego zadrżała. — Stabilny i śpi spokojnie. Monitorowałem jego oddech, jak rozmawialiśmy.

Oczywiście, że tak. Ten mężczyzna, który odpowiadał troską na troskę, który rozumiał jej obowiązki i dzielił je, zanim poprosiła. Sarah obróciła głowę, by znów schwytać jego usta, a jej ciało stopniało w jego objęciach, kiedy pocałunek stał się bardziej naglący, a pragnienie spaliło resztki wahania.

Jego dłonie były czułe, kiedy wędrowały, wślizgując się pod brzeg jej koszulki, by dotknąć ciepłej skóry pleców i z namysłem wyrysować palcami linię kręgosłupa. Sarah odpowiedziała z zaskakującą ją samą ochotą, a jej dłonie obrysowywały przez koszulę mocne płaszczyzny jego klatki piersiowej, wyczuwając pod przegubem szybkie bicie serca.

— Sarah — wyszeptał na jej szyi — jeśli to nie jest to, czego Pani chce...

— Jest — szepnęła, odsuwając się na tyle, by spotkać jego wzrok. — Pan jest tym, kogo pragnę, Marcus. Od tamtego pikniku nad jeziorem.

Uśmiech rozświetlił mu oczy, zmarszczając w kącikach, od czego jej serce stanęło na moment. Potem znów ją pocałował — głębiej, z namiętnością dorównującą jej własnej. Przenieśli się z kostki siana na czystą ściółkę rozścieloną nieopodal dla kogoś, kto miał czuwać przy Legendzie, nie przerywając kontaktu; dłonie były teraz pilne, pomagając sobie nawzajem pozbywać się warstw ubrań.

Chłodne nocne powietrze musnęło skórę Sarah, gdy Marcus rozwinął koc, by ochronić ich przed kłującą słomą, po czym ułożył ją ostrożnie na nim i opadł na nią własnym ciałem, cudownym, kojącym ciężarem. Jego usta wytyczyły szlak od jej ust do gardła, do zagłębienia między obojczykami — każdy pocałunek był obietnicą, każdy dotyk objawieniem. Sarah wygięła się pod nim, palce wplotła w jego włosy, prowadząc go, ucząc się, co sprawia, że cicho wzdycha na jej skórze.

— Jest Pani taka piękna — wymruczał ochrypłym od pożądania głosem, patrząc na nią z góry. — Niewiarygodnie piękna.

W tej chwili, gdy jego oczy piły ją łapczywie, jakby była bezcennym skarbem, Sarah mu uwierzyła. Niepewności, które dręczyły ją od wypadku — to poczucie, że jest w jakiś sposób „mniej" — zbladły pod jego uwielbiającym spojrzeniem. Widział ją — całą — i uważał za piękną.

Złączyli się z czułością, która przeczyła pilności ich pragnienia. Sarah poddała się chwili, uczuciu, z jakim Marcus poruszał się nad nią i w niej, a jej ciało odpowiadało jego tak, jakby byli stworzeni właśnie dla tej więzi. To było inne niż wszystko, czego wcześniej doświadczyła — doskonała jedność ciał i serc, pełne zaufanie.

Przez lata trzymała stery w każdym aspekcie życia, budowała systemy i zabezpieczenia, nigdy nie pozwalając sobie na bezbronność. Teraz oddała się Marcusowi całkowicie, powierzając mu ciało tak, jak powierzyła mu życie Legenda — serce samego Ridgewater.

— Kocham cię — wyszeptał jej do ucha, gdy poruszali się razem, a słowa zawisły między nimi jak dar. — Chyba kocham cię od pierwszej chwili, gdy zobaczyłem cię stojącą w tej stajni, z segregatorem w ręku, mówiącą mi dokładnie, jak wszystko ma wyglądać.

Sarah zachichotała cicho, a śmiech przeszedł w jęk, gdy przyjemność narastała w niej falą. — Byłam dla ciebie okropna — przyznała, wbijając palce w jego ramiona.

— Byłaś wspaniała — poprawił, całując ją głęboko. — Silna, zdecydowana i absolutnie onieśmielająca.

— A teraz? — zapytała, a jej głos załamał się, gdy poruszali się szybciej.

— Teraz wciąż jesteś wspaniała — powiedział, trzymając jej spojrzenie. — Ale jesteś też moja, tak jak ja jestem twój. Jeśli mnie zechcesz.

— Tak — wydyszała; słowo było i odpowiedzią, i okrzykiem, gdy rozkosz przejęła stery, a przez długie minuty w cichej stajni brzmiały tylko ich urywane oddechy i ciche westchnienia.

Później leżeli splątani, oddechy zwalniały, serca wracały do normalnego rytmu. Marcus sięgnął po drugi koc złożony nieopodal i nakrył ich ochładzające się ciała. Sarah wtuliła się w niego, układając głowę na jego piersi i słuchając równego bicia serca pod uchem.

Po drugiej stronie boksu oddech Legenda pozostawał głęboki i równy, jego potężne boki unosiły się i opadały w spokojnym śnie. Cud jego ocalenia i cud odnalezionej nieoczekiwanie miłości pośród kryzysu napełniał Sarah poczuciem zachwytu. Omal tyle nie stracili, a jednak jakimś sposobem zyskali wszystko.

— Powinniśmy się chyba ubrać, zanim Kate przyjdzie na swoją zmianę o północy — mruknęła Sarah, choć nie drgnęła, by wyjść z cieplnych objęć Marcusa.

— Pewnie tak — zgodził się, całując ją w czubek głowy. — Ale jeszcze nie teraz.

Leżeli chwilę w wygodnym milczeniu, patrząc, jak Legend oddycha, splątani pod kocami. Sarah rysowała leniwe wzory na piersi Marcusa, a jej myśli odpływały ku przyszłości, która nagle rozbłysła możliwościami.

— Myślałem o propozycji partnerstwa od Caroline — powiedział cicho Marcus. — O pozostaniu w Ridgemont na stałe. O zbudowaniu tu życia.

Sarah podparła się na łokciu, patrząc na niego z sercem pełnym. — Z nami? Ze mną?

— Z tobą — potwierdził, sięgając dłonią, by odgarnąć kosmyk włosów z jej twarzy. — Chroniąc tę ziemię i te konie, budując coś, co przetrwa. Jeśli tego też chcesz.

— Chcę — powiedziała po prostu i pochyliła się, by go pocałować. — Tego właśnie chcę.

Gdy znów wtulili się w siebie, Sarah poczuła spokój, jakiego nie znała od lat. Na zewnątrz świat kręcił się dalej ze wszystkimi swoimi niepewnościami i wyzwaniami. Groźba obwodnicy wciąż wisiała, powrót do zdrowia Legenda wciąż był kruchy, a wymagania prowadzenia Ridgewater nie malały. Ale po raz pierwszy od wypadku Sarah nie stawała przed tymi wyzwaniami sama, nie usiłowała kontrolować każdej zmiennej. Znalazła partnera, który rozumiał jej lęki, dzielił jej marzenia, kochał ją nie *pomimo* jej wrażliwości, lecz *za* siłę, jakiej wymagało ich uznanie.

W tej cichej chwili, przy kojącym rytmie oddechu Legenda i w ramionach Marcusa, Sarah wreszcie przyjęła, że niektóre rzeczy nie są po to, by je kontrolować. Niektóre są bezcenne, nie do zmierzenia. Niektóre po prostu są pisane.

Rozdział siedemnasty

SARAH WIERCIŁA SIĘ NIESPOKOJNIE na twardym plastikowym krześle, szarpiąc za kołnierzyk bluzki, który jakby uparł się ją dusić. Minęły trzy tygodnie od operacji Legenda i choć stary ogier wracał do zdrowia znakomicie, dziś towarzyszyło im inne napięcie. Los samego Ridgewater wisiał na włosku — regionalna komisja planistyczna miała właśnie wysłuchać zeznań w sprawie proponowanych wariantów obwodnicy. Zerknęła na Marcusa, który przy stole dla świadków poprawiał krawat; jego spokojny profesjonalizm ostro kontrastował z motylami w jej brzuchu.

Wiatraki pod sufitem bzyczały bez większego pożytku, raczej przeganiając gorące powietrze niż je chłodząc. W pomieszczeniu unosił się zapach pasty do mebli i lekka stęchlizna starych budynków rządowych. Przed nimi pięcioro członków komisji układało papiery i szklanki z wodą na długim stole; na twarzach — od uprzejmego zainteresowania po wyraźne znużenie. Przewodniczący, siwowłosy mężczyzna w okularach zsuniętych na czubek nosa, zerknął na zegarek, po czym stuknął w mikrofon.

— Czy to działa? Dobrze. Teraz wysłuchamy dr. Marcusa Webba w sprawie oceny oddziaływania na środowisko wariantu wschodniego obwodnicy, w szczególności w odniesieniu do Ridgewater Equestrian Centre.

Kate ścisnęła dłoń Sarah, a Emma i Pip pochyliły się do przodu po jej drugiej stronie. Ich obecność dodawała otuchy — zjednoczony front kobiet z rodziny McKenzie. Choć tygodniami przygotowywały się do tej rozprawy, zbierając dane i ćwicząc argumenty, sama rzeczywistość siedzenia w tej sali, gdzie obcy ludzie mieli zadecydować o przyszłości Ridgewater, sprawiła, że Sarah zaschło w ustach.

Marcus wstał z opanowaną pewnością siebie, poprawiając marynarkę, gdy podchodził do mikrofonu. Jego ciemne włosy były starannie zaczesane, koszula pozostawała nieskazitelnie świeża mimo upału. Widział go zaledwie kilka godzin wcześniej w codziennym stroju, gdy razem sprawdzali Legenda z rana, a jednak ta jego profesjonalna wersja wciąż zapierała jej dech.

— Dziękuję, Panie Przewodniczący, Szanowni Członkowie Komisji. Nazywam się dr Marcus Webb, jestem lekarzem weterynarii, specjalizuję się w medycynie koni. Uzyskałem doktorat w Royal Veterinary College w Londynie, mam też dodatkowe kwalifikacje z chirurgii koni oraz rozrodu. Pracuję w Australii od dziesięciu lat, wcześniej w szpitalu dla koni przy Uniwersytecie w Sydney, a od ostatnich czterech miesięcy w Ridgemont Veterinary Clinic, gdzie jestem teraz wspólnikiem.

Jego słowa niosły się po sali z autorytatywną pewnością. Sarah poczuła przypływ dumy, gdy kilku członków komisji wyprostowało się w krzesłach, wyraźnie na nowo oceniając człowieka stojącego przed nimi.

— Moje zeznania dotyczą dziś proponowanego wariantu wschodniego i jego potencjalnego wpływu na Ridgewater Equestrian Centre, ośrodek o istotnym znaczeniu rolniczym i gospodarczym dla regionu.

Marcus wskazał na dużą mapę ustawioną na sztalugach obok, prowadząc sporny przebieg wskaźnikiem laserowym. — Wariant wschodni przecina centralną część posiadłości Ridgewater, wyłączając z użytkowania około trzydzieści procent gruntu operacyjnego i tworząc przeszkody nie do pokonania dla dalszego funkcjonowania ośrodka jako wiodącej stadniny i ośrodka treningowego.

Odwrócił się do składu komisji, z powagą, lecz spokojnie. — Poza oczywistą utratą pastwisk, trasa ta poprowadzi główną drogę przez arenę główną i w odległości stu metrów od wyspecjalizowanych obiektów do rozrodu i wyźrebień, generując hałas i zanieczyszczenie powietrza, które negatywnie wpłyną na zdrowie i dobrostan zwierząt gospodarskich.

Jedna z członkiń panelu pochyliła się do przodu. — Dr Webb, czy ośrodek nie mógłby po prostu przenieść tych konkretnych budynków w inną część posiadłości?

— Nie, Pani Radna, nie mógłby — odparł Marcus bez wahania. — Obecną lokalizację wybrano celowo ze względu na odwodnienie, wysokość terenu i bliskość głównego kompleksu stajni, gdzie można szybko udzielić pomocy w nagłych wypadkach. Zaledwie trzy tygodnie temu przeprowadziłem pilną operację kolki u Ridgewater Legend, ich głównego ogiera hodowlanego, podczas silnej burzy, która uniemożliwiła transport do kliniki.

Serce Sarah zabiło szybciej na wspomnienie tamtej koszmarnej nocy. Marcus mówił dalej, w jego głos wkradała się pasja, choć sposób wypowiedzi pozostawał wyważony.

— Gdyby tych obiektów nie było, ten koń, wyceniany na dobrze ponad milion dolarów i niezastąpiony dla ich programu hodowlanego, by nie przeżył. To nie jest przesada, to weterynaryczny fakt. Przeniesienie lub odbudowa całokształtu działalności Ridgewater kosztowałaby dziesiątki milionów dolarów, znacznie przekraczając nominalną wartość gruntu. Macie Państwo wyceny w przekazanych materiałach, łącznie z kosztorysami... i żaden z tych kosztorysów nie obejmuje zakupu odpowiedniej nieruchomości gdzie indziej, ponieważ zwyczajnie nie ma obecnie na rynku w południowo-wschodnim Queensland ani nawet w północnej Nowej Południowej Walii niczego, co by się nadawało. Nie uwzględniają też wpływu na działalność operacyjną biznesu, którego nie da się oszacować, dopóki nie będzie wiadomo, gdzie miałaby być nowa lokalizacja — ale byłby on znaczny, ze względu na lokalną bazę klientów budowaną przez dekady i przynoszącą Ridgewater co roku dziesiątki tysięcy zysku.

Przewodniczący zanotował coś na kartce. — A pańska profesjonalna opinia na temat alternatywnego wariantu zachodniego?

Marcus skinął głową, wskazując wskaźnikiem drugi możliwy przebieg. — Wariant zachodni oferuje rozwiązanie, które zaspokaja potrzeby transportowe regionu, a jednocześnie zachowuje integralność nie tylko Ridgewater, ale i kilku innych gospodarstw rolnych. Przecina głównie niezagospodarowane zarośla należące do Ridgemont Country Club, tereny obecnie niewykorzystane i nienadające się do rozbudowy pola golfowego, a następnie przechodzi na zachodnią stronę jeziora przez ziemie stanowe. Dodatkowy odcinek drogi do wybudowania ma mniej niż dwa kilometry, co — zapewniam — będzie znacznie tańsze niż rzeczywista wartość odszkodowania, jakie należałoby wypłacić rodzinie McKenzie za przeniesienie i odtworzenie działalności Ridgewater.

Następnie metodycznie przedstawił korzyści środowiskowe wariantu zachodniego, powołując się na korytarze migracyjne dzikich zwierząt, ochronę zlewni oraz mniejsze obciążenie hałasem w rejonach mieszkalnych. Sarah obserwowała reakcje członków komisji, jej wprawne oko wychwytywało, którzy są przychylni, a którzy pozostają sceptyczni.

Emma pochyliła się, by szepnąć: — Jest genialny. Naprawdę uważnie słuchają.

Sarah skinęła głową, nie ufając głosowi. Marcus był czymś więcej niż genialny; walczył o jej dom z tą samą determinacją, z jaką uratował życie Legendowi. To uświadomienie ścisnęło jej gardło wzruszeniem.

— Dr Webb — odezwał się chudy mężczyzna na końcu stołu — klub golfowy wyraził obawy o spadek wartości nieruchomości, jeśli wybierzemy wariant zachodni. Jak odniesie się Pan do ich argumentów ekonomicznych?

Marcus podjął pytanie bez wahania, pewny siebie. — Z całym szacunkiem, proszę pana, potencjał rozwoju komercyjnego wzdłuż nowego korytarza transportowego najpewniej zwiększyłby wartość niewykorzystywanych gruntów klubu. — Zawiesił głos, zerkając przelotnie w stronę Sarah, po czym kontynuował: — Wariant wschodni nie uderza tylko w jeden ośrodek jeździecki; zagraża zrównoważonemu przedsiębiorstwu rolnemu, które działa od trzech pokoleń i w znacznym stopniu przyczynia się zarówno do lokalnej gospodarki, jak i do pozycji Australii na arenie międzynarodowej w jeździectwie.

Sarah wymieniła spojrzenie z Kate; jej subtelne skinienie potwierdziło, że Marcus uderzył w idealnie właściwy ton. Pip ścisnęła ramię Sarah, z ostrożnym optymizmem na twarzy.

Przez blisko godzinę Marcus odpowiadał na coraz bardziej techniczne pytania dotyczące prognozowanych skutków ekonomicznych. Nie zawahał się ani razu, łącząc naukową precyzję z praktycznym oglądem, co stopniowo zmieniało atmosferę w sali. Nawet ci początkowo znudzeni byli teraz zaangażowani, sięgając po materiały, nad którymi Sarah i Marcus pracowali tygodniami i które dostarczyli z wyprzedzeniem.

Gdy przewodniczący wreszcie podziękował Marcusowi za zeznania, Sarah wypuściła powietrze, nie zdając sobie sprawy, że je wstrzymywała. Kiedy Marcus wracał na miejsce obok ich prawnika, jego wzrok odnalazł jej oczy na galerii — krótkie połączenie, które rozlało w niej ciepło mimo formalnej scenerii.

— Komisja przystąpi teraz do narady nad wszystkimi zeznaniami dotyczącymi proponowanych wariantów obwodnicy — ogłosił przewodniczący, przekładając papiery. — Ze względu na złożoność złożonych wniosków poświęcimy dodatkowy czas na analizę przedstawionych dziś ocen oddziaływania na środowisko i projekcji ekonomicznych.

Podniósł wzrok, zwracając się do sali. — Zamykam posiedzenie.

Gdy ludzie zaczęli zbierać swoje rzeczy, Emma zwróciła się do Sarah. — Poszło lepiej, niż się spodziewałam — powiedziała ostrożnie.

Sarah skinęła głową, wciąż patrząc na Marcusa, który konsultował się z ich prawnikiem. — To jeszcze nie koniec, ale daliśmy im do myślenia.

Pip wstała, przeciągając się po długim posiedzeniu. — W najgorszym razie będą musieli teraz rzetelnie odnieść się do naszych obaw. Marcus sprawił, że nie da się ich zbyć.

Duma wezbrała w piersi Sarah, gdy patrzyła, jak Marcus podchodzi, a jego profesjonalny wyraz twarzy mięknie w ciepły uśmiech. Niezależnie od decyzji komisji, dzisiejszy dzień pokazał jej coś bezcennego: Marcus nie walczył tylko o własną przyszłość w Ridgewater, ale o wszystko, co to miejsce znaczyło dla niej, dla jej rodziny, dla ich wspólnej wizji tego, czym mogłoby się stać.

— Byłeś wspaniały — powiedziała po prostu, gdy do nich dotarł.

W kącikach jego oczu pojawiły się zmarszczki uśmiechu. — Miałem dobry materiał do pracy.

Ich dłonie odnalazły się naturalnie, palce splotły się w geście, który przez ostatnie tygodnie stał się tak swojski jak oddech. W tym dotyku była obietnica, że cokolwiek nadejdzie, stawią temu czoła razem.

— Źle napisałaś odwodnienie — powiedział Marcus, stukając ołówkiem w margines odręcznych notatek Sarah. — Chyba że istnieje jakiś specjalistyczny termin jeździecki, o którym nie wiem, zwany drinqe.

Sarah wyrwała mu z powrotem notes, tłumiąc uśmiech, gdy zmrużyła oczy na własne bazgroły. Minął tydzień od rozprawy i choć wciąż czekali na decyzję komisji, życie w Ridgewater toczyło się dalej. Kuchenny stół zniknął pod krajobrazem map, rysunków architektonicznych i raportów z analiz glebowych — ambitne plany ulepszeń posiadłości nabierały kształtów mimo wiszącej niepewności.

— Moje pismo jest całkowicie czytelne — zaprotestowała, choć nawet ona musiała przyznać, że pospiesznie nabazgrane słowo nijak nie przypominało drainage. — Niektórzy z nas nie mieli luksusu eleganckich lekcji kaligrafii w prywatnej szkole.

Marcus roześmiał się, sięgając po mapę topograficzną zachodnich padoków. — To nie było Eton, kochanie. Ale tak, ćwiczyliśmy kursywę, aż palce drętwiały. — Rozłożył mapę płasko, dociążając rogi kubkami z kawą. — Teraz pokaż mi dokładnie, gdzie stoi woda po ulewach.

Sarah pochyliła się nad stołem, warkocz zsunął jej się na ramię, gdy wskazywała kilka obniżeń terenu. — Tutaj, tutaj i szczególnie tutaj. To ostatnie miejsce zamienia się w istne trzęsawisko. Zeszłej zimy Emma zakopała tam jednego ze swoich uratowanych folblutów i musieliśmy ściągnąć traktor, żeby go wyciągnąć.

— Nic dziwnego, że martwisz się odwodnieniem — mruknął Marcus, zaznaczając punkty ołówkiem automatycznym. Jego iksy były idealnie symetryczne, każdy dokładnie tej samej wielkości. — Tu i tu trzeba będzie założyć drenaże francuskie, a możliwe, że cały ten odcinek trzeba będzie przeprofilować.

Sarah skinęła głową, dopisując kolejne uwagi swoim rzekomo nieczytelnym pismem. — A co z drogą do Barracks? W porze deszczowej zamienia się w koryto strumienia.

Marcus przejrzał profile wysokościowe, z brwiami ściągniętymi w skupieniu. Popołudniowe słońce wpadające przez kuchenne okna wydobywało rude refleksy z jego ciemnych włosów, a Sarah na moment rozproszył znajomy wicherek, który uparcie nie chciał się układać, niezależnie od tego, jak profesjonalnie zaczesywał go na rozprawy.

— Myślę, że ją podniesiemy, a potem wyłożymy przepuszczalną kostką brukową — powiedział, nieświadom jej obserwacji. — Początkowo drożej, ale pozwoli wodzie przesiąkać zamiast spływać i jest trwalsza niż żwir. — Zerknął w górę, przyłapując jej spojrzenie, a wyraz twarzy mu złagodniał. — Co?

— Nic — uśmiechnęła się. — Po prostu lubię patrzeć, jak pracujesz.

Upodobany rumieniec wspiął mu się na szyję. — Byłbym bardziej produktywny, gdybyś nie rozpraszała mnie tak bardzo.

— Ja? Zachowuję się całkowicie profesjonalnie. — Sięgnęła po marker, celowo muskając palcami jego dłoń. — A teraz o modernizacji oświetlenia w stajni...

Weszli w komfortowy rytm, głowy pochylnie zbliżone nad planami. W kuchni unosił się zapach świeżej kawy i imbirowego ciasta, które Pip upiekła rano — swojskie tło dla ich technicznych dyskusji. Z zewnątrz wpadały znajome dźwięki Ridgewater: parskanie koni na pobliskich padokach, odległy warkot traktora, którym Kate przewoziła bele siana, śmiech Jemimy, gdy pomagała Emmie przy popołudniowym karmieniu.

— Jeśli robimy boks do terapii dla Zoe — powiedział Marcus, szkicując szybki rzut na notatniku — powinniśmy rozważyć włączenie porządnej strefy hydroterapii. Przypadki rehabilitacyjne bardzo skorzystają na sesjach na bieżni wodnej.

Sarah pochyliła się bliżej, by obejrzeć rysunek; jej ramię musnęło jego ramię. — To będzie kosztowne... ale może warte ceny. Wysyłamy konie do Brisbane na hydroterapię, a posiadanie jej na miejscu byłoby dla programu ratunkowego Emmy prawdziwym przełomem. Myślę też, że inni chcieliby z niej korzystać, żeby zrekompensować część kosztów. — Uśmiechnęła się szeroko. — Pewnie trzeba będzie przegadać Kate, żeby przestała wsadzać tam Misty co rano!

Ich twarze były teraz blisko i Sarah czuła czysty, lekko korzenny zapach wody kolońskiej Marcusa. Jego ręka poruszała się pewnie po papierze, tworząc równe, miarowe linie, które przemieniały mglistą ideę w coś konkretnego.

— Emma będzie nie do zniesienia, kiedy to zobaczy — droczył się. — Ustawi w kolejce do leczenia wszystkie rozklekotane folbluty w Queensland.

— Najpewniej — zgodziła się Sarah ze śmiechem. — Ale przy jej doświadczeniu w rehabilitacji, umiejętnościach manualnych Zoe i twojej wiedzy weterynaryjnej moglibyśmy stać się prawdziwym centrum rehabilitacji koni. — Zawahała się, nagle uderzona skalą tego, co planowali. — To już nie są same naprawy i ulepszenia, prawda? Przekształcamy całą przyszłość Ridgewater.

Marcus odłożył ołówek, odwracając się do niej całym sobą. — W porządku? Nie chcę przekraczać granic.

Pokręciła głową i sięgnęła po jego dłoń. — To więcej niż w porządku. To dokładnie to, o czym zawsze marzył tata — żeby Ridgewater rozwijało się z każdym pokoleniem. On i mama zbudowali tu wiodącą stadninę; teraz my rozszerzamy ją o rehabilitację i terapię. Mamy przestrzeń. Nie widzę powodu, by się nie udało.

— Skoro mowa o rozwoju — powiedział Marcus, przewracając kartkę w notesie — myślę o stajni ogierów. Powinniśmy rozważyć modernizację stanowiska do pobierania nasienia.

Sarah jęknęła teatralnie, choć w oczach zatańczyło jej rozbawienie. — Tylko ty potrafisz wyciągnąć temat końskiego nasienia w romantycznym momencie.

— Och tak, nic tak nie brzmi romantycznie jak drenaże francuskie i przepuszczalna kostka brukowa — odparł sucho. — Poza tym byłem w przekonaniu, że to spotkanie biznesowe.

— Tak? — Podniosła z stołu linijkę i stuknęła nią w jego notes. — Bo twoje wymiary dla nowych stanowisk do mycia są zaniżone co najmniej o metr. Konie muszą móc się swobodnie obrócić, panie doktorze Webb.

Uniósł brew, wyjmując jej linijkę z dłoni. — Moje pomiary są precyzyjne co do milimetra, panno McKenzie. Może znów płata ci figle poczucie głębi. — Ton miał zaczepny, pozbawiony ostrożności, z jaką inni wciąż obchodzili się z jej problemami ze wzrokiem.

— Moje poczucie głębi jest aż nadto wystarczające, by zauważyć, kiedy ktoś jest nadmiernie pedantyczny — odcięła się, wyrywając mu linijkę. Ich dłonie splątały się, żadne nie chcąc puścić plastikowej miarki, co jakoś doprowadziło do tego, że Marcus schwytał jej palce.

— Pedantyczny? — powtórzył, muskając ustami jej kostki. — Wolałbym: drobiazgowy.

— Aptekarski — odparła, lecz udawana irytacja stopniała, gdy ich spojrzenia się spotkały.

— Skrupulatny — zaproponował, całując każdy palec z osobna.

— Obsesyjny — dorzuciła, nie mogąc już powstrzymać uśmiechu.

— Zorientowany na detale — zakończył, odkładając linijkę i przyciągając ją bliżej.

Pocałunek zaczął się figlarnie, lekki i droczący jak ich przekomarzanie, lecz szybko pogłębił się w coś więcej. Sarah zatopiła się w nim, z zachwytem odkrywając, jak naturalnie splatają się ich praca i bliskość, jak coś tak oczywistego jak oddech. Gdy wreszcie się odsunęli, oparła czoło o jego czoło.

— Pewnie powinniśmy skończyć te plany — wymruczała. — Emma i Kate chcą je przejrzeć przed kolacją.

Marcus skinął głową, choć nie wypuścił jej z objęć. — Jeszcze pięć minut — wynegocjował, dłonie miał ciepłe na jej plecach.

Sarah uśmiechnęła się, wtulając się w niego. Plany mogły poczekać. Ta chwila — w słonecznej kuchni, z przyszłością rozpisaną przed nimi w kreskach ołówka i możliwościach — była zbyt cenna, by ją popędzać. Niezależnie od decyzji komisji w sprawie obwodnicy, Ridgewater przetrwa, będzie się rozwijać, będzie kwitnąć, bo oni tego dopilnują. Razem.

— Dziesięć — przebiła go i przypieczętowała układ kolejnym pocałunkiem.

Sarah przystanęła przed salą 214, w jednej ręce balansując torbę z prezentami — pluszakami i akcesoriami dla niemowlęcia — a drugą poprawiając bukiet bladoróżowych róż. Minęły dwa dni od SMS-a Caroline z wiadomością o narodzinach małej Marissy i Sarah wreszcie udało się wyrwać na kilka godzin z Ridgewater. Korytarz oddziału położniczego tętnił cichą, zorganizowaną krzątaniną — pielęgniarki przemykały między salami, a sporadyczny kwilenie noworodków przerywało panującą ciszę. Wzięła głęboki oddech i zapukała delikatnie do drzwi.

— Wejdź — zawołała Caroline, brzmiąc na zmęczoną, ale szczęśliwą.

Sarah pchnęła drzwi łokciem, wchodząc do pokoju skąpanego w łagodnym popołudniowym świetle sączącym się przez częściowo zasłonięte żaluzje. Przestrzeń zyskła na przytulności dzięki osobistym akcentom: zdjęciom na parapecie, kolorowej narzucie na końcu łóżka i wazonikom kwiatów, które dodawały barw surowym ścianom.

W centrum tego wszystkiego siedziała Caroline, oparta o stos poduszek, tuląc maleńki zawiniątek w miękkim różowym kocyku. Zwykle gładkie włosy miała związane w niedbały kucyk, cienie pod oczami, ale jej twarz promieniała szczęściem, jakiego Sarah nigdy wcześniej u niej nie widziała.

— No proszę, w końcu. — Caroline uśmiechnęła się do niej. — Już myślałam, że Ridgewater nigdy cię nie wypuści.

— Przepraszam, że tak długo — powiedziała Sarah, stawiając prezenty na stoliku i podchodząc do łóżka. — Legendowi trzeba było zdjąć szwy, a potem był drobny kryzys z jednym z podopiecznych Emmy. — Zawahała się, niepewna, przystając przy łóżku. — Jak się czujesz?

— Wykończona. Obolała. Totalnie przytłoczona. — Caroline zaśmiała się cicho. — I szczęśliwsza niż kiedykolwiek w życiu. — Przesunęła się odrobinę, poprawiając zawiniątko w ramionach. — Chcesz ją poznać?

Sarah skinęła głową, czując niespodziewane ściśnięcie gardła, gdy Caroline ostrożnie odchyliła brzeg kocyka, odsłaniając maleńką buzię. Dziecko spało; rysy miało nierealnie drobne i idealne: usteczka jak pączek róży, nosek jak guziczek, piórkowe rzęsy spoczywające na okrągłych policzkach z różowym rumieńcem.

— Sarah, poznaj Marissę Claire Bennett — oznajmiła Caroline z dumą. — Siedem funtów i trzy uncje czystej determinacji. Dwadzieścia godzin porodu, a i tak niespecjalnie się spieszyła, żeby wyjść na świat.

— Jest śliczna — wyszeptała Sarah, szczerze oniemiała doskonałością tej miniaturowej istoty. — Ma twój nosek.

— Biedactwo — zażartowała Caroline, po czym podała dziecko. — No chodź, potrzymasz?

Sarah zawahała się, czując w brzuchu nerwowe trzepotanie. — Na pewno? Nie mam doświadczenia z noworodkami... Byłam za granicą, kiedy Emma urodziła Jemimę.

— Za to świetnie radzisz sobie z półtonowymi końmi — zauważyła Caroline. — Myślę, że poradzisz sobie z siedmiofuntowym dzieckiem. Poza tym jest całkiem krzepka.

Zanim Sarah zdążyła wymyślić kolejną wymówkę, Caroline delikatnie przełożyła Marissę w jej ramiona, szybko instruując o podtrzymywaniu główki. Sarah znalazła się z maleństwem przy piersi, zdumiona, jakie jest lekkie, a zarazem jakieś... istotne.

Marissa poruszyła się lekko, buzia najpierw się zgryzła, po czym rozluźniła, gdy wtuliła się w objęcia Sarah.

Jej ciężar był zupełnie inny, niż Sarah sobie wyobrażała — jednocześnie większy i bardziej kruchy. Dziecko promieniowało ciepłem przez miękki kocyk, a do nosa Sarah dotarł niepodrabialny zapach noworodka: słodki, pudrowy i nieuchwytnie bezcenny.

— Jest taka cieplutka — wymruczała Sarah, ostrożnie przesiadając się na krzesło obok łóżka.

— Jak mały termofor — przytaknęła Caroline. — Nate twierdzi, że dlatego śpi jak suseł, nawet na krześle. Grzeje go. — Wskazała głową na drzwi. — Wyszedł po kawę. Jest niesamowity, ani na chwilę mnie nie opuścił od przyjęcia na oddział.

Sarah skinęła głową, ale jej uwaga pozostawała przy maleńkiej buzi wtulonej w jej przedramię. Skóra Marissy była niewiarygodnie delikatna, niemal przejrzysta, z najdrobniejszym ożółwieniem ciemnych włosków przy skroniach. Sarah patrzyła urzeczona, gdy usteczka dziecka wykonały malutki ruch, po czym znów się rozluźniły.

— Robi to, co nazywają karmieniem przez sen — wyjaśniła Caroline. — Ćwiczy przed prawdziwym. Położna mówi, że to normalne.

— To niezwykłe — szepnęła Sarah. — Wszystko. To, że jest już tak kompletna, tak... gotowa na świat.

Caroline uśmiechnęła się, obserwując przyjaciółkę z dzieckiem. — To trochę cud, prawda? Nie mogę się napatrzeć na jej paluszki. Widziałaś kiedyś coś tak doskonale maleńkiego?

Sarah ostrożnie odchyliła kocyk, by odsłonić rączkę Marissy, zachwycona miniaturowymi paznokietkami, z których każdy nie był większy niż ziarnko ryżu. Dziecko odruchowo zacisnęło paluszki na jej palcu, zaskakująco mocno jak na taką maleńkość.

— Chciałam cię o coś poprosić — powiedziała Caroline poważniej. — Z Natem rozmawialiśmy i chcielibyśmy, żebyś została matką chrzestną Marissy.

Sarah gwałtownie podniosła wzrok, zaskoczenie malowało się na jej twarzy. — Ja? Na pewno? Jestem zaszczycona, ale... — Urwała, przytłoczona prośbą.

— Całkowicie pewni — potwierdziła Caroline. — Kto lepszy? Jesteś moją najstarszą przyjaciółką, jesteś niezawodna, praktyczna i masz kręgosłup moralny, który nigdy nie zawodzi. Poza tym umiesz postawić na swoim — a coś czuję, że Marissa też będzie tego potrzebować, sądząc po tym, jaką już jest uparciuchą.

Sarah poczuła kłucie łez pod powiekami, fala emocji wzięła ją z zaskoczenia. — Będzie to dla mnie zaszczyt — wydusiła, zerkając znów na śpiące w jej ramionach niemowlę. — Prawdziwy zaszczyt.

— Nie płacz — ostrzegła Caroline przez łzy. — Bo jak ty zaczniesz, to ja też, a moje hormony wciąż szaleją.

Sarah miękko się zaśmiała, mrugając, by przepędzić wilgoć z oczu. — Postaram się trzymać fason.

Dziwne, niespodziewane uczucie spłynęło na nią, gdy patrzyła na Marissę — coś ciepłego i tęsknego, co rozgościło się w środku jej piersi. Nigdy nie uważała się za osobę szczególnie macierzyńską; zawsze była zbyt skupiona na Ridgewater, na karierze, na odbudowaniu życia po wypadku, by poważnie myśleć o dzieciach. A jednak trzymanie w ramionach tej maleńkiej, idealnej istoty poruszyło w niej coś pierwotnego i potężnego.

Nagle, aż nazbyt wyraźnie, wyobraziła sobie dziecko o ciemnych włosach Marcusa i jego zamyślonych oczach. Ten obraz nie przeraził jej, jak mógłby kilka miesięcy temu. Przeciwnie — napełnił ją cichą pewnością, poczuciem możliwości, które było i nowe, i zupełnie naturalne.

— Wyglądasz na bardzo zamyśloną — zauważyła Caroline, wyrywając ją z rozmyślań. — Zdradzisz, o czym tak myślisz?

Sarah uśmiechnęła się, niegotowa jeszcze ubrać w słowa rozmiaru swojego odkrycia. — Po prostu myślę, jak szybko zmienia się życie. Sześć miesięcy temu ty panikowałaś na myśl o urlopie macierzyńskim, a ja zastanawiałam się, jak sobie poradzić, gdy mama z tatą ruszyli w trasę swoim kamperem. Teraz jesteś mamą, a ja...

— Po uszy zakochana w moim nowym wspólniku? — podpowiedziała Caroline z uśmiechem.

— Mniej więcej — przyznała Sarah, czując, jak policzki oblewa jej rumieniec. — To wszystko było takie niespodziewane.

— Najlepsze rzeczy zwykle takie są — odparła łagodnie Caroline. — Jeśli chcesz wiedzieć, on patrzy na ciebie tak, jak Nate patrzy na mnie... a teraz na Marissę. Jakbyś była centrum jego wszechświata.

Sarah poczuła, jak prawda tych słów rozbrzmiewa w niej głęboko. Zaufanie, które zbudowała z Marcusem, przemieniło ją w sposób, którego dopiero zaczynała być świadoma. Zawsze była dumna ze swojej niezależności, samowystarczalności, ale nauczenie się ufania jemu otworzyło ją na wrażliwość, która bardziej przypominała siłę niż słabość.

Marissa poruszyła się w jej ramionach, maleńkie powieki rozchyliły się, odsłaniając ciemnoniebieskie oczy, które zamrugały na Sarah z nieostrożną ciekawością. Sarah uśmiechnęła się do swojej chrześnicy, nagle pewna czegoś, czego wcześniej nigdy świadomie w sobie nie zauważała.

— Cześć, maleńka — szepnęła do dziecka. — Witaj na świecie. To całkiem wspaniałe miejsce, wiesz. Zwłaszcza gdy znajdziesz właściwych ludzi, z którymi można je dzielić.

Jakby na potwierdzenie, maleńkie usteczka Marissy uniosły się w czymś, co mogło być uśmiechem albo tylko odruchem, ale Sarah postanowiła uznać to za zgodę. Przyszłość rozciągała się przed nią, jasna od możliwości, które wreszcie była gotowa przyjąć.

Rozdział
osiemnasty

, gdy otwierał drzwi hali kryć, a przez szczelinę wdarło się jasne, poranne słońce Queenslandu. Ósma, idealnie na czas. Wewnątrz unosiła się znajoma, kojąca mieszanina zapachu świeżych trocin, skóry i konia — bardziej domowa niż jego dawne, sterylne biurowe pokoje na uniwersytecie kiedykolwiek były. Włączył światła i obrzucił wzrokiem część przygotowawczą, w myślach odhaczając punkty z listy, którą ustalili na pierwszą sesję krycia Legenda od czasu operacji. Sześć tygodni ostrożnej rehabilitacji prowadziło do tej chwili i choć zawodowa ocena Marcusa mówiła, że ogier jest gotów, nie potrafił do końca uciszyć lekkiego niepokoju w piersi.

Przeszedł przez pomieszczenie, metodycznie wykładając potrzebny sprzęt: pasy/pęta do krycia dla klaczy, środek odkażający, sterylny lubrykant i zestaw do pobrania nasienia na wypadek, gdyby naturalne krycie okazało się zbyt obciążające. Standardowa procedura, a jednak dziś wszystko wydawało się dalekie od standardu. Operacja z powodu kolki u Legenda stała się momentem przełomowym — nie tylko dla jego przeżycia, ale i dla miejsca Marcusa w Ridgewater. Wspomnienie operowania w warunkach, gdy burza wisiała w powietrzu, wciąż czasem wracało w snach — z ciężarem dziedzictwa Ridgewater dosłownie spoczywającym w jego dłoniach.

Dźwięk kopyt na żwirowej ścieżce na zewnątrz przyciągnął jego uwagę. Przez otwarte drzwi zobaczył Sarah prowadzącą Legenda ze stajni ogierów; poranne światło odbijało się od maści gniadosza, która lśniła zdrowiem. Stary ogier miał uszy nastawione do przodu, stąpał lekko i ochoczo, co wywołało u Marcusa uśmiech. Nawet w wieku dwudziestu czterech lat Legend doskonale wiedział, co oznacza wizyta w hali kryć.

— Ktoś tu dziś wyjątkowo rześki — zawołał, stając w progu.

Sarah podniosła wzrok, a na jej twarzy rozkwitł uśmiech, który wciąż potrafił przyspieszyć mu puls. — Jest nie do wytrzymania, odkąd wyczuł klacz w rui. Prawie wyrwał mi ramię, kiedy wczoraj przechodziliśmy koło jej padoku w trakcie spaceru. Założyłam mu przednie ochraniacze, zanim wyszliśmy ze stajni, tak na wszelki wypadek.

Marcus podszedł, oceniając stan Legenda, a jednocześnie witając się z Sarah szybkim pocałunkiem. Ogier wyglądał przepięknie — sierść chwytająca światło niczym polerowany brąz, mięśnie falujące pod skórą przy każdym ruchu. Miejsce cięcia było już tylko cienką linią, niemal niewidoczną pod odrastającą sierścią, świadectwo gojenia.

— No to zobaczmy cię porządnie, staruszku — mruknął Marcus, prowadząc doświadczone dłonie wzdłuż tułowia Legenda i sprawdzając miejsce pooperacyjne po raz ostatni. Napięcie mięśni wróciło całkowicie, nigdzie nie było ciepła ani tkliwości. — Niezwykła rekonwalescencja. Prawie nie widać, że w ogóle był chory.

Sarah przytaknęła, a ulgę zdradziło rozluźnienie ramion. — Przez chwilę było naprawdę o włos. Wciąż myślę o tamtej nocy...

— Lepiej nie rozdrapywać — powiedział łagodnie Marcus, wiedząc, że pamięć o bliskim spotkaniu Legenda ze śmiercią wciąż ją nawiedza. Poklepał ogiera. — Jest gotowy. Powiedziałbym nawet, że aż się rwie.

Jakby na potwierdzenie, Legend cicho zarżał, a nozdrza rozszerzyły mu się, gdy uchwycił woń dochodzącą z drugiego końca budynku. Marcus odwrócił się i zobaczył Emmę i Kate prowadzące śliczną, młodą klacz pełnej krwi angielskiej, o delikatnej głowie uniesionej wysoko, z szeroko otwartymi, lecz ufnie patrzącymi oczami, gdy kierowały ją do stanowiska do krycia.

— Prezent od Harry'ego ma się świetnie — zauważył Marcus, dostrzegając doskonałą kondycję klaczy, której jabłkowita, siwa sierść błyszczała zdrowiem.

— Moonlight — powiedziała Sarah, podążając za jego spojrzeniem. — Tak ją nazwała Emma. Pięknie się u nas zaaklimatyzowała.

— Dzień dobry, zakochańce — zawołała wesoło Pip, wchodząc za pozostałymi. — Gotowi na wielki powrót staruszka do stanówki?

Marcus poczuł ciepło na sercu na dźwięk tego swobodnego, akceptującego tonu. To, jak łatwo siostry McKenzie wplotły go w rodzinne rytmy, wciąż go czasem zaskakiwało — miła odmiana po chłodnej polityce jego dawnego życia.

— Wszystko gotowe — potwierdził, z pewnym wysiłkiem wracając do zawodowej postawy. —

Zaczynajmy, zanim Legend postanowi wziąć sprawy we własne kopyta. Nawet najspokojniejsze ogiery potrafią się niecierpliwić, gdy klacz tak flirtuje, jak Moonlight właśnie zaczyna — unosi ogon i zalotnie podsuwa zady w stronę ogiera.

McKenzie zgrały się w zsynchronizowaną rutynę, która mówiła o latach doświadczenia. Emma i Kate ustawiły Moonlight w stanowisku, przemawiając do niej cicho i uspokajająco, kiedy ją solidnie zabezpieczały. Pip założyła klaczy ochronne pasy na tylne nogi — na wszelki wypadek przed kopnięciem. Sarah trzymała Legenda w kontrolowanym dystansie; ogier stawał się coraz bardziej czujny, szyja pięknie się łukowato wyginała, gdy wyczuwał klacz.

Marcus nadzorował, dzieląc uwagę między konie a kobiety z rodziny McKenzie. Pracowały przy minimalnej komunikacji słownej, jak kwartet wykonujący doskonale wyćwiczony taniec. Skinienie Kate, sygnał dłonią od Pip, drobna korekta ustawienia od Emmy — wszystko rozumiane natychmiast. Ta sprawność robiła wrażenie i świadczyła o życiu spędzonym ramię w ramię z końmi.

— Jest gotowa — zawołała Emma, cofając się, gdy Moonlight znów chętnie uniosła ogon, cichym rżeniem zachęcając ogiera.

Marcus jeszcze raz sprawdził, czy wszystko jest przygotowane jak należy. — No dobrze, Sarah, kiedy będziesz gotowa.

Lata doświadczenia w kryciu nauczyły starego konia rutyny; poruszał się z celem, ale był posłuszny wskazówkom Sarah — świadectwo głębokiego zaufania między nimi.

— Spokojnie — szepnęła, pozwalając Legendowi podejść do zadu Moonlight.

Marcus obserwował uważnie, wyczulony na jakiekolwiek oznaki dyskomfortu czy nadmiernego napięcia w ruchach Legenda. Ogier dokładnie obwąchał klacz, po czym wykonał charakterystyczne zawinięcie górnej wargi — odruch flehmen — przetwarzając jej feromony. Podekscytowanie było oczywiste, ale Marcusa ucieszyło, że stary koń zachowywał maniery, reagując na ciche komendy Sarah mimo entuzjazmu. A choć Moonlight miała dopiero trzy lata i jeszcze nigdy nie była kryta, instynkt miała wspaniały: stała spokojnie, tylko co jakiś czas radośnie pohukując, jakby ponaglała swojego kawalera, by wziął się do roboty.

Gdy Legend dosiadł, ruch był płynny i kontrolowany, bez śladu osłabienia pooperacyjnego. Marcus zbliżył się, gotów interweniować w razie potrzeby, ale ogier nie wymagał pomocy i nie okazywał agresji. Krycie przebiegło wzorowo, jak z podręcznika — doświadczenie Legenda było widoczne w sprawnych, celowych ruchach.

— Dzielny chłopak — mruknął Marcus, a zawodowa satysfakcja przyjemnie rozlała mu się po piersi, gdy obserwował udane krycie. Nie chodziło tylko o przedłużenie linii Legenda; to był znak pełnego powrotu ogiera do zdrowia, ciągłość dziedzictwa Ridgewater i, po części, przyszłość, jaką Marcus zaczął tu widzieć także dla siebie.

Kiedy skończyli, Legend zeskoczył gładko, bez oznak bólu czy niepokoju. Marcus natychmiast podszedł, sprawdził oddech i tętno ogiera — podwyższone, lecz w normie jak na ten wysiłek. Co ważniejsze, nie było żadnych oznak dyskomfortu w obrębie brzucha ani przeciążenia miejsca pooperacyjnego.

— Wzorowo — oznajmił, nie kryjąc dumy. — Ani śladu niepokoju.

Twarz Sarah rozjaśniły ulga i radość; ich spojrzenia spotkały się ponad kłębem Legenda. — Naprawdę? Na pewno?

— Absolutnie — potwierdził Marcus, jeszcze raz gładząc bok Legenda. — Rekonwalescencja zakończona. Powiedziałbym, że wrócił do pełni sił. A łagodniejszego ogiera dla klaczy nie można sobie wymarzyć... ani grzeczniejszej klaczy, co za dzielna dziewczynka. — Poklepał też Moonlight. — Dacie razem pięknego źrebaka, kochana. Za parę tygodni zrobimy USG i upewnimy się, że doszło do zapłodnienia.

Gdy Emma i Pip odprowadzały Moonlight do jej boksu, Sarah i Marcus prowadzili Legenda z powrotem do stajni ogierów. Duży koń szedł z miną kogoś, kto świetnie wykonał robotę — wcześniejsza ochota ustąpiła zadowolonemu rozluźnieniu.

— Myślałam, że go stracimy — powiedziała cicho Sarah, gdy dotarli do boksu Legenda. — Kiedy tamtej nocy znalazłam go z kolką, byłam pewna...

— Ale go nie straciliśmy — przypomniał stanowczo Marcus, odwracając się do niej, podczas gdy Legend pomaszerował do swojego siana i zabrał się do jedzenia. — Jest zdrowy, udanie kryje i najpewniej zostanie ojcem kolejnego pokolenia czempionów.

Sarah sięgnęła po jego dłoń, ciepłe palce splatając z jego. Ten prosty gest znaczył więcej niż najbardziej kwieciste deklaracje, a jej cicha wdzięczność spłynęła na niego jak fala. W jej oczach było tyle emocji, że słowa wydawały się zbędne.

— Dobra z nas drużyna, doktorze Webb — powiedziała w końcu.

— Najlepsza, pani McKenzie — odparł, ściskając jej dłoń.

Marcus przytrzymywał kartonowe pudło biodrem, schodząc szerokimi schodami werandy Big House, uważając, by nie upuścić oprawionych fotografii wciśniętych między złożone swetry. Przedpołudniowe słońce grzało mu plecy, a z pobliskiej jakarandy, której fioletowe kwiaty dywanem pokrywały trawnik, dobiegał świergot ptaków. To była jego trzecia runda od pick-upa, a samochód już wyglądał wyraźnie bardziej pusty — jego życie zaskakująco kompaktowe, gdy spakowane w pudła. Niewiele się dorobił przez miesiące w wynajmowanym domku, jakby jakaś część niego czekała właśnie na ten dzień — ten krok ku stałości w Ridgewater.

Drzwi były podparte znoszonym butem jeździeckim — rozwiązanie tak typowe dla McKenzie, że wywołało u niego uśmiech. Wszedł do chłodnego holu, witany znajomą wonią politury z wosku pszczelego i świeżo ciętych kwiatów. Z głębi domu dobiegały kobiece głosy i śmiech — tło jego nowego życia.

— Pomóc ci z tym? — w drzwiach kuchni pojawiła się Emma, wycierając mąkę z rąk o dżinsy. — Odstaw w salonie, posegregujemy. Sarah właśnie kończy robić miejsce w swojej szafie.

— W naszej szafie, jak się okazuje — powiedział Marcus, wciąż oswajając się z tą myślą. Podążył za Emmą do salonu z wysokim sufitem, gdzie kilka jego pudeł stało już w równych stosach.

Emma się uśmiechnęła, do złudzenia przypominając wtedy Jemimę, gdy coś ją bawiło. — Nie martw się, Sarah jest bezlitośnie skuteczna. Pewnie już wyliczyła co do centymetra, ile miejsca na wieszaki będzie ci potrzebne. — Wskazała w stronę korytarza. — Zrobiłam półkę w bibliotece na twoje książki weterynaryjne. Sarah wspominała, że masz niezłą kolekcję.

— Bardzo to miłe — powiedział Marcus, poruszony ich troską. — Choć większość to pozycje referencyjne, które i wam mogą się przydać. Każdy powinien umieć zdiagnozować wrzody żołądka u konia o trzeciej nad ranem.

— Mów za siebie — roześmiała się Emma, wracając do kuchni. — Zaparzę herbatę, a ty przynieś resztę. Przeprowadzka strasznie wysusza.

Marcus odstawił pudło i wrócił do pick-upa po kolejny ładunek. Gdy podnosił szczególnie ciężkie pudło z książkami, obok stanęła Kate i chwyciła jeden koniec.

— Dam radę — zaprotestował odruchowo.

Kate uniosła brew, jakby mówiła, że jego rycerskość jest tu nie na miejscu. — Na śniadanie przerzucam bele siana, Marcus. Myślę, że pół pudła książek dam radę unieść.

Razem wnieśli je po schodach i przez frontowe drzwi. Kate poruszała się z tą samą sprawną gracją, co przy koniach, bez zbędnych ruchów. Gdy odstawili pudło w salonie, wyprostowała się i spojrzała na niego uważnie.

— Skoro oficjalnie się wprowadzasz, musisz wiedzieć kilka rzeczy o tym domu — powiedziała rzeczowo. — Bojler jest co najwyżej kapryśny. Mamy co prawda trzy łazienki, ale dwie osoby pod prysznicem jednocześnie nie przejdą — nie ma na to ciśnienia wody i z tego samego powodu zmywarkę włączamy dopiero przed samym pójściem spać. Jesteśmy na wodzie ze zbiornika, więc w czasie suszy krótkie prysznice mile widziane. — Zerknęła w górę. — Twój pokój, to znaczy pokój Sarah, ma najbardziej skrzypiącą deskę w całej Australii, jakieś trzy kroki od drzwi. Nie do uniknięcia, chyba że masz ochotę nauczyć się nad nią przeskakiwać.

Marcus kiwnął głową, wdzięczny za praktyczne wskazówki — znak akceptacji w stylu Kate. — Coś jeszcze powinienem wiedzieć?

— Okno w kuchni się zacina, ale trzeba je otwierać, jeśli gotujesz coś choć trochę dymiącego, bo inaczej uruchomi się alarm przeciwpożarowy. Nie forsuj go, bo całkiem wypadnie z zawiasów. A Pip śpiewa pod prysznicem — bardzo głośno, fałszując i z improwizowanymi tekstami. — Na ustach Kate zatańczył rzadki uśmiech. — Ale przywykniesz. My wszystkie przywykłyśmy.

Z końca korytarza dobiegł głos Pip: — Słyszałam! Mój śpiew jest zachwycający i dobrze o tym wiesz!

Kate przewróciła oczami, ale w tym geście było sporo czułości. — Pomogę ci z resztą pudeł — powiedziała i już ruszyła z powrotem na zewnątrz.

Z pomocą Kate pozostałe pudła i torby szybko znalazły się w środku. Gdy Marcus niósł ostatni bagaż — torbę podróżną z casualowymi ubraniami — Pip przecięła mu drogę w korytarzu. Miała na twarzy podejrzanie niewinny wyraz, co natychmiast wzbudziło jego czujność.

— No i co — zaczęła, opierając się o ścianę z przesadną swobodą — wreszcie zrobisz z naszej Sarah porządną kobietę?

Marcus poczuł, jak oblewa go rumieniec. — Ja... eee... nie ująłbym tego w ten sposób.

— Nie? — Oczy Pip błyszczały figlarnie. — Wspólne mieszkanie to duży krok, wiesz. Następny będzie ślub. Myślę o wiośnie, a Legend jako ten, co niesie obrączki. Z wplecionymi w grzywę kwiatami wyglądałby obłędnie.

— Pip! — odezwała się Sarah ze schodów, brzmiąc jednocześnie poirytowana i rozbawiona. — Daj mu spokój. Jeszcze zmieni zdanie i ucieknie od rodzinki wariatów.

Pip uśmiechnęła się szeroko, bez cienia skruchy. — Za późno. Zwrotów ani wymian nie przyjmujemy, Marcus. Masz teraz pełen pakiet McKenzie. — Poklepała go współczująco po ramieniu. — Spokojnie, drobne przekomarzanki fundujemy tylko tym, których lubimy.

Marcus roześmiał się mimo palącego policzki rumieńca. — Inaczej bym nie chciał — powiedział szczerze.

Figlarność w oczach Pip złagodniała w coś bardziej autentycznego. — Dobra odpowiedź. Pokój Sarah jest na górze, drugi po prawej. A ja lepiej uratuję to, co Emma piecze, zanim się rozproszy i przypali. — Zniknęła w stronę kuchni, radośnie podśpiewując.

Na górze Marcus znalazł Sarah w tym, co teraz było ich wspólną sypialnią; duża przestrzeń nabrała lekkich zmian, by go pomieścić. Zrobiła mu trochę mniej niż połowę miejsca w szafie, opróżniła dwie szuflady komody i wygospodarowała miejsce na stoliku nocnym bliżej drzwi, wiedząc, że woli tę stronę. Te drobne, praktyczne i pełne troski korekty mówiły wiele o jej akceptacji tego nowego rozdziału.

— W porządku? — zapytała z lekką niepewnością, gestem wskazując przygotowaną przestrzeń. — Mogę zrobić więcej miejsca, jeśli potrzebujesz.

— Idealnie — zapewnił, stawiając torbę na łóżku. Sięgnął do środka i wyjął oprawione zdjęcie rodziców, po czym zawahał się, niepewny, gdzie je postawić.

Sarah jakby wyczuła pytanie. — Tutaj — powiedziała, odsuwając na komodzie małego, glinianego konika, żeby zrobić miejsce. — Powinni być tam, gdzie będziesz ich łatwo widział.

Ten prosty gest niespodziewanie ścisnął mu gardło. Postawił zdjęcie ostrożnie, a obok dołożył fotografię swoją i Zoe z czasów nastoletnich — obejmujących się ramionami przed rodzinnym domem w Surrey. Widok własnej przeszłości, która wygodnie wtuliła się w teraźniejszość Sarah, wydał mu się głęboko właściwy.

Przez następne kilkadziesiąt minut Marcus sukcesywnie rozkładał swoje rzeczy po całym domu. Jego czasopisma medyczne trafiły na wyznaczoną przez Emmę półkę, ulubiony kubek (z napisem *My Hero*, prezent od dziewczynki, której kucyka uratował podczas pierwszej operacji kolki po studiach) zadomowił się w kuchennej szafce obok nie do pary dobranej kolekcji kubków McKenzie. Laptop zamieszkał w rogu stołu jadalnego — tam, gdzie Sarah wskazała, że tradycyjnie nikt nie siada. Stetoskop zawisł przy tylnych drzwiach, obok kluczy Sarah, gotów na stajenne nagłe przypadki.

Układał właśnie swoją kolekcję podręczników weterynaryjnych, gdy zauważył Sarah opartą o futrynę — przyglądała mu się z miękkim wyrazem twarzy.

— Co takiego? — zapytał, zatrzymując się z *Equine Internal Medicine* w dłoniach.

— Nic — uśmiechnęła się ciepło. — Po prostu myślałam, jak bardzo to wszystko pasuje. Ty, tutaj, robisz miejsce dla *Advanced Reproductive Techniques in Horses* obok maminej kolekcji szwedzkich kryminałów.

Zanim zdążył odpowiedzieć, w korytarzu rozległ się tupot małych stóp i do pokoju wpadła Jemima, ściskając coś w dłoni.

— Wujku Marcusie! Mama powiedziała, że teraz mieszkasz z nami, na serio! — oznajmiła, lekko zdyszana z ekscytacji. — Zrobiłam to dla ciebie.

Wyciągnęła w jego stronę złożoną kartkę z kolorowego brystolu. Marcus przykucnął, żeby zrównać się z nią wzrokiem, przyjmując dar z należytą powagą. — Dziękuję, Jemimo. Co to?

— To kartka powitalna — wyjaśniła, podskakując lekko na palcach. — Otwórz!

Marcus ostrożnie rozłożył kartkę, odsłaniając rysunek, na którym bez wątpienia widniał Big House, a przed nim stało kilka patyczaków. Jedna wysoka postać miała coś na kształt stetoskopu narysowanego niebieską kredką. Wokół biegało kilka koni w różnym rozmiarze i umaszczeniu, w tym jeden ogromny, brązowy — wyraźnie Legend.

— To ty — Jemima wskazała postać ze stetoskopem. — A to ciocia Sarah, i mama, i ciocia Kate, i ciocia Pip, i ja. I wszystkie nasze konie. Widzisz? Teraz jesteś częścią naszej rodziny.

Ta prosta deklaracja, wypowiedziana z dziecięcą pewnością, trafiła Marcusa prosto w serce. Przełknął gulę w gardle, patrząc na nieporadny rysunek rodziny, która — jakoś tak — stała się jego własną.

— Dziękuję, Jemimo — wydusił, lekko zachrypniętym głosem. — To najlepszy prezent powitalny, jaki kiedykolwiek dostałem.

Dziewczynka rozpromieniła się, po czym zarzuciła mu ręce na szyję w szybkim, mocnym uścisku i już pędem wybiegła z pokoju — misja zakończona.

Marcus pozostał na klęczkach, z kartką w rękach, świadom, że Sarah wciąż stoi w progu. Gdy w końcu podniósł na nią wzrok, zobaczył w jej oczach odbicie własnych emocji.

— Witaj w domu, Marcusie — powiedziała cicho.

W tej chwili, pośród nagromadzonej historii rodziny McKenzie i własnych rzeczy znajdujących dla siebie miejsce obok nich, Marcus wiedział, że naprawdę jest w domu.

Rozdział
dziewiętnasty

Marcus wyregulował kąt nachylenia ekranu laptopa na kuchennym stole, tak by górne światło nie odbijało się w matrycy. Wokół niego siostry McKenzie rozsiadły się na krzesłach; Sarah zajęła miejsce tuż obok, jej ramię przyjaźnie opierało się o jego. Jemima wcisnęła się między Emmę i Pip, aż kipiąc z ekscytacji, machając nogami pod stołem. Zegar w kuchni wskazywał chwilę po siódmej wieczorem w Queensland, co oznaczało dziesiątą rano w Wielkiej Brytanii — idealną porę, by złapać Zoe, zanim pójdzie do stajni na popołudniowe wizyty z klientami.

— Czy twoja siostra denerwuje się na myśl, że pozna nas wszystkich naraz? — zapytała Kate, odgarniając kosmyk włosów za ucho. — To może być trochę przytłaczające.

Marcus uśmiechnął się, myśląc o swojej nieposkromionej młodszej siostrze. — Zoe? Skądże. Wierci mi od tygodni dziurę w brzuchu, żebym zorganizował to połączenie. Jeśli już, to to ja powinienem was przed nią ostrzec.

— Och? — Pip pochyliła się do przodu, zaciekawiona. — Jakie mroczne sekrety powinniśmy znać o tajemniczej Zoe Webb?

— Mówi mniej więcej dwa razy szybciej niż prędkość dźwięku, kiedy się ekscytuje, zadaje niesamowicie osobiste pytania, nie zdając sobie sprawy, że są osobiste, i nie ma absolutnie żadnego filtra między mózgiem a ustami — odparł Marcus z czułością. — Poza tym jest absolutnie urocza.

Sarah roześmiała się, odnajdując pod stołem jego dłoń. — Czyli zupełnie niepodobna do swojego powściągliwego, dyplomatycznego brata?

Zanim Marcus zdążył odpowiedzieć, laptop zabrzmiał dźwiękiem przychodzącego połączenia. Kliknął, by odebrać, a ekran wypełniła twarz jego siostry; jej dzikie kręcone włosy ledwo trzymały się w pośpiesznie zrobionym kucyku, a szeroki uśmiech był natychmiast rozpoznawalny jako żeńska wersja jego własnego.

— No nareszcie! — zawołała Zoe, a jej brytyjski akcent brzmiał wyraźniej niż u podszlifowanego latami w Australii Marcusa. — Już myślałam, że zapomniałeś. O Boże, czy to wszyscy? Cześć, McKenzie! Tyle o was słyszałam!

Marcus poczuł rozbawione spojrzenie Sarah, gdy żywiołowe powitanie Zoe potwierdziło jego diagnozę. — Cześć i tobie, Zoe. Tak, wszyscy są. Pozwól, że cię porządnie przedstawię.

Zaczął przedstawianie, ale Zoe przerwała niemal od razu — jej entuzjazmu nie dało się powstrzymać. — *To ty jesteś* Sarah! Marcus opowiedział mi o tobie absolutnie wszystko, choć zapomniał wspomnieć, jaka jesteś przepiękna. Nic dziwnego, że w ostatnich mailach był taki rozczulony!

Marcus poczuł, jak rumieniec wspina mu się po szyi. — Zoe, może zachowajmy choć odrobinę mojej godności?

— Absolutnie nie — odparła radośnie jego siostra. — Od tego są młodsze siostry. No dobrze, która to Emma? Ekspertka od rehabilitacji koni wyścigowych? Zbierałam informacje o twoich metodach pracy z folblutami po torach i mam jakieś tysiąc pytań.

Emma pochyliła się do przodu, od razu zaangażowana przy wzmiance o swojej pracy. — To ja. I chętnie posłucham o twoim podejściu do pracy z ciałem przy przejściu po zakończeniu kariery. Pracuję teraz z wałachem, u którego występują objawy PTSD po wypadku w maszynie startowej, i z innym, u którego zdiagnozowano syndrom chrapacza, ale myślę, że to kwestia stresu.

— Och, fascynujące! Miałam podobny przypadek chrapacza w zeszłym roku, opracowałam łączone podejście z użyciem technik Mastersona i pracy z ziemi w ujęciu traumasensytywnym... — Zoe ruszyła z drobiazgowym wyjaśnieniem, jej ręce ekspresyjnie poruszały się na ekranie.

Marcus z rosnącą rozbawioną czułością patrzył, jak jego siostra i Emma wchodzą w szybki techniczny dialog, a pozostali zerkają to na jedną, to na drugą, jak widzowie wyjątkowo szybkiego meczu tenisowego. Pip złapała jego spojrzenie i bezgłośnie ułożyła usta w słowa dwa razy szybciej niż dźwięk, co zmusiło go do stłumienia śmiechu.

— Chwileczkę — powiedziała nagle Zoe, znów ogarniając wzrokiem całą grupę. — Jestem niegrzeczna, od razu uciekłam do pracy. Kate! Na pewno jesteś

Kate, ujeżdżeniowczyni. Marcus wspominał, że celujesz w kwalifikację na następne igrzyska?

Kate wyglądała na zaskoczoną, że została tak bezpośrednio wywołana. — Pracuję na to, tak. Moja klacz Mystery bardzo dobrze chodzi poziom Grand Prix.

— Fantastycznie! Pracowałam w Niemczech z kilkoma końmi ujeżdżeniowymi z poziomu olimpijskiego. Jakie to wrażliwe stworzenia, prawda? Psychologiczny komponent ich szkolenia jest fascynujący. — Spojrzenie Zoe znów przeskoczyło, tym razem padając na Pip. — A ty musisz być Pip! Dżokejka, która została trenerką kucyków. Uwielbiam twoją filozofię pracy z młodymi, Marcus podsunął mi artykuł o tobie z Queensland Equestrian Monthly.

Pip zaśmiała się z zachwytem, wyraźnie urzeczona entuzjazmem Zoe. — Była dżokejka, tak, choć nigdy nie byłam z tej mistrzowskiej półki. Dużo lepiej nadaję się do terroryzowania małych dzieci i kucyków.

— Wątpię w to bardzo — odparła ciepło Zoe. Jej wzrok w końcu zatrzymał się na Jemimie. — A ty musisz być słynna Jemima! Twój wujek Marcus mówi, że jesteś najlepszą amazonką w swoim wieku w całej Australii.

Jemima rozpromieniła się, prostując się ważnie na krześle. — Jadę w tym roku na mistrzostwa Pony Club ze swoim kucykiem Sparky, a mam też nową klacz pełnej krwi, którą zamierzam zabrać na Ekkę!

— No to kiedy przyjadę, będziesz musiała pokazać mi wszystkie swoje umiejętności jeździeckie — obiecała Zoe. — Liczę na ciebie, że pomożesz mi poznać australijskie kucyki.

— Kiedy dokładnie przylatujesz? — zapytała Sarah, kierując rozmowę ku praktycznym sprawom. — Powinniśmy zacząć szykować ci pokój.

Twarz Zoe rozbłysła jeszcze bardziej, o ile to w ogóle możliwe. — Zarezerwowałam lot za osiem tygodni! Wiza jest w trakcie, moja umowa najmu kończy się w przyszłym miesiącu, a klientów już zaczęłam przekierowywać do innych praktyków. — Jej wyraz twarzy spoważniał. — Nie potrafię wam powiedzieć, jak bardzo jestem wdzięczna za tę możliwość. Po tamtej publikacji i całej fali hejtu... odbudowa tutaj była trudna. Musiałam zejść z sieci. Wojownicy klawiatury stali się po prostu nie do zniesienia.

Marcus poczuł ukłucie opiekuńczej troski o siostrę. Zamieszanie wokół jej badań odcisnęło większe piętno, niż przyznawała w ich regularnych rozmowach. — To my powinniśmy być wdzięczni — powiedział stanowczo. — Twoje umiejętności są dokładnie tym, czego potrzebuje Ridgewater.

— Zdecydowanie — z pasją przytaknęła Emma. — Mam co najmniej pięć koni, które mogłyby od razu skorzystać z twoich metod, i znam kilku właścicieli, którzy płacą ciężkie pieniądze, żeby ktoś przyjeżdżał z Brisbane na podobną pracę — będą przeszczęśliwi, że będą mieli kogoś na miejscu.

— A klinika jest zachwycona, że dołączasz do zespołu — dodał Marcus. — Caroline już planuje przekierowywać do ciebie przypadki.

Zoe uśmiechnęła się, a spod entuzjazmu przebłysnęła delikatna nuta wrażliwości. — To wiele znaczy — znów mieć miejsce, do którego się należy.

Rozmawiali jeszcze chwilę, ale na wieczór mieli umówione drugie połączenie, więc w końcu, niechętnie, pożegnali się z Zoe serdecznie. Marcus zakończył rozmowę, czując ulgę, że poszło dobrze, choć był pewien, że jego siostra ma z kobietami McKenzie dość wspólnego, by łatwo się zaprzyjaźnić.

Kate nachyliła się przez jego ramię, wywołując listę kontaktów, i wybrała pozycję opisaną jako MAMA + TATA.

— Są trzy godziny za nami, więc tam będzie późne popołudnie — wyjaśniła Sarah, zerkając na zegar.

Połączenie po kilku dzwonkach zostało odebrane; na moment ekran pokazał wiatrak sufitowy, po czym kadr ustabilizował się, odsłaniając opaloną, pooraną zmarszczkami twarz Jima McKenzie, który z lekkim zakłopotaniem zerkał w kamerę.

— To działa? Ingrid, chyba ich mam! — zawołał przez ramię głosem o tym specyficznym brzmieniu, które Marcus rozpoznawał u mężczyzn całe życie pracujących na zewnątrz. — O, są! Widzicie nas?

Kamera zachwiała się, po czym ustabilizowała, pokazując zarówno Jima, jak i Ingrid, siedzących przy małym stoliku w ich kamperze. Za nimi przez okna wlewało się słońce, podkreślając surowe piękno krajobrazu regionu Kimberley w oddali.

— Tato! Mamo! — zaśpiewały chórem siostry McKenzie, pochylając się ku ekranowi z wyraźną radością.

— Nasze dziewczyny — rozpromienił się Jim, a jego twarz pomarszczyła się od uśmiechu. — I młoda Jemima też! Jak się miewa moja ulubiona wnuczka?

— Jestem twoją jedyną wnuczką, dziadku — zauważyła Jemima, wywołując śmiech wszystkich.

— Tym bardziej jesteś ulubiona — odparł Jim z puszczeniem oka. Jego spojrzenie przesunęło się na Marcusa, a oczy rozbłysły życzliwym humorem. — A to musi być słynny dr Webb, o którym tyle słyszeliśmy.

Marcus nagle, zupełnie irracjonalnie, poczuł się jak nastolatek poznający pierwszy raz ojca swojej dziewczyny, mimo że dobijał do czterdziestki. — Miło mi bardzo państwa poznać, proszę pana, proszę pani. Dużo o was słyszałem.

Jim roześmiał się serdecznie. — Żadne proszę pana niepotrzebne, synu. Kto ratuje Legenda i zdobywa serce Sarah, ten u mnie jest rodziną. — Spoważniał. — Zrobiłeś z tym starym ogierem coś niezwykłego. Niewielu wetów podjęłoby się operacji w takich warunkach.

— To była praca zespołowa — odpowiedział szczerze Marcus. — Kobiety McKenzie były niesamowite.

— Zwykle takie są — odezwała się po raz pierwszy Ingrid, a on wychwycił ledwie wyczuwalny ślad szwedzkiego akcentu, mimo dziesięcioleci w Australii. Jej blond włosy były ścięte w stylowego boba, okalającego wciąż uderzająco piękną twarz z nożykowo ostrymi kośćmi policzkowymi Sarah i bezpośrednim spojrzeniem Kate. — Ale rozumiemy, że to twoja fachowość go uratowała.

Marcus poczuł, jak Sarah ściska jego dłoń pod stołem — nieme potwierdzenie. — Jestem po prostu wdzięczny, że się udało — powiedział krótko.

— No i wreszcie mamy w rodzinie weta — oznajmił Jim, odchylając się w krześle z zadowoleniem. — Wiesz, ile lat czekałem, aż któraś z moich dziewczyn przyprowadzi do domu weterynarza? Oszczędzilibyśmy fortunę na dojazdach! Po cichu liczyłem, że któraś z was okaże się lesbijką i poślubi Caroline!

— Jim! — zganiła go Ingrid, choć jej oczy błyszczały tym samym humorem. — To raczej nie jest najlepszy sposób na powitanie Marcusa.

— Nie? Cóż, jest też fakt, że Sarah w ostatnich mailach była szczęśliwsza niż widziałem ją od czasów przed wypadkiem — ciągnął Jim, a żartobliwy ton zmiękł. — A to znaczy o wiele więcej niż zniżki na usługi weterynaryjne, choć i z tych nie zrezygnuję.

Marcus zerknął na Sarah, której policzki delikatnie się zaróżowiły przy szczerej ocenie ojca. Myśl, że przyczynił się do jej szczęścia, napełniła go cichą dumą.

— Wiedziałam od pierwszego maila Sarah o tobie, że jesteś kimś wyjątkowym, Marcusie — powiedziała Ingrid z tą spokojną pewnością, która wyraźnie przenikała przez łącze. — Napisała, że podważyłeś jej plan leczenia Legenda, że postawiłeś na swoim, nawet gdy była zdenerwowana. To powiedziało mi wszystko, co musiałam wiedzieć.

— Naprawdę? — zapytał Marcus szczerze zaciekawiony.

Ingrid skinęła głową. — Sarah potrzebuje kogoś na tyle silnego, by był jej partnerem, a nie tylko kibicem. Kogoś, kto ją dopełnia, a nie tylko przytakuje. — Jej oczy, o kilka tonów bledsze niż u Sarah, ale równie bezpośrednie, utrzymały jego spojrzenie przez ekran. — Myślę, że możesz być właśnie tą osobą.

Proste stwierdzenie, wypowiedziane z tak oczywistą, rzeczową pewnością, głęboko poruszyło Marcusa. Poczuł, jak ramię Sarah mocniej przylega do jego — nieme potwierdzenie trafności słów matki.

— No dobrze — powiedział Jim, przerywając chwilę wzruszenia praktyczną mową McKenzie — to kiedy przywozisz tę swoją siostrę do Australii? Za jakieś trzy miesiące może zrobimy sobie przelot na wschód na krótki postój, to byśmy się zgrali, żeby ją poznać.

Rozmowa zeszła na plany dotyczące przyjazdu Zoe i przyszłego spotkania, kiedy Jim i Ingrid wrócą ze swoich wojaży. W miarę jak połączenie płynęło gładko między rodzinnymi nowinami a życzliwymi docinkami, Marcus łapał się na tym, że dziwi go, jak naturalnie został włączony do ich kręgu. McKenzie rozmawiali z nim tak, jakby był z nimi od zawsze — nawiązując do wewnętrznych żartów, prosząc o zdanie w rodzinnych sprawach, włączając go bez wahania w przyszłe plany.

Gdy w końcu zakończyli rozmowę obietnicami porządnego świętowania, kiedy wszyscy będą razem, Marcus odchylił się na krześle, otoczony ciepłą poświatą rodzinnej bliskości. Sarah oparła się o niego, na moment kładąc głowę na jego ramieniu.

— No cóż — powiedziała miękko — wygląda na to, że zostałeś gruntownie adoptowany.

Kiedy siostry McKenzie zaczęły sprzątać ze stołu i układać plan na jutro z tą łatwością, jaka przychodzi z latami wspólnych rutyn, Marcus poczuł, jak ostatnie elementy jego nowego życia wskakują na swoje miejsce. Od odizolowanego, zawodowo szanowanego, ale prywatnie zagubionego mężczyzny, który przyjechał do Ridgewater kilka miesięcy temu, stał się kimś, kto ma korzenie, więzi, cel. Nie tylko partnerem Sarah, lecz prawdziwym członkiem tej barwnej, skomplikowanej, wspaniałej rodziny.

— Nie mógłbym prosić o nic więcej — odparł, wiedząc, że to najprawdziwsza prawda.

Sarah opadła na krzesło i wyciągnęła nogi na spatynowane deski werandy. Dzień był długi, pełen treningów i papierkowej roboty, ale teraz otaczała ją cicha wspólnota rodziny. Kate kołysała się z kubkiem herbaty na fotelu bujanym, a Emma i Pip grały bez większego zapału w karty przy małym stoliku. Jemima siedziała po turecku na poduszce przy stopach Sarah, pochłonięta zaplataniem bransoletek przyjaźni na zbliżający się biwak Pony Club; jej drobne palce zwinie pracowały z kolorowymi nitkami.

Chrzęst opon na żwirze przyciągnął ich uwagę. Sarah wyprostowała się na krześle, rozpoznając dźwięk pick-upa Marcusa, zanim jeszcze pojawił się w polu widzenia. Uśmiech sam wygiął jej usta — to drobne drżenie oczekiwania wciąż się odzywało, nawet po miesiącach razem.

— To Marcus — powiedziała niepotrzebnie, gdy samochód zaparkował obok domu.

Patrzyły, jak Marcus wysiada z pick-upa, jego wysoka sylwetka odcinała się na tle skośnego popołudniowego światła. W jednej ręce niósł torbę, w drugiej coś, co wyglądało na plik poczty. Gdy podchodził do schodów werandy, Sarah zauważyła zmęczone linie wokół jego oczu, ale uśmiech pozostał ciepły, gdy spoczął na niej.

— Wybacz, że się spóźniłem — zawołał, wchodząc po schodach z tą swobodą, jaką ma ktoś naprawdę u siebie. —

Zatrzymałem się przy skrzynce po drodze. Niezła kolekcja dzisiaj.

Sarah podniosła się, by go przywitać, przyjmując szybki pocałunek, po czym wzięła od niego stertę kopert. — Ciężki dzień?

— Ostatnia wizyta to był bardzo paskudny ropień — potwierdził, odstawiając torbę i skinieniem witając się z resztą. — Nie jestem pewien, czy moje spodnie kiedykolwiek dojdą do siebie, będę musiał je wymoczyć. To zapasowe — dodał, gdy Sarah rzuciła pytające spojrzenie na jego wcale nie takie brudne nogawki.

— Bohaterstwo jak zwykle — droczyła się Pip, rozdając nową partię kart. — Dołączysz do nas, żeby spektakularnie przegrać z Emmą?

Marcus się roześmiał, ale wzrok trzymał na Sarah, która przeglądała pocztę. — Masz tam coś z Departamentu Transportu i Dróg Głównych — powiedział cicho, a ton zmienił się na tyle, by przykuć pełną uwagę Sarah.

Jej palce zastygły, po czym ostrożnie wyciągnęła urzędową kopertę spomiędzy katalogu od dostawcy pasz a wyciągu bankowego. Rządowy herb odcinał się ostro na białym papierze — złowieszczy i oficjalny. Weranda jakby nagle ucichła; nawet ptaki na jacarandzie przerwały na moment wieczorny koncert.

Sarah skinęła głową, niespodziewanie z suchym gardłem. — Wygląda na to. — Jej ręce drżały lekko, gdy rozrywała kopertę, świadoma spojrzeń rodziny; ich twarze odbijały jej własne napięcie. Marcus stanął za jej krzesłem, jego spokojna obecność za plecami dodawała niemego wsparcia. Rozłożyła list i zaczęła skanować formalny język, szukając werdyktu ukrytego w urzędniczej nowomowie.

Przez moment słowa rozmazały się jej przed oczami. Potem, powoli, sens się przebił — a na jej twarzy rozkwitł uśmiech jak słońce po burzy.

— Zamierzają rozważyć wariant zachodni — oznajmiła, a głos jej zadrżał. — Zlecają badania wzdłuż zachodniej granicy nieużytkowanych zarośli klubu golfowego i zachodniego brzegu jeziora. Wprost powołują się na oceny oddziaływania na środowisko i ochronę działalności rolniczej jako kluczowe czynniki.

Weranda eksplodowała radością. Emma i Pip porzuciły karty z bliźniaczymi okrzykami triumfu, kartki powietrza poszybowały, gdy zerwały się, by świętować. Fotel Kate zatrzeszczał, kiedy poderwała się na równe nogi, a jej zwykle poważną twarz rozświetlił rzadki, olśniewający uśmiech. Jemima wyskoczyła z poduszki; bransoletki poszły w zapomnienie, gdy wirowała w wiwatujących kółeczkach.

— Udało się! — zawołała Emma, chwytając Sarah w tak mocny uścisk, że niemal uniosła ją do góry. — Naprawdę posłuchali!

— Twoje zeznania musiały ich przekonać — powiedziała Sarah, spoglądając na Marcusa, którego twarz łączyła ulgę i dumę. — Te wszystkie statystyki wpływu i projekcje ekonomiczne.

— To była praca zespołowa — zaprotestował skromnie, choć w oczach błyszczała satysfakcja. — Kampania poparcia społecznego, którą zorganizowałaś, zrobiła ogromną różnicę.

Jemima pociągnęła Sarah za rękaw, jej niebieskie oczy rozszerzone z ekscytacji. — Czy to znaczy, że zachowamy wszystkie nasze padoki? I ujeżdżalnię? I specjalną łąkę Legenda?

Sarah przykucnęła do poziomu bratanicy, kiwając głową i za tuckała jej za ucho kosmyk blond włosów. — To jeszcze nie koniec, skarbie, ale to naprawdę dobry znak. Nadal będziemy potrzebować poparcia społeczności do ostatecznej zgody i będą kolejne wysłuchania.

— Ale to jest krok kluczowy — zauważyła Emma, nalewając do szklanek szczodre porcje lemoniady. — Przyznali, że wschodni wariant zniszczyłby prężnie działające gospodarstwo.

— I że wariant zachodni ma więcej sensu ekonomicznego — dodała Pip, znów unosząc szklankę. — Klub golfowy będzie wściekły.

— Wcale nie — zaprzeczyła Kate. — Ich nieużytkowane zarośla i tak będą warte więcej jako komercyjna pierzeja przy nowej drodze.

Sarah oparła się o poręcz werandy, patrząc na rozemocjonowane twarze rodziny, gdy omawiały kolejne kroki. Zachodzące słońce zalewało wszystko bursztynowym blaskiem, zamieniając codzienną scenę w coś bezcennego. Marcus złapał jej spojrzenie wśród szczęśliwego rozgardiaszu, unosząc szklankę w prywatnym toaście, który nie potrzebował słów.

— Pójdę sprowadzić Legenda na noc — powiedziała Sarah po kilku minutach radosnego świętowania. Wiadomość zasługiwała na porządną imprezę, ale teraz pragnęła chwili ciszy. Marcus odstawił szklankę i wstał, by jej towarzyszyć; razem powędrowali do padoku z wysokimi poręczami, gdzie przy ogrodzeniu rysowała się rozpoznawalna sylwetka Legenda, jego potężna postura była nie do pomylenia nawet w gasnącym świetle. Stary ogier uniósł łeb na ich podejście, witając ich cichym parsknięciem, po czym wrócił do skubania trawy.

— Nigdy nie mam dość patrzenia na niego — powiedziała Sarah, opierając się o zwietrzały słup ogrodzenia. — Po wszystkim, co przeszedł, wciąż ma w sobie tę prezencję, tę godność.

Marcus skinął głową, jego ramię grzało przy jej ramieniu. — Podobnie jak jego ludzie.

Porównanie wywołało jej uśmiech. — Nazywasz mnie starą i godną, panie doktorze Webb?

— Godną na pewno. Choć może nie aż tak sędziwą jak Legend — odparł, a w kącikach oczu pojawiły się zmarszczki, które wciąż potrafiły zatrzymać jej serce. — Usiądziesz na chwilę?

Wskazał na zwaloną kłodę ironbarku, ustawioną jak rustykalna ławka na skraju padoku. Miejsce dawało idealny widok na falujące pastwiska Ridgewater aż po jezioro, które w wieczornym świetle połyskiwało jak płynne złoto. Usiadali na gładkim drewnie, a ramię Marcusa naturalnie objęło jej barki.

Między nimi osiadła komfortowa cisza, wypełniona odgłosami gospodarstwa szykującego się do nocy: rżeniem koni na odległych padokach, trelami kosów i srok w zmierzchu, dalekimi głosami sióstr wciąż świętujących na werandzie. Legend podszedł bliżej ogrodzenia, najwyraźniej zaintrygowany ich bezruchem.

Marcus wyciągnął rękę, by pogładzić aksamitny nos ogiera, gdy ten wyciągnął go przez deski. — Pamiętasz mój pierwszy dzień tutaj? — zapytał. — Kiedy spotkałaś mnie w stodole z tym segregatorem i spojrzeniem, które mogłoby zamrozić wrzątek?

Sarah roześmiała się, wspomnienie było żywe. — Byłam dla ciebie okropna. Taka w defensywie i najeżona.

— Byłaś wspaniała — poprawił, powtarzając słowa, które powiedział jej kiedyś podczas kolki Legenda. — Zawzięcie broniąca tego, co kochasz. To jedna z rzeczy, które najbardziej w tobie podziwiam.

Oparła głowę o jego ramię, dziwiąc się, jak daleko zaszli. Tego pierwszego dnia patrzyła na niego podejrzliwie — tymczasowy i zdecydowanie niewystarczający zastępca Caroline, który mógł rozchwiać jej pieczołowicie ułożone systemy. Teraz jego obecność wydawała się Ridgewater tak niezbędna, jak sama ziemia.

— Nigdy się tego nie spodziewałam — przyznała cicho.
— Niczego z tego. Ciebie, nas, tego uczucia takiej... pełni.

Marcus odwrócił się do niej nieznacznie, nagle poważny, choć oczy pozostały łagodne. — Ja też nie. Po tym, jak skończyło się moje małżeństwo, pogodziłem się z tym, że będę sam. — Ujął jej dłoń, a kciuk kreślił kółka po jej wewnętrznej stronie — gest, który stał się bliski i ukochany. — A potem pojawiłaś się ty, stojąca w tej stodole, kompletnie niewzruszona moimi papierami i absolutnie zdeterminowana, żeby robić wszystko po swojemu.

— Byłam niemiła — zaprotestowała Sarah.

— Byłaś wyzwaniem — sprostował. — Tym najlepszym. Tym, które sprawia, że człowiek jest lepszy, bo je podjął. — Wolną rękę wsunął do kieszeni kurtki; w jego ruchach pojawił się lekki niepokój, który natychmiast przykuł uwagę Sarah. — A skoro o wyzwaniach mowa...

Ona wstrzymała oddech, gdy Marcus wyjął z kieszeni małe welurowe pudełeczko; w jego wyrazie twarzy było tyle kruchości, że aż ścisnęło jej serce. Nie ukląkł, nie zrobił wielkiego gestu — po prostu trzymał pudełko na dłoni i całkiem zwrócił się ku niej na ich wspólnej ławie.

— Sarah McKenzie — zaczął, a głos miał pewny mimo emocji, które widziała mu w oczach — przyjechałem tu, szukając nowego startu, miejsca, gdzie moje umiejętności będą doceniane bez polityki i pozorów. A znalazłem dom, którego nie wiedziałem, że szukam, i kobietę, która codziennie rzuca mi wyzwanie, żebym był lepszy, niż jestem.

Otworzył pudełko, ukazując pierścionek, w który wpadły ostatnie promienie słońca: masywna złota obrączka z pojedynczym diamentem wpuszczonym równo w pogrubioną górną część. Był elegancki, praktyczny i absolutnie doskonały — dokładnie jak mężczyzna, który go trzymał.

— Kocham cię — podjął Marcus ciszej. — Twoją siłę, oddanie, twoją okazjonalną upartość, a nawet twoje nieczytelne bazgroły na tablicach w stajni. — Próbę żartu zdradzał lekki drżenie w głosie. — Chcę z tobą budować życie tutaj, w Ridgewater, tworząc coś trwałego razem. Wyjdziesz za mnie?

Sarah poczuła, jak oczy napełniają jej się łzami — niespodziewanymi, ale upragnionymi, jak deszcz po suszy. Pytanie zawisło między nimi tylko na uderzenie serca, zanim odpowiedziała.

— Tak — powiedziała po prostu, bez wahania i bez cienia wątpliwości. — Tak, Marcusie. Oczywiście.

Uśmiech rozlał mu się po twarzy jak świt, gdy wsunął pierścionek na jej palec. Pasował idealnie — kolejny dowód jego dbałości o szczegóły. Sarah zdumiewała się jego ciężarem — tak lekkim, a tak znaczącym — po czym pochyliła się, by go pocałować. Jego ramiona objęły ją — silne i pewne — tak znajome jak bicie jej własnego serca.

Gdy wreszcie się odsunęli, Marcus nie wypuścił jej z objęcia; oparł czoło o jej czoło. — Uprzedzam — mruknął — to znaczy, że Zoe oficjalnie będzie twoją szwagierką. Będzie okropnie nieznośna z dumy, że to przewidziała, wiesz?

Sarah roześmiała się, a radość wypłynęła gdzieś z głębi. — Myślę, że poradzę sobie z jeszcze jedną silną Webb w rodzinie. — Zerknęła na pierścionek, nadal trochę nie dowierzając. — Moje siostry oszaleją, kiedy to zobaczą.

— Rozważałem, czy nie poprosić Jima o pozwolenie, ale uznałem, że to będzie odrobinę zbyt staroświeckie jak na kobietę, która prowadzi własne jeździeckie imperium — powiedział Marcus, kciukiem ścierając łzę, która wymknęła się po jej policzku. — Poza tym twój ojciec już mi powiedział, że jestem rodziną. Ja to tylko robię oficjalnie.

W tej chwili Legend trącił mocno ramię Marcusa, o mało nie zrzucając go z kłody. Oboje wybuchnęli śmiechem, a napięcie chwili rozpuściło się w czymś ciepłym i swojskim.

— Nawet Legend aprobuje — powiedziała Sarah, sięgając, by pogładzić ogiera po grzywce. — Choć pewnie po prostu zastanawia się, kiedy w końcu weźmiemy go do środka na kolację.

Marcus objął ją bardziej pewnym ruchem, a na jego twarzy pojawiła się zaduma, gdy patrzył na posiadłość. — Mała Marissa Caroline będzie potrzebowała rówieśników do rywalizacji w Pony Clubie, wiesz. Jeśli kiedyś będziemy myśleć o własnej rodzinie.

Luźna wzmianka o dzieciach kiedyś by ją przeraziła — kolejna słabość, na którą nie mogła sobie pozwolić. Teraz Sarah przyłapała się na uśmiechu na myśl o dziecku o ciemnych lokach Marcusa i jej zaciętości, uczącym się jeździć na jednym z łagodnych potomków Legenda.

— Kiedyś — zgodziła się miękko. — Choć nie przed ślubem. Mama nigdy by nam nie wybaczyła, że odbieramy jej okazję do zaplanowania porządnej ceremonii.

Cierpliwość Legenda się wyczerpała i chwycił zębami za rąbek koszuli Sarah, pociągając stanowczo.

— No dobrze, już dobrze! — Zaśmiała się, wstając, i wyciągnęła kantar, który przyniosła. Legend wsunął nos i cierpliwie poczekał, aż go zapnie, po czym razem wrócili do stajni ogierów i dali Legendowi wieczorną paszę.

— Lepiej chodźmy podzielić się nowiną — szturchnął ją Marcus, a ona uśmiechnęła się, sprawdzając, czy zasuwka w boksie Legenda jest dobrze zatrzaśnięta.

— Musimy? Będzie głośno.

Zaśmiał się i pochylił się po pocałunek. — Ja się akurat nie mogę doczekać. Chaos McKenzie ma w moim sercu specjalne miejsce.

Uśmiechnęła się i ujęła jego dłoń. — Zwariowałeś. Ale i tak cię kocham.

Ręka w rękę ruszyli z powrotem w stronę domu, którego okna świeciły teraz ciepłym światłem na tle pogłębiającego się granatu wieczoru; tam czekały ich rodzina, przyszłość i wszystkie wyzwania oraz radości, które z nimi przyjdą.

Przed nimi rozciągała się szeroka przestrzeń Ridgewater — ziemi, o którą mieli dbać razem. Sarah ścisnęła dłoń Marcusa, czując solidne ciepło jego uścisku i na nowo cudowne wrażenie pierścionka na palcu. Nagle nie mogła się doczekać, by pokazać go siostrom, podzielić się ich radością. Przyspieszyła kroku, a obok niej Marcus cicho się roześmiał, jednocześnie wydłużając krok, by dopasować się do jej tempa. Dopasować się idealnie — bez proszenia.

Tak jak robił to od samego początku.

Pudding ananasowy Sarah

SKŁADNIKI

2 ½ szklanki świeżego ananasa, pokrojonego w kostkę 1–2 cm*

1 ¼ szklanki cukru brązowego

1 łyżka drobno otartej skórki z cytryny

½ szklanki masła, roztopionego

1 szklanka mąki pszennej (typ uniwersalny), przesianej

½ szklanki mleka pełnego
1 ½ łyżeczki proszku do pieczenia
½ łyżeczki soli

PRZYGOTOWANIE

Rozgrzej piekarnik do 175°C (350°F).

W średniej misce wymieszaj kawałki ananasa, ¼ szklanki cukru i skórkę z cytryny. Odstaw na 10 minut, kilkakrotnie mieszając.

Po 10 minutach wlej roztopione masło na dno kwadratowej formy 20 cm lub prostokątnej 28 × 18 cm (11 × 7 cali).

W osobnej misce wymieszaj składniki suche, a następnie dodaj mleko i roztrzep do gładkości. Wylej równą warstwą na roztopione masło.

Na wierzchu ciasta rozłóż łyżką mieszankę ananasową wraz z sokami, które puścił owoc. Nie mieszaj ani nie marmurkowuj ciasta z owocami.

Postaw formę na dużej blasze (na wypadek, gdyby soki wykipiały) i piecz 40–50 minut, aż ananas opadnie na dno, a wierzch ładnie się zrumieni.

Studź na kratce 30–60 minut, następnie podawaj z lodami waniliowymi.

Jeśli nie masz świeżego ananasa, możesz użyć ananasa z puszki, niesłodzonego, bardzo dobrze odsączonego.

*Obiecuję — przepis na słynne dyniowe bułeczki Pip oraz nawet na legendarny dżem ananasowy Emmy też się pojawi... ale musisz czytać dalej **Amazonki z Ridgewater**, żeby je znaleźć! Następna książka to **Przełamywać bariery**.*

Inne książki autorki Caitlyn Lynch

Oddział Ratunkowy

Ratunek Rangera
Powrót Rangera
Misja Rangera
Krew Rangera
Żar Rangera (tylko dla subskrybentów newslettera)

Amazonki z Ridgewater

Zaufaj procesowi
Przełamywać bariery
Wspólny grunt
Zapisane w gwiazdach
Święta w Ridgewater

Poznaj wszystkie publikacje Shenanigans Press, odwiedzając naszą stronę internetową, https://www.shenaniganspress.com/pl!

Możesz też obserwować nas w mediach społecznościowych – jesteśmy na Facebooku i Instagramie (@ShenanigansPressPolska)

I nie zapomnij zapisać się do naszego newslettera, aby otrzymywać informacje o nowościach, promocjach, konkursach i wiele więcej!